冯骥才
与
天　津

Feng Jicai and Tianjin

International Symposium on Eighty Springs

"八十个春天"
国际学术研讨会
论文集

冯骥才文学艺术研究院　编

天 津 出 版 传 媒 集 团

百花文艺出版社

图书在版编目（ＣＩＰ）数据

冯骥才与天津："八十个春天"国际学术研讨会论文集 / 冯骥才文学艺术研究院编 . -- 天津 : 百花文艺出版社 , 2024.8
ISBN 978-7-5306-8822-9

Ⅰ . ①冯　　Ⅱ . ①冯　　Ⅲ . ①冯骥才—文学研究—文集 Ⅳ . ① I206.7-53

中国国家版本馆 CIP 数据核字 (2024) 第 076090 号

冯骥才与天津："八十个春天"国际学术研讨会论文集
Feng Jicai Yu Tianjin: "Bashi Ge Chuntian" Guoji Xueshu Yantaohui Lunwenji
冯骥才文学艺术研究院　编

出 版 人：薛印胜
选题策划：徐福伟
责任编辑：张　雪
装帧设计：张亚静
出版发行：百花文艺出版社
地址：天津市和平区西康路 35 号　　邮编：300051
电话传真：+86-22-23332651（发行部）
　　　　　+86-22-23332656（总编室）
　　　　　+86-22-23332478（邮购部）
网址：http://www.baihuawenyi.com
印刷：天津海顺印业包装有限公司
开本：787 毫米 ×1092 毫米　　　1/16
字数：540 千字
印张：31.25
版次：2024 年 8 月第 1 版
印次：2024 年 8 月第 1 次印刷
定价：98.00 元

序

2022 年 11 月 5 日至 6 日，"八十个春天——冯骥才与天津"国际学术研讨会在天津大学冯骥才文学艺术研究院（以下简称"冯研院"）召开。近三十位海内外学者以线上线下相结合的方式，探讨冯骥才先生的文学与文化人生，以及作家与城市、情怀与地域、责任与故土等意义深远的话题，为他的八十岁更添一份学术的深度与厚重。

天津作为冯骥才先生的故乡，是其出生、成长、求学、恋爱、走上新时期文坛，以及承担更多社会责任的福地。他不仅在多部文学作品中倾心雕刻这座城市的时光与记忆，而且倾情发起天津城市文化遗产保护、中国民间文化遗产抢救工程、传统村落保护等文化行动，同时还倾力在中国第一所现代大学天津大学兴办人文教育，创建非遗学科，使这里成为其一切思想与行动的发源地和集结地。在冯骥才先生步入"八零后"之际，通过对他与天津关系的梳理，从学术角度研讨城市与作家的血脉渊源，不仅是一种美好的祝福和纪念，也为当代文学和文化遗产领域相关问题的交流提供了有益的契机。

第十四届全国政协副主席、民进中央常务副主席朱永新，中国文联副主席、中国民间文艺家协会主席潘鲁生，住房和城乡建设部村镇建设司一级巡视员董红梅，联合国教科文组织（巴黎总部）世界遗产中心专员林志宏，俄罗斯圣彼得堡大学东方系常务副系主任罗季奥诺夫发来祝贺视频。天津市委、市政府、市政协、市文联、市教委等有关各方的领导，天津大学党委书记杨贤金、党委副书记雷鸣及学校相关部处、兄弟学院的代表，以及天津出版界、文艺界、新闻界的诸多友人，专程出席会议。

冯骥才先生出生在春天，也一直生活在充满生命力和创造力的春天里。他的两部新书《冯骥才文化遗产保护文库》和《俗世奇人：手绘珍藏本》在开幕式上首发。由学苑出版社策划出版的《冯骥才文化遗产保护文库》，收入了他关于文化遗产抢救和保护的浩繁文字，十卷逾二百六十万字，完整记录了冯先生作为文化遗产保护的先觉者和先行者丰富又艰辛的精神历程，对于中国文化遗产保护的当代史具有重要的资料价值。人民文学出版社将他三十年来创作《俗世奇人》过程中保留的珍贵草稿、画稿，精心编校成《俗世奇人：手绘珍藏本》，为这部畅销一千多万册的当代文学经典增加了一个展现作者创作思路和瞬间灵感、兼具审美与收藏价值的好版本。

开幕式上，冯骥才先生还收到了各式各样的八十岁"礼物"，令他倍感温暖。王蒙、韩美林、莫言、刘诗昆等近四十位文艺界老友纷纷用视频送来"云祝福"。朋友们都希望他在未来的岁月中，犹如一棵不落叶的常青树，奉献出更多作品，缔造人生更多的"春天"。由钟海导演、黄维若编剧、刘忠魁担任总制作人、天津人民艺术剧院排演的话剧《俗世奇人》，专门带来了剧中"白四爷说小说"的精彩片段。北洋合唱团还特地原创两首歌曲《大树无言》和《春天的颜色》，作为天津大学给冯骥才先生的八秩寿礼。冯研院教研部全体师生呈上了一副藏头对联，上联"天河箕斗灿，众星云从，明昭四车大业共青史"，下联"津地才人高，双管日下，更唤八十人生发华滋"，横批"春光付秋时"，祝福恩师"八零后"的人生，大树新枝，更发华滋。冯骥才先生从出生到现在，八十年来基本上全在天津，所有为天津写的文、做的事，都出于对这座生养他的城市的热爱。他用冯研院播文堂收藏的木活字拼版印制的藏书票，借上面写的《沽上歌》表达心声："生我养我地，未了不了情。世上千般好，最美是天津。"

研讨会上，近三十名学者从文学和文化遗产保护两方面对"冯骥才与天津"这个主题展开热烈研讨。香港大学中文学院英籍教授米欧敏、俄罗斯科学院中国与现代亚洲研究所高级研究员科罗博娃、英国巴斯大学教授余德烁、越南翻译家周海棠、埃及翻译家梅等海外学者，不约而同地聚焦《单筒望远镜》等冯骥才先生近年来描写天津历史的文学新作，认为他的新作得益于他多年文化遗产保护的实践，是对中西文化关系、民族心理重新思考的结晶，他用作品向中外读者打开了一扇相互交流、促进理解的文学之窗。

教育部长江学者、苏州大学教授王尧，中国社科院文学研究所研究员李建军，上海巴金故居常务副馆长周立民，北京师范大学文学院教授张莉，天津社会科学院文学研究所研究员张春生，天津社科院图书馆馆长闫立飞，天津师范大学文学院教授丁琪等国内文学专家则从不同角度研讨冯骥才先生文学作品尤其是小说的审美风格、特色、语言和其中蕴含的文化与时代思考，从他对天津世相与世情的描写，探究他笔下的"文学天津"。

中国文艺评论家协会副主席向云驹、河北省民间文艺家协会名誉主席郑一民、天津社会科学院历史研究所研究员罗澍伟、天津市艺术研究所研究员甄光俊、天津市南开区文旅局研究馆员尚洁、今晚报社原文化部主任魏新生、天津师范大学教授王振良、中国民间文艺家协会《民间文化论坛》执行主编冯莉等文化遗产保护、天津地方文化等方面的专家学者，作为冯骥才先生抢救文化遗产、守护天津文脉的同路人和追随者，回顾、总结了冯骥才先生几十年来为保护、传承、弘扬天津文化所做出的贡献，从而揭示知识分子对家乡故土的文化担当与乡贤情怀。

学者们的发言也为作家本人带来启发与促动，冯骥才先生表示，自己八十岁以后的时间,"一方面要用于非遗学的学理研究和学科建设,另一方面要留给文学,因为文学仍然是他最重要的事情"。他在文学创作上始终有两套笔墨,写天津老城生活的这套笔墨已形成独特的审美和语感,体现在"怪世奇谈"系列和《俗世奇人》等文学作品中,"但我的文学还欠着我另一半生活,那就是跟我自己和我所经历的时代相关的生活。我要把我属于这个时代的人生命运、对世界的看法、独特的感受和审美,用另一套笔墨写出来"。

此次研讨会有收获的充实、有理解的温暖、有学术的厚重。我们以论文集的方式辑录所有的精彩发言和珍贵影像,以纪念"八十个春天"的美好和"一个人与一座城"的缘分,感谢百花文艺出版社对本论文集出版的大力支持。

冯骥才文学艺术研究院文学研究室

目　录

第一编　研讨会论文与发言

△ 文学

003　冯骥才与人文中国 ‖ 王　尧

008　冯骥才与契诃夫 ‖ 李建军

060　异事妙闻信口扯
　　　　——地域文化书写中的《俗世奇人》‖ 周立民

092　"不般配"的选择和高贵的婚姻
　　　　——冯骥才《高女人和她的矮丈夫》‖ 张　莉

098　世相与世情
　　　　——谈冯骥才对天津文化的揭橥 ‖ 张春生

112　从外部去看："同时代"的艺术与人
　　　　——读冯骥才《艺术家们》‖ 闫立飞

125　经济时代的审美嬗变
　　　　——冯骥才《多瑙河峡谷》的叙事探索 ‖ 丁　琪

142　启蒙永远在路上
　　　　——评冯骥才《单筒望远镜》‖ 李小茜

155　于"全球化"大潮之巅处看天津

　　　　——从冯骥才《艺术家们》谈起 ‖ 张颢鹏

172　旧天津文学想象谱系中的《俗世奇人》分析 ‖ 王超奇

180　冯骥才的文学及其国际影响 ‖ [英] 余德烁

186　《单筒望远镜》的英译过程 ‖ [英] 米欧敏

190　论冯骥才作品中的天津形象

　　　　——以《单筒望远镜》为中心 ‖ [俄] 科罗博娃

194　读冯骥才文章 了解天津文化 ‖ [越南] 周海棠

200　《单筒望远镜》中的老天津与爱情主题有感 ‖ [埃及] 梅

△ 文化遗产

205　论天津大学非物质文化遗产学学制创立的深远意义 ‖ 向云驹

228　用文化点亮中国的巨匠冯骥才 ‖ 郑一民

236　亲历·见证

　　　　——冯骥才与天津城市文化遗产保护 ‖ 王晓岩

254　文化担当与乡贤情怀

　　　　——冯骥才的天津城市文化遗产保护述略 ‖ 尚　洁

278　冯骥才早期文化遗产保护理路探寻

　　　　——兼述《天津砖刻艺术》的学术价值 ‖ 王振良

289　地方感与集体记忆：冯骥才作品的空间叙事研究

　　　　——以《俗世奇人》为中心的讨论 ‖ 冯　莉

302　"书香贺岁十二春"乡情浓浓 ‖ 魏新生

330　在"八十个春天

　　　　——冯骥才与天津国际学术研讨会"上的发言 ‖ 罗澍伟

333　致敬:"非遗"保护的擎旗人 ‖ 甄光俊

337　三件小事

　　　　——成长中的往事 ‖ 刘恒岳

340　冯骥才关于天津大学通识教育的探索与实践 ‖ 王　凤

361　从文化先觉中来

　　　　——冯骥才非遗学思想扬榷 ‖ 耿　涵

368　冯骥才传统村落保护的思想行动与学术构想 ‖ 蒲　娇

384　由开启"工程"到建立"学科"

　　　　——非物质文化遗产保护的中国道路考察 ‖ 祝昇慧

395　站在冯骥才的文化"原点"解读天津砖刻

　　　　——评《天津砖刻艺术（手稿珍藏本）》‖ 孙玉芳

406　天津民艺:冯骥才非遗美学思想的摇篮 ‖ 刘明明

第二编　文献与图说

△ 致辞与贺词

427　杨贤金致辞

430　朱永新致辞

433　潘鲁生致辞

434　董红梅致辞

436　林志宏致辞

437　[俄] 罗季奥诺夫致辞

438　学苑出版社孟白、洪文雄致辞

440　人民文学出版社臧永清致辞

442　文艺界老朋友视频贺词

　　（王蒙、韩美林、莫言、王立平、刘诗昆、余秋雨、陈建功、

　　梁晓声、李敬泽、吴义勤、张抗抗、张炜、吉狄马加、钱英、

　　迟子建、何向阳、刘恒、邱华栋、王旭东、吴为山、张子恩、

　　姜昆、濮存昕、陈宝国、滕矢初、郁钧剑、戴玉强、谭利华、

　　白岩松、孙小梅、朱迅、王志、赵普、成龙）

456　冯骥才：受感动的答谢

△ 会议档案

486　附录　媒体相关报道一览表

Feng Jicai and Tianjin

International Symposium on Eighty Springs

第一编

研讨会
论文
与
发言

背头杨

冯骥才

光绪续之后，社会维新，人心思变，怪相陆出，无奇不有，大直沽冒出一号人物，人称背头杨。当时，男人辫子剪得急，但没有新发型，剪去辫之就剩下一头散发，卷去半截之背在后脑壳上。顾右盼之，便叫背头。背头就成了维新的男人们流行的发式了。

既然如此，这背头杨的背头也有啥新鲜。您问得好，我告您——这人是女的！

大直沽有户姓杨的人户。两个没出门的闺女。杨大小姐，性斯文秀静，望天日守在家；杨二小姐，却泼辣风动，成日里升上抱，横撞和性情都跟小伙之们一样。她头也听到革命之事，更上班剪绒了头发，仿佛男人当了背头。不管街里闹，剪头说，我行我素，快意得很。但没当上十天，麻烦找来了——

这天傍呢，背头杨打忘亭发头的西河里边法游回家。下边憋起了一泡尿，她憋着急，总是憋不住。高直的麦地可朝道，一头就进去。演口子。她见这边有间茅厕，茅厕都是一边男一边女，左男右女小。她忙往那常的走心，只听撞着的一个小女孩大声哭叫："流氓！流氓！"跟着，又一声叫起来，声音更大。她给这一听慌了。别情谁是男谁女，她忙抽身出去。谁料想这边的儿子女也跟着她抽身出去。

冯骥才与人文中国

王尧

教育部长江学者特聘教授、苏州大学学术委员会主任

　　在青年时期的阅读中，冯骥才先生的作品留给我深刻记忆。《珍珠鸟》《高女人和她的矮丈夫》《三寸金莲》《一百个人的十年》等，都在长久的记忆中。中国当代文学的沉浮往往是瞬间的，但在长时间汰洗之后，冯骥才先生的许多作品仍然留在文学史的册页上。在我自己研究当代文学史的兴趣越来越浓时，冯骥才先生这位这个领域的标志性人物，淡出文学界转向非遗保护。大概是2004年秋天，我因做当代文学口述史，从北京坐火车去了天津大学冯骥才文学艺术研究院。在出租车上，不知道怎么和司机说到天津的城市保护，这位司机脱口夸了冯骥才先生的贡献，我笑笑，没有说到我此行便是访问冯骥才先生。我第一次见到冯骥才先生，毫无陌生感，觉得文学界称他"大冯"太形象了。我参观了研究院的部分收藏，也看到了先生的手稿。这次访问让我从枯燥的文学史回到了生活现场，我对冯骥才先生的认识也有了质感。又过了几年，冯骥才先生为非遗保护筹款，到苏州办画展，朱永新先生告知我说，冯先生想和你见面。我如约去了先生下榻的酒店，相谈甚欢。此后，有多次亲炙先生的机会，我们在三观上引为同志，亦师亦友，岂不快哉。

2017 年我曾经在一次会议上以"冯骥才与人文中国"为题发言，表达对冯骥才先生的认识和敬意时，试图将冯骥才先生定义为"人文知识分子"，并在"跨学科"视野中理解冯骥才先生的意义以及他对"人文中国"的贡献。我说的是冯骥才先生，但我的思考中有现代以来知识分子思想史的大背景和我们当下的处境。这几年，我的研究和写作都关注这一问题，在重返"陪都"重庆文化人和西南联大诸子的现场中，我寻找我们这一代人和他们的血脉关系。冯骥才先生介于"他们"和"我们"之间，是知识分子与人文中国的一个面向。那次会议后的两年，新冠肺炎疫情暴发，我和冯骥才先生不时在微信上交流，期待能在北方或江南有一次长谈。这期间，冯骥才先生的长篇小说《艺术家们》发表了，《收获》主编程永新邀我去沪上主持先生长篇的研讨会，我感觉《艺术家们》是先生写自己。在今年年初谢冕先生九十寿辰学术研讨会上，我也以谢冕先生为例，谈了当代中国知识分子的道路问题。我觉得中国当代知识分子还是有故事的，不是我们想象的那么孱弱。这些年我陆续读到了冯骥才先生的《无路可逃》《凌汛》《激流中》和《漩涡里》等，这几本关于他自己的书，构成了一位人文学者的精神史。冯骥才先生将自己置于历史的脉络中，写出了个人与时代的多重关系。

冯骥才先生涉及多个领域且在相关领域取得成就，他是当代为数不多的真正打破了"门类"疆域的人文知识分子。我们要在整体结构中理解冯骥才、冯骥才与时代的关系以及冯骥才的影响。冯骥才先生的贡献既反映在专门的领域，比如文学创作，比如绘画，比如非遗保护，等等，但他以思想、方法、人格、情怀和行动影响了人文中国，冯骥才先生所有的贡献，都显示了"思想"作为"文化"的力量。这当中还包含了我们通常所说的知识分子的理想、责任和担当。当下的人文中国，是一个有缺失的人文中国，知识分子应当弥补这样那样的缺失。西方一些学者追问的一个问题"知识分子都到哪里去了"同样出现在中国，尽管中国和西方有不同的历史和现实，关于知识分子的定义也不尽相同。冯骥才用他自己的方式弥补着我们的缺陷。我和所有在这个年代成长起来的知识分子一样，肯定当代中国的巨大发展，但我同样要说出我们的缺失，说出我和我们这一代知识分子的惭愧。

这又让我想起了多年来学界和社会关于当代有无大师的争论。其实，以既往"大师"的"特质"和"规范"来定义当代中国的知识分子未必妥当；我们需要术业专攻的"大师"，同样需要怀抱理想、直面现实、关怀人文、创造实绩的"大师"。在这样的思路中，我视冯骥才为当代的大师。熟悉冯骥才的朋友都亲切地称他"大冯"，说的是身材魁梧高大的冯骥才，以我的辈分不能这样称呼冯骥才先生，他是李辉兄所称的"先生们"中的一位；但是，我尝试在另一个侧面表达，就冯骥才之于人文中国的意义而言，大哉，冯骥才。冯骥才在若干个关节点上与当代中国契合。他经历了"文革"，这样一个重大的历史事件不在于给他磨难，而是重构了他的灵魂，并且影响了他在文学和其他领域观察、思考中国的方法，观察、思考和介入民间的方法，观察、思考和表现人性、人的命运的方法，观察、思考和创造中国文化的方法。他经历了从"文革"到"新时期"的重大转折，他在这个点脱颖而出，是文化自觉最早的作家之一。在"小说革命"前后，他就以《三寸金莲》《高女人和她的矮丈夫》等作品"革命"了。这种文化的自觉，是他由文学拓展到更广泛的文化领域的开始。这不是转换跑道，而是进入更广阔的世界，或者说文学的方式已经不足以来建构他所要想建构的世界。从二十世纪九十年代到现在，中国发展了，但冯骥才以"逆向"的方式，来反思、警惕和阻止进步中的倒退。他对非遗、古村落、民间文艺的保护，使他成为大地的守护者。

和同时代的许多作家或者人文知识分子相比，冯骥才选择了一条特别的道路。广义上说，冯骥才也在体制中，但他是体制中的"异数"：他与现实之间，与流行的思想观念之间，不构成直接的对抗关系，但构成了紧张的和不妥协的关系。他以忧思和批判的情怀与思想行动，介入文化现实，介入人文中国。在这一点上，我觉得冯骥才和现代人文知识分子中的杰出者有相似之处，即在与社会现实的联系中思想和行动。很多年前，我在北京鲁迅故居参加莫言的研讨会，在那里我想到一个问题：我们的故事是什么？我们没有故事，冯骥才这一代知识分子中的多数人也没有自己的故事。这是我们和他们的悲哀。但冯骥才是一个有自己故事的人。用什么来防止被格式化，从而确立自己，这是我们认识冯骥才意义的一个角度。我们当然要谈到冯骥才的文学。他在自己的几篇非虚构作品中，叙述了自己的文学经历，也描绘了已经有些模糊的时代肖像。他是从二十世纪七十年代末到八十年代最早承接"启蒙文学"传统的作家之一；他是最早超越阶级性而深入思考和独特表现国民性、人性的作家之一；他是最早从政治转向文化而重构文学背景并重新定义文学是什么的作家之一；他也是最早以文学的方式创造了中国式寓言的作家之一。我当然也期待冯骥才有更大的作品产生。

我们无法绕开《一百个人的十年》。这部书已经超出了口述史或非虚构文学的范畴，它在文学上的意义甚至也不那么重要。这部书的意义，不仅在于它对历史的还原，不仅在于它对宏大叙事中的小人物命运的关注，更重要的是，冯骥才用一种方法反抗遗忘，反抗修改记忆。当代知识分子在二十世纪九十年代以后分化，很大程度上与如何理解"文革"有关。在这部书，以及冯骥才关于这部书的讲述中，我读到的不只是"一百个人"的历史，还有冯骥才的"思想传记"。这本书对我个人的影响也很大，我自己的博士学位论文便是研究这段时间的文学与思想文化。口述史作为一种形式，不仅是文学的，也是学术的。"口述史"这三个字在我的思路中长久浮现，从 2002 年起，我着手新时期文学口述史的工作，冯骥才先生也成为这部书的口述者之一。

冯骥才先生关于非遗保护的学术思想和实践，已经有更多的学者去做了专门的研究。我也曾经在《读书》上撰文，表达我对冯骥才的理解。我想补充的是，在这个问题上存在"断裂"还是"联系"人文中国的分歧。重视"小传统"是当代文化建设的一个特色。冯骥才既重视了作为文化遗产的民间文化的文献整理，又特别关注作为一种生活方式的古村落的保护。如果用文学的修辞方式，我看到的是大地之上孤单前行的冯骥才，想到的是陈子昂的诗句：念天地之悠悠，独怆然而涕下。近几年，冯骥才先生从田野转向书房，再次回到他的文学世界。与此同时，冯先生又在多年的田野经验基础上，对非遗保护做学科的建设工作。很多年前，金岳霖先生在为冯友兰先生《中国哲学史》写的报告中说，希望人文知识分子能够像苏格拉底那样，把自己的信仰、操守、人格、情怀和专业融合在一起。我以为冯骥才就是这样的人文知识分子，而且是一个"非虚构"的人文知识分子。因此，我自以为"冯骥才与人文中国"仍然是一个贴切的题目。

冯骥才与契诃夫

李建军
中国社会科学院文学所研究员，中国社会科学院大学教授、博士生导师

二十世纪的中国文学，受俄苏文学影响之深巨，简直到了如何比譬都不过分的程度。中国现代作家批判现实的精神，同情"小人物"的态度，审视"父与子"关系的意识，诗性的和内省的叙事方式，以及个别作家的安德烈耶夫式的"阴冷"和阿尔志跋绥夫式的虚无主义情绪，都是在十九世纪俄罗斯文学的影响下形成的。

如果说，在中俄文学交流的早期阶段，俄罗斯的传播面仍然是局部的，并未对中国文学产生绝对性和整体性的影响，那么，到了二十世纪三四十年代，"经过强有力的组织和宣传，一种以'生活'和'改造'等核心概念为基础的文学观念体系、写作经验范式和文学规约模式，才建构了起来，苏维埃俄罗斯文学的观念和经验，才被转化成了体制性的规约力量，并持久而有效地影响着几乎每一个中国作家的文学意识和文学写作"[1]。无产阶级作家文学观念中的党性原则、阶级意识和斗争精神，他们的理想主义热情和浪漫主义激情，皆与苏维

---

[1] 李建军：《重估俄苏文学》，上卷，二十一世纪出版社集团，2018年，第10页。

埃文化有着直接的影响关系。

进入"新时期"以后，西方的现代主义文学和拉美的魔幻现实主义文学汹涌而来，极一时之盛，极大地改变了中国作家的文学观念和写作方式。人皆以"现代主义"为正道，或以"先锋文学"为正鹄。非逻辑的想象和圈套化的叙事获得了美学上的合法性，"许多年后，当……的时候，就会想起……"则成了小说写作流行的起头模式。但是，伟大的俄罗斯文学依然显示着它非凡的魅力，依然深刻地影响着张洁、张贤亮、史铁生、蒋子龙、路遥、陈忠实、冯骥才和张承志等作家的价值观念和文学意识。这些中国作家朴素而亲切的语言风格，他们的抒情化的叙事方式，他们创造史诗性效果的能力，他们描写自然风景的修辞自觉，得俄罗斯文学之助者，可谓多矣。

冯骥才很早就显示出明确的文化倾向和坚确的文学态度。他的文学兴趣具有明显的古典主义倾向。他似乎发现了旧的俄罗斯文学与新的苏维埃文学之间的断裂和错位，甚至意识到了它们在信仰、价值观和美学趣味方面的对立。索尔仁尼琴也说过，自己的文学与《新世界》主编特瓦尔多夫斯基之间的冲突，是"俄罗斯文学和苏维埃文学之间的分歧，根本不是个人之间的不和"[1]。索尔仁尼琴选择站在伟大的俄罗斯文学一边，冯骥才也只接受俄罗斯的古典文学和古典艺术，只热爱俄罗斯十九世纪的现实主义文学："我从不看'苏联文学'，只看俄罗斯文学。"[2]这也许会让他忽视十九世纪的古典文学与二十世纪的新文学之间的隐秘关联，也许会让他错过扎米亚京、帕乌斯托夫斯基、肖洛霍夫、索尔仁尼琴、阿赫玛托娃、曼德尔施塔姆、帕斯捷尔纳克和格罗斯曼等继承了古典俄罗斯文学精神的伟大作家和诗人，但

1 　索尔仁尼琴：《牛犊顶橡树》，陈淑贤等译，时代文艺出版社，1998
　　年，第155页。
2 　冯骥才：《思想对话》，中州古籍出版社，2005年，第132页。

也保证了他的文学意识和文学趣味的纯粹性。毕竟，在二十世纪的中国作家中，有如此定见和立场的人，并不多见。与那些将《铁流》《水泥》和《毁灭》等苏联三流作品捧上天的作家和批评家比起来，冯骥才的"不看"的识力和态度，实在是大可佩服的。

在《倾听俄罗斯》一书中，冯骥才叙述了自己与俄罗斯古典文学和艺术的美好因缘，表达了对俄罗斯古典文学和艺术的感受与理解。他喜欢托尔斯泰，也喜欢屠格涅夫，但他最喜欢的俄罗斯作家，却是安东·巴甫洛维奇·契诃夫。在所有的俄罗斯作家中，他对契诃夫更觉亲近："在俄罗斯作家中，我受契诃夫影响最大。我迷恋他到处闪烁灵气的短句子，他那种具有惊人发现力的细节，他点石成金的比喻；更迷恋他的情感乃至情绪，他敏感的心灵，他与生俱来的善良与无边的伤感。"[1]冯骥才对契诃夫的文学风格的概括非常准确，对他的善良心性和感伤气质的判断，也很是深刻。冯骥才的同情心和人道主义态度，他的诗性化和抒情化的叙事方式，他的简洁、清通而又灵活的语言风格，明显地受到了契诃夫的影响。

叶尔巴捷甫斯基在回忆契诃夫的文章中说："契诃夫的身上没有高尔基的那种粗鲁和莽撞。他长得漂亮而优雅，性情沉静，有些腼腆，时常露出微微的笑容，他动作缓慢，对待生活抱着一种温和而宽容的以及有点怀疑的嘲笑态度。"[2]契诃夫没有托尔斯泰的强烈的宗教情感，没有托尔斯泰创造史诗画面的气魄和才能，但是，他更了解普通人的苦恼和希望，而他所选择的语言风格，则更自然，更朴素，更简洁。他有着其他俄罗斯作家都不具备的伟大天赋，那就是在近乎平淡的生活中，发现令人惊叹而又觉亲切的哀愁和美丽。他像《草原》

---

1 冯骥才：《倾听俄罗斯》，人民文学出版社，2003 年，第 120 页。

2 亚·巴·契诃夫等：《回忆契诃夫》，张守慎等译，人民文学出版社，1962 年，第 590–591 页。

中的十岁男孩叶果鲁希卡一样，聪慧，敏感，有点忧郁，有一双明澈的眼睛，能看见隐藏在日常生活褶皱里的人生悲欢，能发现天地间的细小而可爱的事物。

冯骥才身材颀长，是中国当代作家中的"巨人"。他有运动员的体质，也有艺术家的天赋；有北方人的豪爽，也有南方人的细谨。在他身上，你可以同时看见外在的活跃与内在的沉静。面对沉重的历史和现实，他是严肃的；面对人和其他生命，他是热情的。他有良好的人文素养。他很少无节制地丑化和嘲笑人。在他的笔下，你看不到一行没教养的文字，看不到丝毫"消极写作"的粗鄙和秽亵。

契诃夫认为人应该活得体面一点，所以，他强调教养，反对庸俗；冯骥才认为人应该活得精彩一些，甚至要有点血性，所以，他赞美奇人，赞美那些有才能又有侠气的人。他爱奇，但并不猎奇。

冯骥才和契诃夫都有一副热心肠，都同情那些陷入困境的普通人。他们都有良好的正义感，都反对所有那些侮辱人和伤害人的东西。

他们是关注现实的知识分子，也是积极的行动主义者。冯骥才的行动，包含着具体的现实感和明确的目的性，体现着自觉的历史反思意识和理性的文化保护意识。契诃夫则救助农民，义务出诊，建设学校，改造马路，是一个身体力行的慈善家。

通过比较性的阅读和分析，我们可以更清晰地看见这两位中俄作家不同的情绪模式和气质类型，看见他们的不同的写作风格和叙事调性，可以看见他们的两部著名的写实性作品的显著差异。

一、并非题外话：俄罗斯的空间与俄国人的性格

文学是人格和性格的诗性表现。文学的个性气质的形成，决定于具体的环境。故欲了解一个作家之创作，必先了解其人格及此人

格形成之条件；欲了解一民族之文学，必先了解其性格及此性格形成之环境。

人的个性是复杂的，民族性格也同样不那么单纯。像个体的人一样，每个民族都有自己的优点和缺点，甚至有不好不坏的中间色品质。俄罗斯就是一个性格图谱很复杂的民族。人们可以从多个方面来探讨俄罗斯性格的成因。

地理空间的大小与人的内心经验的状况有着神秘的对应关系。适度的空间意味着安全和自在，而无边的空间则意味着沉重的负担和压迫。俄罗斯是一个版图很大的国家，但也是一个很"空"的国家。契诃夫在一封寄自西伯利亚的信中说："在西伯利亚的大道上，从秋明到托木斯克，一路上没有一个市镇，没有一个田庄，只有一些大村子，彼此相距二十、二十五以至四十俄里。路上没有遇见过庄园，因为这里没有地主；您见不到工厂、磨坊和客店……路上唯一能使人想起人类的东西，就是迎风吼叫的电报线和里程标。"[1] 这种巨大的"空"带给人们的，固然有无边的辽阔感，但也有压迫感和不安全感。俄罗斯就是一个被自己拥有的自然环境压迫甚至威胁着的国家。"空"不仅塑造了俄罗斯的民族气质和民族性格，而且还影响着它的安全感和幸福感。

空间与时间有着微妙的关系。时间意味着对特定空间的运动过程的度量。没有空间，既无法展开运动，也无法度量时间。凭着作家和艺术家的敏锐直觉，冯骥才感受到了空间对俄罗斯人的时间意识的影响："从空间来说，俄罗斯才真正称得上幅员辽阔。任何两个地方的距离都不会很近。房子大，街长，两个城市之间最少也要跑上一天。

---

1 契诃夫:《契诃夫文集》，第13卷，汝龙译，上海译文出版社，1999年，第12页。

所以他们用不着像日本人那样计算空间与距离。从时间上说，白天日照很长，太阳从清晨六点一直照到晚上六点，如果下午三点还没吃午餐，下午的事还没做，他们一定会告诉你，不急，时间很多。……俄罗斯人是时间的富翁，他们就不会一分一秒地精打细算，'准时'的概念由何而来？"[1] 事实上，从心理结构和精神生活的角度来看，巨大的空间给俄罗斯人造成的困扰和压力，远比时间感的麻木和迟钝，要复杂，要严重。

尼古拉·别尔嘉耶夫也许是对俄罗斯的空间问题认识最深刻的哲学家。在他看来，俄罗斯的无界空间简直就是压迫性和奴役性的力量："俄罗斯无边的空间依然像一个沉重的负担，压迫着俄罗斯民族的灵魂。俄罗斯国家的无界性与俄罗斯土地的无界性进入了它的心理结构。俄罗斯灵魂被辽阔所重创，它看不到边界，这种无界性不是解放，而是奴役着它。由此，俄罗斯人的精神能量就向内转，走向直觉，走向内省；它不能够转向总是与构形有联系，与标示出界限的道路有联系的历史。"[2] 无界性的物理空间挤压了人的精神空间，极大地降低了人的精神价值——既降低了俄罗斯民族的某些方面的专业能力，也降低了俄罗斯民族的人格水平："俄罗斯的辽阔与俄罗斯灵魂的宽广压制了俄罗斯的能量，导致了博而不精的后果。俄罗斯无边的空间要求于俄罗斯灵魂的是温顺与牺牲……"[3] 别尔嘉耶夫甚至将俄罗斯的消极的自然的力量，形象地称作"黑色自然力"："在俄罗斯，存在着文化与黑色自然力的悲剧冲突。在俄罗斯大地上，存在着一种

1　冯骥才：《倾听俄罗斯》，人民文学出版社，2003 年，第 77 页。

2　别尔嘉耶夫：《俄罗斯的命运》，汪剑钊译，云南人民出版社，1999年，第 55 页。

3　别尔嘉耶夫：《俄罗斯的命运》，汪剑钊译，云南人民出版社，1999年，第 56 页。

黑色的、恶劣的、非理性的、阴郁的、不透光的自然力。"[1] 在他看来,这种反动的自然力最典型的代表,就是让俄罗斯人酩酊大醉、精疲力竭的"黑葡萄酒"。事实上,俄罗斯的过度辽阔的空间,也是一种黑色的自然力。

比较而言,德意志民族的生存状态和精神状况,与俄罗斯民族全然不同:"在日耳曼精神中没有无界性,——这是在自己的种族里的伟大而深刻的精神,却是有限的、有度的精神,其中不存在斯拉夫的无度性和无限性。"[2] 虽然别尔嘉耶夫没有明说,但是,按照他的空间－生存理论来看,地理空间的有界性,无疑是形成日耳曼精神的有限性和有度性的一个重要因素。

根据别尔嘉耶夫的理论,似乎可以推导出这样一些结论:如果俄罗斯的东部边界止于鄂毕河与额尔齐斯河一线,那么,俄罗斯人民可能会很安全,也可能会很幸福;如果其东部边界止于叶尼塞河一线,那么,俄罗斯人民则会比较安全,比较幸福;如果其东部边界止于勒拿河一线,那么,俄罗斯人民就要承受比较多的痛苦;如果其东部边界向东扩张至太平洋海域,那么,殖民地原住民将承受巨大的痛苦,而俄罗斯人民也将付出巨大的代价,既包括道德代价和政治代价,也包括经济代价和军事代价。

巨大的空间不仅增加生活的负担,也减损生活的乐趣。由于太过遥远和辽阔,西伯利亚就是一个单调而乏味的地方,因而,契诃夫甚至在下意识里,将它看作俄国以外的地方:"西伯利亚的大自然同俄

1　别尔嘉耶夫:《俄罗斯的命运》,汪剑钊译,云南人民出版社,1999
　　年,第46页。

2　别尔嘉耶夫:《俄罗斯的命运》,汪剑钊译,云南人民出版社,1999
　　年,第144页。

国相比，他们觉得单调，贫乏，寂静无声。"[1] 巨大的空间吞没了渺小的个人。迢遥的距离缩短了生命的长度。无垠的土地是流放者的地狱。一位被流放到西伯利亚的人，在 1858 年 2 月 10 日的日记中，这样写道："我们当中的两个人今天去世了，一个老人和一个婴儿。他们都是在马车上冻死的。"[2] 在从莫斯科到西伯利亚和萨哈林岛的路途中，无数的被流放者死于可怕的暴风雪和恶劣的环境。

俄罗斯国家的无界性与俄罗斯土地的无界性，也是造成俄罗斯民族性格的双重性和极端性的一个原因。在俄罗斯民族的心理结构和性格结构中，你可以同时看见两种极端对立的东西——既极端优雅，又极端粗鲁；既极端自负，又极端自卑；既极端仁慈，又极端残暴。别尔嘉耶夫就曾分析过俄罗斯民族的双重性"面孔"："无限的深邃和非凡的崇高与某种低贱、粗鄙、缺乏尊严、奴性混杂在一起。对人无限的爱、真诚的基督爱，与仇恨人类的残忍结合在一起。"[3] 冯骥才也注意到了俄罗斯民族性格上的矛盾性。他通过对俄罗斯人的生活习惯和自然环境的分析，揭示了这个民族复杂的性格特点，例如，他们嗜酒如命，血液里含着浓浓的酒精成分，一方面，他们"散漫、随意、没准、缺乏规范以及大大咧咧"，另一方面，他们又"率真而不善做假"。[4] 事实上，俄罗斯民族性格上的矛盾性和极端性，不仅体现在日常生活的行为和细节上，也体现在其文化气质、人生哲学和生活态度上。

1　契诃夫：《契诃夫文集》，第 13 卷，汝龙译，上海译文出版社，1999年，第 30 页。

2　丹尼尔·比尔：《死屋：沙皇统治时期的西伯利亚流放制度》，孔俐颖译，四川文艺出版社，2019 年，第 50 页。

3　别尔嘉耶夫：《俄罗斯的命运》，汪剑钊译，云南人民出版社，1999年，第 4 页。

4　冯骥才：《倾听俄罗斯》，人民文学出版社，2003 年，第 79 页。

俄罗斯民族有发达的感受能力，但是缺乏成熟的理性意识和深刻的哲学思维；充满激情和活力，但是缺乏克制力和分寸感；有良好的意志品质和巨大的热情，但是缺乏现实感和理想目标；渴望他者的友谊，向往文明的生活，但缺乏获得友谊的谦逊和胸襟，也缺乏学习和融入文明生活的智慧和远见。它像《怎么办》中的拉赫美托夫一样雄心勃勃，意志坚定，又像冈察洛夫笔下的奥勃洛摩夫一样百无聊赖，倦怠无力；它像《穷人》中的杰符施金一样有着女性般的爱和仁慈，又像《罪与罚》中的拉斯科尔尼科夫一样有着暴徒般的冷酷和疯狂；它像《战争与和平》中的皮埃尔一样憨厚和诚实，又像《钦差大臣》中的赫列斯达科夫一样狡黠和油滑。它像一个没有长大的孩子，爱幻想，爱冲动，喝起伏特加来，玩起恶作剧来，颇有一点不管不顾、不计后果的劲头。

俄罗斯民族的优点，应该被充分地肯定和赞赏，而它的缺点，亦当被理性地批评和大度地包容。对民族性格的理解和包容，是基于这样的文化观念：民族性是不可能被彻底改造的；也就是说，一个民族的性格，亦即所谓国民性，虽然会随着社会基本结构——尤其是制度模式——的变化，而发生一定程度的变化，但是，其主体方面和基因性特点，则很难被结构性地改变。所以，人们可以局部地改变一个民族的某些意识和观念，但永远不要存彻底改造其性格的幻想。

一个以文学为志业的人，无论他怎样看待俄罗斯这个民族，无论他如何评价俄罗斯这个国家，都应该像热爱荷马、索福克勒斯、埃斯库罗斯、司马迁、杜甫、莎士比亚、雨果和狄更斯那样，热爱那些伟大的俄罗斯作家。谁若轻忽俄罗斯文学的伟大经验，谁就很难成为文学意识成熟的作家，谁就很难成为阅读经验完整的批评家。利哈乔夫说:"人道主义与现实主义乃是永恒的艺术本质。"[1]人道主义和现实主义就是俄罗斯文学的精神本质。不仅如此,俄罗斯文学还是最具宗教热情和精神信仰的文学。所以,无论在面对现实的批判精神方面,还是在对人和生活的爱的能力方面,俄罗斯文学都达到了很高的境界。

冯骥才深刻理解了俄罗斯的文学和艺术。他知道这是何等伟大的精神创造。在长篇小说《艺术家们》中,他从叙述者的角度,批评了流为"一种时尚"的"先锋文学":"当新潮唱了主角,传统一定被边缘,被冷落,被摈弃。谁还会去想传统艺术的当代意义?谁还会探索传统艺术的当代取向?"[2]著名捷克作家伊凡·克里玛也曾发出同样的质疑:"在我们这个世纪降临于人类的灾难是由这样一种艺术提供帮助,它推崇原创性、变化、无责任感、先锋派,它嘲笑所有以往的传统和蔑视在画廊和剧院的观众听众,它以一种自以为是的愉悦冲击读者,而不是对那些拷问人的问题提出解答。"[3]如果说,传统的现实主义文学意味着有价值的经验和启示,那么,现代主义文学就会因为否定传统和现实主义而失去方向和力量。所以,尽管现代主义文学风靡一时,尽管艺术和文学上的"拜新教"已经成了一种时髦,冯骥才依然像路遥一样,没有被流行一时的现代主义思潮裹挟而去。他热爱伟大的俄罗斯艺术和俄罗斯文学,也坚定地信奉它们的伟大的人道主义精神和现实主义精神。他相信,俄罗斯的伟大的现实主义文学依然具有巨大的生命力和不朽的价值。

冯骥才熟悉柴可夫斯基和列维坦等伟大的俄罗斯艺术家的作品,

---

1 德米特里·利哈乔夫:《俄罗斯千年艺术:从古罗斯至先锋派》,焦东建、董茉莉译,东方出版社,2020年,第350页。

2 冯骥才:《艺术家们》,人民文学出版社,2020年,第208页。

3 伊凡·克里玛:《布拉格精神》,崔卫平译,广西师范大学出版社,2016年,第47页。

熟悉普希金和托尔斯泰等伟大的俄罗斯作家的作品。他谈起他们和他们的作品来，亹亹不倦，如数家珍。在长篇小说《艺术家们》里，俄罗斯艺术和俄罗斯文学，是几位青年艺术家经常谈论的话题。他们发现俄罗斯绘画也追求文学性，也就是说，发现了俄罗斯艺术和俄罗斯文学的美学精神上的同构性和契合性。罗潜说："列宾就是绘画中的托尔斯泰，列维坦就是绘画中的契诃夫。"楚云天称之为"伟大的发现"，说他自己"每每看列维坦的画就会想起契诃夫的《草原》，看希什金的画就会想起屠格涅夫的《猎人笔记》"[1]。由于这部小说有很浓的自传色彩，所以，小说中人物关于俄罗斯文学艺术的感受和观点，就反映着冯骥才自己对俄罗斯艺术和文学的认知和评价。

二、情绪与调性：外倾气质与内倾气质

文学意味着对人与世界的善和爱，也意味着深深的哀怜和浓浓的感伤。杜甫诗云："无边落木萧萧下，不尽长江滚滚来。"刘禹锡诗云："人世几回伤往事，山形依旧枕寒流。"李商隐诗云："此情可待成追忆，只是当时已惘然。"黄景仁诗云："似此星辰非昨夜，为谁风露立中宵。"真正伟大的作家，都有一颗柔软而敏感的心灵；一切伟大的文学，都有一些悲情与感伤的意绪。

文学和艺术所表现的感伤情绪，具有丰富的美学意义和情感内容，是一种特别吸引人和感染人的内在力量。它苦涩而又甜蜜，沉重而又轻盈。它像流泪一样，是缓释内心悲伤和痛苦的一种力量。它能使人的心灵和感觉系统变得更加敏感。它不仅不使人厌倦和否定生活，反倒使人更加热爱生活。

1　冯骥才：《艺术家们》，人民文学出版社，2020年，第10页、第86页。

俄罗斯文学是爱的文学，也是感伤的文学。这是一种具有女性的细腻和温情的感伤，也是一种含着爱和眷恋的感伤。尽管俄罗斯作家喜欢描写秋天，喜欢描写秋天带给人的复杂感受，但是，从他们笔下流出的感伤，依然属于春天的温暖的感伤，而不是秋天的凄凉的感伤。也就是说，俄罗斯文学的感伤，不是缪塞式的自我中心主义的感伤，也不是哈代的充满悲观情绪和宿命感的感伤，而是一种充满道德热情和人性温暖的感伤。俄罗斯艺术和文学中的这种别样的感伤情绪，深深地打动了冯骥才的心，引发了他强烈的共鸣。从列维坦的绘画里，从柴可夫斯基的音乐里，从屠格涅夫和契诃夫的文字里，他强烈地感受到了那种具有俄罗斯特性的诗意感伤。

作为艺术家，冯骥才对感伤有着深刻的体验和认知。他怀着理解的态度，从四季变化的角度，细致地考察了俄罗斯人感伤心理的成因，揭示了俄罗斯文学和艺术的感伤的本质："伤感是最深切的情感。因而，这个民族是情感化的。他们容易感动，或感受到别人被感动的心。他们便自然地成为一个艺术上才华横溢的民族。他们没有缜密的思维，却有随时到来的灵感；他们不喜欢数字的绳索，而热爱诗样的放纵的酒。所以他们缺少大哲学家，但在诗歌、小说、音乐、绘画、戏剧、舞蹈等等方面都有着世界超一流的大师。而且自古至今，代不乏人。这因为一切艺术行为的本质全是情感行为。"[1]人们常常因为强烈的爱和无法实现的渴念而感伤。感伤意味着面对现实的无力和无奈，但是也意味着对美好事物的珍惜和眷恋，甚至意味着美和诗意。感伤是一种充满美学价值和艺术力量的情感和情绪；所以，就日常经验来讲，它是一种消极的情绪，但对艺术来讲，它是一种积极的精神能量。

契诃夫的语言朴素而诗意盎然，句式斩截而摇曳多姿，修辞亲切

1　冯骥才：《倾听俄罗斯》，人民文学出版社，2003年，第80页。

而富有韵致。冯骥才通过汝龙的翻译，找到了契诃夫的"感觉"——"那种悲悯的、轻灵的、忧伤的、精微的感觉"；找到了契诃夫的"句子"——"一种俏皮、聪明、绝妙的短句子"。[1] 在我看来，"契诃夫的伟大经验，主要体现在这样几个方面：赋予简洁的语言形式与朴素的叙述方式以神奇的力量，努力让人物在生动的故事和真实的生活场景里，显示自己的性格和内心世界；让读者通过客观的形象和画面与人物相遇，既感受到丰富的诗意情调，又体会到作者的心情态度；同时，在他的小说中，如诗如画的景物描写达到了炉火纯青的境界，发挥着巨大而丰富的修辞功能"[2]。冯骥才的语言意识和语言风格，分明受到了契诃夫的深刻影响。

文学上的伟大，不仅决定于作家的艺术才能，也决定于他的情感态度和人格精神。冯骥才不仅发现了契诃夫的艺术天赋，还准确地揭示了他高尚的情感和伟大的人格。他通过与最伟大的俄罗斯作家的比较，来揭示契诃夫艺术形式和情感态度上的个性特点："在他的小说里没有托尔斯泰的史诗般的场面，也很少有屠格涅夫田园诗般的爱情悲剧，而更多的是他心里放不下的小人物们的种种担惊受怕。……契诃夫有很浓郁的悲悯的情感。即使描写大自然——写草原时，也与屠格涅夫的《森林与草原》不一样。后者是优美的风景画，前者是伤感的诗。"[3] 说来真是有趣，屠格涅夫极力称扬唐·吉诃德式的牺牲精神和爱的热情，但他的小说总给人一种平静得近乎冰冷的感觉；契诃夫总是强调作家要冷静，甚至要无情，然而，在他平静而克制的叙述里，却包裹着一团温暖的火，能使人感受到最温柔的爱和最慈悲的怜悯。

1　冯骥才：《倾听俄罗斯》，人民文学出版社，2003 年，第 210 页。
2　李建军：《重估俄苏文学》，上卷，二十一世纪出版社集团，2018 年，第 341 页。
3　冯骥才：《倾听俄罗斯》，人民文学出版社，2003 年，第 119 页。

怜悯和同情是人类特有的伟大情感，也是爱的情感里最温柔、最具人性的部分。一个冷酷的人，也许会成为著名的作家，但很难成为伟大的作家。利哈乔夫说："崇高道德的特性是富有怜悯之心，怜悯之心便是个人与全人类与整个世界（不仅与人类、各民族，而且还包括动植物和自然界）达成统一的意识。怜悯之心（或与此相近的某些特性）迫使我们为文物保护、文化遗产的保护、自然景区的保护和尊重历史记忆而斗争。怜悯之心是个人与他人、其他民族、人民、国家和整个宇宙达成统一的意识。正因为如此，被遗忘的怜悯之心这一概念需要全面复兴和发展。"[1] 冯骥才与契诃夫都属于富有同情心和怜悯心的人。他们不仅同情高级形态的生命——人，而且同情大地上的特殊形态的生命——动物和植物。冯骥才甚至同情和保护那些历尽沧桑的文化遗产。

但是，从性格类型和情绪模式来看，他们却属于完全不同的两类作家。

尽管冯骥才情感细腻，善于体情感物，在叙述夫妻情感故事的时候，心思简直比女性作家还要缜密，例如《高女人和她的矮丈夫》《鬼剃头》和《笑的故事》等作品，读之使人增伉俪之重。然而，观其大要，冯骥才仍然属于坦率、热情而有力量的外倾型作家。

尽管契诃夫风趣，健谈，喜欢交往，热心公共事务，甚至不乏冒险精神，但他本质上是典型的内倾型作家。由于天性和个人气质，由于童年的不幸和痛苦记忆，契诃夫对于别人的苦恼和不幸尤其敏感。

契诃夫的目光温柔而忧伤，显示出明显的忧郁气质；冯骥才的目光热情而自信，显示出明显的乐观精神。

1　德米特里·利哈乔夫：《俄罗斯千年文化：从古罗斯至今》，焦东建、董茉莉译，东方出版社，2020年，第246页。

冯骥才迷恋契诃夫的伤感，但是，在他的作品中，你很少看到契诃夫式的感伤。冯骥才作品里的人生感喟，显示出明亮的暖色调，因而，它所带给读者的，更多的是感动和力量，而不是感伤和叹息。

在冯骥才的安静的文字下面，常常传出很大的响动；他所塑造的卓异之人，他所讲述的非凡之事，每每让人拍案称奇，甚至毛立神骇。从《啊！》《神灯》《神鞭》和《俗世奇人》这样的题目，你就能看出他的"太史公之好"——"爱奇"。即便《高女人和她的矮丈夫》和《雕花烟斗》这样的看似平淡的情感叙事，也有一股异乎寻常的奇气。短篇小说《他在人间》的主人公"他"始终没有露面，读者却强烈地感受到了作者所欲表现的平凡而又非凡的道德精神。《神医王十二》的开头部分这样写道："天津卫是码头。码头的地面疙疙瘩瘩可不好站，站上去，还得立得住，靠嘛呢——能耐？一般能耐也立不住，得看你有没有非常人所能的绝活儿。换句话说，凡是在天津站住脚的，不管哪行哪业，全得有一手非凡的绝活，比方瞧病治病的神医王十二。"[1]在冯骥才的几乎所有小说里，总有一股子正气和奇气，沛沛然鼓荡于作品的字里行间。冯骥才的小说叙事，清晰地传达出这样的文化吁求：一个充满人间气息的健全社会，应该为那些与众不同的人，为那些"有一手非凡绝活"的人，留下发展的余地和生存的空间。

从总体的叙事调性来看，冯骥才与契诃夫属于两种完全不同的模式。

所谓调性，就是显示作家的情绪和态度等复杂内容的语调。它涉及情感内容和表现方式两个方面。"每个作家都有自己写作的基本调

1　冯骥才：《俗世奇人》，作家出版社，2022年，第89页。

性，每部作品都有自己的特殊调性，甚至每个时代也有自己的总体调性。调性可以用强烈、低沉、舒缓、轻快、明朗、幽暗、庄严、轻浮、赞许、戏谑、反讽、客观、主观、优雅、粗俗、高贵、庸鄙、勇敢、虚怯、清晰、混乱等概念来界定和描述。在评价作品的时候，最重要的，就是准确感受、把握和描述它的调性。它是作品最重要的气质和风貌的集中体现，是一部作品的具有灵魂性的东西。调性就是作品的情绪和格调意义上的主题。抓住了作品的调性，就抓住了它的灵魂，就找到了打开它的一把钥匙……"[1] 一个作家的写作没有调性，就像花朵没有芳香，就像琴弦没有声音，就像河流没有方向，断然不可能写出充满美感力量的作品。

冯骥才注意到了调性对于小说写作的重要性。在《小说的艺术》一文中，他谈到了调性的决定性作用："小说作者在落笔之前，首先要考虑作品写成个什么调子——它们或者是浓烈的，或者是甜蜜的，或者是忧伤的，或者是苦涩的……总之，作品要写成个什么样的基调，一定要事先把它定好，不能中途随便地就'串'了'味儿'。否则，作品就非得失败不可。"[2] 冯骥才的每部作品都有自己特殊的调性，而他的全部作品则呈现出基本稳定的总体调性。他绝不犯那种缺乏调性或调性混乱的错误。

冯骥才的总体调性是乐观而昂扬的。他的幽默所引发的笑声里，充满了信心和欣悦，能让你感受到生命的力量和生活的欢乐。

契诃夫的总体调性是感伤而低沉的。他的幽默所引发的笑声里，充满了苦恼和焦虑，使人感受到人生的无奈和生活的沉重。

在冯骥才的作品里，人们看见的是中国北方的辽阔和明旷，感受

1　李建军:《重估俄苏文学》，下卷，二十一世纪出版社集团，2018 年，第 607 页。
2　冯骥才:《艺术丛见》，中州古籍出版社，2005 年，第 355–356 页。

到的是作者的北方人性格的豪爽和慷慨，而很少看到充满感伤色彩的调性和描写。

在契诃夫的总体调性里，人们常常听见低沉的叹息声和轻轻的啜泣声，常常看见俄罗斯民族的特有的痛苦和感伤的表情，常常感受到对一切生命的温柔的爱和怜悯，对陷入困境的人们的深切的同情。

三、调性的结构：单一结构与复杂结构

从调性的总体结构来看，冯骥才的叙事属于明快而直接的单一结构，也就是说，他的作品的表层结构和深层结构是一致的。情节的发展和人物的命运，最终都归于完成和圆满，都被纳入一个肯定性的模式。这是一种通体洋溢着乐观主义情绪和浪漫主义精神的总体调性模式。

在冯骥才的小说里，人物虽然常常陷入巨大的困境，但是，他们最终不仅摆脱了这困境，还实现了心灵和思想上的升华。短篇小说《匈牙利脚踏车》里的人物蓝天说："我的家在一夜之间被毁掉，但我的心并没有能粉碎。"他从人民那里获得了力量，"在这亿万颗心汇聚在一起时，看到人民是一种有形的、实实在在的、不可抗拒的力量"[1]。正是靠着这样的力量，他开始思考和记录时代，并将自己记录下来的"素材"，藏到自行车的大梁管里，最终用这些素材写了几本很有影响的书——"一种无限丰富的、广义的、属于整个社会的财富……"[2] 短篇小说《意大利小提琴》的故事，发生在一个令人压抑的混乱时代，是一出充满荒诞感的喜剧，也是一出令人酸楚的悲剧。但

---

1 冯骥才：《冯骥才选集》，第 1 卷，百花文艺出版社，1984 年，第 224 页。

2 冯骥才：《冯骥才选集》，第 1 卷，百花文艺出版社，1984 年，第 226 页。

是，冯骥才既没有将这篇小说写成沉重的悲剧，也没有将它写成戏谑的喜剧，而是用充满诗意的抒情的方式结束了小说叙事——通过"突转"性的肯定性叙事，让人物摆脱了小提琴被毁带来的失望和沮丧，迅速沉浸到一种甜蜜而美好的生活情景：

> 他好像一个人在空空荡荡的世界上走着。
>
> 可是，当他一抬头的时候，正好远远地看见了他的家——这家就像一幅画儿，隔着淡淡的晨烟，渐渐地透现出来。瞧啊，那两间黄泥屋，几株高高而淡绿色的杨柳，歪歪斜斜的篱笆，这些都给明媚的阳光笼罩着，并在这前边一片清水塘静穆地垂下倒影。恍恍惚惚地，还看见妻子在房前的当院里弯腰忙着什么，女儿在晾衣服，一件张扯开的白布衫子映着阳光，异常耀目……
>
> 不知为什么，这普普通通的情景此刻竟有这样的魔力。一看到它，他的心仿佛像风儿停歇了的湖水，刚才那股狂乱的思绪就像大波大浪一样，顷刻也平静下来……他由不得站住了，看得痴迷了，神往了。一股看不见的、甜蜜的生活汁液注入他的心中。他的心一点点地感到充实起来，连同周围世界也逐渐变得丰富、饱满和盈盈动人了。而这一切又都溶成一个甜醉而无声的旋律，从他心底渐渐地响起来。
>
> 他被此情此景，感动得忽地涌出了一股泪水……[1]

这无疑是一种诗意化的浪漫主义描写。从这几段引文的字里行间，读者可以强烈地感受到作者的昂扬而乐观的调性。这种乐观的想

1　冯骥才：《冯骥才选集》，第 1 卷，百花文艺出版社，1984 年，第 246 页。

象和调性，既来自作者自己对生活充满热情和理想的心灵，也来自要求作家积极地表现信心和希望的时代精神。显然，冯骥才的叙事态度和写作风格，既是他自己的个性气质和美学精神的表现，也是特殊时代的情绪和愿望的表现。

乐观主义的叙事调性，需要一个肯定性的圆满结尾。从情感态度和叙事调性的角度看，冯骥才早期的小说，似乎更倾向于那种弱化悲剧性或加强光明感的修辞性处理。中篇小说《啊！》若在"二十四"节收束，就会极大地强化情节叙事的荒诞感和反讽性——让吴仲义提心吊胆、如履薄冰的那封信，那封几乎让他自杀的信，竟然没有落入贾大真们的手中，而是黏在自己家脸盆底上："'啊！'他一声惊叫。……他整个身形就像'啊'字后边的惊叹号，呆住了。在他把这一切都明白过来之前，足足立了半个小时。"[1]如果这样结束小说的叙事，那就是一个精彩的契诃夫加欧·亨利式的结尾。然而，为了满足时代对作品的光亮度的要求，冯骥才增加了一个由抒情性话语和议论性话语构成的结尾——他向读者宣告已经到来的春天带给生活的生机和变化，同时，也强调了反思生活和铭记教训的必要性。

冯骥才说："我以为结尾比开头重要得多。一件艺术品的成功与否，很大程度在于它最后的工作是否恰当。最后一句台词，最后一个细节，音乐的尾声等，最容易成功和最容易失败之处往往就在这里。一部作品的内容、思想、感情也都聚集在这里。这是整部作品最浓郁的地方；如果作家淡淡地结尾，也正是把最浓郁的东西留给读者慢慢咀嚼。"[2]冯骥才小说的结尾，确如他所追求的那样，大都很有意蕴。例如，《高女人和她的矮丈夫》的结尾，就很能引发人深长的思索。

1　冯骥才:《冯骥才选集》，第 2 卷，百花文艺出版社，1984 年，第 274–275 页。

2　冯骥才:《艺术丛见》，中州古籍出版社，2005 年，第 347 页。

但是，《啊！》的这个"浓浓的结尾"所带来的效果，似乎并不理想，因为，它并没有多少可以"留给读者慢慢咀嚼"的东西。

比较起来，契诃夫的很多小说的结尾，就达到了冯骥才所说的境界。他就常常选择在情节发展最关键的瞬间，以最自然的方式结束自己的叙事。《一个文官的死》的最后一段文字是："切尔维亚科夫肚子里似乎有个什么东西掉下去了。他什么也看不见，什么也听不见，退到门口，走出去，到了街上，慢腾腾地走着。……他信步走到家里，没脱掉制服，往长沙发上一躺，就此……死了。"[1]在《万卡》的结尾，小万卡的甜蜜的梦，真实而令人心酸，极大地强化了小说的悲剧性。《第六病室》的结尾，只有一句话："第二天安德烈·叶菲梅奇下葬了。送葬的只有米哈伊尔·阿韦良内奇和达留希卡。"[2]没有过度的渲染，也没有游离的议论，只有耐人咀嚼的深长意味。

契诃夫小说的包括结尾在内的所有修辞处理，与他的文学写作的总体调性是一致的。他的所有作品的总体调性，是冷色调和暗色调的，是凝重而低沉的，而这调性的结构则是复杂的。这是一种外暗内明的调性结构——明面上，它是低沉和感伤的，但在内里，则包含着希望和热情。

也就是说，在契诃夫的小说和戏剧作品里，你首先听见的是叹息声，首先感受到的是无奈而感伤的意绪，而生活的发展和人物的命运，最终都是不圆满和令人沮丧的——失败与绝望，死亡与毁火，像深秋阴天的乌云一样，笼罩在几乎所有人物的心灵和头顶；但是，无论你最初感受到的情绪有多么灰暗和沉重，在他的作品深处，却回响

1　契诃夫:《契诃夫小说全集》，第2卷，汝龙译，上海译文出版社，2008年，第166页。

2　契诃夫:《契诃夫小说全集》，第8卷，汝龙译，上海译文出版社，2008年，第416页。

着热情而昂扬的旋律，弥散着来自作者心灵的光和热，使你感受到冬夜篝火般的光芒和温暖。

人们注意到了契诃夫的叙事调性的外在结构——充满哀愁和痛苦的冷色调和暗色调的调性，却常常忽略了它的内在结构——充满爱和同情的暖色调和亮色调的调性。法捷耶夫批评契诃夫的作品"有点枯燥无味"，"人物千篇一律，没有兴味，很难令人喜爱"。他用托尔斯泰来贬低契诃夫，用现实生活来否定契诃夫。他峻责契诃夫看不见现实生活中的英雄和优秀人物，看不见那些把自己的"一生都献给了人民"的"阿斯特罗夫"："身在俄国而看不到这一切——这是契诃夫作为艺术家的极大的失败。"[1]这不是真正意义上的文学批评，而是颟顸而武断的庸俗社会学批评。法捷耶夫的这些论调给人的感觉，就像责备医生应该走出病房，去看看大街上和田野里健康的人，就像责备轮船上的水手只会在海上工作，而不会像农民一样吆喝牛车。显然，用法捷耶夫们的观念和尺度来批评契诃夫，既不可能看见契诃夫作品内里的真实和深刻，也不可能发现契诃夫小说的"第二层境界"[2]。

是的，契诃夫的许多小说，都有自己的"第二层境界"，或者说，都是由表层境界和深层境界构成的。《厨娘出嫁》就是一篇典型的"外暗内明的调性结构"的小说——它既写了厨娘彼拉盖雅被迫出嫁的痛苦，也写了七岁的小男孩格利沙对她的同情：

　　这在格利沙看来又是一个问题：彼拉盖雅本来自由自在地活着，要怎么样就怎么样，别人谁也管不着，可是，忽然间，平白

1　法捷耶夫:《关于契诃夫〈新娘〉、〈草原〉、〈乏味的故事〉、〈决斗〉、〈庄稼汉〉》,《苏联文艺》1980年第1期，第205页。

2　法捷耶夫:《关于契诃夫〈新娘〉、〈草原〉、〈乏味的故事〉、〈决斗〉、〈庄稼汉〉》,《苏联文艺》1980年第1期，第201页。

028

无故，出来一个陌生人，这个人不知怎么搞的，居然有权管束她的行动，支配她的财产！格利沙感到难过。他急得眼泪汪汪，巴不得安慰她，同她亲热一下，因为他觉得她已经成为人类暴力的受害者了。他就到堆房去拣一个最大的苹果，偷偷溜到厨房里，把那个苹果塞在彼拉盖雅手里，然后一溜烟跑出来了。[1]

短篇小说《哥萨克》也属于复杂调性结构的叙事，这是一个关于仁慈和良心的故事。结婚不久的平民玛克辛·托尔恰科夫，在从教堂回家的路上，遇到了一位生着病赶路的哥萨克。玛克辛想把自己受过复活节圣礼的大面包，分享给这位可怜的路人，却因为妻子丽扎薇达的阻挠而未能如愿。这让年轻的丈夫闷闷不乐，深深自责。他叹着气对妻子说："我和你亏待了那个哥萨克！"[2] 这件事搅得他心神不宁，甚至使他想到了上帝："'那个哥萨克盘踞在我的脑海里，说什么也不走了！'他对妻子说。'他不容我消停。我一直在想，万一这是上帝要试探我们，打发一个天使或者圣徒扮成哥萨克的模样来见我们，那可怎么好？要知道，这种事是有的。丽扎薇达，我们不该亏待那个人！'"[3] 他们似乎也受到了上帝的惩罚：

他们的马、牛、羊在院子里陆续消失，他们的债务越积越多，他的妻子惹得他讨厌了。……所有这些灾难，按照玛克辛的说法，都是因为他妻子恶毒而愚蠢，因为上帝为那个有病的哥萨

1　契诃夫：《契诃夫小说全集》，第4卷，汝龙译，上海译文出版社，2008年，第41页。

2　契诃夫：《契诃夫小说全集》，第6卷，汝龙译，上海译文出版社，2008年，第168页。

3　契诃夫：《契诃夫小说全集》，第6卷，汝龙译，上海译文出版社，2008年，第169页。

克而生了他和他妻子的气。……他越来越频繁地喝醉。他喝醉了就坐在家里发脾气，每逢清醒着，就到草原上走来走去，盼望能遇到那个哥萨克。……[1]

这篇小说的主题是探讨同情与良心的关系。人之所以为人，就在于他懂得爱和同情。谁若丧失了爱的情感，丧失了对不幸者的同情，谁就有可能丧失幸福感，谁的良心就很难安宁。在这篇小说里，读者固然可以感受到外在调性的严肃和沉重，但也可以感受到内在叙事调性的热情和温暖，甚至可以感受到列夫·托尔斯泰的作品所表现的那种态度和主题。

然而，人们却常常简单化地理解契诃夫，认为他的写作态度和叙事调性太冷，太暗。人们忽略了这样一个事实，那就是，契诃夫文学叙事调性，不是单一性的，而是双重性的——它的表层调性是冷的，准确地说，是冷静和克制的，而深层的调性却是热的，显示着热烈的情感和积极的态度。霍达谢维奇说："契诃夫的抒情风格对于当代人说得好一点是陌生，说得不好一点是沮丧和敌视。无论未来的俄罗斯由哪些人组成——但不会由契诃夫的主人公们组成。在生活中他们都是些病态的例外，在文学中他们也将失宠，因为人们不会继续理解他们。"[2] 这是对契诃夫极为严重的误读和贬低。今天的读者对契诃夫的抒情风格并不觉得陌生，更不觉得"沮丧"和"敌视"，而是觉得亲切和美好。不仅如此，契诃夫笔下的人物也有着长久的生命力，因为，他们身上的人性内容永远不会过时，而他们的无奈、忧伤和苦

1　契诃夫：《契诃夫小说全集》，第 6 卷，汝龙译，上海译文出版社，2008 年，第 171 页。

2　霍达谢维奇：《摇晃的三脚架》，隋然、赵华译，东方出版社，2000年，第 132 页。

恼，他们的善良、慈悲和同情心，也将在现在和未来的人们内心引发深深的共鸣。

事实上，就像斯坦尼斯拉夫斯基所说的那样，无论契诃夫自己，还是他作品中的人物，都是生活的探索者，内心都充满摆脱现实困境的愿望，都表现出对另一种生活的向往："契诃夫笔下的人物决不像我们当时所演的那样，沉浸在自己的痛苦中。正相反，他们像契诃夫本人一样，寻求生活、快乐、笑、勇气。契诃夫笔下的人物想活而不想死。他们积极，勇于克服他们生活中的那些困难与不能忍受的绝境。俄罗斯的生活毁灭了创始性和最好的事情的开端，妨碍男人和女人的自由行动、自由生活，这并不是他们的错。"[1] 斯坦尼斯拉夫斯基忘了强调，艺术中的感伤和悲剧性，往往反映着更热切的愿望，以及对人和生活的更强烈的爱，因而，也就包含着更深刻的启示性和更大的感召力量。真正的感伤和悲剧，都包含着伟大的理想和热切的希望，都显示着人们内心深处巨大的勇气和激情。

爱的情感既是文学创作的表现内容和内在动力，也是文学的感染力和生命力的决定因素。爱和同情始终是契诃夫叙事调性的主旋律。契诃夫的总体基调既是低沉和感伤的，也是昂扬和热忱的。在他的叙事调性里，读者始终能感受到作者对人与生活的热情的态度和深沉的情感。

四、叙述与描写：介入性表现与客观化呈现

叙述与描写是小说写作的两大技巧和修辞方式，也是观察一个作家写作方法的重要角度。叙述意味着故事的可接受性和思想的可理解

---

[1]　斯坦尼斯拉夫斯基：《我的艺术生活》，瞿白音译，上海译文出版社，2002年，第318页。

性，所以，它追求的是可以被读者"听见"和"理解"的修辞性讲述效果；描写意味着形象的可感知性，所以，它追求的是可以"看见"的客观展示效果。叙述属于作者介入方式比较明显的"有我"方式，描写属于作者介入方式较为隐蔽"无我"修辞。叙述有助于拉近读者与作者的距离，描写有助于拉近读者与描写对象的距离。冯骥才的小说写作多属叙述模式，而契诃夫的小说写作则多属描写模式。

在小说的发端部分，冯骥才喜欢选择用一定长度的叙述来展开小说写作，有时甚至不介意用议论来带动叙事，例如，《多活一小时》的第一段，是纯粹的议论，而《高女人和她的矮丈夫》和《在早春的日子里》的第一节，几乎全都是由议论带动的叙述，而且都是用第二人称方式展开议论。不仅如此，就连他的景物描写，都是介入性和修辞性的，都显示出讲述的性质：

> 早春吗？就是你放开眼寻不到一点绿意，小河依旧覆盖着亮闪闪的薄冰，阳光还无力驱尽空气中的冷冽。早晨，你坐着马车在村道上，耳朵竟然感到有些冻得发疼；马儿的鼻孔里喷出一股股蒸汽似的热气……可是，偶然不知从哪儿吹来一股挺凉的风，却与当天扫荡大地的寒飙全然不同了。……就在这一瞬间，你曾经在这个季节里一些经受过的、久已忘怀的往事，会重新零零碎碎地飞快地从眼前一掠而过。……你全身会像那些修长、纤细、变软的枝条，微微颤抖起来，并感受到一阵子又甜蜜、又伤感、又淡薄、又浓郁的情绪。这便是早春。[1]

1　冯骥才：《冯骥才选集》，第1卷，百花文艺出版社，1984年，第162页。

这是包含着议论和抒情的特殊形态的描写。它本质上是主观的，而不是客观的。它凸现出来的不是客观的物象，而是作者和人物的心象，是一种由早春的景象引发的情感反应。它带给读者的，不是完全客观的画面，而是充满感染力的"有我"的意境。冯骥才的景物描写的主观性倾向，也体现在长篇小说《艺术家们》对黄河的描写。楚云天想道："黄河不是我们的母亲河吗？为什么一看到她，总会想起我们民族多灾多难的历史？……不觉间，他把自己种种经受过的百感交集的生活都放进去了。他忽然有了画这条河的渴望与激情！"[1]在通过楚云天的视角描写黄河的时候，冯骥才将人物的感受和心情等主观体验，放在了远比自然的客观物象重要的位置，也就是说，他表现的主要内容，是人物面对黄河的"思想"和心理反应，而不是黄河客观的样子，也不是它作为象征的物象。

　　冯骥才是一个充满热情的作家。他常常用明显甚至直接的方式表达自己的思想和价值主张。在思考价值问题和表现自己的生活哲学的时候，冯骥才似乎更像托尔斯泰，而不是契诃夫。他的短篇小说《老裘里和菲菲》将叙事背景设置在圣彼得堡，写得干净利落，生动有趣，显然是一篇向俄罗斯文学致敬的小说，甚至可以说是向托尔斯泰致敬的小说。通过动物叙事来探讨道德问题，是托尔斯泰喜欢用的叙事策略和修辞方式。老裘里，这匹瘦骨嶙峋的栗色老马，使人很自然地联想到托尔斯泰的中篇小说《霍斯托密尔》中的那匹老马。冯骥才的《三个要死的人和上帝》关注重要的人生问题，是一篇庄严崇伟的小说，有着与托尔斯泰的《三死》几乎相同的调性，两者的价值立场和表现方式，也颇相仿佛，所以，即便一不小心把它放到托尔斯泰的作品集里，也没有太大的违和感。

1　冯骥才:《艺术家们》，人民文学出版社，2020年，第134页。

与冯骥才的叙事诗似的讲述方式不同，契诃夫虽然也讲述，但更多采用的，却是戏剧场景式的描写，一种近乎纯客观性的展示技巧。在《谜一般的性格》中，他一开始就通过客观的场景描写来展开：

头等车厢的单间包房。

一个俊俏的小女人在蒙着深红色丝绒的长沙发上半躺半坐着。她手里使劲攥着一把贵重的毛边扇子，扇得沙沙地响。她那夹鼻眼镜不时从好看的小鼻子上掉下来。她的胸针在胸口起伏不定，犹如波涛中的帆船。[1]

短篇小说《冷血》则这样描写火车站的物象，描写人物的穿着和动作：

一列很长的货车在这个火车站上已经停了很久。火车头闷声不响，仿佛熄了火似的。火车附近和小车站的门里没有一个人影。

从一节车皮射出一道苍白的光，爬过一条备用线的铁轨。在那节车皮里，有两个人坐在一件铺开的毡斗篷上：一个是老人，有一把挺大的白胡子，穿一件羊皮袄，戴一顶高高的羔皮帽，有点像高加索一带那种羊皮高帽。另一个是没生胡子的青年，穿一件破旧的厚呢上衣，脚上是一双沾了烂泥的高筒靴。他们是货物的托运人。老人坐着，脚向前伸出去，沉默不语，在思索什么事。青年半躺半坐，拉着一个便宜的手风琴吱哩吱哩响，声音低得几

1　契诃夫：《契诃夫小说全集》，第 2 卷，汝龙译，上海译文出版社，2008 年，第 90 页。

乎听不见。有一盏灯挂在他们附近的墙上，灯里点一支牛油烛。[1]

　　冯骥才与契诃夫的描写模式的差异，在描写雪景的文字中显示得更加分明。在短篇小说《老夫老妻》中，冯骥才这样描写下雪的情景：

　　　　雪下得正紧，积雪没过脚面，她左右看看，便向东边走去。因为每天早上他俩散步就先向东走，绕一圈儿，再从西边慢慢走回家。

　　　　夜色并不太暗，雪是夜的对比色，好像有人用一支大笔蘸足了白颜色把所有树枝都复勾一遍，使婆娑的树影在夜幕上白绒绒、远远近近、重重叠叠地显现出来。雪还使路面变厚了，变软了，变美了；在路灯的辉映下，繁密的大片大片的雪花纷纷而落，晶晶莹莹地闪着光，悄无声息地加浓它对世间万物的渲染。它还有种潮湿而又清冽的气息，有种踏上去清晰悦耳的咯吱咯吱声；特别是当湿雪蹭过脸颊时，别有一种又痒、又凉、又舒服的感觉。于是这普普通通、早已看惯了的世界，顷刻变得雄浑、静穆、高洁、充满活鲜鲜的生气了。[2]

　　在这幅雪景图中，固然也有客观的素描，但它总体上是通过作者的全知性角度来表现的，亦即都是通过作者的意识来完成的。"好像有人用一支大笔蘸足了白颜色把所有树枝都复勾一遍，使婆娑的树影

1　契诃夫:《契诃夫小说全集》，第7卷，汝龙译，上海译文出版社，2008年，第23页。

2　冯骥才:《冯骥才选集》，第1卷，百花文艺出版社，1984年，第250–251页。

在夜幕上白绒绒、远远近近、重重叠叠地显现出来"，以及"于是这普普通通、早已看惯了的世界，顷刻变得雄浑、静穆、高洁、充满活鲜鲜的生气了"，所反映的，都不可能是人物的意识活动，而是作者自己的想象和感受。显然，这样的描写，属于叙述化的间接描写。

与冯骥才不同，契诃夫的雪景描写，明显具有客观色彩——外在的物象描写是客观的，人物的内在心象的描写也是客观的。在《苦恼》中，他这样描写下雪的情景，描写车夫和小马在雪地的感受：

> 暮色昏暗。大片的湿雪绕着刚点亮的街灯懒洋洋地飘飞，落在房顶、马背、肩膀、帽子上，积成又软又薄的一层。车夫姚纳·波达波夫周身雪白，像是一个幽灵。他在赶车座位上坐着，一动也不动，身子往前伛着，伛到了活人的身子所能伛到的最大限度。即使有一个大雪堆倒在他的身上，仿佛他也会觉得不必把身上的雪抖掉似的。……他那匹小马也是一身白，也是一动都不动。它那呆呆不动的姿态、它那瘦骨嶙峋的身架、它那棍子般直挺挺的腿，使它活像那种花一个戈比就能买到的马形蜜糖饼干。它多半在想心思。不论是谁，只要被人从犁头上硬拉开，从熟悉的灰色景致里硬拉开，硬给丢到这儿来，丢到这个充满古怪的亮光、不停的喧嚣、熙攘的行人的漩涡当中来，那他就不会不想心事。……[1]

契诃夫描写落雪的视角，从形式上看，也是间接和外在的，但是，从效果来看，却是直接和内在的。作者紧紧贴着车夫和小马的内在感受来写，使读者仿佛近距离地看着人物和他的小马，似乎深切地

---

[1] 契诃夫:《契诃夫小说全集》，第4卷，汝龙译，上海译文出版社，2008年，第252页。

感受到了人物内心的悲苦，甚至感受到了小马隐秘的"心思"。那最后一句，似乎是作者自己的叙述话语，但是，细细思量，你会发现，就连这句话，也是客观性质的内在描写——作家揣想小马的内心活动，非常准确地写出了它的怫郁的情绪和痛苦的感受。这些描写如此客观和逼真，简直近乎准确的剧本说明。

人们常常严重地误解了契诃夫强调"客观性"效果的观点和态度。契诃夫要求小说家保持冷静，甚至要求他对人物"冷心肠"，其最终目的，只不过是为了"引起读者的怜悯"[1]。也就是说，"冷心肠"只是具体的技巧和手段，而不是总体性的态度和根本性的原则。这个道理，在 1892 年 4 月 29 日致阿维洛娃的信中，说得更加分明："人们可以为自己的小说哭泣，呻吟，可以跟自己的主人公一起痛苦，可是我认为这必须做得让读者看不出来才行。态度越是客观，所产生的印象就越是强烈。我要说的就是这个意思。"[2] 就实际效果来看，契诃夫关于小说家描写态度要客观的主张，无疑是符合艺术规律的。冷静而客观的描写，确实有助于强化小说的生动性和感染力。

但是，完美的叙述也有着巨大的美学价值。它有助于提高小说的概括力和亲和力，也有助于拉近读者与作者和作品的距离。像高明而完美的描写一样，高明而完美的叙述亦非易到之境界。所以，契诃夫并不排斥叙述，有时，甚至不拒绝像托尔斯泰那样在小说中直接发表议论。表面上看，他很少直接描写上帝，也很少让自己的人物直接讨论嫉妒与仇恨、苦难与死亡、罪恶与拯救之类的问题。在写给苏沃陵的信中，他甚至说过这样的话："我觉得不该由小说家来解决上帝、

1　契诃夫：《契诃夫论文学》，汝龙译，人民文学出版社，1958 年，第 205 页。

2　契诃夫：《契诃夫文集》，第 15 卷，汝龙译，上海译文出版社，1999 年，第 257 页。

悲观主义等问题。"[1] 事实上，他并不反对托尔斯泰式的探讨信仰和价值问题的介入性修辞和议论性话语。他高度评价托尔斯泰将艺术和哲学结合起来的完美而和谐的艺术成就和文学经验。他说，没有人比托尔斯泰"更和谐"："他通体和谐而美丽。……这个人差不多十全十美。近视的批评家指出他的性格似乎分裂成两部分，说他有艺术家的一面，又有哲学家的一面，这两个因素似乎在他内部互相敌对。这是什么样的胡说！托尔斯泰既是艺术创作中的哲学家，又是哲学中的艺术家。……这是完整得惊人的性格。"[2] 像托尔斯泰一样，契诃夫自己也在小说中探讨那些宏大而沉重的问题。例如，在中篇小说《第六病室》中，他简直就像托尔斯泰附体一样，也让自己的人物思考那些大问题：

"理解……"伊凡·德米特利奇说，皱起眉头。"什么身外之物啦，内心啦。……对不起，这我都不懂。我只知道，"他说，站起来，气愤地瞧着医师，"我只知道上帝是用热血和神经把我创造出来的，是啊！人的机体组织，如果是有生命的，就必然对一切刺激有反应。我就有反应！受到痛苦，我就用喊叫和泪水来回答；见到卑鄙，我就用愤怒来回答；对于肮脏，我就用厌恶来回答。依我看来，实际上这才叫生活。有机体越低级，它的敏感程度就越差，对刺激的反应也越弱。机体越高级，就越敏感，对现实的反应也越有力。这点道理您怎么会不懂呢？您是医师，却不懂这些小问题！为了蔑视痛苦，永远心满意足，对任什么事情

1　契诃夫:《契诃夫论文学》，汝龙译，人民文学出版社，1958年，第 87 页。

2　契诃夫:《契诃夫论文学》，汝龙译，人民文学出版社，1958年，第 430 页。

都不感到惊讶，人就得弄到这般地步才成，"说着，伊凡·德米特里奇就指了指满身是脂肪的农民，"或者，必须在苦难中把自己磨炼得麻木不仁，对苦难失去一切感觉，换句话说，也就是停止生活才成。对不起，我不是圣贤，也不是哲学家，"伊凡·德米特利奇气愤地接着说，"那些道理我一点也不懂。我也不善于讲道理。"

"刚好相反，您讲起道理来很出色。"

"您所模拟的斯多葛派哲学家们是些了不起的人，然而他们的学说远在两千年前就已经停滞，没有前进过一步，将来也不会进展，因为它不切实际，脱离生活。它只在以研究和品味各种学说消磨生活的少数人当中获得成功，而大多数人却不能理解它。凡是宣扬漠视富裕、漠视生活的舒适、蔑视痛苦和死亡的学说，对绝大部分人来说是根本无法理解的，因为大多数人从没有享受过富裕，也从没享受过生活的舒适。对他们来说，蔑视痛苦无异于蔑视生活本身，因为人的全部实质就是由饥饿、寒冷、委屈、损失等感觉以及哈姆莱特式的恐惧构成的。全部生活不外乎这些感觉：人可以因这种生活而苦恼，痛恨它，可是不能蔑视它。是啊，我再说一遍：斯多葛派的学说绝不会有前途。从开天辟地起一直到今天，您看得明白，不断进展着的是奋斗，对痛苦的敏感，对刺激的反应能力……"

伊凡·德米特利奇忽然思路中断，停住口，烦恼地擦额头。[1]

文学的边界，就是心灵和想象力的边界。文学评价是有标准的，

---

[1] 契诃夫:《契诃夫小说全集》，第 8 卷，汝龙译，上海译文出版社，2008 年，第 389–390 页。

但文学探索是没有禁区的。它可以用一切有效的技巧和方法，来表现自己的经验、情感和思想。也就是说，它既可以描写，也可以叙述；既可以议论，也可以抒情。对小说家来讲，需要处理的问题，是如何将叙事和描写、主观和客观、诗和哲学完美地结合起来，而不是将它们简单地对立起来。

五、百人与十年：一部伟大的纪实性小说

生活是等待讲述的无章的小说，小说是精心结撰的有序的生活。当生活的极端性和传奇性超出了人们的理解力和想象力的时候，或者说，当生活本身具有某种超现实的荒诞性和虚幻性的时候，生活与小说之间的界线，就会模糊起来，而纪实性的小说和小说化的纪实，也就诞生了。历史的极端性和传奇性催生了《史记》这样的充满小说魅力的不朽经典；现实的荒诞性和虚幻性则催生了《百年孤独》这样的小说和《古拉格群岛》这样的纪实作品。

说来真是有趣，小说家冯骥才与小说家契诃夫，竟然都创作了一部影响很大的纪实作品。冯骥才的纪实作品《一百个人的十年》虽然根据受访者的口述写出，但叙事跌宕起伏，情节引人入胜，显示着作者过人的勇气和非凡的才华，具有伟大的品质和卓特的风格。无论放在处理"十年"题材的作品中，还是放在二十世纪的所有现实主义作品中，它都是一部不可多得、不可低估的伟大作品。

契诃夫的纪实作品《萨哈林岛》，写得极精细，亦极平实，仿佛出自一个很有文学才华的学者之手。此作的主要价值，体现在社会学和监狱学等方面，至于其文学价值，则远不如他的小说作品。在这部作品中，契诃夫的殖民主义意识和国家主义立场，隐然可见。他在作品中所表现出来的人道主义精神，亦因此立场而失去了普遍性意义。

文学创造的动力来自作家的良心。文学的价值也与良心有着深刻的关系。良心、勇气和责任感，是分析和评价冯骥才必不可少的概念和尺度。他的良心始终是醒着的。他的勇敢和责任心，就来自他的那颗醒着的良心。然而，良心的麻木和责任感的丧失，却是中国当代文学最大的问题。冯骥才意识到了这些问题的严重性。所以，他反复谈及社会良心和社会责任问题："整个文学不能没有社会良心。当代文学受到冷落的最大原因是缺乏社会良心。"[1] 也就是说，文学要想获得生命力，作家要想赢得人们的尊敬，就必须有社会良心，就必须有承担社会责任的勇气。丘可夫斯卡娅在谈到萨哈罗夫和索尔仁尼琴的时候说："如果良心加上天才，天才加上勇气，他们的话就具有极大的影响力了。"[2] 冯骥才的《一百个人的十年》，就属于充满勇气的良心之作。

冯骥才是一个很有历史责任感的作家。他知道，还原真相和反思历史是一个作家无法推卸的责任；他也知道，没有真相和反思，就没有希望和未来。所以，他说："没有答案的历史是永无平静的。"[3] 克里玛说："如果我们失去记忆，我们将失去自己。遗忘是死亡的症状之一。没有记忆我们将不再是人类成员之一。"[4] 冯骥才一定会认同这样的观点。他说自己写作《一百个人的十年》的目的，就在于强化人们对历史的记忆力，就是"要把这一切告诉后代，使他们永不重复我们的苦难"[5]。像司

1　冯骥才：《思想对话》，中州古籍出版社，2005年，第60页。

2　利季娅·丘可夫斯卡娅：《捍卫记忆》，蓝英年、徐振亚译，广西师范大学出版社，2011年，第98页。

3　冯骥才：《冯骥才散文》，人民文学出版社，2005年，第163页。

4　伊凡·克里玛：《布拉格精神》，崔卫平译，广西师范大学出版社，2016年，第46页。

5　冯骥才：《一百个人的十年》"附录二"《关于冯骥才先生谈〈一百个人的十年〉文学工程的采访录》，文化艺术出版社，2016年，第316页。

马迁"述往事，思来者"[1]一样，冯骥才殷殷然寄望于未来。他不仅要为自己时代的人们写作，也要为未来时代的人们写作："每一代人都为下一代活着，也为下一代死。如果后世之人因此警醒，永远不再重复我们这一代人的苦难，我们虽然大不幸也是活得最有价值的一代。"[2]这是一种高尚的文学精神，也是一种崇伟的文学抱负。为了揭示历史的真相，为了寻找关于历史的答案，他勇敢地直面人世间最可怕的恶和最锥心的痛。

在写作《一百个人的十年》的时候，冯骥才明白了这样一个道理：在巨大的灾难中，最无辜和最不幸的受害者，永远是那些无数的底层人。他们被动地陷入巨大的混乱，也无奈地承受着可怕的灾难。他要记录那些无助的底层人的声音，要为自己时代的那些陷入困境并承受着痛苦的底层人写作："我有意记录普通人的经历，因为只有底层小百姓的真实才是生活本质的真实。只有爱惜每一根无名小草，每一棵碧绿的生命，才能紧紧拥抱住整个草原，才能深深感受到它的精神气质，它惊人的忍受力，它求生的渴望，它对美好的不懈追求，它深沉的忧虑，以及它对大地永无猜疑、近乎愚者的赤诚。"[3]冯骥才对社会底层小人物的态度和认识，体现着现实主义文学最可宝贵的人道主义精神。同情小人物，为小人物写作，也是契诃夫小说写作的一个特点。

文学写作需要过人的勇气，也需要深刻的思想。没有勇气，你无法进入令人恐惧和窒息的历史场景；没有思想，你无法找到写作的方向和高度。冯骥才试图用思想之光照亮自己的叙事内容。他认识到了

---

1 司马迁撰、裴骃集解、司马贞索引、张守节正义：《史记》，第10册，中华书局，第4006页。
2 冯骥才：《冯骥才散文》，人民文学出版社，2005年，第162页。
3 冯骥才：《冯骥才散文》，人民文学出版社，2005年，第164页。

现实与历史的因果关系——"当今中国社会一切难解的症结"，都与那些巨大的混乱和可怕的灾难"深刻地联系着，甚至互为因果"[1]。巨大灾难的"文化精神"，已经"无形地潜入我们的血液"；因此，面对"废墟"，"只有对它掘地三尺"[2]。冯骥才的《一百个人的十年》就是一部有勇气、有激情、有思想的杰作。它要从文化精神上为自己时代的人们"清理血液"，从而改变他们的精神健康状况，提高他们的心灵健康水平。

伟大的文学是美的文学，也是真和善的文学。人世间最伟大的作家，是那种面对最可怕的黑暗，也能写出光明的作家；是那种面对可怕的邪恶，也能写出真和善的作家。冯骥才明白这个道理。所以，他总是努力写出特殊情境下的人性之善。在《我到底有没有罪？》中，一家人皆身陷苦海，但亲人们之间的相互关爱，依然令人感动。《笑的故事》则讲述了一个令人啼笑皆非的故事——丈夫因为不会笑，而备受猜忌和欺辱，但妻子却仍然与他患难与共，不离不弃。

然而，如果没有对恶的深刻理解和真实描写，那么，关于善的叙述就有可能是单调的，甚至有可能是虚假的。冯骥才的《一百个人的十年》最可注意的价值，固然在对人性之善的赞美，但也在对特殊环境下的人性之恶的揭示。

这是一种破坏一切秩序和规则的极端形态的恶。它像狡猾的巨兽一样，潜伏在人性深处。在一个正常的社会里，良好的道德氛围，强大的制度化制约力量，会合力将这极端的恶牢牢地控制起来，使它无法胡天胡地地胡作非为。然而，一旦某种魔力巨大的召唤力量将它释放出来，并赋予它任意作恶的自由，那么，这种黑暗的人性就会显示

1　冯骥才：《冯骥才散文》，人民文学出版社，2005 年，第 165 页。
2　冯骥才：《冯骥才散文》，人民文学出版社，2005 年，第 166 页。

出它可怕的残忍性和破坏力，就像沙拉莫夫在短篇小说《红十字》中所说的那样："一切宝贵的东西都被践踏粉碎，短短几个礼拜，文明和文化就从人身上消失殆尽。"[1]

在《苦难意识流》里，面对一个被关进黑屋子的人，即便他曾经是人人尊敬、很有威信的"业务尖子"，那些天真烂漫的孩子，也照样侮辱他："……一些小孩子扒着窗子，像看猴子一样看我，还往屋里扔石子，啐唾沫，辱骂我。我受不了，就想死……"[2]另一篇作品里的"我"，被"关进牛棚，天天上刑，压杠子，使夹指棍夹指头，吊打，耳朵打出血，胳膊吊得至今扭不过来……"[3]《六十三号两个女人》中的"丙"所讲述的用小木棍敲打生殖器的细节[4]，同样令人胆战心惊。《牛司令》中的由一个绰号引发的悲剧故事，看似荒诞，实则反映着人心的硬化和人性的扭曲，使人看见一种丧失了同情心的冷漠和恶意。《一对夫妻的三千六百五十天》中的丈夫，就因为把绳子拴在石膏像的脖子上，被打成了"现行反革命"：人家用角铁的尖打他的头，"连手绢都打出这么多洞来"[5]；这还不解气，"愣用粗铁丝绑上，再用老虎钳子拧啊。你想想，那手腕子上的皮肉还不全破了，哪禁得起这么拧啊！后来全长了蛆，白的"[6]。《绝顶聪明的人》中的"姐夫"，因为口才好，能说善辩，"硬叫对立面逮去，拿剪刀把舌头铰了。没舌头不单不能说话，还没法子吃东西，后来活活饿死了"[7]。《我到底有

1 瓦尔拉姆·沙拉莫夫：《科雷马故事》，黄柱宇、唐伯讷译，广西师范大学出版社，2016年，第217页。
2 冯骥才：《一百个人的十年》，文化艺术出版社，2016年，第233页。
3 冯骥才：《一百个人的十年》，文化艺术出版社，2016年，第251页。
4 冯骥才：《一百个人的十年》，文化艺术出版社，2016年，第254页。
5 冯骥才：《一百个人的十年》，文化艺术出版社，2016年，第104页。
6 冯骥才：《一百个人的十年》，文化艺术出版社，2016年，第105页。
7 冯骥才：《一百个人的十年》，文化艺术出版社，2016年，第96页。

没有罪？》里的"我"一家，因为不堪欺辱，约好与父母一起自杀；"我"先帮父亲自杀，后与母亲一起跳楼；父母俱死，而"我"半死：

> 医院不能给我这种人治病，很快把我转到监狱的"新生医院"。我是两腿骨折，左边小腿胫骨骨折，右边大腿骨横断骨折，整个全断。就这条腿，打这一断，两截骨头又在一块儿，马上变成这么短，医院拿二十斤沙袋牵引拉开了。可把我送到监狱时，医院非要把牵引的东西留下来，又给我的骨头放回去，好比重新骨折一遍那样。不就是二十多斤沙袋子吗？起码先给我放着呀，不行，硬是放下来的骨头又又回去了。医院对我真是够那个的。那医生啊，现在也不知他在哪儿，但愿他不再当医生了，唉。当时所谓给我治病，因为我要负法律责任。也奇怪，断骨头这么拉来拉去，我一点也不觉得疼，一直也不觉得疼。眼泪也没有，就跟死了差不多。[1]

此处所写的恶，就是那种令人毛骨悚然的极端形态的恶。在这里，善与恶的界线，被抹掉了；正义与邪恶的分际，也不再存在；人丧失了爱的能力，也丧失了最起码的善意。极端形态的恶获得了绝对的自由，甚至获得了道德上的优越感。于是，它便怀着平静的心情和巨大的荣耀感，肆意虐害自己的同类，手段无所不用其极。到此际，那些无辜的人，便陷入了荆天棘地、生不如死的困境。冯骥才的震撼性叙事，既有助于人们从发生学的角度认识此恶之所自来，也有助于人们深刻地反思这种恶的本质。

为了强调题材的重要性，为了强调这部作品的真实性，冯骥才不

1　冯骥才：《一百个人的十年》，文化艺术出版社，2016年，第58页。

愿人以文学（尤其是"小说"）目之，宁愿人以历史视之："从严格的意义上讲，这不是一部文学作品，而是社会学著作。作者用社会学家进行社会调查的方式来写作的。只不过作家更关注被调查者的心灵。本书的目的，是想以口述史的方式，将一代中国人的心灵记忆载录史册，同时，也给思想理论界提供思考与研究的第一手和依据性的人本资料。"[1]他还说："我这部书是被采访者的主述史，真实高于一切，我不能叫'文革'在我的书里'变形'，那样这部书就会失去它真正的价值。"[2]事实上，这部写了整整十年（1986—1996）的杰作，不仅具有很高的社会学价值，还属于品质上佳的文学作品。

是的，《一百个人的十年》是一部技巧圆熟、文学价值很高的作品。作者靠着过人的文学天赋，升华了这部口述史文本的美学品位，提高了这部纪实性作品的文学价值。口述史形式的纪实作品，原本是平实而平淡的，甚至是琐屑而沉闷的，然而，冯骥才却成功地赋予它以小说叙事的完美形式和巨大魅力。在《搞原子弹的科学家》中，冯骥才描写了这样一个细节："无边无涯的戈壁滩上，太阳晒得不见一滴水，鸟儿也热得飞不起来，贴着地皮昏昏悠悠地打转。"[3]这是多么传神的描写！这是多么精彩的细节！从写作的基本模式看，它是口述实录的纪实文学；从细节和情节看，它是充满紧张感和生动性的小说。是的，它是一部完美的纪实小说。

三十一年前，在一篇文章中，我曾这样评价冯骥才的这部杰作："这些小说虽是口述，却并不板滞，文气很是顺达通畅；既不借高深

1 冯骥才：《冯骥才散文》，人民文学出版社，2005年，第166–167页。

2 冯骥才：《一百个人的十年》"附录二"《关于冯骥才先生谈〈一百个人的十年〉文学工程的采访录》，文化艺术出版社，2016年，第317页。

3 冯骥才：《一百个人的十年》，文化艺术出版社，2016年，第73页。

莫测的隐喻或象征，以广己意，也不故意不加判断，而是以简洁的一两句话为作品点画出明眸，打凿出'文眼'，充分显示了作者圆练老到的叙述能力。"[1] 1995 年 6 月 5 日，瑞士学者 Dietrich Tschanz 在电话采访冯骥才先生的时候，提到了我的文章，并问他是否同意我称之为"小说"的观点。

冯先生答道："纪实文学来源于真人真事，它是靠事实写作的，小说是靠想象写作的；小说可以任意虚构，百分之百不受约束和限制的虚构，但纪实文学只能是'有限的虚构'。它有故事，有人物，像小说，但又不是小说，'纪实小说'这个概念是不能成立的。这里所说的'有限的虚构'，是指在不改变真人真事原型和精神的条件下，为了充实、深化、强化事件与人物，可以虚构，包括虚构的场景、非主要情节和配角人物，增添必要的细节，等等。"[2] 如果"任意虚构"的小说，是纯粹意义上的小说，那么，"有限的虚构"的小说，就是有限意义上的小说。这样，将《一百个人的十年》界定为"纪实小说"，无论从逻辑上讲，还是从事实上看，似乎都是成立的。

事实上，作家完全不必担心"小说"会减损"纪实"的信誉和价值。说《一百个人的十年》是小说，并不是对它的社会学价值的否定，而是对它的文学价值的肯定，准确地说，是对作者的精细的描写能力和高明的叙事能力的肯定。更何况，"纪实小说"已经是一个被广泛接受的文学概念。这个概念说明，纪实与虚构之间，并不是一种对立关系，而是一种兼容的关系。索尔仁尼琴的《古拉格群岛》原本

1　李建军：《醒悟者的忧患和叮咛——读冯骥才〈一百个人的十年〉》，《小说评论》1992 年第 6 期。

2　冯骥才：《一百个人的十年》"附录二"《关于冯骥才先生谈〈一百个人的十年〉文学工程的采访录》，文化艺术出版社，2016 年，第319 页。

是根据大量的客观材料写成的，但作者自己并没将它简单地看作纪实作品，而是在题目下的括弧里称之为"文艺性调查初探"——它的确是一部融合了纪实、史诗、戏剧和小说等多种文体的探索性文本。俄罗斯伟大的多卷本短篇小说集《科雷马故事》，原本是作者沙拉莫夫对自己的整个一生的"回忆"，但是，无论作者自己，还是编辑和批评家，都毫不犹豫地称之为小说。[1]

陀思妥耶夫斯基曾经蒙冤入狱，被流放到西伯利亚的鄂木斯克。逮捕并重判陀思妥耶夫斯基，简直就是严重的乌龙事件。[2] 一个温顺的作家成了无辜的囚徒。《死屋手记》简直就是他的监狱生活的真实记录。但是，陀思妥耶夫斯基却宁愿称它为"小说"[3]。为什么呢？因为，"小说"二字不仅可以带来叙事的安全感，还有助于强化叙事的真实性效果。既然如此，那么，我们就无妨继续称《一百个人的十年》为纪实小说。

赫尔岑说："伟大的艺术作品总是和伟大的社会运动相呼应的，总是和宗教中的伟大的信仰或者对怀疑论的信仰相呼应的（荷马、但丁、莎士比亚）。今天既没有伟大的肯定，也没有伟大的否定。"[4]《一百个人的十年》无疑是一部"呼应"之作。在它的沉重而庄严的文本世界里，我们既看见了"伟大的肯定"的阳光，也看见了"伟大的否定"的闪电。

1　瓦尔拉姆·沙拉莫夫：《科雷马故事》，黄柱宇、唐伯讷译，广西师范大学出版社，2016年，第748页。

2　李建军：《重估俄苏文学》，上卷，二十一世纪出版社集团，2018年，第462–465页。

3　陀思妥耶夫斯基：《死屋手记》，曾宪溥、王健夫译，人民文学出版社，1981年，第145页。

4　赫尔岑：《赫尔岑文学书简》，辛未艾译，安徽文艺出版社，1993年，第206页。

六、《萨哈林岛》：人道主义与殖民主义的杂拌

如果说，冯骥才的《一百个人的十年》是文学性很强的纪实作品，那么，契诃夫的《萨哈林岛》就是文学性很弱的纪实作品。冯骥才的叙事背景是时间性的，让人看见一个特殊时代的面影；契诃夫的叙事背景是空间性的，让人看见一些特殊人群在一座孤岛上的生存状况。冯骥才的纪实属于"小说化的讲述"，而契诃夫的纪实则属于"事务性的记录"。在冯骥才的这部作品里，浸透了无辜者的血和泪，充满了惊心动魄的故事；在契诃夫的这部作品里，你可以看见人性的丑恶和黑暗，可以看见可怕的贫穷和堕落，可以看见档案式的记录和统计，但是，很难看到结构完整的故事和引人入胜的情节。

契诃夫写信给苏沃林，说自己去萨哈林岛旅行，"无论对文学还是对科学都不会做出有价值的贡献"[1]。《萨哈林岛》虽然显示着契诃夫的冒险精神和认真态度，也显示着他关注特殊群体的责任心和人道主义情怀，但却算不上他最好的文学作品。从题材的价值来看，它没有冯骥才的《一百个人的十年》重要；从批判勇气和思想深度来看，它无法与拉吉舍夫的《从彼得堡到莫斯科旅行记》相提并论；从文学价值来看，它远不及《死屋手记》——在陀思妥耶夫斯基的这部纪实色彩很强的长篇小说里，你可以读到大量生动的细节描写，可以看到阿列伊、彼得罗夫、娜斯塔霞·伊万诺夫娜等真实而美好的人物形象，但在《萨哈林岛》里，没有文学意义上的细节和故事，而你所看到的人物，几乎全都是模模糊糊的影子。

萨哈林岛虽然具有丰富的资源和重要的战略价值，但并不是特别

1　契诃夫：《契诃夫文集》，第 15 卷，汝龙译，上海译文出版社，1999年，第 19 页。

适合人类居住的地方："在这座岛上，妇女和儿童看到的不是设备齐全的农庄，而是一个充斥着贫困、暴力和性剥削的黑暗世界。萨哈林岛不适合供养家庭，它吞噬着家庭。"[1] 然而，沙皇帝国却别出心裁，将这里当作流放犯人的 Gehenna（惩罚之地）。契诃夫的《萨哈林岛》详细地记录了岛上环境的恶劣，真实地叙述了生活在那里的人们所承受的屈辱和痛苦。它揭露了监狱制度的腐败——官员们奴役苦役犯，把他们当家奴一样使唤。女性的处境尤其悲惨，"不论是流放犯，还是自愿跟丈夫来的自由民，都以卖淫为生"[2]。这里的环境不会使人变好，反而使人更加堕落，即使那些有教养的知识分子，也难逃被污浊空气毒化的命运："……在六十年代和七十年代，萨哈林的知识分子的特点是精神世界极端空虚，品格十分低下。在那时候的官员们的管理下，监狱变成淫乱的场所，变成赌窟，使人腐化堕落，残酷无情，草菅人命。"[3] 即便到了契诃夫登上该岛的十九世纪九十年代，萨哈林岛的恶况，仍无多大改善："在萨哈林的新的历史中，最新型的代表人物，杰尔日摩尔达和伊阿古的混合种（即粗暴的警察与阴毒小人的混合种——引者注），占显著的地位，这些先生对待下属只知道使用拳头、树条、粗野的谩骂，而对待上司则显得颇有文化修养，甚至具有自由主义思想。"[4] 显然，无论在萨哈林岛上，还是在别的地方，如此品格低下的知识分子，都很难成为一股推动生活进步的力量。

1　丹尼尔·比尔:《死屋：沙皇统治时期的西伯利亚流放制度》，孔俐颖译，四川文艺出版社，2019 年，第 272 页。

2　契诃夫:《契诃夫文集》，第 13 卷，汝龙译，上海译文出版社，1999 年，第 99 页。

3　契诃夫:《契诃夫文集》，第 13 卷，汝龙译，上海译文出版社，1999 年，第 342 页。

4　契诃夫:《契诃夫文集》，第 13 卷，汝龙译，上海译文出版社，1999 年，第 346–347 页。

然而，契诃夫却对此地的知识分子表现出极大的信心。在谈到萨哈林知识分子的时候，在谈到"此地的工作机关"的时候，契诃夫表现出近乎盲目的乐观主义态度："在知识分子人数众多的地方不可避免地存在着社会舆论，这种社会舆论就形成道德上的监督，提出各种道德要求，任何人，……也不能逃避这种要求而不受到惩罚。另外一点也是毫无疑义的：随着社会生活的发展，此地的机关工作会逐渐失去它那不吸引人的特点，疯人、酒徒、自杀者的百分比也会降低。"[1]这样的美好愿景，只怕到今天也未能完全实现。因为，一个复杂的社会问题，绝不会因为弱小的知识分子群体的存在而得到解决。

在《萨哈林岛》里，契诃夫的仁慈和哀矜，他非凡的意志品质，他的认真的写作态度，都会给读者留下深刻的印象。但是，他的隐而不彰的帝国主义意识和殖民主义倾向等问题，也同样应该引起人们的注意。1890 年 3 月 9 日，在写给苏沃林的信中，契诃夫一口一个"我们俄国"，对沙皇的殖民事业深感骄傲："就在二十五到三十年以前，我们俄国人考察过萨哈林岛，做出了惊人的业绩，由于这种业绩简直可以把人尊为天神，而我们却认为这不需要；我们不知道这是些什么样的人。"[2]一个作家一旦满心都是这样的骄傲和崇拜，那么，你就别指望他在登上萨哈林岛的时候，还能看到那些被遮蔽的真相。也就是说，他既不可能意识到这里曾经是充满暴力和死亡的殖民地，更不可能克服帝国主义和殖民主义带来的陶醉感和眩晕感，清醒而公正地站在被殖民者的立场来观察和写作。

在亚历山大二世统治时期（1855—1881），沙皇帝国"一直没有

1　契诃夫:《契诃夫文集》，第 13 卷，汝龙译，上海译文出版社，1999 年，第 348–349 页。

2　契诃夫:《契诃夫文集》，第 15 卷，汝龙译，上海译文出版社，1999 年，第 20 页。

停止其在亚洲的扩张，从而使俄国由一个多民族的帝国变成了一个真正的殖民大帝国"[1]。1865 到 1876 年间，沙皇的"远征军"在远东的殖民主义杀伐是血腥的，战绩也是"辉煌"的："俄国在远东的疆界，自从 1869 年《尼布楚条约》的签订以来直到亚历山大二世统治时期才发生改变。在那个间歇期内，俄国在西伯利亚的人口增长迅速，……并且利用中国与英法开战和被叛乱拖累的绝境从天朝大国中国那里获得了两个极端有利的条约：1858 年，通过《瑷珲条约》俄国割去阿穆尔河以北、外兴安岭以南六十多万平方公里的中国领土；1860 年，通过《中俄北京条约》俄国又将中国乌苏里以东地区约四十万平方公里割去。"[2] 粗线条的历史叙述，遗漏了所有骇人听闻的细节，忽略了无数原住民的血泪与横死。然而，稍稍了解事实的人都知道，在俄国殖民主义者无情的马蹄下，在哥萨克寒光凛凛的马刀下，中国东北的边民付出了多么巨大的代价，承受过什么样的痛苦。

在面对帝国主义的殖民侵略的时候，任何一个伟大的人道主义诗人和作家，都应该超越狭隘的民族主义，站到人道主义和世界主义的立场，并对帝国主义的侵略和殖民主义的劫掠，表现出公正的义愤和严厉的谴责。杜甫《前出塞》（其一）诗云："君已富土境，开边一何多。弃绝父母恩，吞声行负戈。"[3] 这是一个诗人对开疆重武、残民以逞的暴君的谴责；从这伟大的谴责里，人们所看到的，是勇敢的批判精神，是超越了种种狭隘性的人道主义精神。《前出塞》（其六）又云："杀人亦有限，列国自有疆。苟能制侵陵，岂在多杀伤。"[4] 从明面

1　尼古拉·梁赞诺夫斯基、马克·斯坦伯格：《俄罗斯史》（第七版），
　　杨烨、卿文辉主译，上海人民出版社，2007 年，第 357 页。
2　尼古拉·梁赞诺夫斯基、马克·斯坦伯格：《俄罗斯史》（第七版），
　　杨烨、卿文辉主译，上海人民出版社，2007 年，第 358 页。
3　浦起龙：《读杜心解》，上册，中华书局，1961 年，第 6 页。
4　浦起龙：《读杜心解》，上册，中华书局，1961 年，第 7 页。

上看，杜甫表达的是反战态度，往深里看，你就会发现其中所包含的正确的"列国"意识和现代性的领土观念——一个政治意识成熟、政治道德高尚的现代国家，必然是一个懂得克制自己的野蛮冲动的国家；它清醒地知道，无限的贪欲是灾难之源，所以，必须服从"领土有限性原则"的绝对制约——绝不"无限"地杀人，也不"无疆"地拓土。杜甫的伟大思想，与别尔嘉耶夫的空间－生存理念，遥相呼应，暗自契合。

俄罗斯的沙皇和政客是贪婪而残暴的，但俄罗斯的杰出知识分子和伟大作家则是高尚而仁慈的。他们虽然生活在同一个国家，但却是两种完全不同的精神现象：一种是低级和野蛮的帝国主义者和殖民主义者，一种是高级和优雅的人道主义者和理性主义者。作为俄罗斯的"知识分子之父"，拉吉舍夫明确反对殖民主义的领土扩张，也反对殖民主义的思想统治："一个国家向远方进行武力扩张，在国外不仅以暴力进行统治，并且用自己的意见去统治别人的思想，人们认为这个国家是幸福的。但所有这些幸福只能称为虚有其表的、瞬息即逝的、短暂的、局部的和想象的幸福。"[1] 在别尔嘉耶夫看来，民族主义是一种异化的力量；它带给人的，除了奴役，没有别的："民族主义的激情把人抛向表层，所以人沦为奴隶。它与社会的激情相比，更少人性，更不能证明人是由个体人格铸成。"[2] 遗憾的是，在俄罗斯知识分子中，具有这种世界主义精神和批判精神的人，并不多见。只有手捧《圣经》的时候，他们才是热爱人类的世界主义者；一旦面对领土和民族问题，他们立即就成为狭隘的国家主义者和殖民主义者。

---

1 拉吉舍夫：《从彼得堡到莫斯科旅行记》，汤毓强等译，外国文学出版社，1982年，第123页。

2 尼古拉·别尔嘉耶夫：《人的奴役与自由》，徐黎明译，贵州人民出版社，1994年，第149页。

在俄国作家和诗人中，能够超越俄罗斯帝国主义和殖民主义精神藩篱的人，只有赫尔岑、托尔斯泰、茨维塔耶娃和布罗茨基等数人而已。赫尔岑说："俄罗斯帝国主义——只是作为秩序之友的强大国家的最终的结果，最粗暴的体现。"[1]托尔斯泰也是俄罗斯帝国主义和殖民主义的尖锐批评者。他在那份著名的反战宣言中说："为了俄国完全无权拥有的别人的土地，为了从其合法所有者那里如抢劫一般夺取的、实际上对俄罗斯人来说甚至不需要的土地，当然还为了投机者的某些暗箱交易（他们期望在朝鲜靠别人的森林来获利），——数百万的金钱（即全体俄罗斯人民很大一部分的劳动成果）被挥霍一空，而这个民族的后代却要被债务所束缚，它最好的劳作者退出了劳动，成千上万的儿子被无情地送去奔赴死亡。"[2]他的《哈吉穆拉特》和《战争与和平》都是超越了狭隘民族主义的伟大作品。茨维塔耶娃则"对爱国主义，尤其是民族主义是完全持否定态度的，对装模作样的'俄罗斯主义'也不能忍受。她认为……'最好从远处来看俄罗斯'"[3]。在谈及1968年"苏联"入侵捷克斯洛伐克的时候，布罗茨基深觉惭愧："我记得，我当时很想逃走，随便逃到什么地方去。首先是出于羞耻。因为我属于那个干出了这种事情的国家。因为至少，这个国家的公民总要承担部分责任的。"[4]这些伟大的俄罗斯作家和诗人，怀着对弱小民族的同情，怀着对人类命运和全世界利益的关念，克服了自己内心的民族主义意识，回到了古老而伟大的普济主义立场，实在是很了不起的。

1　赫尔岑:《赫尔岑文学书简》，辛未艾译，安徽文艺出版社，1993年，第112页。

2　托尔斯泰:《悔改吧！》，龚珏等译，内部出版，2022年，第59页。

3　利季娅·丘可夫斯卡娅等:《寒冰的篝火：同时代人回忆茨维塔耶娃》，苏杭等译，广西师范大学出版社，2012年，第61页。

4　约瑟夫·布罗茨基、所罗门·沃尔科夫:《布罗茨基谈话录》，马海甸等译，作家出版社，2019年，第158页。

然而，在踏上沙皇帝国用"武力扩张"攫取的土地的时候，在进入萨哈林岛这个巨大的殖民地——按照契诃夫的说法，其"长度是九百俄里，它最宽的地方是一百二十俄里，最窄的地方是二十五俄里。它有两个希腊，或者一个半丹麦那么大"[1]——的时候，契诃夫既没有杜甫的伟大情怀，也没有拉吉舍夫的批判精神；既没有赫尔岑和托尔斯泰对民族主义的彻底否定，也没有茨维塔耶娃和布罗茨基的排斥态度和羞耻感受。他的眼光和同情心没有超出民族主义的狭隘范围。所以，在萨哈林岛（即库页岛）上，人们原本是可以看见中国人的影子："这儿的仆役是留长发的中国人，人们按照英国的说法称他们为'boy'。厨师也是中国人，可是他做的饭菜是俄国式的……"[2]然而，契诃夫似乎并没有走近这些中国人的愿望，也没有一行字写及他们的内心感受。同样，在谈及萨哈林岛的归属问题的时候，他也完全忽略了中国人的权利，仅仅将对它的考察和占有，看作俄国与日本两国之间的事情："日本人是头一批，从一六一三年起就开始考察萨哈林的，可是欧洲人却对此很不重视，以致后来俄国人和日本人解决萨哈林岛究竟归属于谁的问题的时候，只有俄国人才谈到和写到他们首先考察的权利。"[3]当利益原则高于真理原则的时候，当民族情感高于人类之爱的时候，人们就会丧失对事实的尊重，就有可能片面地选择那些符合民族主义的信息和修辞。显然，契诃夫的态度是民族主义的，而他关于萨哈林岛的叙述和修辞，也没有超出民族主义和殖民主义的利益边界和文化视野。

1　契诃夫：《契诃夫文集》，第 13 卷，汝龙译，上海译文出版社，1999 年，第 61 页。

2　契诃夫：《契诃夫文集》，第 13 卷，汝龙译，上海译文出版社，1999 年，第 50-51 页。

3　契诃夫：《契诃夫文集》，第 13 卷，汝龙译，上海译文出版社，1999 年，第 57 页。

在《契诃夫与高尔基》一文中，梅列日科夫斯基肯定了契诃夫的"化繁复为质朴"的美学风格，称他"是伟大的，甚至在俄罗斯文学也可能是最伟大的描写日常生活的作家"[1]，但也尖锐地批评了他的"弱点"：

> 他比任何人都更加了解当代的俄罗斯日常生活；但是，除了这样的日常生活以外他一无所知，也不想知道。他在最高程度上是民族的，但不是世界的；在最高程度上是当代的，但不是历史的。契诃夫的日常生活只是目前的日常生活，没有过去没有未来，只有凝滞不动的瞬间，是俄罗斯当代的一个死点，与世界历史没有任何联系。没有其他世纪，没有其他民族——仿佛永存的只有十九世纪末，世界上只有俄罗斯。在对俄罗斯当代的一切具有无限洞察力和敏锐感受力的同时，对于俄罗斯以外的、过去的一切他几乎是又瞎又聋。他比任何人都更真切地看到了俄罗斯，但却忽略了欧洲，忽略了世界。[2]

这是契诃夫研究中极具洞察力和学术价值的观点。契诃夫有良好的教养，有一颗温柔的心，有诗人的气质，有敏锐的观察力，有天才的表现力，但是，他缺乏托尔斯泰和陀思妥耶夫斯基的伟大思想，缺乏屠格涅夫和赫尔岑的文化视野和世界意识，缺乏对其他民族和国家

1　阿·米·列米佐夫、德·弗·菲洛索福夫、德·谢·梅列日科夫斯基等：《尼采和高尔基：俄国知识界关于高尔基批评文集》，林精华等译，东方出版社，2010年，第85页。

2　梅列日科夫斯基：《先知》，赵桂莲译，东方出版社，2000年，第305–306页；译文略有改动（参照阿·米·列米佐夫、德·弗·菲洛索福夫、德·谢·梅列日科夫斯基等：《尼采和高尔基：俄国知识界关于高尔基批评文集》，林精华等译，东方出版社，2010年，第85–86页）。

的同情态度，所以，他对帝国主义和殖民主义的罪孽和问题，就丧失了应该有的质疑和批判。

埃娃·汤普逊是研究俄罗斯文化和俄罗斯文学的著名专家。作为波兰裔的美国学者，她对俄罗斯的帝国主义和殖民主义带给波兰民族的伤害，有着创巨痛深的记忆。强烈的情感反应使她失去了客观分析和辩证评价的耐心。她全盘接受了赛义德的帝国主义批判理论。在她看来，所有的俄罗斯作家和诗人，几乎全都是俄罗斯帝国主义的支持者和宣传者："十九世纪伟大的俄国作家在其作品中绕过他们政府发动的战争造成的种种现实，如此轻松，在西欧国家中，是没有与此雷同的现象的。俄国作家或者知识分子也很少论述俄国在被征服地区实施的帝国政策的现实。……关于对殖民地的依赖和被征服民族所付出的代价的观念，从来没有深入俄国国内的探索。"[1] 在汤普逊的俄罗斯殖民主义作家名单上，普希金、莱蒙托夫、托尔斯泰、契诃夫、索尔仁尼琴和利哈乔夫的名字，皆赫然在列。普希金的情况略显复杂，但作家身份的托尔斯泰不仅不是民族主义者和殖民主义者，还是伟大的普济主义者和世界主义者。

契诃夫的确脱不了干系。他是一个高于平均值的民族主义者，一个接近平均值的殖民主义者。他的萨哈林之行，他的《萨哈林岛》一书，客观上起到了为殖民主义张目的作用。他给人的印象是，尽管有那么多的人在受苦，在受辱，在付出代价，但是，人们依然可以心安理得地接受开疆拓土的殖民主义，依然可以赞美帝国主义的"惊人的功绩"。这样，你就不难理解，为什么在《萨哈林岛》里，你既看不见契诃夫叙述"政府发动的战争造成的种种现实"，也很少听见他谈

1　埃娃·汤普逊:《德国意识：俄国文学与殖民主义》，杨德友译，北京大学出版社，2009年，第41页。

论"被征服民族所付出的代价"。

事实上，直到二十世纪中期，拉斯普京等新一代作家的民族意识，依然停留在十九世纪的状态——在他们的关于西伯利亚叙事的"一团老牌的杂拌里"，"掺杂了俄国人的诡辩、说教、历史和宣传、俄国人受磨难的哀怨和对他者的苦难视而不见"[1]。时间在流逝，生活在发展，人类在进步，但许多俄罗斯作家的意识，却依然滞留在殖民主义的暗影里。

任何一个伟大的作家都写过失败之作，或者说，都写过并不那么完美的作品。我们可以为此遗憾，但不必因此而太过沮丧和失望。尽管契诃夫的《萨哈林岛》中存在帝国主义和殖民主义意识的问题，但是，这并不影响他的小说作品的价值，也不影响我们仍然一如既往地热爱他和喜欢他的作品。

在《萨哈林岛》里，我们看见了契诃夫价值观世界的阴暗面，但是，只要我们打开他的小说作品，我们就会与那个伟大而优雅的契诃夫再次相逢。他仍然是那个温情而感伤的小说家，仍然是那个教会我们懂得爱和怜悯的伟大作家。

七、余论

从殖民主义的角度看，中国的处境与身份，与俄国的处境和身份，正好处于相对的两极——前者属于被殖民的受害者，后者属于殖民的加害者；而冯骥才和契诃夫这两位作家，则分别站在被殖民者和殖民者的立场进行写作。

1　埃娃·汤普逊：《德国意识：俄国文学与殖民主义》，杨德友译，北京大学出版社，2009年，第154–155页。

在文学生涯的早期阶段，冯骥才顺应特殊时代的绝对要求，创作了长篇小说《义和拳》。这是一部极端形态的"反殖民主义"作品。这种极端性的反抗，并不能实现那些有价值的目的。因为，它在内部制造仇恨和混乱，在外部制造冲突和毁灭。它的本质是盲目和发泄——无目标的盲目行动，非理性的情绪发泄。它最终带来的，既不是成熟的民族意识，更不是健全的世界意识。

然而，进入思想上的成熟期以后，冯骥才就再也没有让自己沦为任何外部控制力量的工具。他忠实于自己内心的感受，忠实于自己的价值原则，始终自觉地与异己性的他者保持距离。他所描写的对象，始终是非凡的普通人，或者是那些折射着巨大事件的受苦受难的底层人。

当然，冯骥才也有自己必须面对的巨大考验。他的保守主义的文化态度，他的世俗主义的文化观念，会在一定程度上减弱他的批判精神，也会在一定程度上钝化他的思想锋芒，甚至会使他沉溺在封闭的题材范围，沉迷于"俗世"的传奇故事。为了创造出具有深刻意义和持久生命力的作品，他需要点燃匡正生活的激情，需要突破固有的"民俗主义"模式，进而完成新的叙事转型和自我超越。

1968年12月2日，丘可夫斯卡娅为索尔仁尼琴的五十岁生日，草拟了一份贺电，其中有这样两句话："你的著作折磨灵魂，也治疗灵魂。你使俄罗斯文学重新恢复了雷霆万钧的威力。"[1]我们也需要这样的伟大作家和伟大作品。我们也要使中国文学恢复《诗经》《史记》和杜诗的威力。我们把希望寄托在冯骥才这样的良心未泯的作家身上。

2023年4月29日 平西府

1　利季娅·丘可夫斯卡娅：《捍卫记忆》，蓝英年、徐振亚译，广西师范大学出版社，2011年，第366–367页。

异事妙闻信口扯
——地域文化书写中的《俗世奇人》

周立民

上海巴金故居常务副馆长，巴金研究会常务副会长

一、"叫我美美地陷入其中"

地域文化书写在中国当代文学中的觉醒或复兴，大概始于1985年"寻根文学"的提倡。在这之前，自然不乏以此为内容的作品，远可以追鲁迅、沈从文，近可以举汪曾祺的"大淖"故乡、贾平凹的"商州"系列、李杭育的"葛川江"系列、乌热尔图书写鄂温克族文化的小说为例。然而，文学要"深植于民族传统文化"的"土壤"，否则，"根不深，则叶难茂"[1]，"民族传统文化"获得如此尊崇，在此之前似乎还没有过。"寻根"的理论和宣言就像一剂酵母，一时间发酵了众多文学作品，书写地域文化的作品尤为引人瞩目。诸如阿城《棋王》，郑义的《老井》，郑万隆的《老棒子酒馆》，王安忆的《小鲍庄》，莫言的"红高粱"系列，李锐的"厚土"系列，张炜从《古船》到《九月寓言》，韩少功从《爸爸爸》到《马桥词典》……中国文学本来就有强大的乡土书写传统，在韩少功等人眼里"乡土是城市的过

1　韩少功：《文学的"根"》，《作家》1985年第4期。

去，是民族历史的博物馆"，他甚至有些一厢情愿地认为城市太单调："上海除了一角城隍庙，北京除了一片宫墙，那些林立的高楼、宽阔的沥青路、五彩的霓虹灯，南北一样，多少有点缺乏个性；而且历史短暂，太容易变换。于是，一些长于表现城市生活的作家如王安忆、陈建功等，想写出更多的中国'味'，便常常让笔触深入胡同、里弄、四合院，深入所谓'城市里的乡村'。"[1]"市井"小说不甘落后，很多作家早就大显身手。如"京味小说"，有邓友梅、陈建功、刘心武等作家；写苏州的有陆文夫；"津门小说"有冯骥才、林希等等；到后来，写武汉的，有池莉和方方……他们的写作可以泛泛地称为地域文化书写（当然，有的作品未必仅仅写"地域文化"）。必须看到还有两位不在现场的外国作家却大大刺激了中国当代文学的地域文化书写，他们是福克纳和马尔克斯。福克纳讲述的约克纳帕塔法的故事，以及他说的像邮票那样大小的故乡即使写一辈子也写不完，大大地鼓励了中国作家去寻找像邮票那样大小的故乡。马尔克斯，把封闭的区域，各种传说、习俗都变成了"世界文学"的题材，这像火炬一样照亮了中国作家的头脑和自身经验……

冯骥才的创作也在这样的文化潮流中发生根本性转变，他从一个具有古典倾向的现实主义作家，转变为文化思辨型的现代主义作家。这个转变较为鲜明地体现在他的地域文化书写上。冯骥才的笔一直没有离开过天津，不过，不同时期，天津文化在他作品中的地位是不一样的。[2]初期的《义和拳》《神灯》等作品，写城市的地域特点、风

1　韩少功：《文学的"根"》，《作家》1985 年第 4 期。

2　冯骥才说："我写天津卫，写天津地域素材的小说实际上可以分成三个时期：《义和拳》《神灯》、'怪世奇谈'，还有《俗世奇人》"（冯骥才、孙玉芳：《关于〈俗世奇人〉的对话》，《大树》2016 年春季号）冯骥才显然没有止步于此，在这之后，他的两部长篇小说《单筒望远镜》《艺术家们》，对天津地域文化认识和视野都比以前更开阔。

物、生活，调动了冯骥才很多直感的经验和积累，然而，"地域文化"往往只是人物活动的背景。而1985年前后创作的"怪世奇谈"系列（包含《神鞭》《三寸金莲》《阴阳八卦》）则大不相同，地域文化不再是点缀、陪衬、背景，而由作者以新的文化观念重新编码，成为文化反思的主体。与寻根文学的很多价值取向正好相反，冯骥才写它们不是寻找力量的源泉，而是为了反思中国文化中存在的某些问题。"怪世奇谈"系列创作，让冯骥才对小说语言、文体等诸多问题有了深入的思考，继之而来的《俗世奇人》更上一层楼，记忆城市的繁华岁月，着力发掘地域性格，是冯骥才地域文化书写的成熟之作。

《俗世奇人》与之前的"怪世奇谈"系列有着亲缘关系。最初，《俗世奇人》是"怪世奇谈"的余料与延续。作者曾明确说："……尔后遂多用于《神鞭》《三寸金莲》等书，仍有一些故事人物，闲置一旁，未被采纳。"[1] 作者不舍"闲置"材料，很多碎屑，铺陈点染又成一篇。在《俗世奇人》的篇章中，不难找到与《怪世奇谈》千丝万缕的联系：《神鞭》第三回"死崔"的故事在"俗世奇人"系列的《焦七》中又有续写；《阴阳八卦》第二回中的"神医王十二"，又单独成篇《神医王十二》；《阴阳八卦》第四回"一道千金尹瘦石"与《黄金指》中的钱二爷故事相连；《阴阳八卦》第六、七回中的蓝眼儿，在《蓝眼》中又复活，不过，前者是算卦看相瞧风水，后者是看假画。《抱小姐》中不仅提到"北城里佟家大少奶奶戈香莲那双称王的小脚……"[2]，而且就是《三寸金莲》故事的补篇。《三寸金莲》第七回中提到的"天津卫四绝"：恶人恶事、阔人阔事、奇人奇事、三寸金

1　冯骥才：《俗世奇人（修订版）·序》，见《俗世奇人（修订版）》，作家出版社，2008年，第1页。

2　冯骥才：《抱小姐》，见《俗世奇人·肆》，作家出版社，2023年，第16页。

莲——"俗世奇人"中写的不就是这样的内容吗？

就是作者本人，恐怕也没有料到《俗世奇人》的写作会持续如此之久吧？从1993年开始，历经三十年，写就地煞之数。[1] 这是冯骥才难以释怀的写作，2000年年初，第一次以"俗世奇人"之名结集出版的时候，冯骥才曾宣布："写完了这一组小说，便对此类文本的小说拱手告别。"[2] 2015年，该书第二集结集时，他已经修正为："若君问我还会接着写下去吗？这由不得我，就看心里边那些没有写出的人物了，倘若哪天再有一群折腾起来，叫我不宁，自会捉笔再写。"[3] 仅仅四年后，作者就感觉"奇人辈出"，还颇为无赖地说"最靠不住的是写作人的计划"[4]，很快，第三集问世。2023年甫始，《俗世奇人》第四集横空出世，作者不再遮掩，而是骄傲地说"写作成瘾"[5]。

最初仿佛是无心插柳，此时作者已经对它另眼相看，如此欲罢不

---

1 《俗世奇人》系列小说，已出版四集（以作家出版社版本为底本），
 每集18篇，共计72篇。其写作和出版时间排列如下：
 壹集，写于1993-2000年，初刊《收获》《故事会》《今晚报》等
 （题为《市井人物》），作家出版社，2000年6月第1版，2008年12
 月修订版第1版；
 贰集，写于2013-2015年，初刊《收获》2015年第4期（题为《俗
 世奇人新篇》），作家出版社，2015年11月第1版；
 叁集，写于2019年，初刊《收获》2020年第1期（题为《俗世奇
 人之三》），作家出版社，2020年1月第1版；
 肆集，写于2022年，初刊《北京文学》2023年第1期（题为《俗
 世奇人新篇》），作家出版社，2023年1月第1版。
 分集本之外，另有人民文学出版社出版合集本。
2 冯骥才：《题外话》，见《俗世奇人修订版》，作家出版社，2008年，
 第139页。
3 冯骥才：《又冒出一群人（序）》，见《俗世奇人·贰》，作家出版
 社，2016年，第3页。
4 冯骥才：《奇人辈出（书前短语）》，见《俗世奇人·叁》，作家出版
 社，2020年，第1页。
5 冯骥才：《写作成瘾（短序）》，见《俗世奇人·肆》，作家出版社，
 2023年，第1页。

能，那是因为故土情深："只要动笔一写《俗世奇人》，就会立即掉进清末民初的老天津。吃喝穿戴，言谈话语，举手投足，都是那时天津卫很各色的一套，而且所有这一切全都活龙鲜健、挤眉弄眼，叫我美美地陷入其中。"[1] 地域气质、乡土精神和独特的审美，"我是从文化视角来写这一组人物的"[2]。也就是说，世风俚俗，街头巷尾，人来人往，你争我斗，你方唱罢我登场……各显其能的各色人物都是"表"，《俗世奇人》的"里"是天津独特的地域文化，是它牵系着冯骥才"写作成瘾"。八十个春秋，"我从来没有离开过自己的家乡"，冯骥才说，"我的故乡给了我一切"。[3] 他始终是在故土的文化怀抱中写作 [4]，"一处街角，一个桥头，一株弯曲的老树，都会唤醒我的记忆"[5]。那些文字都是他唱给天津的情歌，它们叠放在一起，构成了天津记忆的纸上博物馆，也造就了作家、文化人冯骥才。

《俗世奇人》是冯骥才地域文化书写的代表性作品，是作者的文化自觉和写作自觉长期磨合的产物："……我不缺乏写本土小说的作

---

1 冯骥才:《写作成瘾（短序）》，见《俗世奇人·肆》，作家出版社，2023 年，第 1 页。

2 冯骥才:《又冒出一群人（序）》，见《俗世奇人·贰》，作家出版社，2016 年，第 3 页。

3 冯骥才:《灵魂的巢》，见《冯骥才的天津》，三联书店（香港）有限公司，2004 年，第 1–2 页。

4 从最初写作《义和拳》（与李定兴合著，1977 年），到晚近的长篇小说《艺术家们》（2020 年）《我是杰森》（2021 年）《俗世奇人·肆》（2022 年），四十多年来，冯骥才持续不断地进行着"天津书写"，迄今为止他直接书写天津的就有四部长篇、一百部中短篇（详目可见《关于天津的文学作品目录 [按篇目]》，收天津大学冯骥才文学艺术研究院 2022 年 10 月编《八十个春天：冯骥才的天津》）。此外，尚有他主编的《小洋楼风情》《天津老房子》等画册，以及《天津皇会文化遗产档案丛书》等多种文献资料。

5 冯骥才:《灵魂的巢》，见《冯骥才的天津》，三联书店（香港）有限公司，2004 年，第 3 页。

家必备的功力，我是大半个'地方通'。我对天津历史、地理、风土、习俗、掌故、市井百态、民间传说乃至茶余饭后、鸡零狗碎，早已耳濡目染，储备充足……"这是一位作家的"暗功夫"，还有勤功夫："小说又绝不是文献加上想象，还要进入那些历史的时空隧道里转转，找小脚老太太们闲扯闲话，寻找各种金莲的实物遗存。"[1] 这种自觉的文化考察行为，练就了小说家冯骥才超出同侪的内力。自青年时代，他就以对天津地域文化敏锐的感觉、不凡的眼光而积极从事城市文化考察，一卷手稿《天津砖刻艺术》就是最好的证明。多年后，他总结当年的行动时说："我不想只去靠现成的书本材料，我要亲自调查。""这种深深的由衷的挚爱是我后来投身乡土文化保护的真正根由，也是我能够写出许多乡土小说根之于心的缘起。"[2] 在城市的"田野考察"中，冯骥才积累了大量的感性记忆，捕获很多具体的、鲜活的小说素材。即如《天津砖刻艺术》中对于"砖刻刘"一家人生历程、砖刻生涯的记述，那岂不就是《俗世奇人》中现成的一章吗？

更为难得的是，冯骥才有作家的感性和激情，又不乏学者的学识和思考，他不是就天津写天津，孤立地看天津文化。正好相反，冯骥才对地域文化、性格和特质早就有兴趣，常常不由自主地横向对比。他在二十世纪八十年代的创作中有两本游记：《雾里看伦敦》《美国是个裸体》[3]。后来，他不断拓展这方面的创作，在对异国他乡的文化观察中，也是不断地定位天津文化的过程。在《俗世奇人》中，他也常

1　冯骥才：《激流中》，人民文学出版社，2017年，第140页。

2　冯骥才：《序：五十五年前一次文化抢救》，《天津砖刻艺术》第III-VI页。他后来还写过《天津年画史述略》（2008年），收《冯骥才文化遗产保护文库·行动卷I》，学苑出版社2022年11月版。

3　《雾里看伦敦》，百花文艺出版社1982年11月版；《美国是个裸体》，中国华侨出版公司1989年4月版，它包含了《雾里看伦敦》的内容。

常比较京津沪三地文化的异同[1]，看异乡文化，出发点是故乡，从周边看故国，对于它的文化特质会有更清楚的认识。

二十世纪末，也就是《俗世奇人》第一集即将结集出版之时，冯骥才自发的文化考察又变成带有使命感的文化抢救。他联合众多同道进行的天津老城文化保护行动，在这之后，又扩大到整个中国的民间文化遗产抢救。在行动中思考，在思考中行动，这不仅是道义上的承担，而且使之加深了对天津的地域文化的认识，尤其是对于民间文化的看法。有一句不经意的表述，让我看到冯骥才的挽救老城的文化行动和《俗世奇人》写作的某种同构性："我不知自己还有什么办法，但我却有种力竭之感。一个月来，我是在写作一部小说《俗世奇人》的同时，进行此事。两事叠加，心力交瘁，困乏至极。"[2] 这难道是偶然吗？我不是这么理解。我更愿意理解为：天津老城不在了，冯骥才着力在纸上用文字留住这座六百年的城市，尤其让人们看到车喧马闹人欢的天津繁华时光，这就是《俗世奇人》。用冯骥才的话讲，这是为了留住城市记忆。

谈到城市记忆，冯骥才强调它跟单纯的个人情感不同："这里说的记忆不是个人化的，不是为了满足个人某种怀旧情绪的。它是一个城市的记忆，群体的记忆。那就要从城市史和人类学角度来审视

---

1 例如："天津人讲吃讲玩不讲穿，把讲穿的事儿留给上海人。上海人重外表，天津人重实惠；人活世上，吃饱第一。天津人说，衣服穿给人看，肉吃在自己肚里；上海人说，穿绫罗绸缎是自己美，吃山珍海味一样是向人显摆。天津人反问：那么狗不理包子呢？吃给谁看？谁吃谁美。"（冯骥才：《狗不理》，《俗世奇人·贰》第98页）"天津人和北京人不同。……北京是官场，人们心里边全是大大小小的官儿，喜欢官场的是是非非。""天津是市井，百姓心里边就是生活——吃喝玩乐……"（冯骥才：《四十八样》，《俗世奇人·贰》第50页）

2 冯骥才：《老街抢救纪实（代序）》，见《冯骥才文化遗产保护文库·行动卷I》，学苑出版社，2022年，第215页。

城市，从城市的历史命运与人文传衍的层面上进行筛选……"[1]具体到《俗世奇人》的写作上，这与冯骥才那些写天津的带有抒情性质的散文不同，它超越个体情感，个人情感退隐，鲜活的天津生活扑面而来，形形色色的奇人纷纷登场，一个城市带有年代感的意象汩汩而出……

二、"地域性格乃最深刻的地域文化"

李庆西曾认为，寻根小说标志着"小说创作开始从诉诸知识分子的个体意识转向表现民族的集体意识和集体无意识"，也就是审美对象的群体化。[2]人物性格的虚化本是现代小说的特征之一，《俗世奇人》从单篇论，每个人物都个性鲜明，然而，作者重点不在个体，而在发掘天津文化的集体性格。《俗世奇人》中充满了"天津""天津卫""天津人""天津卫的人"为主语的判断句，为城市写魂才是作者的着力点。

《俗世奇人》由精短篇章组成，很多问题容不得作者长篇大论，冯骥才首先采取了一个方便的办法：将天津的一些鲜明的地域和文化特征标签化。这些标签不是天上掉下来的，而是来自他的认识、判断和发现。标签化能够让一个哪怕对天津了解不多的人迅速有了直观的印象，还特别有利于传播和辨识。如谈天津"码头"四通八达、八方汇聚："天津是北方头号的水陆码头，什么好吃的都打这儿过，什么好玩的都扎到这儿来。"[3]写码头人之灵活："可天津是个码头，在码头上做买卖的人全都脑子活，随机应变，不和人较真，而且嘴巴会

---

1 冯骥才：《城市为什么要有记忆》，见《冯骥才文化遗产保护文库·思想卷II》，学苑出版社，2022年，第56页。

2 李庆西：《论〈爸爸爸〉》，《读书》，1986年第3期。

3 冯骥才：《孟大鼻子》，见《俗世奇人·叁》，作家出版社，2020年，第140页。

说。"[1]同在天津，不同地界也有差异："老城区和租界之间那块地，是天津卫最野的地界。人头极杂，邪事横生。"[2]天津是一个商业城市，商业性带来的是世俗的欲望和追求，是对生活文化的追求："天津卫是个凡夫俗子的花花世界……"[3]"天津卫是做买卖的地界儿，谁有钱谁横，官儿也怵三分。可是手艺人除外。"[4]"天津是市井，百姓心里边就是生活——吃喝玩乐，好吃好喝好玩和有乐子的事都喜欢，还爱看绝活儿……"[5]在《俗世奇人》不同篇章里冯骥才给天津人打上了很多个性化的标签：

> 天津卫的人好戏谑，故而人多有外号。(《死鸟》,《俗世奇人修订版》第 24 页)

> 天津人好戏谑，从来和对手不真玩命，只当作玩，斗斗嘴，较较劲，完事一乐。(《蹬车》,《俗世奇人·叁》第 154 页)

> 天津人就好过嘴瘾，往里是吃，往外是说；说美了和吃美了一样痛快。(《燕子李三》,《俗世奇人·贰》第 131 页)

> 天津卫的大爷向例不会栽在嘴上。嘴上栽了，面子就栽了。(《蹬车》,《俗世奇人·叁》第 157 页)

> 天津人灵，把药材弄到糖里，好吃又治病，这糖叫作药糖。

1　冯骥才:《四十八样》，见《俗世奇人·贰》，作家出版社，2016 年，第 56 页。

2　冯骥才:《绝盗》，见《俗世奇人（修订版）》，作家出版社，2008 年，第 108 页。

3　冯骥才:《青云楼主》，见《俗世奇人（修订版）》，作家出版社，2008 年，第 87 页。

4　冯骥才:《泥人张》，见《俗世奇人（修订版）》，作家出版社，2008 年，第 103 页。

5　冯骥才:《四十八样》，见《俗世奇人·贰》，作家出版社，2016 年，第 50 页。

更明白天津人说话的妙处——既厉害又幽默，既幽默又厉害。（《四十八样》，《俗世奇人·贰》第 56 页）

这些标签，散落在各篇中，是碎片，集中在一起，就构成了一个相对完整的天津文化形态，尤其是在这些标签背后凸显鲜明的地域性格。"地域性格"集中了一个地方最鲜明的文化特征，它并非一个简单的概括，或者先验的存在，而是作者从对天津文化的记忆、感受、认识、判断中发掘出来的，《俗世奇人》的写作是冯骥才对天津地域性格建构的过程。他曾表示："地域性格乃最深刻的地域文化，我对将它挖掘和呈现出来十分着迷。"[1]

在这一点上，小说家与历史学家、社会学家有所不同，小说不但关注社会风情、历史信息，更关注人性、人情，当历史学家关心人的一般状况时，小说家则特别喜欢写超出一般认识的人和事，甚至更夸张和极端的事情。比如《俗世奇人》中多次写到这块多盐的咸湿之地养成的天津人的"狠劲儿"。"奇人"有绝活儿，绝活儿是练出来的，然而绝活儿能扬名"俗世"，大多靠斗出来的。小说里写小混混儿之狠，连官府拿他们都没有办法。像"小尊王五"就"死活不怕，心狠没底"，对班头和知县大人也丝毫不惧。狠的极致是对自己，连自己都下得去手，这个狠足以让别人心惊肉跳："王五扬起菜刀，刀刃不是对着滕大班头，而是对着自己，嘛话没说，咔嚓一声，对着自己脑门砍一条大口子，鲜血冒出来。"[2]有狠有谋，他把滕大班头逼到死角。到了县衙的大堂上，王五不惧板子，主动邀打："王五没等衙役过来，

1　冯骥才:《奇人辈出——书前短语》，见《俗世奇人·叁》，作家出版社，2020 年，第 1 页。

2　冯骥才:《小尊王五》，见《俗世奇人·肆》，作家出版社，2023 年，第 53–54 页。

自己已经走到掌手架前，把大拇指往有窿眼里一插，肩膀一抬，手心一挺，这就开打，啪啪啪啪啪啪啪啪，随着枣木板轮番落下，掌心一下一下高起来，跟着便是血肉横飞。王五看着自己打烂的手掌，没事儿，还乐，好像饭馆吃饭时端上来一碟鲜亮的爆三样。挨过了打，谢过了县大人，掉头便走，把滕大班头晾在大厅。"[1]血肉横飞还能乐，有谁能拿他如何？

在另外一篇小说中，作者解释："这是混混们的比狠和比恶。这狠和恶不是对别人，是对自己。而且——我怎么做，你也得怎么做。我对自己多狠，你也得对自己多狠。你敢比我还狠吗？"[2]《俗世奇人》中把天津人在不同情境中的狠劲表现得十分透彻，不仅街头混混儿，连文人也"狠"之入骨。《黄金指》中三个画画儿的在白将军和众人面前比绝技，背后又大使阴招，这是明争暗狠。在《刘道元活出殡》中谈到"文混混儿"："混混儿是天津卫土产的痞子。历来分文武两种。武混混儿讲打讲闹，动辄断臂开瓢，血战一场；文混混却只凭手中一支笔，专替吃官司的买卖家代理讼事。别看笔毛是软的，可文混混儿的毛笔里藏着一把尖刀；白纸黑字，照样要人命。"[3]

这种性格和风气，体现了天津地域文化的独特性，它由来已久，天津的旧籍中也曾提到"天津民风好斗，趋向不端"[4]，"混星子""甲于各省"："天津土棍之多，甲于各省。有等市井无赖游民，同居伙

1　冯骥才：《小尊王五》，见《俗世奇人·肆》，作家出版社，2023 年，第 56 页。

2　冯骥才：《谢二虎》，见《俗世奇人·肆》，作家出版社，2023 年，第 63 页。

3　冯骥才：《刘道元活出殡》，见《俗世奇人（修订版）》，作家出版社，2008 年，第 128 页。

4　张焘：《津门杂记》，见《津门杂记·天津事迹纪实闻见录》，天津古籍出版社，1986 年，第 41 页。

食，称为锅伙。自谓混混儿，又名混星子。皆憨不畏死之徒，把持行市，扰害商民，结党成群，借端肇衅。（按：津地斗殴，谓之打群架）每呼朋引类，集指臂之助，人亦乐与效劳，谓之充光棍。其至执持刀械火器，恣意逞凶，为害闾阎，莫此为甚。如被拿到案，极能耐刑，数百笞楚，气不少吁，口不求饶，面不更色。不如是，则谓之摘（栽）跟头，其凶悍如此。"[1]这与《俗世奇人》中所写的一般无二。总体上，过去的作者认为"混星子"扰乱社会，需要教化和管理。但也有对这种侠、勇报以微微的赞赏，并分析了这种性格的出因："混混，一称混星子，天津之特产也。渊源燕赵多悲歌之士，故逞其轨外游侠传俩。一言不合，以刀枪相见，刹那间，生死立判，战时视死如归，被逮后甘刑如饴，诚异秉也。"其中还写到一个十二岁的小混星子严刑不屈，被释后，"歌唱而行，大有睥睨世界之概"[2]。《俗世奇人》中，冯骥才写他们的狠、恶、无赖，也写了蛮、勇、拧劲儿，作者没有轻易地做出价值判断，而是作为地域性格和文化现象来看待，把它们原真地保留在小说。然而，又不能说作者完全没有立场，"侠以武犯禁"，这是官方立场；如果从民间来看，有些"犯禁"之事可能是快意恩仇，甚至是伸张正义。

"我在天津生活了一辈子，深谙天津人骨子里那股子劲，那种逞强好胜，热心肠子，要面子，还有嘎劲。"[3]这种劲儿，使在正面，是痴，是执着，是坚韧不屈；使在背面，是狠，是邪性，是两败俱伤。《俗世奇人》里面，两方面都写到了，甚至一个人的身上这两方面都

1　张焘：《津门杂记》，见《津门杂记·天津事迹纪实闻见录》，天津古籍出版社，1986年，第87页。

2　戴愚庵：《沽水旧闻》，天津古籍出版社，1986年，第158页。

3　冯骥才：《自画小说插图记》，见《俗世奇人全本》，人民文学出版社，2020年，第333页。

有，从这个角度而言，天津的地域文化性格又是不可贴标签的，是一言难以道尽的，这才有冯骥才的感慨："一本又一本，一群又一群；民间奇人涌，我笔何以禁？"[1]

三、"凡夫俗子的花花世界"

《俗世奇人》的命名耐人寻味：它的前世是"怪世奇谈"，两个关键词的指向有很大的不同，"怪世"，意在强调不正常的特殊年代；"奇谈"与"奇人"相较，重点在"谈"——对于《三寸金莲》而言，这恰如其分。《俗世奇人》，以人物为核心构建故事，以故事呈现人物的个性和地域性格。此二者的差别还是很明显。《俗世奇人》最初又曾以"市井人物"命名，"市井"与"俗世"也不一样："市井"在《汉语大词典》中有这样几个义项：古代城邑中买卖货物的场所；街头，街市；城邑、城市、集镇；指商贾；指城市中流俗之人；指行为无赖、狡猾……前四项感情色彩上算是中性，与小说的内容和天津文化的特点倒是契合。然而，后面的两个义项却略有不同，"市井人物"，即便不是贬义，也是"小人物""流俗人物"之类的同义词。词典中与它组合的词汇，多含有鄙意。如：市井人，市井小人，市井之臣，市井气，市井徒，市井无赖……[2] "俗世奇人"则大为不同，"奇人"要么身怀绝技，要么是有不同流俗的秉性，这是称赏；"俗世"，亦非"市井"，它是对具体生活的肯定——这样的命名，作者用心良苦，也契合作品要呈现的内容。

"俗世"是冯骥才笔下的人物活动的重要时空，这是一个三教

1　冯骥才：《篇首歌》，见《俗世奇人·叁》，作家出版社，2020年，第3页。

2　罗竹风主编：《汉语大词典》缩印本，第1732页。

九流各显其能的活跃的民间社会。"天津卫是个凡夫俗子的花花世界……"[1]《俗世奇人》是"凡夫俗子"和"花花世界"的本真呈现。冯骥才写津门,不写达官贵人、巨商富贾,而写"俗世"中人,这既显示了他对天津文化的内心定位,又彰显了世俗生活中的民间力量。如他写跑古玩店中了奸商套儿的索七,"索七这种人在天津卫挺多。祖上有钱,本人无能,吃喝之外,雅好古玩,天天在城中转悠"[2]。祖上有钱,本人无能,这样的人也能成为主角? 当然,小说中也不乏身怀绝技之人,冯骥才多次表明他对这些人物的态度:"近百余年来,举凡中华大灾大难,无不首当其冲,因生出各种怪异人物,既在显耀上层,更在市井民间。"[3]他不认为他们是"蚁民",而是把他们看作"一尊神":"张王李赵六,众生非蚁民,定睛从中看,人人一尊神。"[4]

　　能人,奇人,绝活儿,在俗世,在民间,在底层;恶人,流氓,无赖,混星子,邪性的人,亦在"俗世"。"俗世"鱼龙混杂,藏污纳垢,保留着文化的原生态,也因此充满活力又不缺道义。《粒儿》一篇中也有感慨:"真正的好人原来都在民间。"[5]"真人能人全在民间"也成为"俗世奇人"总体概括。与之对立的是权力场域,它在小说中的表现恰恰相反、颠顸、霸道、愚蠢,是人们嘲讽的对象。在《燕子李三》中"人们笑道:官印? 李三爷能拿却不拿,就是告诉你,那破

1　冯骥才:《青云楼主》,见《俗世奇人(修订版)》,作家出版社,2008年,第87页。

2　冯骥才:《张果老》,见《俗世奇人·贰》,作家出版社,2016年,第90页。

3　冯骥才:《序》,见《俗世奇人全本》,人民文学出版社,2020年,第1页。

4　冯骥才:《篇首歌》,见《俗世奇人·叁·篇首歌》,作家出版社,2020年,第3页。

5　冯骥才:《粒儿》,见《俗世奇人·叁》,作家出版社,2020年,第52页。

东西只有你当宝贝，谁要那个！"[1] 当官的"宝贝"在民间遭受嫌弃，这未必是现实，却是一种价值取向。当官的被"民间"轻贱，帝王也为"民间"所震惊。《龙袍郑》中写乾隆下江南乘船途经天津，"看到河上桅杆林立，岸边货堆成山，开了大眼，皇宫里头虽然金装银裹，却看不到这种冒着人间活气的景象"。活力，生机，饱满，生生不息，人间景象惊艳帝王。船上渔翁给他做的面鱼，"皇上吃上两口就大声说好"，"竟然大呼这才是山珍海味。御膳房的菜添油加酱，民间饭食原汁原味"。[2]

《俗世奇人》写天津有钱人多，民间逐奢，然而作者娓娓道来甚至眉飞色舞的却是民间的那种野气、"俗气"。吃喝玩乐，甚接地气。"天津人吃的玩的全不贵，吃得解馋玩得过瘾就行。天津人吃的三大样——十八街麻花耳朵眼炸糕狗不理包子，不就是一点面一点糖一点肉吗？玩的三大样——泥人张风筝魏杨柳青年画，不就一块泥一张纸一点颜色吗？非金非银非玉非翡翠非象牙，可在这儿讲究的不是材料，是手艺，不论泥的面的纸的草的布的，到了身怀绝技的手艺人手里一摆弄，就像从天上掉下来的宝贝了。"重要的是"解馋""过瘾"是欲望的满足，也是精神的汪洋恣肆。这些与那种文质彬彬、繁文缛节完全不在一个频道上。"不贵"并不等于不讲究，不等于没有技术含量，"俗世"有"奇"，那在"手艺"。民间特色，可能是表面轻贱，内里暗藏玄机，民间不低，它也高昂着伦理、尊严。小说里论"贱名""贱物"也是辩证的：

---

1 冯骥才：《燕子李三》，见《俗世奇人·贰》，作家出版社，2016年，
   第 134 页。

2 冯骥才：《龙袍郑》，见《俗世奇人·贰》，作家出版社，2016年，
   第 114 页、第 116 页。

运河边上卖包子的狗子，是当年跟随他爹打武清来到天津的。他的大名高贵友，只有他爹知道；别人知道的是他爹天天呼他叫他的小名：狗子。那时候穷人家的孩子不好活，都得起个贱名，狗子、狗剩、梆子、二傻、疙瘩等等，为了叫阎王爷听见不当个东西，看不上，想不到，领不走。在市面上谁拿这种狗子当人，有活儿叫他干就是了。他爹的大名也没人知道，只知道姓高，人称他老高；狗子人蔫不说话，可嘴上不说话的人，心里不见得没想法。[1]

那些有"身份"的人混迹民间，也并非高人一等，反倒为民间万物吸引融入其中。"丁大少拥着金山银山，偏拿着这街头小吃（糖堆）当命了"，以致有人笑他"富人穷嘴"。[2]他也并不在乎，依然故我。这些民间的口味、风习、价值是天津人内里的魂，它也不断地塑造这里的人。"大关丁"后来遭了变故，变成实实在在的穷人，他也不曾捶胸顿足，过去好吃的经验转化为现今谋生的本领，他串街走巷卖起糖堆，彻底回归民间。作者赞曰："天津再没人贬他，反而佩服这人。人要阔得起，也得穷得起。阔不糟钱，穷就挣钱。能阔也能穷，世间自称雄。"[3]民间是博大的海，浪花淘尽英雄，英雄也不问出处。

民间有自己独特的审美方式和趣味，它们构成了地域文化中最有性格的一部分。有劲、来劲儿比文弱、娇羞在民间世界中更容易得到赞赏和承认，天津人的喝酒都讲究"冲劲"：

1 冯骥才:《狗不理》，见《俗世奇人·贰》，作家出版社，2016年，第98–99页。

2 冯骥才:《大关丁》，见《俗世奇人·叁》，作家出版社，2020年，第8页。

3 冯骥才:《大关丁》，见《俗世奇人·叁》，作家出版社，2020年，第14页。

这酒馆只卖一种酒，是山芋干造的，价钱贱，酒味大。首善街养的猫从来不丢，跑迷了路，也会循着酒味找回来。这酒不讲余味，只讲冲劲，进嘴赛镪水，非得赶紧咽，不然烧烂了舌头嘴巴牙花嗓子眼儿。可一落进肚里，跟手一股劲"腾"地蹿上来，直撞脑袋，晕晕乎乎，劲头很猛。好赛大年夜里放的那种炮仗"炮打灯"，点着炸，红灯蹿天。这酒就叫作"炮打灯"。好酒应是温厚绵长，绝不上头。但穷汉子们挣一天命，筋酸骨乏，心里憋闷，不就为了花钱不多，马上来劲，晕头涨脑地洒脱洒脱放纵放纵吗？[1]

那些民间智慧，粗中有细，绵里藏针，还极有分寸。《好嘴杨巴》中写李中堂听本地小曲莲花落子，"饶有兴趣，满心欢喜"。到了喝茶汤时，李中堂误把碎芝麻当作脏东西，脸色突变之际被卖茶汤的杨巴看出心思，以巧妙的方式给中堂大人留了面子，又救了自己。李中堂发觉后不由得赞叹："天津卫九河下梢，人性练达，生意场上，心灵嘴巧。"[2]《俗世奇人》中或是人们佩服不已的"绝技"，或是惊掉下巴的妙招，都在提示人们：民间不可貌相。

《俗世奇人》"好看"，从精神层面上是因为它表现了民间精神的朴素、狂野、自由，表现了民间人物的原生态、丰富性，表现了民间社会充满活力，以及天津人的自嘲、幽默。这股民间地气渗透在文本中，给小说输送了神奇的力量。《俗世奇人》的文字背后，是作者对于世俗生活的欣赏和对于世俗精神的认同，而这些民间的精神，在有限的空间中是与千百年来的王权文化对抗，或者是以不同的方式部分

1　冯骥才：《酒婆》，见《俗世奇人（修订版）》，作家出版社，2008年，第18-19页。

2　冯骥才：《好嘴杨巴》，见《俗世奇人（修订版）》，作家出版社，2008年、第61页。

地消解了王权文化。汪曾祺在谈"文化小说"和他的创作时，曾提到"风俗画"和"浮世绘"的概念，不过，他最初把它们仅仅理解为小说的氛围和人物活动的背景："小说注意描写中国的风俗，把人物放置在一定的风俗画环境中活动……"[1] 后来，又把它解释为"生活抒情诗"："几个评论家都说我是一个风俗画作家。我自己原来没有想过。我是很爱看风俗画。十六七世纪的荷兰画派的画，日本的浮世绘，中国的货郎图、踏歌图……我都爱看。讲风俗的书，《荆梦岁时记》《东京梦华录》《一岁货声》……我都爱看。我也爱读竹枝词。我以为风俗是一个民族集体创作的生活抒情诗。我的小说里有些风俗画成分……"[2]——说《俗世奇谈》是天津的风俗画、浮世绘恐怕没有人会反对吧？然而，冯骥才的创作与汪曾祺显然不是一个路数，汪曾祺写的是静乡，冯骥才是闹市；汪曾祺是抒情诗，冯骥才是俗世风情。日本的浮世绘，也不能简单地看作是"抒情"，那些底层人生活的展示和描绘，还是有一种精神力量在背后。永井荷风就曾有这样的论断："浮世绘，不正是不屈于政府迫害，展示平民意气，并隐然奏响其凯歌者乎？不正是对抗官营艺术之虚妄，并真正目睹自由艺术之胜利的见证者乎？"[3]

长久以往，"俗世"中"下里巴人"，难登大雅之堂，他们除了被鄙视，还逃脱不了被"教化"的命运。即便在现代社会中，文化精英们对世俗生活和世俗文化也常常不会正眼相待，人们更崇尚"精神"的力量，在有些特殊时期，精神和世俗还受到了双重破坏。阿城说

1　汪曾祺:《传统文化对中国当代文学创作的影响》，见《晚翠文谈新编》，生活·读书·新知三联书店，2002 年，第 18-19 页。

2　汪曾祺:《〈大淖记事〉是怎样写出来的》，见《晚翠文谈新编》，生活·读书·新知三联书店，2002 年，第 344-345 页。

3　[日]永井荷风:《浮世绘的鉴赏》，见《江户艺术论》，李振声译，广西师范大学出版社，2022 年，第 9 页。

过："超现实国家所扫除的'旧'里，有一样叫'世俗'。……中国的世俗生活被很快地破坏了。"他也告诫："我的经历告诉我，扫除自为的世俗空间而建立现代国家，清汤寡水，不是鱼的日子。"[1]世俗生活是生活本身，取消世俗生活和人的世俗性，等于取消生活本身和人的具体存在，这样的道德理想国会给社会带来可怕的后果。而《俗世奇人》之"花花世界"，正是从正向展示了俗世之自由和繁华，展示了人性的力量。

世俗生活与精神生活本不矛盾，后者会贯穿、体现和主导前者，而前者乃是后者落地的土壤、生长的空气。"世俗"遭受白眼，遭到误解，是"革命"的话语抽空了世俗的价值和意义的后果。在这个问题上，人们的表现又十分矛盾，一面贪恋世俗，欲罢不能；一面又鄙视它，掩盖它，乃至想消灭它。然而，哪个人又不在万丈红尘中呢？掩耳盗铃，何如直面而视？对世俗、世俗主义的价值，有的学者的观点值得我们深思："世俗主义是一种积极的而非消极的状态，它并不是对精神和宗教世界的否定，而是对我们正身处其中的世界的肯定；将我们的世界建立在世俗的基础之上，对于我们现世的幸福有着至关重要的意义；这样的世界可以把我们带入宗教一直许诺的'丰足'（fullness）状态。……一个世俗的世界不仅有其价值，生命值得拥有，而且尽管有不可避免的痛苦和损失，它也可以是美好的，有时甚至是快乐的，那种美妙的感觉增加了改善世界的可能性。"[2]《俗世奇人》所呈现的世界有着现世的幸福、欢乐，有着对生命欲求的肯定，相比于灾难、动乱、权争，这是一个正常的世界，这是一份正常的生活，有什么理由不贪恋呢？

---

1 阿城：《闲话闲说：中国世俗与中国小说》（阿城文集版），江苏文艺出版社，2016年，第15页。

2 [英]乔治·莱文：《世俗主义之乐：我们当下如何生活》，赵元译，译林出版社，2019年，第1页。

真正的文学都会面对具体的人、具体的生活。取消世俗，将生活抽象为某种道德原则和律令，那不但让小说丧失它的组成素材，而且是剥夺了小说的根本精神。——从某种意义上讲，小说与诗歌很大的不同，恰恰就在于小说是世俗世界的一面镜子，是世俗精神的舞蹈者。《俗世奇人》是一部充满烟火气、世俗精神的小说，它有着对生活本身、对生命本身最为直接肯定。虽然它的每一篇都很短小，但是读后让人有一种酣畅淋漓的感觉，有一种力量的贯注，那是因为在它的后面有着更为广阔的世俗生活，有着混沌却又博大的世俗精神做支撑。

四、"有铺垫，有包袱，出其不意，还逗乐"

作为一个文学文本，《俗世奇人》值得注意的一个艺术成就在于故事，写故事，把天津人的生活变成经典故事。生活是驳杂的，无序的，又是无边无际的，能够将某一地域的世俗生活变成众口流传的故事，这对作家的观察、提炼、组合及想象力都是极大的挑战，而作家的叙述能力又是成败的关键。《俗世奇人》中体现作家叙述能力的一个重要的点，就在于它讲出了一个个好故事。

现代小说仿佛对"故事"充满敌意，好像只有通过弑杀故事才能获得自立。文学不是进化论的试验场，文学创作中有一些基本元素就是长生树，如果养护得好，会让一个作家立于不败之地。福斯特认为司各特多少年来得享盛名其中重要原因是："他会讲故事。他具有那种一直吊足读者的胃口、不断刺激他的好奇心的原始能力。"[1] 小说当然不等于"故事"，然而，"小说的基础就是个故事……""它（故事）

1　[英]乔治·莱文:《世俗主义之乐：我们当下如何生活》，赵元译，译林出版社，2019年，第27页。

是最低级最简单的文学机体。然而对于所有那些被称作小说的异常复杂的机体来说，它又是至高无上的要素。"[1] 曾经有人忽略过福斯特这些看法，很快又重新认识到福斯特的价值[2]，至于"故事"的价值，作者之外，读者的反应更有说服力。[3]

好的故事，天然去雕饰，妙手偶得之，看似不经意，呼唤的却是作家的匠心。《俗世奇人》多以人物绰号代替人名，而又以人名为篇名，这样的人名、篇名本身就含着形象的故事，它又是一个可以识记的、具有符号性的意象，让人过目不忘。以此为"奇人"的命名，这得益于天津文化的滋养："码头上的人，全是硬碰硬。手艺人靠的是手，手上就必得有绝活。有绝活的，吃荤，亮堂，站在大街中央；没能耐的，吃素，发蔫，靠边待着。这一套可不是谁家定的，它地地道道是码头上的一种活法。……各行各业，全有几个本领齐天的活神仙。刻砖刘、泥人张、风筝魏、机器王、刷子李等等。天津人好把这种人的姓，和他们拿手擅长的行当连在一起称呼。叫长了，名字反没人知道。只有这一个绰号，在码头上响当当和当当响。"[4] 这既是绝活儿的展示，又是人的称谓，有助于将人物脸谱化，增强故事的流传性。

1　[英]E.M. 福斯特：《小说面面观》，冯涛译，上海译文出版社，2019年，第 24 页、第 26 页。

2　帕慕克在《天真的和感伤的小说家》中谈到福斯特《小说面面观》时曾说："这本书我曾认为已经过时。……但是，重读福斯特的著作之后，我感到该书的名声应该得到恢复。"（见上海人民出版社 2012 年 8 月版，第 171–172 页。）

3　据不完全统计，截至 2023 年 3 月，作家出版社版《俗世奇人》各集印数情况大致如下：修订版，4894600 册；贰，2730000 册；叁，900000 册；肆，100000 册；全集，80000 册；精装壹，16000 册；精装贰，16000 册；精装叁 8000 册。以上合计：8744600 册。人民文学出版社各版本迄今累积印行 3700000 册。两社合计：12444600 册。

4　冯骥才：《刷子李》，见《俗世奇人（修订版）》，作家出版社，2008年，第 10–11 页。

"奇人"有"绝活儿"，小说中对于绝活儿的技术性展示和描述，也构成了故事的坚强核心，增强了故事的神秘感和传奇性。当然，这需要作者知识储备、语言叙述的有力配合。《俗世奇人》篇幅短小却不薄弱，它的坚实在于作者笔不虚空，一招一式都是硬功夫。如写宝坻县人俞六的药糖："可是他的糖好——色艳、味厚，有模有样，味道各异，不单有各种药材如茶膏、丹桂、鲜姜、红花、玫瑰、豆蔻、橘皮、砂仁、莲子、辣杏仁、薄荷，还把好吃的蔬果也掺和进去，比方鸭梨、桃子、李子、柿子、枇杷、香蕉、樱桃、酸梅、酸枣、西瓜等等。"[1] 这里列举的药材名和蔬果名，必有所本，这个时候，作者的那些"杂学"知识便大展身手了。它们在小说中并非可有可无，它们是这座语言建筑的一砖一瓦，有它们，房子才能稳固。它们还打开了小说通往不同方向的空间，人们读小说，情节之外，还有信息的获得、知识的补充、经验的共享和情感的共鸣等多方面需求。《俗世奇人》中写"专攻垂钓"的能人大回垂钓绝技就让人大开眼界：

> 钓鱼时钓到王八，都是竿儿弯，线不动，很容易疑惑是钓到了水下边的石块。心里急，一使劲，线断了！大回不急，稳稳绷住。停了会儿，见线一走，认准那是王八在爬，就更不急着提竿。尤其大王八，被钓住之后，便用两只前爪子抓住了草，假若用力提竿，竿不折线断。每到这时候，大回便从腰间摸出一个铜环，从钓竿的底把套进去，穿过钓竿一松手，铜环便顺着钓鱼线溜下去。水底下的王八正吃着劲儿，忽见一个锃亮的东西直朝自己的脑袋飞来，不知是嘛，扬起前爪子一挡，这便松开下边的

1　冯骥才：《四十八样》，见《俗世奇人·贰》，作家出版社，2016年，第51页。

草。嘿，就势把它舒舒服服地提上来！[1]

与此相映成趣的是钓鸡术，钓鱼也就罢了，谁又听过"钓鸡"？《俗世奇人》里就有。活时迁抓鸡，"他先把一颗黄豆，中间打个眼儿，用一根细线绳穿过去，将黄豆拴在线绳一头；再使一个铜笔帽，削去帽尖，露出个眼儿，穿在线绳另一头上，铜笔帽像串珠那样可在线上任意滑动，然后将黄豆、线绳、铜笔帽全攥在手里，偷鸡的家什就算全预备好了"。接着，就蹲在墙角等鸡上钩了："待鸡一来，先将黄豆带着线抛出去，笔帽留在手中。鸡上来吞进黄豆，等黄豆下肚，一拽线，把线拉直，就劲把铜笔帽往前一推，笔帽穿在线中，顺线飞快而下，直奔鸡嘴，正好把嘴套住。鸡愈挣，线愈紧，为嘛？豆子卡在鸡嘴里边，笔帽套在鸡嘴外边，两股劲正好把鸡嘴弄得牢牢的，而且鸡的嘴套着笔帽张不开，叫不出声。活时迁两下就把鸡拉到跟前。"[2] "这招这法"，是小说里诱人的点，吸引了很多眼球。其实，在中国古典小说中，就很注重兵器、战马、盖世武功等等的描绘，这些冷知识，说的人绘声绘色，听的人如醉如痴。

《俗世奇人》写津门文化，也是这种文化的产物，它吸收了不少天津民间文化的优长，融化在叙述中。比如相声的"抖包袱"。《俗世奇人》的故事常一波三折，一环扣一环，到结尾还有大反转。当众多小说都在降解戏剧性时，《俗世奇人》不避传奇性，反而把它引入故事的核心。这种传奇性，不完全是靠情节的曲折来体现，或者说，情节曲折包含多方面，它既有情节推进中的波澜和逆转，也有情节向内

1　冯骥才：《大回》，见《俗世奇人（修订版）》，作家出版社，2008 年，
　　第 121 页。
2　冯骥才：《钓鸡》，见《俗世奇人·贰》，作家出版社，2016 年，第
　　107–108 页。

部开掘的丰富性和复杂性。例如《青云楼主》中写青云楼主呕盼得到老外认同的心理，在小说中就写得平静中有波澜，一个个波澜层层推进。青云楼主先是盼信，"直等到有点疑惑甚至有点泄气时"信才到。"他忙撕开，抻出一封信，全是洋文，他不懂，里边并没照片。"不见照片正心急，没有想到，"再看信封，照片竟卡在里边"，"卡"字用得妙，盼照片心切，心切反而不得，"失"又复得，寥寥数语心情几起几落。这还不是结局：老外把他的字挂在家里，这回他可以大肆炫耀、扬眉吐气了。只是还要等又一个翻转："可是字儿却挂倒了，全朝下了！"[1] 异国知音的高山流水续不成篇了……这只是这篇小说的最后一段，短短的一百多字不动声色地写出几重心理的波澜，令人不能不叹服作者文字把控能力。《皮大嘴》中谈"相声"，未尝不是作者写作秘密的自我曝光："可是圈里的人都能听出这笑话是皮大嘴自己编的。这哪是笑话，纯粹是个相声段子。有铺垫，有包袱，出其不意，还逗乐……"[2]

　　《俗世奇人》中的一些篇章是有素材来源的，但是，恰恰这些更能让我们看出作者的想象力和创造力。比如《龙袍郑》一篇，在写天津的旧笔记中曾有记述：

　　　　乾隆初下江南，过津时；曾住跸大沽造船所。一日，微服出游，随从无一知者。时天气正晴，海波不兴，上观海自得。时有渔父，乘舟登岸。上询以天晴日暖，正好得渔，奈何辍钓？渔（父）谓雨将至，返家避之。并指日光之三道光芒曰："此雨脚也。"邀上往其家暂避。甫至茅舍，则雷雨大作，日以继夜，上

1　冯骥才：《青云楼主》，见《俗世奇人（修订版）》，作家出版社，2008年，第89页。

2　冯骥才：《皮大嘴》，见《俗世奇人·贰》，作家出版社，2016年，第35页。

不得行。渔（父）乃具馔。有面鱼一器，为上生平不识之味，大加称许。翌日天晴，上脱内衬龙袍劳之，渔乃惊知驾至，叩首乞罪。上喜其诚厚，乃赐题"海滨逸叟"匾文以光之。渔郑姓，无名，序长，人以郑大称。上既行，民间改呼曰"龙袍郑"。[1]

对比《俗世奇人》中的小说《龙袍郑》，可以看到作者增加的细节和各种情节，进而把这样一个平铺直叙的简单故事写得引人入胜。增补的细节，让小说立即丰满起来，犹如一幅画，在人和房屋之外，添上了房前屋后的花草，天上的白云和飞雁……如开头写乾隆观海，小说作者补上了皇上看到的具体景象："河上桅杆林立，岸边货堆成山。"这才是让乾隆高兴的人间景象。"观海自得"，只是一个心情的描述，作者增补了看渔父钓鱼的情节，以致他也发愿回去要到御花园钓鱼，而随从不失时机地拍皇上马屁："皇上钓的比他强，皇上钓的是金鱼。"一个小细节，又是小说家胜出，那就是渔翁收竿不钓了，皇帝问："你正上鱼，怎么收竿不钓了？"这才引出后面的渔翁看天知雨至的议论。上船后，笔记上只说"渔（父）乃具馔"，小说家却增补了很多可感的细节，如"郑老汉拿几个破碗，沏了茶。这茶比树叶多点味罢了，皇上竟说好喝"。每一句话也都关涉人物心理。吃面，赠袍，民间呼"龙袍郑"的情节，两者基本相同。然而，笔记就此终篇，如果小说也是如此，那么它最多是渔翁幸运遇皇上的通俗故事。没有，小说到此才写了一半，后半部分，写的是这么一个渔翁得了龙袍后的遭遇：差点丢了命，划船跑得没有影儿。故事又转到估衣街上卖槟榔的小子，梦想发财，挂起"龙袍郑"的牌子卖起皇帝称赞不已

1　戴愚庵：《乾隆吃面鱼》，见《沽水旧闻》，天津古籍出版社，1986年，第8页。

的面鱼。真龙袍郑亡命天涯，假龙袍郑日进斗金……这才是小说，社风世情，人心命运都有了。

这也非常直观地向我们展示出，《俗世奇人》的地域世界，固然来自现实生活，然而，让它们成为故事，让每个人有鼻子有眼，让每条街道立体起来，这每一步无不是作者想象力编织的结果。

五、"话不见得多，得绝"

语言既是小说的形也是神，《俗世奇人》写津门，方言的特点和文化特征自然不能忽略。冯骥才没有排斥方言，如"赛""嘛"等等具有天津话特点的一些语汇在小说叙述中自然而然被采用，但是，没有肆意、过度，他却用得极有分寸，而且对此他有着十分自觉的语言观："我在《俗世奇人》写作中找到一种语言，不同于我写其他作品的语言。即在叙述语言中加入了天津人的性格元素，诙谐、机智、调侃、斗气、强梁，等等。这是《俗世奇人》独有的。我用这种独特的语言写东西很上瘾，瘾一上来，止不住时就会写。用这种语言写作时常常会禁不住笑出声来。"[1]

这种"劲儿"，不仅是方言的"味儿"，还是内里的文化个性、气质。在《神鞭》中就有这种气死人又让人哭笑不得的话："今儿不刮西北风，怎么吹得夜壶直响。""嘿，傻巴，哪位没提裤子，把你露出来了？你也不找块不渗水的地，撒泡尿照照自己。"[2]《俗世奇人》里话赶话的"劲儿"亦让人如闻其声如见其势：

---

1 冯骥才：《后记》，见《俗世奇人·叁》，作家出版社，2020年，第177页。

2 冯骥才：《神鞭》，见《冯骥才分类文集2·乡土传奇》，中州古籍出版社，2005年，第135页、第137页。

小尤心意虽好，可是天津人喜欢正话反说，连逗带损，把话说得俏皮好玩，有哏有乐。他拉开岗亭的玻璃窗，笑嘻嘻对这大爷说：

"大爷，您要想练车，就找个背静的地方去练。"

小尤这话给周边的人听到，真哏，全乐了。

天津卫的大爷向来不会栽在嘴上。嘴上栽了，面子就栽了。这大爷扭头朝小尤说：

"甭瞎操心，没你的事，你自管在你的罐里待着吧。"

罐是指圆圆的岗亭像个罐子。天津人有句俗话："罐里养王八，愈养愈抽抽。"这话谁都知道。

这话更哏，众人又笑，当然也笑这小子不懂深浅，敢去招惹市井的老江湖。小尤这下傻了，张着嘴没话说。[1]

阿城当年曾赞扬冯骥才的"世俗语言"，"生动出另外的样貌"："……冯骥才小说的世俗语言，因为是天津方言，所以生动出另外的样貌，又因为属北方方言，虽是天子脚边作乱，天子倒麻痹了，其他省的作家，就占不了多少这种便宜。"他带有结论式地认为："以生动来讲，方言永远优于普通话，但普通话处于权力地位，对以方言为第一语言的作家来说，普通话有暴力感。"[2]阿城的看法可能得到了大多数人认同，在近年的汉语写作或汉语写作观念中，方言的文化含量和价值被推到了无以复加的地步，人们几乎齐声讨伐"普通话"，说它造成语言齐一化，削减了语言的文化含量。可是，任何事情都不能太简单化，冯骥才的写作实践给我们提供了思考这个问题的另一维度。冯骥才的小说语言中方言的比例、方言元素并不很高，说《俗世奇

1　冯骥才:《蹬车》,《俗世奇人·叁》,作家出版社,2020年,第157页。

2　阿城:《闲话闲说:中国世俗与中国小说》(阿城文集版),江苏文艺出版社,2016年,第139-140页。

人》是方言写作恐怕言过其实，冯骥才不避方言，他却不承认自己的写作是"方言写作"。然而，我们又不能不承认，《俗世奇人》的语言，天津劲儿十足。"方言"在冯骥才的写作中何以神龙见首不见尾？

阿城另外的说法似乎已破解了他自己的问题。他称赞冯骥才的"侃"劲儿："天津的冯骥才自《神鞭》以后，另有一番世俗样貌，我得其貌在'侃'。天津人的骨子里有股'纯侃'精神，没有四川人摆'龙门阵'的妖狂，也没有北京人的老子天下第一。北京是卖烤白薯的都会言说人事变迁，天津是调侃自己，应对神速，幽默妩媚，像蚌生的珠而不必圆形，质好多变。"[1] "侃"是语言内在的气质和韧劲，而不是外在的声音。阿城同时认为："我想对于白话文一直有个误会，就是以为将白话用文字记录下来就成白话文了。其实成文是一件很不容易的事。白话文白话文，白话要成为'文'才是白话文。"[2] 在此，阿城强调了"文"在构成文本中的核心作用和它的形成不是天然而是要经过加工的。"文"不同于"言"，也不同于"音"。小说利用语言，写出的是文字，读者阅读的也是文字，这不是曲艺，发的是音，听的是音。从文字的角度，文字有着自己的规律、含义，这是书面语言不同于口头发音的很重要一点，音可有方言和地域的差别，而用字却往往是同一个，把音的作用强调得太高，是不是一种观念的误会呢？毕竟，文学创作是书面语书写，它的结果也是成为"文"。

冯骥才有一段话阐释的是《俗世奇人》的语言观：

　　我用另外一种办法，就是把地域的语言变成文本语言，让叙

1　阿城：《闲话闲说：中国世俗与中国小说》（阿城文集版），江苏文艺出版社，2016 年，第 139 页。

2　阿城：《闲话闲说：中国世俗与中国小说》（阿城文集版），江苏文艺出版社，2016 年，第 115 页。

述语言也有地域特点。这种文本语言注意两点，第一，地域特点，第二，在审美上得站住脚。方言不能太多，太多容易构成文化障碍。我用最有地方特点的天津话——"赛"，就是"好像"，"嘛"就是"什么"，稍微勾勒一下，就有了天津味。另外，天津人讲话，话不见得多，得绝。[1]

"话不见得多，得绝"，在这么短小的篇幅里能够讲出那么多引人入胜的故事，《俗世奇人》的语言是经过千锤百炼的。它简洁、准确又有质感，还特别有可视性。帕慕克曾说："以下是我最坚定的观点之一：小说本质上是图画性的（visual）文学虚构。通过诉诸我们的图画智能——我们在心目中观看事物并将词语转化为内心图画的能力——小说对我们施加最主要的影响力。"[2]冯骥才擅长在不经意中"打比方"，以此勾勒出传神的画面，产生生动的效果。他形容人的笑脸："眉毛像一对弯弯月，眼睛像一双桃花瓣，嘴巴像一只鲜菱角，两个嘴角上边各有一个浅浅的酒窝儿，一闪一闪。"[3]写罗锅："罗罗锅天生罗锅，从背影看不见脑袋，站在那儿像个立着的羹匙。"[4]从罗锅，到羹匙，都是具象，几笔就勾出一个人的形象。还有那种漫画式的描述："此君脸窄身簿，皮黄肉干，胳膊大腿又细又长，远瞧赛几根竹竿子上凉着的一张豆皮。"[5]奇人有异相，《俗世奇人》既然以写人为主，就得把人给写

1　冯骥才、孙玉芳:《关于〈俗世奇人〉的对话》,《大树》,2016年春季号。

2　[土耳其]奥尔罕·帕慕克:《天真的和感伤的小说家》,彭发胜译,上海人民出版社,2012年,第86页。

3　冯骥才:《欢喜》,见《俗世奇人·肆》,作家出版社,2023年,第26页。

4　冯骥才:《罗罗锅》,见《俗世奇人·肆》,作家出版社,2023年,第164页。

5　冯骥才:《青云楼主》,见《俗世奇人（修订版）》,作家出版社,2008年,第86页。

活、写传神。神到不仅要形象要栩栩如生，而且它又与人物的身份、职业熨帖无间。"小达子其貌儿不扬，短脖短腿，灰眼灰皮，软绵绵赛块烤山芋；站着赛个影子，走路赛一道烟儿，人说这种人天生是当贼的材料。"[1] 这正是帕慕克追求的"用词语绘画"的效果吧，"我的意思是通过词语的使用在读者的意识中激发出一个清晰鲜明的意象"[2]。

六、"写出自己的'现代小说'"

中国古典小说中志人、志怪、志异传统深厚，《俗世奇人》得益于它们的滋养是显而易见的。像《世说新语》这样的作品，不就是活生生的"乱世奇人"吗？到唐传奇和宋话本以至"三言二拍"，对于世俗社会和世俗生活的表现已渐成洪流。《聊斋志异》的精短，乃至结尾"异史氏曰"等笔法，在《俗世奇人》中也有迹可循。在新近问世的《俗世奇人·肆》中，还出现前面几辑不太多见的神秘因素，像《绿袍神仙》中拉着车回身一看，车上的绿袍老翁给他留下一车银钱人不见了；《罐儿》中给罐儿粥喝，救了罐儿的命，又教他做罐儿获得谋生本事的老人，转身就不见了，哪里也找不到了……他们都被认为是"仙人"，这种虚虚实实的笔法在六朝志怪、唐传奇乃至《阅微草堂笔记》等清人笔记中也随处可见。尽管如此，可是，读《俗世奇人》，我不会有读"古典小说"的感觉。固然，它表现的已不是农耕时代的市井，而是近代都市的景观。然而，更重要的是文字背后作者的眼光、文化意识、叙述方式的现代感。

---

1 冯骥才：《小达子》，见《俗世奇人（修订版）》，作家出版社，2008
年，第114页。
2 [土耳其]奥尔罕·帕慕克：《天真的和感伤的小说家》，上海人民出
版社，2012年，第87页。

从写"怪世奇谈"系列开始，冯骥才就意不在"复古"，他说过"我想要写出自己的'现代小说'"，"这样的小说……应当放在一个特定的历史时代和我熟悉的乡土生活里"。[1] 特定的"历史时代"和"熟悉的乡土生活"是为了写好"现代小说"而设置的。为此，在写法上他颇为用心："我想把荒诞、写实、哲理、象征、古典小说的白描，乃至通俗小说的写法全糅合在一起。"[2] 他还把这种写法看作"用历史关照现实"，具体讲，"以地域生活和集体性格为素材，将意象、荒诞、黑色幽默、古典小说手法融为一体的现代的文本写作"。[3] 不论采用什么形式，归根结底是"现代"的写作。《三寸金莲》《阴阳八卦》采用的是这种带有实验性质的写法，《俗世奇人》沿袭这一追求，又有明显不同：相比于《三寸金莲》等戏谑式的语言狂欢，它是略带幽默的正面叙述，是绚烂归于平淡，洗尽铅华，素面对人。它与二十世纪八十年代那种潮流中的多少含有表演性质的"现代"分道扬镳，取而代之的是潜入文本背后的现代眼光和深入小说的灵魂中的现代意识。比如，冯骥才小说中社会人类学、民俗学观点、方法等的渗透，法国年鉴学派的文化意识，对民间文化的欣赏等等。可是，这种写法背后的苦心有时候常为人忽略，忽略了它的现代感、探索性，冯骥才曾抱怨："很少有人认识到藏在'伪古典'后边的现代元素……"[4]

长久以来，《俗世奇人》的艺术价值被严重低估，仿佛只有放在"小小说"的体系里它才被讨论一下。研究者没有体会到作者穿越在感性和理性之间的那种自由，以及作家找到个人独特的表达方式那种自如和隐秘的欢乐，我倒觉得《俗世奇人》的写作有着王国维所说

1　冯骥才：《激流中》，人民文学出版社，2017年，第91页、第95页。

2　冯骥才：《激流中》，人民文学出版社，2017年，第94页。

3　冯骥才：《激流中》，人民文学出版社，2017年，第101页。

4　冯骥才：《激流中》，人民文学出版社，2017年，第98页。

那种入乎其内、出乎其外的大境界："诗人对宇宙人生，须入乎其内，又须出乎其外。入乎其内，故能写之；出乎其外，故能观之。入乎其内，故有生气；出乎其外，故有高致。"[1]《俗世奇人》既贴出了文学天津的便签，又还原和呈现了天津生活的细微肌理；既得"生气"又有"高致"，达到了一种难得的返璞归真的艺术境界。

从文化意义上讲，在全球化时代，在以往的生活方式和文化方式即将消失的时刻，《俗世奇人》的创作是一次文字抢救和再生性的创作，相信在将来，它也是一份沉甸甸的"文化遗产"。这份遗产，这是对同一性、技术统治的抵抗，证明了文明的多样性。米兰·昆德拉曾经说："伴随着地球历史的一体化过程……简化的蛀虫一直以来就在啃噬着人类的生活：即使最伟大的爱情最后也会被简化为一个由淡淡的回忆组成的骨架。但现代社会的特点可怕地强化了这一不幸的过程：人的生活被简化为他的社会职责；一个民族的历史被简化为几个事件，而这几个事件又被简化为具有明显倾向性的阐释；社会生活被简化为政治斗争……人类处于一个真正的简化的旋涡之中，其中，胡塞尔所说的'生活世界'彻底地黯淡了，存在最终落入遗忘之中。""然而，假如小说的存在理由是要永恒地照亮'生活世界'，保护我们不至于坠入'对存在的遗忘'，那么，今天，小说的存在是否比以往任何时期都更有必要？"[2] 这是一句并不自信的反问，也许恰恰证明了《俗世奇人》这类小说写作和存在的价值。

写于 2023 年 4 月 7 日傍晚，4 月 20 日晚改毕

1　王国维：《人间词话》，见《新订〈人间词话〉·广〈人间词话〉》，佛雏校辑，华东师范大学出版社，1997 年，第 83 页。

2　[法] 米兰·昆德拉：《小说的艺术》，董强译，上海译文出版社，2004 年，第 22–23 页。

"不般配"的选择和高贵的婚姻
——冯骥才《高女人和她的矮丈夫》

张莉
北京师范大学文学院教授、博士生导师

今天我们大家都已经习惯了"般配的爱情"这个说法。"不般配的爱情"看起来会很古怪，但其实内部却深潜着人生的诸多道理。冯骥才的《高女人和她的矮丈夫》发表于1982年，是当代文学史上的经典作品，对当代年轻人的成长和爱情观的塑造，有着深远的影响。我希望通过对这部作品进行重读的方式，重新认识这部作品的文学史意义。

不般配的爱情

我想先讲述这部作品的情节，其实讲述也意味着寻找解读这部作品的"草蛇灰线"。小说一开始便直接指出，这是不般配的爱情。这里的不般配首先指的是，男女主人公身高的不般配。比如女人比男人高十七厘米。高女人身高一米七五，而她的丈夫只有一米五八，这样看起来男人到女人的耳垂，好像差两斗。而且，这两个人都不能说是长得漂亮的，女人又干、又瘦、又扁，活像一块硬挺挺的搓板。而她的丈夫却像短粗的橡皮辊儿；饱满，轴实，发亮；"身上的一切——

小腿啦、嘴巴啦、鼻头啦、手指肚儿啦，好像都是些溜圆而有弹性的小肉球"。总之，这两个人在一起，一点儿也不搭，可是呢，偏偏他俩就好像拴在一起似的，整天形影不离。

这样的一对夫妻，让邻居们很看不惯。"有一次，他们邻居一家吃团圆饭时，这家的老爷子酒喝多了，乘兴把桌上的一个细长的空酒瓶和一罐矮墩墩的猪肉罐头摆在一起，问全家人：'你们猜这像嘛？'他不等别人猜破就公布谜底，'就是楼下那高女人和她的短爷儿们！'全家人哄然大笑，一直笑到饭后闲谈时。"夫妻俩在居住的大楼里看起来像怪物，人们总拿他们的身高开玩笑。比如下雨天气两个人出门，"总是高女人来打伞，而如果有什么东西掉在地上，矮男人去拾便是最方便了。大楼里一些闲得没事儿的婆娘们，看到这可笑的情景，就在一旁指指画画。难禁的笑声，憋在喉咙里咕咕作响。大人的无聊最能纵使孩子们的恶作剧。有些孩子一见到他俩就哄笑，叫喊着：'扁担长，板凳宽……'但两个人对孩子们的哄闹从不发火，也不搭理"。

因为不搭理，也就与大楼里的人们一直保持着相当冷淡的关系。很多人会猜测夫妇俩的关系，为什么会结合，到底是谁将就了谁。所以，大楼里的裁缝老婆，便想出了一个说服人的道理："夫妻俩中，必定一方有某种生理缺陷。否则谁也不会找一个比自己身高逆差一头的对象。她的根据很可靠：这对夫妻结婚三年还没有孩子呢！于是团结大楼的人都相信裁缝老婆这一聪明的判断。"可是，高女人怀孕了，生了孩子。"每逢大太阳或下雨天气，两口子出门，高女抱着孩子，打伞的事就落到矮男人身上。人们看他迈着滚圆的小腿、半举着伞儿、紧紧跟在后面滑稽的样子，对他俩居然成为夫妻，居然这样形影不离，好奇心仍然不减当初。各种听起来有理的说法依旧都有，但从这对夫妻身上却得不到印证。"那么接下来人们又开始怀疑了，"这两人准有见不得人的事。要不他们怎么不肯接近别人？身上有脓早晚得冒出来，走着瞧吧！"果然一天晚上，人们听到高女人家里打碎了东西。裁缝老婆赶紧去敲高女人家的门。"她料定长久潜藏在这对夫妻间的隐患终于爆发了，她要亲眼看见这对夫妻怎样反目，捕捉到最生动的细节。门开了，高女人笑吟吟迎上来，矮丈夫在屋里也是笑容满面，地上一只打得粉碎的碟子——裁缝老婆只看到这些。她匆匆收了扫地费出来后，半天也想不明白这夫妻之间到底发生了什么事。打碎碟子，没有吵架，反而像什么开心事一般快活。怪事！"

后来裁缝老婆发现，高女人和她的矮丈夫都在化学工业研究所工作。矮男人是研究所总工程师，工资达一百八十元之多！高女人只是一名普普通通的化验员，收入不足六十元，而且出生在一个辛苦而赚钱又少的邮递员家庭。那么，这对怪夫妻在一起便有了理由，她为了地位，为了钱，为了过好日子。小说里说，"人们总是按照自己的思维方式去解释世界，尽力反一切事物都和自己的理解力拉平。于是，裁缝老婆的话被大家确信无疑。多年来留在人们心里的谜，一下子被打开了。大家恍然大悟：原来这矮男人是个先天不足的富翁，高女人是个见钱眼开、命里有福的穷娘儿们。当人们谈到这个模样像匹大洋马、却偏偏命好的高女人时，语调中往往带一股气。尤其是裁缝老婆"。

接下来是灾祸降临，矮男人挨过斗，被关进牛棚。夫妇二人被批斗，人们还逼迫高女人交出所谓矮男人写的那部谁也没见过的书稿。甚至裁缝老婆也忽然跑上台，抬起戴红袖章的左胳膊，指着高女人气冲冲地问："你说，你为什么要嫁给他？"

丈夫最终进了监狱。女人成了在押犯的老婆，落到了生活的最底层。整座楼的人们都能透过窗子，看见那孤单的小屋和她孤单单的身影。不知她把孩子送到哪里去了，只是偶尔才接回家住几天。她默默过着寂寞又沉重的日子，三十多岁的人，从容貌看上去很难说她还年轻。裁缝老婆下了断语："我看这娘儿们最多再等上一年。那矮子再不出来，她就得改嫁。要是我啊——现在就离婚改嫁，等那矮子干嘛，就是放出来，人不是人，钱也没了！"过了一年，矮男人还是没放出来，高女人依旧不声不响地生活，上班下班，走进走出，点着炉子，就提一个挺大的黄色的破草篮去买菜。后来矮男人出狱了，两个人依然默默生活。有一天女人中风行动不便了，男人便搀扶着她。再后来女人去世了，男人一个人生活。依然会高高地打着伞。

反世俗

《高女人和她的矮丈夫》是新时期文学的代表作。故事并不复杂，但所表达的主题非常深刻。在通常理解中的夫妻关系中，有很多是常识：女人矮，男人高。女人怎么能比丈夫高十七厘米呢？那么他们肯定有生理问题；如果没有生理问题，那就是男人有钱；如果男人被批斗了（更矮了），那么高女人一定会离开……在一个个世俗的推理之下，这对夫妻的关系被推到某个顶点——他们的关系向人们共同期待的反方向推进：他们没有生理问题；他们同甘共苦，他们生死相随。他们向常规的性别秩序和夫妻关系的刻板化、庸俗化想象发起了挑战，在一切世俗面前，夫妻二人的"特立独行"获得了有效放大——小说从一个很小的故事出发，构造了一个强大的反世俗命题。

反世俗主题的强大社会基础是另一个隐形文本：是世俗中对夫妻关系的认识。这个隐形文本的力量越尖锐、强大，认同基础越是无可争议，那么，小说本身表达的内涵将更深刻和有力。所以，我们会听到那些窃窃私语，那些嘲笑。但是，面对这些嘲笑，这对夫妻是如何反应的呢，是沉默，是置之不理，是只过自己的生活。你不得不承认，沉默是金，这对夫妇是高贵的。尤其是很难忘记那位妻子，她一直沉默，不解释，坚忍着过自己的生活。

关于习惯

当然，这部小说也不仅仅写的是爱情。它还写的是习惯，以及我们如何在习惯下生存。在小说的一开始，叙述人这样说：

> 你家院里有棵小树，树干光溜溜，早瞧惯了，可是有一天它忽然变得七扭八弯，愈看愈别扭。但日子一久，你就看顺眼了，仿佛它本来就应该是这样子。如果某一天，它忽然重新变直，你又会觉得说不出多么不舒服。它单调、乏味、简易，像根棍子！其实，它不过恢复最初的模样，你何以又别扭起来？这是习惯吗？嘿，你可别小看了"习惯"！世界万事万物中，它无所不在。别看它不是必须恪守的法定规条，惹上它照旧叫你麻烦和倒霉。不过，你也别埋怨给它死死捆着，有时你也会不知不觉地遵从它的规范。比如说：你敢在上级面前喧宾夺主地大声大气说话吗？你能在老者面前放肆地发表自己的主见吗？在合影时，你能叫名人站在一旁，你却大模大样站在中间放开笑颜？不能，当然不能。甭说这些，你娶老婆，敢娶一个比你年长十岁，比你块头大，或者比你高一头的吗？你先别拿空话呛火，眼前就有这么一对。

这部小说一共五节，作家却用了一节的篇幅讲"习惯"。而高女人和她的矮丈夫之所以成为邻居们关注的目标，就在于他们让人看不惯。所以他们被称为怪夫妻。这世界上，很多人会在习惯面前退缩的，尤其是自己谈恋爱时，别人认为不般配也常常会让当事人打退堂鼓。现实世界里中，一个普通人的勇敢很可能不是赴汤蹈火，而在于你是否敢于在别人看不惯的目光里生活，或者无视那些习惯。其实，这些习惯也不是法律，而只是约定俗成的东西罢了。谁规定丈夫一定比妻子高，谁规定妻子一定要比丈夫矮，谁规定一定因为钱两个人才在一起生活呢。

男高女矮是对男女关系或者性别秩序的刻板化想象，而整部小说，其实都在写这对夫妻如何无视这种刻板想象而义无反顾地过自己想过的生活。因此，小说的美妙在于，那些习惯，那些窃窃私语在这对夫妻面前一一消散。丈夫有钱时他们恩爱，丈夫没有钱时他们依然生活在一起。丈夫遭难了，妻子不离不弃；妻子病了，丈夫来照顾。妻子离去了，也有人来给丈夫提亲的。甚至于裁缝老婆想把侄女介绍给矮男人，没想到的是，他"一声不吭，脸色铁青，在他背后挂着当年与高女人的结婚照片，裁缝老婆没敢掏出侄女的照片，就自动告退了"。

这是小说的结尾："大楼里的人们看着他矮墩墩而孤寂的身影，想到他十多年来一桩桩事，渐渐好像悟到他坚持这种独身生活的缘故……逢到下雨天气，矮男人打伞去上班时，可能由于习惯，仍旧半举着伞。这时，人们有种奇妙的感觉，觉得那伞下好像有长长一块空间，空空的，世界上任什么东西也填补不上。"即使妻子离去，他也愿意保持自己的生活方式。

今天，用金钱和权力判断幸福、用男高女矮判断夫妻关系的稳固已成为社会习惯。习惯对我们的生存发挥着巨大作用，它麻痹我们的注意力、激情、尊严。只有当小说家把这个"习惯"的声音扩大成文本，每一个读者都不得不面对、凝视并产生疑问时，习惯才成为一个大问题——《高女人和她的矮丈夫》的锐利就在于让读者看到了习惯/寻常之下的"不寻常"。由此，小说以一对夫妻自然和深沉的爱向社会的世俗提出了质疑，而高女人作为一种女性形象，无疑是美的，尽管她不是通常意义上的美，但她永远超越了那种通常意义上的美。这就是我理解的《高女人与她的矮丈夫》的持久魅力所在。

世相与世情

——谈冯骥才对天津文化的揭橥

张春生

天津社会科学院文学研究所研究员、文学研究所原所长

冯骥才的小说创作历程，应从《义和拳》1974 年动笔算起。1977 年，与李定兴合著的长篇小说《义和拳》发表；1979 年，《铺花的歧路》《啊！》《雕花烟斗》相继推出；1980 年，《雕花烟斗》获1979 年全国优秀短篇小说奖；1981 年，具有生活哲思的小说《高女人和她的矮丈夫》引人高度专注；1984 年，人物思维变革折射津门近代足迹的《神鞭》令文坛瞩目；1986 年，这部中篇获第三届全国优秀中篇小说奖。此后，大冯的创作出现两个层面：一是走向天津城市底蕴，代表作《三寸金莲》《俗世奇人》。《俗世奇人》为陆续写出，直到 2016 年出版小说集《俗世奇人》（足本）。二是意蕴之作，如《雪夜来客》《石头说话》。后者在 1998 年，获第六届十月文学奖。2018年，出版长篇小说《单筒望远镜》，三年后《艺术家》问世。（本文主要分析小说，其散文随笔《倾听俄罗斯》《灵魂不能下跪》《爱犬的天堂》《绵山神佛造像上品》《散花》、艺术理论《文人画辩》、画集《名家·名品》《冯骥才画集》等暂不在本文阐释之内）

冯骥才围绕传统文化，揭示城市性格，尤其是三津近代的历史变化、遗存和保护的著作和活动，虽意不在小说创作，但我以为个中的

深刻思考，对他的文学作品关系极大，本文也有所涉及和关照，以便利于对大冯小说的进一步理解。

一

当历史需要形象化，政治活动需要文艺的翅膀时，往往也就是生活在呼唤某种适时的艺术作品的时候。这并非是政治对艺术的介入，而是文学艺术本来就存在着把史、政内容作为描绘对象，以增强认识功能和审美功能的需要。所以，当社会生活以经济为中心，文化作为软实力越发有利于建设和发展时，注重民生必然促进人们对生态质量的不断追求，回顾历史就会在以史为鉴与发扬传统上不断发力。于是文艺作品对社会人生的及时浸蕴，让大众在更加健康的社会生活中获得人生慰藉。

同时，一定的历史积累与积淀下出现的地域风情，为融入在此的人们涵养着富有特色的生活习俗。对此，我们称为"地方文化与文学"，不仅日益重视，而且致力于此的小说创作，也越发挖掘着地方孕育出的特色文化，并因为对地域文化的深入刻画，又使人们进一步了解个人生活的历史与环境，进一步体味自己命运的性格形成，进一步认知家庭、村落、胡同、大宅中的群体如何过着形形色色的生活。由此使地方文化题材形成了令读者十分注意和热情欣赏的一类，并日益产生越来越大的影响。

尤其值得我们注意的是，曾作为小说创作回避区的杂色地带及生活于此的光怪陆离，在二十世纪八九十年代，有所复苏。反映灰色人生与劣根性格的作品渐次在文坛上出现。而"要冲之地和京畿门户"的津沽，在近代百年，尤其在清末民初时期，三津上下因"河海通津"的地理环境与文化的东西碰撞，使天津的百态众生很快在觉醒与混沌、启蒙和懵懂交会中，形成了新族群亮相、旧群体挣扎、工农兵学商竞相比肩各有空间的纷纭存在。特别是新知青年的突进，维新呼喊者的檄文与固旧者、陈腐者的矛盾，使得底层百姓也受到冲击，或醒悟、或游移、或被动而行。

此时的天津，社会进步与固旧在此起彼伏中冲突与争斗。而思想的觉悟和意识的初醒，也在各个层次以不同的状态滋生——知识者觉醒，年轻者奋进，理性者沉思，糊涂者无奈，游民者挣扎，务实者渐变。风云际会中封建与殖民的进一步勾结，使一潭死水更加窒息，一池的污秽更加恶臭。小说家如何对此予以艺术刻画，创作的指向是哪？严峻地摆在创作者面前。而刚刚度过"文革"十年，以"揭示"为凸点的作品，在获得大量读者关注的同时，下一步的描写要朝向哪里？"伤痕之作"难以长久，"反思文学"侧重启蒙，而找出沉疴，挖出病灶，尤其让今天的人们思索历史的过往，才是小说要揭橥的。

当然，直面走向改革开放的沸腾生活，是文学现实主义创作的要务。但是，懂得社会曾经的坎坷和扭曲，以便以历史的镜鉴提高思想维度，不也是有利于思想解放、深入改革的重要的文学之举吗？因此，当冯骥才把眼光瞅向天津近代人生，并且用"辫子""小脚"掀开半封建半殖民地社会的藩篱之时，也就是作家用"单筒望远镜"探入病灶社会的肌理，找出人生扭曲，让广大读者深刻琢磨我们的历史文化需要从启蒙走向革新之际。作家强调："天津这地方自有特别之处，寻常百姓，茶余饭后，津津乐道者，往往就是乡土异士和市井奇人。""这些人物的身上也就融入此地百姓集体的好恶，地域性格因之深藏其中。"（《俗世奇人全本》序"奇人辈出"）于是，天津作为近代百年的缩影，成为大冯小说耕耘的沃土；他的笔端也由"世相"进入"世情"，从抒写畸变之人，到刻画奇人之社会群像，从而写出一座城市的文化内蕴、海河两岸的变革与革命。

正是基于此，冯骥才的"津味创作"不是以虚构取胜，也不是以"俗"代"雅"，而是以这片土地出现的"俗世奇人"——"定睛从中看，人人一尊神"——用世相里的个性人物，把"碰撞时代"予以艺术的描绘，让小说彰显文化的冲突，更在于人的自我认知，在于社会人对社会的选择——他和他们可能是主动的抑或是被动的，但大冯小说蕴含的世相背后的世情，才是众多读者需要认真思考，并在阅读之后不仅获得感染、受到触动的，还能从言行上流露出符合社会发展的欣赏成效。

从严格的阅读效果上看，"俗世奇人"是把历史人生描画成饶有兴味的情节，把"畸人和奇人"抒写成丰满多层次的形象，打破了近代城市某一层面的神秘感。而且这种创作瞄准了一般读者盼望了解历史具体进程和奇人与畸人的生活实际与异化的内心活动，使俗世题材进入了当代话语，适应了改革年代的生活多样化、阅读多元化的社会需要。同时，他的小说还有着"供后世玩赏之中，得知往昔此地之众生相"（《俗世奇人》序）的创作目的，因而大冯的作品成了可知社会某一状态的"鲜活图卷"，显示了文艺可以对所描绘的环境进行形象的"阐释"，使刻画中的社会群像与城市面貌更能浸入读者的胸怀。

尽管鞭子小脚是当时社会扭曲的世相，大冯却在刻画中从小说里折射出"求变"的这一阅读的关键词。甚或冯骥才小说的"关键词"是通过其"透过现象看本质"的文本意义，让他的文学体裁、文学形象在把"隐喻"转换为"提喻"，也就是让他的作品从形象走向启迪。于是，大冯的"津味文学"充满着文化意蕴，艺术的描绘有了浓郁的思维层面。他的《义和拳》还对此还不太明显，到了1986年《神鞭》和其后《三寸金莲》的问世，冯骥才艺术的"提喻"意味就十分明显，也很快引发了广大读者与评论家的关讨论。

二

为了更好解读冯骥才的创作，及其艺术"提喻"的内质，我们可以《三寸金莲》进行具体分析。

这部作品问世后，很有些人诧异他的写小脚，以为是溢丑之举。其实即使不谈作品对审美意识的开拓，仅就题材而言就有令人瞩目的价值。因为文坛尽管"宽松""开放"，却鲜有人涉及此。他以脚写人，以人的裹小脚去思索一种文化的存在。于是一双被视为标准的小脚，引出了曲折而意味隽永的故事：从社会管理上着眼，裹小脚以对妇女的摧残，把缠足衍化为禁锢女性，从肢体上就展示了"男性对女性的支配与管理"。但从艺术蕴含和艺术指向上，在大冯的小说描写里，却以"美和自然的畸变"，把"小脚的人生悲喜"纳入文化范畴和审美领域。让腐朽植出的一束病态的花，使陈腐的大宅院即病态社会，掀起搅动的涟漪。

凭借小脚，贫家女戈香莲得以步入富贵之家，并以一双三寸金莲使"养古斋"内宅躁动起来——几位不同出身、不同教养的淑女互为敌手，想方设法勾心斗"脚"；一伙"莲癖"脚迷心窍，以至公公偷偷摸儿媳的脚。人们从这"恶心"的行动中，看到了丑不知丑，还以丑为美，使丑成为一种文化。于是丑就转化到它的对立面中，有了合理性与延续性。而《三寸金莲》正是在这样的描绘中，揭露了封建主义稳固的原因，往往不止于它的政治层次，却在于它的诸如审美意识和社会心理文化层次上。再也没有比缠足更能说明封建社会对人性的戕害和对妇女的人身侮辱了。但是，这么一种令中华民族痛心疾首的行径，却由于统治阶级的超稳固历史的沉淀，而从皇宫进入寻常百姓家，成了风俗，以天然合理的方式流布，被社会的人看作做人的"标准"。旧时的妇女不把脚裹小，就不算做女人。这样戈香莲也就在祖传老例的因袭中，来不及呼唤苦楚，就在奶奶的言传身教下接受了这种摆布。

可怕的是，已进入了文化范畴内的裹脚风俗，一旦和封建主义合流，就泛化出一种取消人格、压抑人性的张力，它可以让人失去天然、失去自我、失去活力、失去进步，以做文化祭坛上的牺牲为荣。裹小脚的痛苦，便被社会的意愿和人的文化属性所掩盖，并衍化为"风俗"。创造文化的人变成某种恶劣文化的实践载体，而这文化又是以丑为美的，于是人的按美的规律的创造行为与以丑为美的社会风俗（实为陋习），把社会的人铸成了复杂的状态，而正是这种复杂状态，又常使人认不清自己，或成为一个变异性格的人，以非为是。

《三寸金莲》所塑造的戈香莲性格内就有着不同走向的坐标系：从人性的态势上去看，戈香莲的一生是凄苦的，不只被迫缠成三寸小脚，而且还成为大财主大士绅的玩物。她自己曾求死不成，只好把做人的希望，寄托在女儿身上，并为此而付出了母女之间生离死别的代价。但从文化的态势上去看，戈香莲又完全是一位被裹脚布的酸臭熏陶的封建女性。她不仅以三寸金莲争宠，而且巧妙地利用脚型、鞋样、色彩等赢得赛脚会上的最后胜利，取得了家政大权。此时的戈香莲又觉得一双小脚给她带来了幸福与光荣，要决心为小脚而奋斗了。因此戈香莲的这不同走向的坐标，形象地展示了做天脚女人竟然难以活着，而有了三寸金莲竟能走进深宅大院去过富足日子。这一畸形社会现象，标明中国封建文化有着一种以非为是的造孽力。

为了更加深化这一主旨，冯骥才在《三寸金莲》还以夸张变形的手法塑造了佟忍安这一封建文化张扬者的形象。小说通过此公的凭脚选媳、品脚谈"美"，以及三次组织赛脚会等行径和爱脚成癖的心理。鲜明地刻画出：缠足之风因这种人而存在和发展，缠足之举也因这种人的理论推动而进入审美范畴。换句话说，正是有了佟忍安之流，才造成了戈香莲的性格和命运，才凸显如此畸形的文化现象。同时，佟忍安作为"养古斋"主人，把女人看作掌中尤物，以供男人的世界去把玩品鉴。于是人的价值，尤其是女人的价值，不在于她们自身、不在于她们的创造力、不在于她们作为人的存在，而是为了一种文化而产生。正像一枚随葬文物一样，它的被珍视，并不是当初的使用价值，而是一种埋葬，一种背负历史的重担。然而人并非文物，但这种以丑为美的文化，却让人变成只是会呼吸的文物，虽说这种文物有一种"美"，可人已被蚀去了走向未来的志气与力量。这就揭示了中国封建文化内核——在所谓"美"的罗网下，把人驱入古墓中。

应当指出，仅对《三寸金莲》做上述形象意义的分析是不够的。因为小说在刻画戈香莲、佟忍安等人物的同时，还让作品有文化材料的明显浸润。所以阅读这部中篇小说不单能领略到人物性格上那深邃的社会内涵，还看到了更发人深省的异化文化的内涵。它以"缠足美"而披露出来的，更会使读者认识到缠足是封建文化在历史上有过它的功绩与贡献之后，在糟粕上也走向了它的极致。

首先，不论戈香莲怎样想办法在"比脚"中赛"美"，不论佟忍安如何大衍发微地畅谈三寸金莲之"美"，那些名目繁杂的小脚鞋鞋样、那些小脚尺寸的翔实数字，恰恰说明这些"审美"是建立在畸形的基础之上的。表明缠足的"美学"是对美的亵渎。

其次，是以小说艺术的强化形成动态与静态、愉悦与心烦的阅读反差，反映不同的审美层面。前者例如戈香莲的命运，给人以艺术的启迪；而后者例如缠足的步骤、裹脚布的品种等，给人以审丑的思索。于是，作品发掘出所谓的小脚美，是一个双向逆反活动，即一方面人们用最不美的行为去扭曲创造美的主体，另一方面主体又用扭曲的美去修饰丑行。这就深入地揭示出，文化的窳败会产生美的堕落，从而导致对人的心灵、对民族素质的啮噬。而这正是《三寸金莲》值得让读者反思，以及今天在改革的深处，还要消弭社会的沉积的原因。

再其次，作品虽然以文化内涵的格外强调去反映缠足生活，但却又以对缠足的荒诞描画，去揭露这种畸形文化的审美意识是一种为封建主义服务的丑学。从生活的角度看缠足的文化意识，是一种让人窒息的氛围；从文化的角度看缠足对生活的影响，却是一种让人作为固旧社会性格的群体性生态。

"美"的小脚是以丑为美的扭曲的文化而"审美"出来的，于是"小脚里头藏着的历史"，即上千年的超稳固的历史积淀，因三寸金莲的风波——揭开了麒麟皮下的马脚。所谓的"我们独特的美"中，竟有如此戕害人的东西！这是一种文化被这般"丑"的趣味给透视了的描绘，从而表现了冯骥才总称为"怪世奇谈"的组合作品，是对中国文化的一种严厉的审视。

正是这种严厉的审视，说明了小说创作的新趋向，已由"发现自我"到了"自我反拔"的阶段。新时期文学特别是小说的最初几年，是从"伤痕"起步，进而拓展到"问题小说"和"改革题材"的。当文学更加关注"人和他的历史文化"时，会把历史留在社会刻痕上。而冯骥才在文化与环境上的开掘，瞄向并致力于此，对历史予以的严厉审视，用"审丑"揭示社会积习。大冯小说的文本力量应在其中。

三

冯骥才出生在天津，二十世纪七十年代后期进入文坛，很快就因《啊》《雕花烟斗》《高女人和她的矮丈夫》《神鞭》等作品受到广泛关注，成为新时期文学重要作家之一。作为一位文化学者，他在绘画、教育、文化保护等领域皆有建树；作为一名作家，他的散文、小说曾被收入课本，多部改编为影视剧；作为一个天津人，他以奇思妙笔记录了这座历史名城最具地域风情的故事，并使之广为流传。

"怪世奇谈"系列是指冯骥才创作于二十世纪八十年代的三部津味小说《神鞭》《三寸金莲》《阴阳八卦》，作品以天津独具特色的文化意蕴为底色，撷取最具风味的历史时期——清末民初这段岁月为画板，通过流淌着津腔津韵的笔墨，细致真切地再现了当时津沽的市井生活，并在有意思之中孕育着深刻的意义，堪称当代津味小说扛鼎之作。作品的艺术视角具有强烈的探索性，荒诞之中蕴含哲理，流露出对中国文化的反思，即使在当下依然有其积极的现实意义。"怪事奇谈"阅读三十年不衰，并被翻译成十余种文字译介到全球，还多次被改编为影视剧、舞台剧，流传甚广，成为代表天津文化一种标识。

由是，我们可以说大冯抒写天津的小说，是以个人的笔耕不辍，运用从情节走向文化与文化孕育情节的艺术手法，把天津城市予以由表及里和从微观到宏观的描绘。

解读大冯的小说文化，我以为，应当把《啊！》《雕花烟斗》和《高女人和她的矮丈夫》作为钥匙。《啊！》是人在极端恶劣环境下引发出既害己又伤亲人的悲剧，大冯的艺术聚焦对准了社会曾造成的心理扭曲。在现实中如此，在历史上也是如此。《雕花的烟斗》写了逆境中的人性和情谊，显示了大冯的内心对生活的挚爱，但是环境变化会造成人际关系的反转，这篇小说在"醒世"着人们：要懂得在变换时期生活，几乎每个人每天都在经受点儿什么情况下，不断面对着哪些地方不能变，何种前提下可以变的拷问。而《高女人和她的矮丈夫》以"不按世俗标准看人生"的角度，运用形象里的哲学，告诉读者，你的判断要依据社会内质，要从生命本体和真挚、真诚、真切出发，而不是世俗与习俗，更不能依据陋习旧规去评判人和他所处的具体生态。

以上述的注重"内心变化"，关注"人际扭转"和"不囿于世俗"

这三把钥匙，去分析理解冯骥才的小说，尤其是涉及天津文化的作品，特别是他的近作《俗世奇人全本》，对津沽特色、历史转型期的文化碰撞和天津市井百态人物的凸显，让文坛里的津沽之花，更可争艳，更可琢磨。其中，风俗背后的社会底里和人生哲思，异化性格的社会张力。例如，环境扭曲下的人应该如何活着？有脊梁有个性的群体应该如何面对社会的转型与制度的坍塌？大冯在创作中以其笔触的敏锐和深刻，把近代中国看津沽百年的社会存态活化出来。

话说到这里，作家文本的悄然变化值得注意。《神鞭》的叙事结构是从辫子的神奇与傻二的经历展开的。地痞玻璃花拦街逞凶，傻二看不过，辫子一甩把玻璃花教训了一通。此后神弹弓戴奎和武术高手索天响与傻二较艺，均栽在辫子功下。众人称傻二那条大辫子为神鞭。不料傻二参加义和团攻打租界时，他的辫子被洋人的枪子儿打断。虽然重新养了头发，面对现实差距，傻二悟出了传统之技尽管神奇，却难抵新启之器。于是毅然剪掉辫子，变革了祖上传下的功夫，把洋枪练得百步穿杨。这个故事把世相予以神奇，而把世理蕴含在以变革求得新生的世情之中。到了艺术风格相通的《俗世传奇》，故事的叙述长度精炼了，结构更精彩了，在"众生相"中以各显性格和独特的言行，刻画了津城市井的群像，医学农工商、车船店脚牙各色人物全有，是社会底层的鲜活存在。同时，每一性格都体现着世情事理。"苏七块规矩的立及破""炮打灯酒的假与真""刷子李名气的虚和实"，仅从《俗世奇人全本》这头三篇，已看到冯骥才在写"世相"的"神鞭、小脚"之后，把精简、精彩、精炼熔铸在奇人行走在市井的怪而有理的瞬间。短暂的情节故事浓缩出"世情"，大冯笔下的艺术舞台"融入此地的百姓集体的好恶，地域性格因之深藏其中"。天津的民众的人生凸显出来，一个近代商埠的市井风俗画卷映在眼前，昨日之事今日之识，小说对一座城一个纷纭的百姓群体予以多面而系统的雕画，形态生动意味深长。

阅读冯骥才以天津为背景的作品，会感受到他对三津大地这一方水土养一方人的深刻认知。从对"义和团"的描绘开始，他的笔端就探入到斑驳的环境与杂色人生，尤其那"各色"的性格人物和与众不同的言行、奇谲的命运、眼界大开的情节与令人回味的结局。仔细归纳小说人物，又能分为"奇人与雅士"，前者即是《俗世奇人》，后者以《艺术家们》为代表。若把性格的生活舞台综合在一起，我们"看到"了天津。

《义和团》里的津沽呈现出天津的"阡陌之象"。天津早期城市发展，大体在南运河南岸与海河西岸所形成的三岔河口西南一带。因明朝筑城建卫属于军事制置，天津的运行大致是经济沿南北运河与海河三岔口畔发展繁荣，城里却布满署衙、宅院与横竖胡同。城市以"局部封闭，总体敞开"的面貌，让津门从诞生之日起，就带有自然与人文相应积累的形态，并沿海河两岸，自上游向中下游发展，码头人生和大众对"洋教入侵"的反抗，以及义和团在天津的波澜起伏，把天津城市空间反映得十分清晰。

天津的城市空间，明显分为三块：一是传统城区，也是天津的重心，含天津卫城和城东（宫南宫北大街附近）、城北（北大关附近）等区域；二是曾经的九国租界地；三是以大经路（今中山路）为核心的河北新区，是近代执行"新政"时规划、建设的区域。

而天津清末民初的文化，是一种多样杂糅，力度方向交错的文化形态。但在河海通津的环境下，交汇、交流普遍存在。临风而接纳已成主流。报刊众多、社团林立、新式学校文化影响着社会。文艺也集聚、发展、提升，戏院、茶园凸显市民趣味。就是城市建筑文化也展示出走向近代，走向海洋的特色。海河干流上的大型货轮和海河入海处的塘沽港口、大沽船坞的问世，就是明显的例证。

"近代时期"对天津文化而言，先是经历了两次鸦片战争、大沽炮台陷落、紫竹浴血和八国联军强行拆除城墙的悲痛。其后在1860年被迫开埠，进而成为中国"外交"频仍、政治运动纷繁、文化表现多元的舞台。随着九国租界的林立，近代新政的实施，津沽大地不仅嬗变深刻，悲辛交集，而且文化杂糅多元。这在大冯的小说里集中描绘、表现。

　　冯骥才犹重视天津的文化的民间的世俗层面，通过《泥人张传奇》和《俗世奇人》把街巷胡同形成的风俗、风气展示出来，让津城文脉有了浓厚的市井况味。

　　天津自近代以来很快接受了精英的文化，随着代表人物如梁启超、严复和夏曾佑的驻津离津，精英文化尽管有时候不能长期在津沽保持，如清代的纪晓岚所言，天津赖"煮海之利，故繁华颇近于淮扬"。但是古迹遗存"颇稀"，明代以前者"屈指可数"，也就是历史积淀较少。但是到了近代，天津在文化冲突与交会中变化发展。当天津文化是从燕山山脉经平原走向滨海，文化群落（蓟州、武清、静海等）各自演化又相依叠加并与时俱进时，天津以京畿"要冲之地"的身份愈发浓郁着胡同文化和市井生活。变革的思潮在近代百年"先行一步"，天津有着各类性格在不同程度中，思索着、启蒙着，或者半混沌半睁眼地活着。于是，津沽投影了中国百年的足迹与心态。冯骥才的小说揭示出这种生态，和艺术给予的反思。作品虽写的是近代市井，难道不正在触类旁通着今天的"变化中的起伏"的社会人生吗？尤其阅读后，大众会不同程度地认知自己的人生，所生活的城市。

　　冯骥才在小说中描写了津城文化的雅与俗并举，呈现着在主流文化驱动下，高雅审美与通俗欣赏的碰撞。尤其是城市文化趣味，当艺术家视"五大道"为精英环境，命运坎坷对别墅洋房别有一番情愫的时候，天津的市井、民间在奇人世相中却不断扩大着世俗文化。在津沽大地，人们敬佩高雅却亲近俗文化。书房中静看线装《红楼梦》，茶馆可听鼓曲《探晴雯》；会在小白楼遛一遛，更愿意逛一逛估衣街。天津俗文化的浓郁，也使天津文化的群落存在，更能适应市民生活、更能适应底层人群的文化要求。天津文化的特征之一，是区域人群不同，文化需求各异，但不相互排斥，而是雅俗并肩。大冯对此予以精彩的描画。

天津文化中码头文化明显，迎来送往的流动，使文化根系难于牢牢扎下。清代称天津为"繁华之地"，凭借大运河之利，迅速崛起。但各地文人雅士集聚，只做天津的往来过客，难以融入津沽市井，并把去京师视为人生目的。可见天津文化，有自身渊源，但是促其鼎盛的却大多来自涌入的区域外文化。这说明天津的主流文化在津有一席之地，却比较起伏。而漕运码头，装装卸卸的经济环境，增强着杂色文化的"涌动"，凭借越来越强大的城市功能，使天津善于接纳、学习"他处"。南甜北咸，川辣晋酸，津沽之地可以说"要嘛有嘛"。仿佛鸟在海河上空飞过，就会留下倩影一般，增添了天津文化的色彩。

由此使津城街区与胡同之间有某种间隙。拿天津的"俗世奇人"来说，本属城市底里百姓，因为杂色而在市井里逐渐成为天津街巷主流，不仅有着一定的辐射力，而且使得此地不同周围。津沽文化性格因各色人等生活在这样的地界，所以能出现了"狗不理"那样的店铺、"绝盗、好嘴、腻歪和十三不靠"这样的人物，也有"跟会、蹬车"这样的风土。

近代天津，老城厢、九国租界和河北新区的出现，使文化的不同形态有着各自的"舞台"。历史形成的"文化群落"在积淀中也各有自己的植被，彼此之间表现不一，界域有别。这就使得文化的"缝隙性"不仅鲜明，大冯写出了天津地域文化这一特征。

天津市井风气与习俗的近代蔓延，看似让天津文化的缝隙层面和生活差异混合在衢街胡同里，然而听曲艺弹唱的耳朵，难以接受小白楼歌厅的西洋乐曲。喜爱京评梆、大鼓相声的票友，与欣赏施特劳斯《圆舞曲》、贝多芬《G大调奏鸣曲》的人群不很交流。天津文化这种各自追求"不同的文化消费和不同的文化认知"的现象，既体现了津沽的多元和包容，也说明三津的文化消费常常是各得其所、互不叨扰。

　　人在社会生活中，总要表现一种自发选择或被浸润的文化形态，各种形态的交织会使社会演化出特色，而近代域外文化的冲击却使清末中国的历史呈现出扭曲性的嬗变。病树前头万木春的前夜，正有着许多值得文化警醒者开掘的内容，大冯不仅去开掘而且用一种清醒的悲悯，把市井社会的病灶和其中会孕育着先进文化的萌芽这一情景，进行了激发读者心灵的剖析。而近代中国看津沽百年的社会存态，既是大冯的艺术植被，更是他的文化之旅的锚地。

　　通过冯骥才的小说，从这个或那个典型又丰富的"时代性的生命个案"，能看到当代中国文化行者的多姿人生路径和艰辛探寻后的多种成果。

　　冯骥才写津门，写出了世情与世态，更写出了天津一个时期的城市文化。原本是一个群体的创作，现在大冯以一己之力描绘出"近代天津百态"，相信文学史上的这一页，也是天津文化独特的一章！

从外部去看："同时代"的艺术与人
——读冯骥才《艺术家们》

闫立飞

天津社会科学院图书馆馆长、研究员

2020 年，冯骥才在完成"记录人生五十年"的《冰河》《凌汛》《激流中》《漩涡里》系列非虚构、自传体、心灵式写作后，创作出版长篇小说《艺术家们》。这部对于冯骥才来说"非写不可"的小说，不仅时间上与其回忆录叙述的时间段（1966—2013）高度重合，"小说中所表达的对时代的认知和对艺术的很多看法在回忆录中都可以找到本源"[1]，其因"过于自我"而带有浓厚的自传色彩，而且写法上把绘画融进文字"把小说当作艺术来写"[2]的实验使得小说在冯骥才的写作中显得有些另类。这部负载冯骥才五十余年人生经历、实现其钢笔与画笔交相运用并融会贯通的作品，既是作家的心灵史，也是一种"文学行动"，它意味着冯骥才终于走出"内心深处的纠结"，在艺术知觉的平台上重新审视时代、艺术与人。

---

1 周立民：《艺术啊，太艺术——冯骥才〈艺术家们〉阅读札记》，《中国当代文学研究》2021 年第 3 期。

2 冯骥才：《〈艺术家们〉的写作驱动与写作理念》，《中国当代文学研究》2021 年第 3 期。

一、自传与小说

小说《艺术家们》与作家自传的区别，在于它在视角外化中实现了艺术的包容与完整。冯骥才在《漩涡里·自序》自述："我最初有志于丹青，之所以拿起笔写作，完全是由于时代的地覆天翻、大悲大喜的骤变。我曾写过一篇文章叫作《命运的驱使》，我说要用文学的笔记下我们一代人匪夷所思的命运。这便从画坛跨入了文坛。后来，则是由于文化本身遭受重创，文明遗存风雨飘摇，使我不能不'伸以援手'，随即撇开文学投入文化的抢救与保护中……反正近二十年，我身在时代最为焦灼的漩涡里。"[1]冯骥才纵身投入时代"旋涡"，"把自己的昨天拿到今天来'示众'"的自我口述，意在呈现作家现实中没有实现的意愿和理想，但其显然不能驱除漩涡里作家的孤独与个体的无力，无法承担对作为知识分子自我的深入反思。

作为艺术的小说让我们重新发现这个世界。"小说之所以成为一门艺术就在于，它不但能把我们的经历表现得如同别人的经历，同时也能让我们像讲自己故事一样讲述别人的故事。"[2]小说讲述者外在于故事的自由赋予小说认知的力量，使其发现唯有小说才能发现的事。昆德拉认为，"小说不是作者的忏悔，而是在世界变成的陷阱中对人类生活的勘探"，因为小说家与大家面临着一个共同的处境："从今以后，地球上所生的任何事都不再可能只是一方之事，所有的灾难都关系到全世界，因此，我们被外界所决定，被一些谁也无法逃避的境况

---

1 冯骥才:《漩涡里:1990—2013 我的文化遗产保护史》，人民文学出版社，2018 年，第 3 页。

2 奥尔罕·帕慕克:《瘟疫之夜》，龚颖元译，上海人民出版社，2022 年，第 5 页。

所决定，这些境况使我们和其他人日益相像。"[1] 陷身时代旋涡里的冯骥才及其回忆录，就是这一境况的真实反映，小说《艺术家们》的写作则是对这一处境做出新的勘探，冯骥才在小说写作中找到了情感抒发和自我拯救的契机。

《艺术家们》与冯骥才二十世纪八十年代小说创作的区别，在于作家学会了退后一步的外部观看。"读者感"很强的冯骥才在九十年代放弃小说写作，是他突然发现自己不知道写什么和怎么与读者交谈了，即他无法理解自我了。冯骥才在回忆录中谈及当时的境况："我觉得自己抓不住生活了，我无法像昨天那样深知正在激变的生活与社会。同时，我好像也找不到我的读者了，读者总是一代换了一代，是我抛下他们，还是他们抛下了我？我还是他们心灵的知音吗？我还与他们拥有共同的审美吗？虽然文学还在继续，我还写，但是生活将要发生的一定有别于昨天。我感觉脚下的路变得模糊了；原先那条文学大河突然在一片陌生的原野上漫漶开来。"[2] 于是，冯骥才感叹"一个时代终结了"，"原先那些'信心满满'的写作计划都失去了原动力。一片空茫之中略带一点恐慌"[3]。

冯骥才以"伤痕文学"代表作家进入新时期文坛，在"反思文学"中持续发力，从《铺花的歧路》《啊！》《雕花烟斗》等问题小说到《神鞭》《三寸金莲》等引起争议的"文化试验"，他始终处在文学潮流的前头或中央，其时文学与社会的紧密关系，使得冯骥才通过文学介入社会生活和与读者产生共情。文学驱使其命运发生转变。二十世纪九十年代"新时期文学"的结束导致冯骥才与文学疏离。冯骥才

1　米兰·昆德拉：《小说的艺术》，孟湄译，生活·读书·新知三联书店，1992年，第24页。
2　冯骥才：《激流中》，人民文学出版社，2017年，第228页。
3　冯骥才：《漩涡里》，人民文学出版社，2018年，第3页。

与文学的亲与疏、近与远现象的发生，在于冯骥才对自己的小说创作有了新的认识，而不是"文学"本身的问题。冯骥才给刘心武的信中指出，"关键的是创作的路子"出现了问题，他们那种以社会问题为导向的创作，虽然发表的议论颇有见地，"但小说缺乏形象性，构思容易出现模式化和雷同化，并潜藏着一种新的概念化倾向……这些下去，路子必然越走越窄……愈写愈吃力、愈勉强、愈强己之所难，甚至一直写到腹内空空，感到枯竭"[1]。

这种问题化的写作，显然是一种理性的、介入的、实践的文学，一种萨特所谓的"为今天而写"[2]"有用"的文学。由于这种"有用"的文学过于注重概念的传导和社会的介入而走向阿多诺批评的"艺术自主"的反面[3]，蜕变为作家的喉舌和成为作家身体与意识的组成部分，必然会随着作家身体的衰老而活力减弱。文学由此不仅无法具有其自主性特征，而且失去从外部观看自身的权利。二十一世纪以来，经受了小说创作危机和文化行动危机等历次危机锤炼的冯骥才，终于在从外部去看的他我审视中获得了突破，从这个意义上说《艺术家们》更像作家冯骥才一个新的开始。

二、风格与技法

冯骥才从其自传抽身而出和从实践文学中后退一步创作《艺术家们》，并不意味着冯骥才在"介入"上的退步，而是一种超越。萨特

1　冯骥才：《下一步踏向何处》，《人民文学》1981 年第 3 期。

2　列维：《萨特的世纪——哲学研究》，闫素伟译，商务印书馆，2005年，第 103 页。

3　赵勇：《走向一种批判诗学——从法兰克福学派的视角看中国当代文化诗学》，《清华大学学报（哲学社会科学版）》2021 年第 5 期。

在《什么是文学》中指出："一种实践文学诞生于找不到读者群的时代：这便是已知数；每个人有他自己的出路。他的出路即他的风格、技巧、题材。如果作家与我一样痛感这些问题的迫切性，人们可以确信他将在他的作品的创造性整体里，即在一气浑成的自由创造运动中提出这些问题的解决办法。"[1]《艺术家们》就是冯骥才的出路，他在小说风格、技巧与题材的创造性整体里找到了解决问题的办法。

《艺术家们》的风格映照在它的题材里，当冯骥才以画家的眼光凝视楚云天、打量这群艺术家们的命运与追求时，不仅写出了"唯有画家们才具有的感知"[2]，抒发了自己的情感和理想，而且铸就了小说整体的唯美风格。如同一幅水墨长轴画卷，小说分别以"荒原上的野花是美丽的天意""闪电从乌云钻出来。我的歌啊，你也从囚禁于我的心里飞出来吧！""被美照亮灵魂的人，才是真正的富翁"为题进行分卷，皴染三个不同时代艺术家们生活氛围的同时，主要摹绘了楚云天青年、中年、晚年三个时段的人生际遇和艺术感悟。

青年时代的楚云飞和洛夫、罗潜组成"三剑客"，他们避开时代的风雨，在狭小简陋的蜗居里刻意营造艺术的空间，如同挺立在荒原上的野花，他们在艺术的分享与超然中，创造着属于他们个人的坚韧的美。中年时代，他们迎来新生活，在开放时代大潮中以《解冻》《五千年》等画作的创作走向人生与事业的巅峰，如同从乌云钻出来的闪电，他们以耀目的光辉冲决重重阻碍，创造了属于时代的壮阔之美。到了晚年，楚云天回避了一切的社会交往，通过《心中的十二月》的创作照亮灵魂，回味自己来时的路："这样画起来，大自然的兴衰变幻便于人生种种况味与滋味融为一体，也动情，也排遣，也

1　萨特：《萨特文集》第七卷，施康强译，人民文学出版社，2005年，第308页。

2　冯骥才：《艺术家们·写在前面》，人民文学出版社，2020年。

抒发，也享受。他忽想，这样的画不正是他当年在东京艺术大学和平山郁夫先生所谈的现代文人画吗？他又想，《解冻》和《永远的太行》何尝不是现代的文人画？现代的文人既有小我，也有大我；既有黄钟大吕，也有一弦清音。二者兼有，才是当代文人全部的艺术与生命。"[1]。他在小我与大我兼容的现代文人画的回顾中成为真正的精神富翁。楚云天的暮年虽然孤寂但不凄凉，生活简单但精神丰富，看似回到起点却是达到灵魂顶点，他在自我的守护中获得精神的重生，在其晚年生命中绽放出一种高扬的属于灵魂的纯净之美。

冯骥才说，"我不回避自己是一个理想主义者和唯美主义者。我的理想发自心灵，我的唯美拒绝虚伪"[2]。这种"唯美"风格长篇小说的创作，是冯骥才多年以来的一种愿望。受到罗曼·罗兰《约翰·克利斯朵夫》及其"艺术气质"的影响，这种艺术气质表现为"散文化的叙述常常带有着音乐的节奏、音乐的抒情与音乐美，因而使一种迷人的艺术气息在小说中无所不在"，和"以小说人物克利斯朵夫所特有的音乐气质和音乐感觉，真切地表现出这个人物独具的生活情感与心灵世界"，冯骥才想"写一部充满画面感、画家气质与画家独有的心灵生活的小说"，此前，他写过中篇小说《感谢生活》和《炼狱·天堂》（韩美林口述史），写的都是画家，但没有达到他心里的这个期望。《艺术家们》中，冯骥才以自己作为主人公的原型从比较主观的角度去写，把"自己在真实生活中经受过的那些最独特、最深切的细节便都送给小说、送给楚云天"[3]。即冯骥才把自己当作画家楚云天，以其现代文人画的技法创作小说。

---

1 冯骥才：《艺术家们》，人民文学出版社，2020 年，第 361 页。

2 冯骥才：《艺术家们·写在前面》，人民文学出版社，2020 年。

3 《〈艺术家们〉的写作驱动与写作理念》，《中国当代文学研究》2021
年第 3 期。

所谓现代文人画，是与易了然"野生山水""胸无成竹，信笔由之，随心所欲，自然天成"的"恣意纵横"和"混沌一气"，[1] 相映照一种技法，它在继承传统文人画诗性文学传统的基础上，构建一种具有现代精神的散文性艺术体系，"现代文人画的文学性，更应重视的不是诗性，而是散文性。因为散文的文体自由，更适合当代人的思维"[2]。即它兼具"野生山水"的自由，"人文山水"的文学性和当代思维的叙事性。其知识产权属于楚云天，更应归属于冯骥才。冯骥才在《水墨文字》指出："纯画家的作画对象是他人；文人（也就是写作人）作画对象主要是自己。面对自己和满足自己。写作人作画首先是一种自言自语、自我陶醉和自我感动。因此，写作人的绘画追求精神与情感的感染力；纯画家的绘画崇尚视觉与审美的冲击力。纯画家追求技术效果和形式感，写作人的绘画作为一种心灵工具……我追求这个过程的一切最终全部都保留在画面上，并在画面上能够体验到，这就是可叙性。"[3] 这种以自我为对象、追求自我满足、情感感染力和可叙性的现代文人画技法，打通了文学与绘画之间的隔阂，成为《艺术家们》遵循的基本法则，是其唯美艺术风格创造与生成的主要方式。

三、疯子与圣徒

冯骥才运用现代文人画的技法创作《艺术家们》，意味着他放弃一切客观理性的陈规和既有约束，以现有生活的本来面目为基础，给了我们一种非常新颖的、非常具有时代特征的关于物、关于人的看

1　冯骥才:《艺术家们》，人民文学出版社，2020年，第209—210页。

2　冯骥才:《艺术家们》，人民文学出版社，2020年，第213页。

3　冯骥才:《艺术丛见》，中州古籍出版社，2005年，第26—28页。

法，即从外部去看，"正如它们在我们的知觉场中所显现的那样"[1]。这也是冯骥才强调"这是探讨生活真理之必需"和"不回避写作的批判性"所在。

小说把艺术家们放在知觉场中，使得这些以艺术为志业的艺术家们，不仅认识了自己，而且认出了自己。冯骥才称艺术家们"是天生的苦行僧，拿生命祭奠美的圣徒，一群常人眼中的疯子、傻子或上帝"[2]，而艺术家"疯子"与"圣徒"双重面孔的形成，既是他们现实生活的真实状态，也是现代以来赋予他们的基本面貌。巴尔扎克在《玄妙的杰作》中通过青年画家普桑的眼睛观看弗朗霍费："在这个超人身上所能把握的明确而可以捉摸的东西，是一个艺术家天性的完整形象，是这种疯狂天性的完整形象……它带领冷静的理智、资产者甚至一些业余爱好者穿过千百条乱石累累的道路，在这些人眼里，路上空无一物，而那个疯疯癫癫、异想天开、长着白翼的天使，却发现了史诗、宫堡、艺术品。"[3]"疯子"与"天使"的弗朗霍费是一个悲剧人物，他十年来反复删改视为自己妻子的画作《卡特琳娜·莱斯科》，最终却成为"一堆乱七八糟的颜色，包含在一大堆奇形怪状的线条里，构成一垛颜料的墙"，弗朗霍费也因理想的幻灭而死，但他追求艺术极致的精神诠释了艺术的真谛。

《艺术家们》中的天才画家高宇奇，为了绘制百米画作《农民工》这一"充满理想主义的巨大的艺术工程"，停薪留职独自来到远离市区的厂房，在"那个闲置的被人遗忘的破车间里，一个艺术圣徒孤独

1　莫里斯·梅洛－庞蒂：《知觉的世界：论哲学、文学与艺术》，王士盛等译，江苏人民出版社，2019年，第10—11页。

2　冯骥才：《艺术家们·序文：关于艺术家》，人民文学出版社，2020年。

3　巴尔扎克：《人间喜剧》第二十卷，人民文学出版社，1994年，第428页。

一人发疯般工作"[1]，他像弗朗霍费一样"有时忽然不满意某一个人物，或某一部分，就立即撤下来重画"[2]，他用大半年时间，"一口气，不舍昼夜地把已经完成大半的画重画一遍"[3]，甚至"在快画完的时候，忽然在构图上有了更好的想法，毅然毁掉原作，重新再画"[4]。这幅绘制七年之久的巨画因高宇奇的突然离世和未完成"是一个悲剧"，但它不再是弗朗霍费的《卡特琳娜·莱斯科》那样是被理想毁掉的悲剧，而是"美术史上的《未完成的交响曲》"，"他留给我们的不仅是一件具有这个时代特征的永恒的画作，还有一种用生命祭奠艺术的精神"，楚云天"从心里感谢高宇奇使他更纯粹地回到了艺术"[5]。高宇奇是小说中艺术精神的代表和理想的高点，冯骥才不仅从高宇奇的身上发现了"中国画的希望"，而且使得楚云天在高宇奇的身影中看到了自己。

从外部去看楚云天、洛夫、罗潜"三剑客"，可以发现他们在艺术匮乏年代的相知相聚、艺术开放年代的疏离分手和艺术过剩年代的走散走失，既是现代艺术分化的结果，也是自我发展的必然，在分化和发展中，时代风云在背景色彩中得到凸显和批判性反思。洛夫和罗潜，"一个被画价逼到了绝境，一个顺应了适者生存的道理"，"他们应该展翅飞翔的时候，却都折戟沉沙"[6]。为此，肖沉反诘楚云天，"你以为我们的土壤全是高度文明吗？全是华夏艺术的精粹吗？那是你脑子里的东西。现在的土壤是拜金，是功利至上，是无知，是自我文化的自卑感，是西方的皮毛"[7]，他反思自己对现代艺术的狂热推崇，"我

1　冯骥才：《艺术家们》，人民文学出版社，2020年，第280页。

2　冯骥才：《艺术家们》，人民文学出版社，2020年，第231页。

3　冯骥才：《艺术家们》，人民文学出版社，2020年，第280页。

4　冯骥才：《艺术家们》，人民文学出版社，2020年，第281页。

5　冯骥才：《艺术家们》，人民文学出版社，2020年，第352—353页。

6　冯骥才：《艺术家们》，人民文学出版社，2020年，第314页。

7　冯骥才：《艺术家们》，人民文学出版社，2020年，第223页。

想我是不是错了，是不是一种荒谬的潮流的推动者？我在问自己，问题具体出在哪儿了？"[1] 洛夫和罗潜的悲剧，在楚云天对艺术坚守与发展的反面，分别从艺术和生活两个方向提出了艺术家何为的问题。这也是困扰普桑、波尔比斯和弗朗霍费三人的难题，穷困潦倒的年轻画家普桑为了"将来的荣誉"和"成为名画家"，把情人吉莱特交给弗朗霍费做模特，他献出爱情的代价，除了看到一面厚厚的堆满颜料的墙之外"空无一物"，普桑本人及其行为代表了艺术的交换与商品原则。弗朗霍费批评波尔比斯圣女画没有"生命"的原因在于，"你在两种体系之间游移不定，在图像和色彩之间，在德国老画家们的细腻、恬淡、准确、刚劲和意大利画家们的火爆、热烈、明快、富丽之间，摇来摆去……到处看得出你那不幸的莫衷一是的痕迹"[2]。波尔比斯在两种体系之间的游移不定莫衷一是和弗朗霍费在这种摇摆中走向疯狂酿成悲剧性质相同，二者体现了艺术的本位原则。艺术外在的交换性商品原则与艺术内在的本位原则的对立及其内在矛盾，既是艺术家们"疯子"与"圣徒"双重面孔的成因，也是艺术家们严峻的现代处境。从弗朗霍费三人到楚云天"三剑客"，他们所处的时代不同，但问题依然尖锐。

冯骥才在《艺术家们》中既直面洛夫自杀的惨痛、高宇奇意外死亡的悲痛、艺术家们纷纷皈依市场的心痛，也通过楚云天对现代文人画的实践与探索寻找心灵的升华与精神的出路，企图为艺术过剩时代的艺术家们带来些许温暖和希望。作为疯子与圣徒的艺术家们，一旦放进我们的艺术知觉场进行还原，他们的悲和喜、成功和失败就起到了倍增的放大作用，就具有了广泛的意义联想和社会联系。

1 冯骥才：《艺术家们》，人民文学出版社，2020 年，第 224 页。
2 冯骥才：《艺术家们》，人民文学出版社，2020 年，第 417—418 页。

四、透过艺术看人

冯骥才在《艺术家们》中尝试用"另一套不同于写本土小说的笔墨",写"另一群人物和另一种生活"[1],以画家身份把"绘画融进文字,融进小说",用"视觉、画面、艺术感觉"写出"我这一代艺术家的生活经历与精神经历",他是透过艺术写人,通过一群有血有肉艺术家群像的塑造凝聚情感、联系读者、沟通时代。冯骥才指出:"我相信,我的同时代人一定会与我感同身受;我更希望比我年轻的读者,通过书中人物的幸与不幸,能成为艺术家们的知己,也成为我的知己。"《艺术家们》在作家自我及其同时代人"艺术画像"的塑造中,寄予了艺术重入时代和重塑情感结构的愿望。

穿过艺术家们"疯子"与"圣徒"的面具,可以看到艺术家们既"食人间烟火",也是"集体的一分子",他们"不能不分担集体的命运"。作为集体一分子的艺术家,丹纳在《艺术哲学》中指出,"倘若蛮族的侵略,疫疠饥馑的发生,各种天灾人祸及于全国……他(艺术家)要像别人一样的破产,挨打,受伤,被俘;他的妻子儿女,亲戚朋友的遭遇也相同;他要为他们痛苦,替他们担惊受怕,正如为自己的痛苦,替自己担惊受怕一样","他之所以成为艺术家,是因为他惯于辨别事物的基本性格和特色;别人只见到部分,他却见到全体,还抓住它的精神……不但如此,艺术家原来就有的夸张的本能与过度的幻想,所以他还扩大特征,推之极端。特征印在艺术家心上,艺术家又把特征印在作品上,以致他所看到所描绘的事物,往往比当时别人所看到所描绘的色调更阴暗"[2]。《艺术家们》中"三剑客"时期的楚云

1　冯骥才:《艺术家们·写在前面》,人民文学出版社,2020年。
2　丹纳:《艺术哲学》,傅雷译,北京大学出版社,2017年,第37页。

天、洛夫、罗潜，易了然和高宇奇，就是这样的艺术家，他们分担着集体命运，把这种命运印在心上的同时又"印在作品上"。他们拥有艺术天赋，又与群众在"风俗习惯与时代精神"上相同，所以，"艺术家不是孤立的人"。艺术家所以伟大，就在于他们既与群众相同又能脱颖而出的艺术创造。丹纳指出，"我们隔了几世纪只听到艺术家的声音；但在传到我们耳边来的响亮的声音之下，还能辨别出群众的复杂而无穷无尽的歌声，像一大片低沉的嗡嗡声一样，在艺术家四周齐声合唱。只因为有了这一片和声，艺术家才成其为伟大，而且这是必然之事"[1]。《艺术家们》中于淼、屈放歌、唐三间等人及其画作，无论在小说还是在时代生活中，注定成为艺术家响亮声音之下的"一大片低沉的嗡嗡声"。

在艺术家与集体命运关系中，《艺术家们》对楚云天、易了然、高宇奇等人的抒写，不仅让小说具有了"同时代性"，也塑造了作为"同时代人"的艺术家们。这也是小说"介入"的关键所在。阿甘本在《何谓同时代人？》中说，"同时代性就是指一种与自己时代的奇特关系，这种关系既依附于时代，同时又与它保持距离。更确切而言，这种与时代的关系是通过脱节或时代错误而依附于时代的那种关系。过于契合时代的人，在所有方面与时代完全联系在一起的人，并非同时代人，之所以如此，确切的原因在于，他们无法审视它；他们不能死死地凝视它"[2]。阿甘本在哲学层面提出了"同时代性"问题。从这一问题入手，他用隐喻性的语言定义"同时代人"，"是那些既不与时代完全一致，也不让自己适应时代要求的人"，"是紧紧地凝视自己的时代的人"，"就是那些知道如何观察这种黯淡的人，他能够用笔

1　丹纳：《艺术哲学》，傅雷译，北京大学出版社，2017年，第7页。

2　阿甘本：《论友爱》，刘耀辉、尉光吉译，北京大学出版社，2017年，第63—64页。

探究当下的晦暗"，在这种黯淡中"去感知这种力图抵达我们却又无法抵达的光"，从而进行书写的人。[1] 楚云天、易了然、高宇奇等人与时代相同又疏离的关系，就他们分别在动乱年代与市场经济大潮冲刷与裹挟时代的"黯淡"中，对"力图抵达我们却又无法抵达的光"的追求与努力，他们"用自己的鲜血来黏合破碎的时代脊骨"，以及冯骥才通过艺术家们观察和探究这种黯淡的书写，使他与其笔下的人物具有了"比其他人更能感知和把握他们自己的时代"的能力，并一起成为"同时代人"。冯骥才在《艺术家们》"同时代性"传达和"同时代人"艺术家们的创造中，宣告了作家冯骥才的归来，他重新进入了当代文坛和当下生活与社会。

冯骥才写作小说《艺术家们》，通过与艺术家们共同"回归到我们从未身处其中的当下"[2]，不仅写出了时代的痛，心中的怨，也在理想人物的塑造中展现了时代与希望的光。他在知觉艺术的外部，看到了艺术的丰富性和人的完整性，看到艺术与社会、艺术家与时代的复杂的辩证的关系，写出艺术家的敏锐感觉，绘就了知识者的心路历程及其精神悸动的时代痕迹。

---

1 阿甘本:《论友爱》，刘耀辉、尉光吉译，北京大学出版社，2017年，第63—70页。

2 阿甘本:《论友爱》，刘耀辉、尉光吉译，北京大学出版社，2017年，第76页。

经济时代的审美嬗变
——冯骥才《多瑙河峡谷》的叙事探索

丁琪

天津师范大学文学院教授

《多瑙河峡谷》（作家出版社，2022 年 1 月出版）是作家冯骥才最新出版的中短篇小说集，包括从 2019 年到 2021 年发表的五部中短篇小说，其中同名小说《多瑙河峡谷》摘得 2021 年《当代》文学拉力赛 "年度中短篇小说总冠军"，《木佛》摘得第七届 "汪曾祺文学奖·短篇小说奖" 桂冠，这些均显示出这位文坛宿将从文化遗产保护现场重返文坛以后的创作实力。作家站在新世纪历史当口回望当代人生百态，以实验性叙述形式探索短篇小说的表达艺术，以动态城市文化观念开拓了津味小说新的叙事空间。深入解读这些作品内蕴的共同艺术特质，在近半个世纪的当代文学历史纵深中探讨其审美嬗变以及不变的艺术追求，对全面把握冯骥才的创作面貌，深入理解中国当代文学思想演变规律都具有重要意义。

一、现实化题材转向

冯骥才以伤痕文学在新时期文坛崭露头角，但真正引起强烈社会反响的是地域文化特色浓郁的 "津门系列" 小说。《神鞭》《三寸金莲》《阴阳八卦》以及后来收录于《俗世奇人》中的系列中短篇小说，笔触对准清末民初的近代天津，在津门商贾人家赏玩小脚的陋俗畸趣描摹，以看风水调和调阴阳为借口寻找金匣子的家庭内斗揭示，身怀绝技的市井小民发迹变泰的故事讲述中，生动呈现出近代天津驳杂多元的历史风貌特征。"《神鞭》写的是文化的根。我不是寻根而是对根的反思。《三寸金莲》写的是文化的自我束缚力，我们的文化有把丑变为美的传统，丑一旦化为美，便很难挣脱。《阴阳八卦》写的是文化的自我封闭系统，这是面对开放时代最大的不自觉的精神束缚。"[1]由此可以看出作家当时立于改革开放时代的思想前沿，意欲在近代历史背景下反思传统文化痼疾，为中国现代化发展轨道扫清观念障碍的忧思情怀。

　　创作于新世纪的《多瑙河峡谷》与新时期津味小说相比已经发生明显变化，其突出表现是作家审美视点由地域风情、传统文化拉回到富有现实意义的当代社会人生，在商品经济快速发展以后的消费文化语境中描摹光怪陆离的社会现象，审视功利主义思想支配下的变形生活和扭结心灵，以短小精悍的体制、辛辣讽刺的手法划开当代社会的横断面，裸露出社会转型期人生百态及其复杂情感心理变迁，作品聚焦当代世道人心的现实转向凸显。小说集中篇幅最长的作品是《多瑙河峡谷》，它讲述两个怀揣梦想的青年男女无力抵御命运不测的爱情悲剧。表面看江晓初和肖莹的爱情悲剧源于一场意外事故，江晓初在法国遭遇意外灾祸破坏了原本美好的爱情童话。但实际这个悲剧的发生关联着社会现实因素，中国改革开放初期的"出国潮"作为阶段性社会现象，其隐含的幼稚与盲目性是他们爱情悲剧的导火索。充满不

1　冯骥才：《关于〈阴阳八卦〉的附件》，《中篇小说选刊》1988年第
　　5期。

确定性的出国梦背负了太多爱情、生计和前途命运的沉重期许，使出国打拼的故事充满励志色彩、戏剧性，同时也脆弱的不堪一击。牙医江晓初在国内本来有很好的前途，但在狂热的出国梦想驱使下想尽一切办法辗转到奥地利。不顾一切的奋力拼搏使他无暇顾及人身安全，意外事故几乎就是偶然中的必然。他无法接受自己容貌和事业尽毁，也不想让国内的女友肖莹等来没有光明的世界。于是扮成出国以后移情别恋的负心汉形象，让彻底失望的肖莹在国内嫁作他人妇，自己多年躲在孤独黑暗中过完悲惨的余生。这个作品的悲剧意味不仅在于盲目出国造成的爱情梦想破灭，还在于不明真相的肖莹后来由真纯走向世俗的庸俗化退变。自认为遭遇爱情背叛的肖莹彻底放弃真情和热爱的舞蹈事业，转而投诚先前反对的金钱和世俗，嫁给一位大龄富商过上了毫无自我的贵妇人生活。多年以后"我"出国后得知真相但并没有告诉肖莹，宁可让她始终蒙在鼓里过着世俗意义上的幸福生活，也不愿她再承受任何愧疚和苦涩，"我"的隐瞒就是要让江晓初的付出换来肖莹永远的心安理得。这让人感动也充满悖论的爱情悲剧，照见中国改革开放以后家庭生活和社会伦理之一隅，折射出特定历史阶段社会庸俗化价值变迁中蕴含的情感创伤和伦理扭结。"嫁'洋人'、傍'大款'，急功近利的中国人的婚姻期望朝着一个又一个的山峰攀延"[1]，社会研究者对 1980 年代婚姻现象功利化的概括也正是小说中肖莹的人生经历，作品详细生动地描述了轰轰烈烈的出国潮、把理想碾压粉碎的拜物教、年轻女孩如飞蛾扑火般的傍款婚姻等社会现象，如草蛇灰线般隐约暗示出中国改革开放进程的曲折复杂。

所谓"观水有术，必观其澜"（孟子），作家热切关照和着重表现

1　李友梅等:《中国社会生活的变迁》，中国大百科全书出版社，2008
　　年、第 274 页。

的是当代经济社会中的心理波澜，即改革开放以后中国市民社会逐渐富裕以后的价值倾斜和心理变迁。市场经济的快速发展极大地提高了人们的物质生活水平，但社会整体文化和道德水准并没有随之相应提升，物质主义、拜物教以及信仰缺失等庸俗社会现象逐渐蔓延，物质富足但精神贫瘠、经济发展但道德滑坡的失调状态是作品的聚焦点。作家曾表达自己的叙事立场："我不回避写作的批判性。这是探讨生活真理之必需。"[1] 我们看到作品所写种种变形的生活都包含着对消费文化语境中庸俗价值观的批判倾向。《跛脚猫》以追踪电视台知名女主持人蓝影的生活为线索，刻画了她外表光鲜但私生活混乱、为名利周旋于几个男人之间的分裂人格。她一天大起大落的生活浓缩部分都市职业女性的空虚与痛楚，也揭开商业社会大行其道的金钱、权力、美色之间的交易规则，难道社会进步必然伴随道德沦落和精神迷惘的代价吗？作品对商业文化的道德批判和社会反思富有警醒意义。《木佛》是这个作品集里发表时间最早的作品，小说表现了一尊木佛由发霉的"古物"到珍贵的"礼物"，再到价值不菲的"文物"的流转过程和种种奇遇，由此揭开文玩市场、生意场、官场和文物走私市场的神秘面纱和惊人内幕，对隐藏其中的尔虞我诈、权钱交易以及信仰危机等不良现象进行了辛辣嘲讽。"有文化无文明才是中国民间文物市场的恶性绝症，构成对文化遗产保护最大的挑战。《木佛》晾晒的正是这些霉毒和虫蠹。"[2]《我是杰森》讲述"我"在国外遭遇车祸后"失忆""异容"，在巴黎民间救援组织帮助下到上海和天津两个城市恢复记忆的奇幻故事。当"我"终于在天津恢复记忆时发现已经物是人非：请"我"做家教的孩子正是儿子小伟，领他来的男人罗金顶是他

1　冯骥才:《艺术家们》序文，人民文学出版社，2020 年。

2　向云驹:《晾晒木佛身上的毒霉》，《北京文学》2019 年第 11 期。

的继父，暗示没等杰森找回记忆妻子已经"成功"再嫁。"我决心拒绝回忆。我更需要的是保护好自己当下的真实生活"[1]，这个结尾透露出杰森对世道人心庸俗化变迁的失望无奈。对妻子再婚对象罗金顶作品只用"油光满面"和"阔绰富有"两个词语来形容，经济上升时期一位物质富足、以金钱为本位的"成功人士"形象已经呼之欲出。作品中很多其他细节"互文性"印证了社会充斥的物质化以及拜金现象，杰森在上海遭遇漂亮女子搭讪，当她们得知杰森不过是个没钱的"老外"时便起身离开。这些一闪而过的小人物，让杰森在功利主义文化的浮光掠影中已经深深体验到沮丧和不适。小说恰恰是通过这样一些充满暗示性的小细节烘托出严肃的商业文化批判主题。

对当代消费社会的功利主义文化批判并非作品最终指向，作者试图从人文知识分子角度挖掘问题背后的深层根源，从心理向度提出解决社会问题的方案。冯骥才曾说："我认为现实问题有如大海的涌动，但并不都来自风；还有其内在的根由，这根由的一端藏在人的内心，一端深藏在社会、历史和文化的背景上，需要深挖。"[2] 如果说新时期《怪事奇谈》系列小说是对准"社会、历史和文化"的痼疾进行深挖，那么《多瑙河峡谷》中的短篇新作则试图打开"藏在人的内心"的症结，从心灵向度解决道德滑坡的社会问题，这是人文知识分子应对社会问题所给出的充满理想主义色彩的解决方案。《枯井》以老实本分的二表哥掉进枯井临终之际剖析内心的阴暗扭曲为叙事线索，在曲折离奇的故事讲述中触及人性本质及心灵忏悔主题。二表哥告密班主任和火车上逃票的穷女人，似乎验证了人性中某些欺软怕硬、损人不

1　冯骥才：《我是杰森》，见《多瑙河峡谷》，作家出版社，2022年，
　　第216页。

2　冯骥才：《激流中：1979—1988 我与新时期文学》，人民文学出版
　　社，2019年，第202页。

利己的邪恶本质。他与大嫂将错就错的偷情行为毁了大哥一家的生活，也让自己终生笼罩在羞愧悔恨之中。掉进枯井以后他自觉生命即将结束，便对"我"打开心扉说出真实。戏剧性的是"我们"被救出枯井以后他神奇失踪了，别人都不知他为什么失踪，去了哪里，只有"我"明白他的去处，"他准是回去了，又躺在那枯井的烂泥里"，"那口枯井是他人间的出口"。[1]《枯井》的隐喻性和心理探索意味不同于其他几个作品，其实它并没有脱离现实批判性主题，而是作家在批判现实以后开出的治愈良方，即有勇气说出真话，能够对内心的邪恶、欲望和贪婪等人性之恶进行反省和忏悔，这是现代人摆脱资本主义文化幽灵并获得真正自我救赎的首要途径。这样的意图也表现在《跛脚猫》中，蓝影白天周旋于几个男人之间满足自己贪婪的物欲和情欲，但在深夜却陷入"不安与缭乱中"，"翻来覆去一直不能入睡"，[2]或者服用镇静剂或者起来读小说，这种焦躁状态是她否定自己、承受心灵煎熬的表现，最后她抱着收养的跛脚猫纵身坠楼也就显得合乎情理。作者以梦境的荒诞夸张抵达对现实的无情批判，以反省和毁灭象征着心灵的自我救赎。

二、奇幻体的叙事形式探索

新时期的《怪世奇谈》《俗世奇人》系列小说是以奇制胜，不过那个时期的作品侧重展示市井小民的各式绝活儿以及旧天津的奇风异俗，拥有绝世摔跤功的傻二，刷完屋子浑身上下纤尘不染的刷子李，一边喝酒看戏一边袖口里捏泥人的泥人张，浸透妇女血泪的裹脚

1　冯骥才：《枯井》，见《多瑙河峡谷》，作家出版社，2022年，第92页。

2　冯骥才：《跛脚猫》，见《多瑙河峡谷》，作家出版社，2022年，第136页。

陋习和病态的爱莲癖等等，作品以奇人奇事叙事彰显清末民初天津市民文化底色。但在《多瑙河峡谷》这些小说中，作者关照视野是当代社会人生百态，本事的现实主义特征决定了作者须摒弃市井奇风异俗的叙事模式，把奇幻效果转移到叙述形式探索上来。作者调动传统以及现代的一切奇幻艺术元素来增强故事的陌生化和可读性，在一波三折、峰回路转的故事情节中为读者制造紧张又惊艳的阅读体验。作者突破现实主义真实性原则，独辟蹊径地尝试了"物叙""灵叙""双拼叙""套叙"等多种实验性叙述视角、大胆运用奇遇、梦境、巧合等中短篇小说艺术所擅长的叙事元素，创作出颇具现实主义内核又充满浪漫主义色彩、内蕴古典气质又散发出现代主义气息的"奇幻体小说"，展示出作家冯骥才对叙事技巧的探索热情和自觉追求。

　　叙述视角独特奇绝是这些中短篇小说的共同特征，作家早期的《怪世奇谈》《俗世奇人》系列，新世纪重返文坛以后的长篇小说《单筒望远镜》《艺术家们》，几乎都采用全知全能的"上帝视角"。但是这几个短篇却在叙述角度上自觉做出改变，采用了不同寻常的有限性叙述视角。《木佛》选取了以物拟人的叙述角度，赋予古物"木佛"以人的思想情感和表达能力，通过木佛自述传奇经历呈现中国社会转型期从国内到海外、从普通吃救济的市井人家到尔虞我诈的商场老板等包罗万象的大千世界。木佛既有人的情感和价值判断能力，同时也保留了木头的独特物理属性，这使整个叙事过程充满独特的情感和趣味。《跛脚猫》以知名作家的"游魂"作为叙事人，这虚幻的灵魂能够穿墙破壁地进入任何空间，"我能看见一切，别人却看不见我"[1]，这些特异功能赋予了它窥视名人隐私的最佳视角，在游魂的跟踪中女主

1　冯骥才：《跛脚猫》，见《多瑙河峡谷》，作家出版社，2022年，第99页。

持人奢靡、堕落、分裂的生活尽收眼底。小说最后把"游魂"经历还原为"梦魇",作家被手机铃声惊醒以后回到现实,从电视里看见蓝影竟然戴着作家梦境中情人送给她的水晶耳坠,这诡异的一幕拆除了虚实界限,使两个平行时空犹如蒙太奇般交集重合,这样严肃的现实讽喻被包裹在轻松愉悦的叙述游戏中,充分体现了作者高超的艺术表现智慧。《我是杰森》是以遭遇车祸失忆又异容的"杰森"作为叙述人,他寻找点滴记忆来逐渐构建自我的过程犹如一场惊心动魄的揭秘,使故事情节始终在遮蔽、未知和神秘中推进。《多瑙河峡谷》中作者别出心裁地安排了两个叙述人共同参与故事讲述,肖莹的表哥"我"来叙述国内肖莹的生活变化,国外江晓初的意外遭遇由老乔来讲述,两个叙述人既阻隔又联系的状态,让两个年轻人的跨国恋爱在误解中断裂又在联系中黏合,一个古老的爱情悲剧因为这种"双拼"讲述方式而变得扑朔迷离且感人至深。《枯井》实际有两个故事主体,一个是我和二表哥野外狩猎的历险记,另一个是二表哥向"我"讲述他"黑历史"进行灵魂剖析的忏悔故事。二表哥的个人故事包含在"我们"的历险记中,形成两个故事的"套叙"关系,这为小说在紧张刺激之外增加了柳暗花明又一村的惊艳感。

　　这些作品中的叙述者富有实验性和探索意义,首先这些叙述者是作者颇具匠心设计出来的独一无二的"这一个",宋代的木佛,知名作家的游魂,被异容的杰森,从死亡线上被救回来的"我"和二表哥等等,他们都不是普通的叙述人,他们或者深谙某个行业领域的套路内幕能够帮助读者认识社会人生(如木佛),或者拥有特异功能够发现不为人知的秘密(游魂),或者拥有的独特生命体验能给读者以心灵开悟和思想启迪(二表哥)。短篇小说重要特质之一就是以奇制胜,就像王安忆说的"短篇小说要有奇情",它"将过于夯实的生活开启了缝隙"[1]。这些叙述人承担了开启生活缝隙的重要功能，他们种种奇特遭遇和体验引领读者突破庸常人生边界进入多姿多彩的别样审美空间。其次，这些叙述者赋予作品"有限"叙事角度，作品只能呈现它们能够讲述的部分。这些叙述者的物质属性、受限的行为能力在作品中被作者大加渲染，如木佛在阴暗潮湿环境中容易发霉生蠹，它有类似人的思想情感却没有一点力气，因而遭遇不公、危险和交易都只能忍气吞声无可奈何，被封在锦盒中就对外面发生的事一无所知。再如作家的"游魂"能够穿墙破壁到任何地方，但是只能是跟着别人走，它自己则上不了电梯，开不了柜子和抽屉，连翻看一张纸条的力气也没有，对蓝影最后选择轻生也没有任何办法阻止。作者在惜墨如金的中短篇小说中反复来描摹他们的"不能"，就是为了强化遮挡以制造部分可见的有限叙述视角，让故事在时隐时现、开合有度中推进。"短篇小说既是呈现的艺术，更是隐藏的艺术"[2]，作家张楚曾强调"短篇小说要有留白"[3]，评论家李敬泽说："世界能够穿过针眼，在微小尺度内，在全神贯注的一刻，我们仍然能够领悟和把握某种整全。"[4]尽管有限叙述视角在当代文学创作中已经不算新鲜，但是在这些小说中作者还是将其发挥到极致。作者剥夺他们的能力犹如捆绑了他们的手脚，让他们在不能中放弃一些改变，在看不见中遮蔽一些更有现实感的情节，它需要读者发挥自己的想象力来弥补，和作者一起完成整个创作，因而这种有限视角对打开更大想象空间和调动读者积极性具有探索意义。再次，这些叙述者不仅是讲故事的人，还作为重要角色参

1　王安忆：《短篇小说的物理》，《书城》2011 年第 6 期。

2　张宝中：《主题·故事·人物·结构——浅谈短篇小说的拆解与建构》，《当代小说》2022 年第 1 期。

3　宁肯、张楚等：《短篇小说如何思考》，《时代文学》2021 年第 3 期。

4　李敬泽：《格格不入，或短篇小说》，见《短篇小说如何思考》，《时代文学》2021 年第 3 期。

与了整个故事发展。如作品详细描写木佛发霉生蠹时奇痒无比的感觉，在遭受抢劫、贩卖、流转海外过程中的复杂情感体验，整合起来共同构建了外形古朴、情感丰富、历史底蕴深厚的木佛形象。作者描述游魂为穿墙破壁而惊喜欢愉，为自己没有一点力气而着急沮丧，为不能阻止蓝影轻生而惋惜，一位好奇、俏皮、充满正义感的游魂形象鲜活欲出。木佛、游魂、失忆的杰森等形象极大丰富了当代文学长廊中的艺术形象体系。

中国当代文学在进入 1990 年代以后长篇创作兴盛起来，短篇小说难以在鸿篇巨制的森林中凸显其魅力，但短篇小说创作困局中也潜藏着契机，那就是它往往承担着文学实验性功能，是演绎文学创作各种可能性的试验田。研究者张颐武就短篇小说发展前景做出过分析判断，"短篇小说依然会有自己的天地，但这一天地已经不再是文学的中心。短篇小说一面有纯文学的各种可能性的实验，另一面也会有更多的通俗的形态出现"。[1]就作家冯骥才来讲，新世纪作家重返文坛以后推出了《单筒望远镜》《艺术家们》这样的长篇创作，表现出宏观把握社会和时代的史诗性质，而这些制作精巧的短篇小说则更多承担了艺术探索的重要使命，体现了作家从细部观望全局的艺术驾驭力和不拘一格的创造激情。

三、对津味小说的新开拓

新时期津味小说以天津作家冯骥才和林希的创作为代表，在地域文化觉醒的时代背景下，突出近代天津市民文化与地域集体性格特征，诙谐幽默的叙述语调和方言俚语的大量运用也系统性增强了地域

---

1 张颐武：《短篇小说：困局或可能》，《艺术广角》2021 年第 1 期。

文化表征。与当时邓友梅、陈建功的京味小说，王安忆、程乃珊的沪味小说，池莉、方方的汉味小说，以及陆文夫、范小青的苏味小说等，一起构成了二十世纪八九十年代的文学地理版图。但是津味小说不能成为本质化审美模式，更不能成为作家的思想限制和审美束缚。伴随社会发展和生活习俗演变，那种被称为典型性地域文化和城市性格的因素终将成为历史化存在。正如作家所说："一种经过年深月久生成的文化形态，不管怎样的浓郁、深厚和牢固，渐渐都要被无尽无休的时间一点点溶解开，烟消云散，化为乌有。而同时一种新的文化形态又渐渐形成。"[1] 文学创作是否有勇气直面这种历史变迁，是否有足够的智慧对其作出审美回应和艺术表现，成为津味小说继续保持活力和魅力的关键。早在二十世纪八十年代冯骥才就敏锐感受到这种时代社会变迁对文学更新的要求，"一年来，市场经济劲猛冲击中国社会。社会问题性质，社会心理，价值观念等等变化剧烈，改变着读者，也改变着文学。文学的使命、功能、方式，都需要重新思考和确立，作家面临的压力也不同了。如果说，'新时期文学'是奋力争夺自己，现在则是如何保存自己……作家将面临的，很可能是要在一个经济时代里从事文学。一个大汉扛着舢板寻找河流，这是我对未来文学总的感觉"[2]。作者基于时代变化做出对新时期文学的判断不无悲观，但确实反映当时部分成名作家面对市场经济冲击产生的文学危机意识，这也是冯骥才突破津味文学成规进行自我调整和改变的开始。其后多年作者沉潜在民间、奔波于田野投入文化遗产搜集整理和抢救工作中，这是重新投入创作所必要的思想沉淀和艺术积累。当《艺术家们》《多瑙河峡谷》等作品带着鲜活时代气息和独特城市文化风貌出

---

1 冯骥才：《文学记录文化》，见《冯骥才分类文集·案头随笔》，中
   州古籍出版社，2005 年，第 66 页。
2 冯骥才：《一个时代结束了》，《文学自由谈》1991 年第 3 期。

现的时候，它激活了沉睡已久的津味文学概念，为新时代文学与城市文化建立连接提供了审美启示。

在这些创作于新世纪的短篇小说中，那些标本化的津味已经不再浮现，取而代之的是一种新津味写作，即聚焦天津当代市民日常生活文化和市井生存哲学，在地域性和普世性的胶着状态中勾勒出天津城市文化的动态发展特征。作者落笔天津高档住宅公寓、神秘的电视台大厦、灯光璀璨的演播厅、真假参半的古董行、充斥财富欲望的市场等新城市景观，描绘出现代都市白领、舞蹈家、私营业主、主持人、作家、古董商、小偷、收藏家、鉴定师、国际走私商贩等商业社会各阶层的生活状态和人生境遇。作者在"全国城市都在大拆大建"[1]的现代化背景中，深入城市内在肌理描绘传统人情习俗和理想主义的消逝，在一幢幢"方方正正、呆板乏味的大楼"[2]里充斥的鄙俗狎邪和权色交易。笔触穿透现实的锋芒使文本脱离早期创作的地域性风情再现，指向普世性社会文化反思和伦理批判。曾经能说会道的"卫嘴子"风格和方言土语等地域表征唤起的是地域风情和民俗想象，而新世纪作者创造性采用奇幻现实主义文体，以整体写实与讽喻性奇幻交织方式直面经济理性强势来袭的残酷现实。因而冯骥才的新津味小说是经济时代文化反思取代新时期地域文化认同的必然文学选择，是新城市文化与新表现文体的有机结合，它打破其个人创作史上的某些叙述成规和限度，为新时代文学创作提供了某些有价值的启示。

在《多瑙河峡谷》中，津味小说的情感结构发生了时代性调整。作者依然怀着深厚的乡情在创作，"我的故乡给了我的一切"，"它哺

1　冯骥才：《多瑙河峡谷》，见《多瑙河峡谷》，作家出版社，2022 年，第 33 页。

2　冯骥才：《跛脚猫》，见《多瑙河峡谷》，作家出版社，2022 年，第 112 页。

育我的不仅仅是海河蔚蓝色的水和亮晶晶的小站稻米，更是它斑斓又独异的文化。它把我们改造为同一的文化血型。它的精神因子已经注入我的血液中"。[1] 作者并没有因为这种浓厚的乡情而固守景观化和民俗化生活场景，而是通过深入生活肌理和褶皱处窥探变化中的大都市，勾画出社会转型期当代无数都市发展困境的缩影，触摸到现代都市人的心理创伤和情感震颤。其中《多瑙河峡谷》中有一段关于老街拆迁的隐喻性描绘：

> 我离开了自己出生、童年、少年和青年时代经历过的老街，也离开了街上昔日的邻居与熟人。其实这些年来，街上其他人家也在渐渐改换门庭。每个家庭变化的原因不一样，有的老人走了，有的人嫁出去，有的南下求财，有的换了新居搬到外边去住，那时全国城市都在大拆大建。肖莹也搬走了，她的原因是一种被迫。随着她年龄渐长，又一直单身，来自继母的压力一天天加大。在她离开老街的那天感觉自己有点像逃跑。她经济能力有限，买了河西老居民区一个二手房的独单。

老街的变化是城市从传统人情社会跨入现代商业化社会的隐喻，虽然忧伤无奈但也没有其他选择，现实把个体挤压到逼仄的墙角让他们认识到冷冰冰的经济至上法则。这包含了肖莹人生转变的某种现实原因，她搬离老街是人情纸薄和经济窘迫的双重压力造成的，这为她最终果断放弃舞蹈梦想选择庸俗化人生埋下伏笔。她无法逃离经济时代的裹挟、独自背负情感创伤去追求虚无缥缈的梦想，毕竟嫁给一个富商、生儿育女才是商业社会对成功女性的定义标准，它能帮助她摆脱情伤的耻辱感，还能切实帮助她逃离经济拮据过上衣食无忧的生

---

1 冯骥才:《灵魂的巢》，见《冯骥才散文》，人民文学出版社，2013
  年，第160页。

活，最后她向现实妥协了，由此可见城市的发展演变和价值观变迁承载着一代人的复杂情感和心理波澜。《坡脚猫》中，蓝影为自己的道德堕落承受着心理折磨，《我是杰森》中杰森也不得不接受妻子再嫁一位"阔绰富有"的成功人士的残酷现实，作者对天津城市味道的体会不再是寻找固定印象对应的民俗场景，而是观照城市世俗化变迁带给人的心理触动和情感创伤，这是当代城市发展面临的普遍性问题在地化显现。

《多瑙河峡谷》的价值取向蕴含着从传统津味向新津味的转变。创作于新时期的《神鞭》《三寸金莲》《阴阳八卦》等作品，对近代天津租界中蕴含的"洋文化"、官僚政客与上层文人中流行的"雅文化"以及植根于市井民间的"俗文化"都有整体结构性把握和细腻描绘，重点呈现近代天津独特的地理环境、人文历史对城市文化内涵和市民生活哲学的塑造。作者对城市文化的理性反思中纠缠着痴迷欣赏的复杂情感，是融合反思与认同的理性扬弃态度。在《多瑙河峡谷》中，作者处理的不是如何对待城市传统文化而是城市现代商业文化问题，矛头所向是消费社会中商业文化的经济理性和功利主义原则对精神情感的伤害，作者对消费社会单向度物质膜拜、漠视精神情感价值的现象给予讽刺性描绘和道德批判，从人文知识分子角度树立起抵御消费社会的重义轻利的道德理想，这种是带有津味特色的审美价值取向。

近代以来天津的独特现代化进程造就城市文化的多元化结构特征，形成了东西合璧、华洋杂处的城市人文特征和建筑风貌。"天津不仅有类似于'京味'的'津味'，更有类似于上海'海派'的'津味'。如果以天津的文化地理分布来加以区别，那就是'老城里''三不管'的'津味'，和'五大道''小洋楼'的'津味'。"两种津味始终保持着泾渭分明的并置状态难以融合，带有民族性印记的地域文化被认为是正宗津味，而洋化的津味始终被作为异己性他者难以融入城市文化性格中，这与同样在近代化历史进程中处于文化领先地位的上海相比就看出差别，"在'海派'文化中，世界性与民族性在'现代性'诉求以及价值观上，基本上是统一的，已经融合成了上海的一种文化性格。"[1]与海派文化相比，津派文化对现代性的"识别"使它更多呈现文化保守特征，这种特征同样延续在津味文学书写里，即秉持认同态度着重书写本土津味文化，对现代性文化保持审视性距离并给予异质性审美表现。作家冯骥才的文化立场我们不能简单以激进或者保守来划分，他在1980年代的文学激流中曾自觉继承五四文学传统并以激进审美姿态反思传统文化，1990年代转而保护传统文化并反省以鲁迅为代表的五四文化传统，他在不同时代表现出的文化姿态调整更多是精英知识分子参与时代精神建构的需要，"无论面临的现实困境如何改变，自身的文化姿态怎样调整，冯骥才的关注点始终是本民族精神问题"[2]。但确实在《多瑙河峡谷》小说集中，作者表现出从优秀传统文化汲取养分以应对现代商业文化冲击的保守姿态，它是对津味文学传统的自觉延续，同时也是对1990年代以来席卷全球的消费文化的主动应对，是本土地域文化面临现代商业文化和拜物教侵袭时精英知识分子做出的必然选择。作者常常是寥寥几笔勾勒出商业大潮冲击下拜金和拜物的人物形象，如《木佛》中白天不苟言笑夜晚则烂醉如泥的粗俗老板，整天烧香拜佛但心里只有一己之私的"肥婆"老板娘，"一边在电视上捞名气，一边在市场上捞钱"的文物鉴定专家[3]，通过这些漫画式人物形象作者对商业文化的信仰庸俗化现象予以

1 藏策：《"津味"到底什么味？》，《小说评论》2008年第4期。
2 鲍国华：《"悖论"中的选择——论冯骥才的文学与文化趋向》，《汉语言文学研究》2012年第3期。
3 冯骥才：《木佛》，见《多瑙河峡谷》，作家出版社，2022年，第176页。

讽刺和鞭挞。同时作者让那些在商业化社会中堕落的人物都承受心理煎熬或者付出代价，以彰显作者以精神救赎干预社会的济世情怀，比如《坡脚猫》中的蓝影，白天不择手段地满足了自己的物欲和情欲，但在无人的深夜则经受着痛苦的折磨。作品中的理想人物形象都能不计个人利益得失选择坚守情感和道德，这折射出创作者的传统文化价值取向，如《多瑙河峡谷》中江晓初严重受伤以后对肖莹隐瞒事实并果断割舍，宁可自己背负"负心汉"的骂名也不要让肖莹和自己捆绑在一起。在这个隐藏真相的爱情悲剧里包含了中国传统价值观的自我牺牲精神和善良人性，它为抵抗现代商业文化的个人主义和利益至上原则提供了价值参照。冯骥才对传统文化思想的汲取使他的小说创作表现出独特审美特征，充满了人文知识分子以精神文化济世的理想主义情怀。

结语

《多瑙河峡谷》虽不能像长篇《艺术家们》那样呈现出纵向波澜壮阔的历史感和宏大史诗性，但它确实表现出作者重返文坛以后的现实主义题材转向、叙事形式探索以及对津味小说的重新思考。从作者个人创作经历来看，它是代表作家最新审美观念的艺术精品，即使将其放置在整个新世纪以来小说创作脉络来看，它也是兼具思想性和艺术性的重要收获。其中蕴含的时代之殇、作者标举的知识分子价值立场以及审美姿态都对当代文坛具有重要启示意义。作者曾将经济时代的文学创作比喻为"一个大汉扛着舢板寻找河流"[1]，这种形象比喻可能一直都是作家投入创作的某种心理暗示，它提示作家时刻保持知识

1　冯骥才:《一个时代结束了》,《文学自由谈》1991 年第 3 期。

分子的忧思情怀以及社会担当，即使身处困境仍不改理想主义的终极追求，这种肩负重任上下求索的浪漫主义精神画像使其作品散发出独特的艺术魅力。

启蒙永远在路上

——评冯骥才《单筒望远镜》[1]

李小茜

天津社会科学院哲学研究所副研究员

冯骥才先生的近作《单筒望远镜》是继《神鞭》《三寸金莲》《阴阳八卦》之后"怪事奇谈"系列的第四部长篇小说。四部作品的出版时间历经了三十余年的岁月沉淀，连贯的系列小说清晰地展示出作家的思想动态路线，表达了他在不同历史语境下的启蒙站位。承袭作家用历史关照现实的意象型小说写作方式，该书用"单筒望远镜"生动而贴切地象征着中西文化的对视方式，讲述了一个中国男人、一个法国女人相爱、纠缠、撕裂的悲剧故事。与以往天津文学一贯以反殖民与民族主义价值观主导天津故事的发展模式不同，作品不再将华界和租界天然并置为两个独立的审美空间，而呈现了二者平等、美好、痛苦的互动关系。启蒙是精神的重建，唯有在启蒙、理性、自由的引导下，人类才能不断地突破、更新和超越。这部小说是对二十世纪九十年代以来唱衰启蒙、有关启蒙过时声音的有力反拨。可以说，《单筒望远镜》是关于旧时天津城市想象书写的突破之作，是新时期作家关

---

1 基金项目：国家社科基金"新时期市井文学审美嬗变研究（1978—2018）"，项目编号19BZW120。

于东西方文化关系的启蒙之作。

一、岁月的沉淀之作

《单筒望远镜》虽说是冯骥才先生的新作，但作品依旧使用了大量如义和团、租界、天后宫、商贾之家等津味小说中经常出现的历史元素。作为一个焕然一新的天津爱情故事，作家的启蒙立场是始终在线的。从 1984 年始，冯骥才先生开始致力于文化系列小说的创作，借以表达对传统文化的思考。《神鞭》写的是中华文化的顽根性，《三寸金莲》讲的是传统文化的自我束缚力，《阴阳八卦》则道出了中国人的文化怪圈，及至在三十多年后，《单筒望远镜》最近终于与大家见面了。其实早在 1989 年，冯骥才就提到："今年我要继续去年未完成的两个创作系列的工作。一是文化批判系列"怪世奇谈"的最后一部长篇小说《单筒望远镜》。"[1] 在很多作品中，也多次提及这部小说一直在酝酿之中。"第四部作品的主旨是写中西文化的比较，写第一批中国来的外国人到中国以后，跟中国人接触的障碍。因为文化背景的差异，彼此都有许多错觉。"[2] "冯骥才将在今年完成文化批判系列小说"怪世奇谈"的最后一部《单筒望远镜》，这部冷峻的现实主义作品，将通过一个很悲凉的故事，将前三部作品中所写的中国文化的劣根、文化的魅力，认知世界的包容方式再曝一次光。"[3] 作品为何会迟迟推后，作品的主题也不断被修正，其中最重要的因素就是作家在岁月的沉淀中对东西方文化的认知发生着内在的衍变。

1 冯骥才：《希望有两个一九八九》，见《冯骥才分类文集 8 · 案头随笔》，中州古籍出版社，2005 年，第 334 页。
2 樵夫：《生命之重与生命之轻》，2010 年。
3 《名人写真》，中国新闻社，1992 年。

如果说冯骥才的前三部小说和寻根文学、历史反思有着密不可分的文化关联，而这部成熟之作则彰显出作家在处理东西文化关系上新的认知与理解。关于东西文化的认知一直被讨论，而无法定论，二者的关系如同单筒望远镜般，看似很近却又遥不可及。这部延宕的作品，并非作者在空白地等待。"经验之增厚，反证了三十余年'反刍'的功效和为这部作品增加的功力；打开这部小说，眼前仿佛摊开一张天津地图。"[1]"一位外国牧师的女儿与一位书生的故事"等设想都经时光打磨、脱离了原本的模样，但是小说的基底依旧有迹可循。故事写的一位浙江纸商家庭出身的欧阳觉与法国女人莎娜的爱情故事，人物设定本身就与作家的生活背景重叠。冯骥才祖籍浙江宁波，从小生活在天津的法租界，所以小说在叙述过程中对各种场景的运用得心应手。故事的开始是欧阳觉与莎娜第一次见面，他们便去逛了娘娘宫。天后宫是天津文化的重要源头，亦在作家幼年时期有着重要的分量。在冯骥才的一篇怀念奶妈的散文中，记述了他有生以来第一次逛娘娘宫的盛况，可见这个地点在作家的心中有着举足轻重的意义。将主人公爱情的发生地放置于他童年美好记忆的开端，确实是别有深意的。天后宫是天津地域文化的重要组成，近年来，冯骥才文学艺术研究院一直致力于地域文化的保护与发掘，其中就包括天后宫皇会的口述史研究。他在《天津皇会》的序言中提到："文化的存录对一个民族来说，是记忆，是积累，是面对过去，更是面对未来必须做细做扎实的事情。"冯骥才是当代功勋卓著的文学家、文化学者、思想家、画家，他始终把文化启蒙置于写作的中心。这位四驾马车并行的作家笔下显然对文化的传承与记录有着更自觉、更主动的呈现。小说中望海楼、

1　周立民:《一树槐香飘过历史——评冯骥才长篇小说〈单筒望远镜〉》,《中国当代文学研究》2019 年第 2 期。

估衣街、紫竹林、大清邮局、英租界的戈登堂等一系列地标背后历史过往的记录，也是大家一份沉甸甸的天津记忆。这种方法延续了作家"自1984年确立起来用历史关照现实，以地域生活和集体性格为素材，将意象、荒诞、黑色幽默、古典小说手法融为一体的现代的文本写作"[1]。冯骥才的写作方式不变，但小说的内容设置与作家的生活经历更为接近，可以说这是一部用作家的生活经历、人生体验经过岁月杂糅沉淀的力作。

这些年来，冯骥才先生身体力行地扑在城市文化保护的第一线，多次考察奥地利、意大利、英国、匈牙利、波兰、德国等地，陆续创作了多部散文随笔、记述文化系列。这些工作都为这部小说奠定了坚实的文化基础。小说中欧阳觉和娜莎的关系值得我们反复玩味和拿捏，欧阳觉自带的东方魅力令娜莎着迷，娜莎身上的异域风情让欧阳觉无法抵抗，恰如其分地象征着东西方文化的关系。冯骥才借鉴了很多西方的模式与经验，致力于中国民间文化的保护和抢救，在这个过程中他不断地搭建着关于民族文化、西方文化的认识和理解。如在文化寻根的思想大潮背景下，冯骥才创作了《三寸金莲》《神鞭》等系列作品，小说中"中国人的天津"和"外国人的天津"始终是两种对抗的叙事关系，这也是其他天津作家如肖可凡、林希、李治邦等在构建天津旧时城市想象时的一致基调。如果说冯骥才以前的作品关注的是中国文化的劣根性、中国文化的自我束缚力，而这一部则将中西文化碰撞的反思、反省推进了一个更新的层次，而这些新的认知是基于东西方都在向传统靠拢的大背景下生发的。他曾在访谈中说："这部小说在我心里放很久。一个作家肚子不会只是一部小说。写小说的时

1　冯骥才：《激流中——1979-1988我与新时期文学》，人民文学出版社，2017年，第101页。

间不一定要太长，但放的时间一定要长。时间长，人物才能活起来。一旦你觉得他们像你认识的人，就可以写了。二十年来，文化遗产抢救虽然中止了我的文学创作，反过来对于我却是一种无形的积淀与充实。我虚构的人物一直在我心里成长；再有便是对历史的思考、对文化的认知，还有来自生活岁久年长的累积。因此现在写起来很有底气。"[1]

《单筒望远镜》从书名始，就可看出这一部充满意象的长篇小说，望远镜是最主要的核心意象，它是单向的，使用它，只能用一只眼、有选择地看对方。东西方世界在互看的角度下是单向的，但是文化是放大的。在爱的立场选择可能是美，在历史局限性上可能会对准对方的负面。其实，小说中出现的所有人物，都在使用这个单筒望远镜，或者说作家用自己的人生体悟与生活阅历在为小说铺垫精神底色，"人类不满意上帝的恶作剧。男女之间便创造了爱情，东西方之间便致力交流。每一小时，世界上都有无数男女结合，都有千千万万人往来于东西方。但是男人眼里的女人，永远不是女人眼里的女人，女人眼里的男人，也永远不是男人眼里的男人；东方人眼里的西方人，永远不是西方人眼里的西方人，西方人眼里的东方人，也永远不是东方人眼里的东方人。种种离异与恩怨，误解与冲突，便困扰着整个人类的历史"[2]。关于东西方文化的思考，作家由来已久，这个主题随着岁月的沉淀在生根发芽，乃至于成长为这部小说所呈现的：东西方文化在相互排斥中吸引，在吸引中需求同存异，拒绝交流，带来的是文明的悲剧。

1　冯骥才：《"单筒望远镜：世界是单向的，文化是放大的》，《南京日报》2019 年 1 月 4 日。

2　冯骥才：《东方与西方·楔子》，见《冯骥才分类文集 11·他乡发现》，中州古籍出版社，2005 年，第 12 页。

二、天津旧时城市想象书写的突破之作

天津自明代筑城设卫以来，一直是个漕运发达的北方商业城市。自十九世纪末，随着国门被迫打开，天津的城市定位、空间结构以殖民文化、市井文化、商业文化等混杂为表征。天津当时的租界面积是老城的八倍之多，号称九国租界驻扎的天津虽是近代洋务运动的先锋城市，但长期以来租界和天津城区处于中西对峙、并立的区隔状态。冯骥才在以往的怪世奇谈系列小说中也不乏对天津中西文化的涉猎，如《三寸金莲》中塑造了一组对立的人物形象："华界戈香莲"与"租界牛俊英"，就曾表达了作家对租界文化与本土文化合流的愿景。实际上天津新时期作家林希、龙一等，包括冯骥才在以往的小说中对"两个天津"的把握往往是力不从心的，或者说他们并不擅长把小说的发展放置于中西文化交织的框架之中，他们的作品中大抵呈现出"接受传统又抗拒传统，拿来欧美又蔑视欧美"的观点，所以"三不管"的津味与"五大道"的洋味从未在以往的小说中交融并存。

三十年来，冯骥才多次前往欧美各地进行了长期的文化考察，他对西方文化有着新的体悟和认知，奠定了这部作品的基调：东西文化通过望远镜单向对视彼此，诚如小说开篇所言："中国人眼中的西方人，不是西方人眼中的西方人；西方人眼中的中国人也不是中国人眼中的中国人。"这个明朗的观点使得作家的城市想象、叙事关系能够成功跳跃"西方现代主义""民族文化主义"的立场，秉持着中立、包容的态度，反思和正视外国人在天津的文化留存，这是对以往天津旧时城市想象书写的突破和开创，展示了当代知识分子在新的历史语境下文化启蒙的先行意识与清晰的动态认知。作家再次展现了介入历史的能力，将天津地域文化、浙商文化、义和团、租界、清末等关键词整合，编造了一对青年男女：欧阳觉（中国）与莎娜（法国），在

他们的爱情纠葛中提炼出中西方文化平等并置的碰撞、冲突与融合关系。关于东西方文化的交流，冯骥才一直有着自己的理性判断，没有一刀切，他认为"东西方文化是人类左右两半大脑。如今西方那半边大脑发达，东方这半边大脑搁置未用。这是一种偏瘫的地球文化，一种不健全的人类文明"[1]。《单筒望远镜》突破了以往"以惊异的阳光展示租借洋人的器物"（《神鞭》），也不再是某种民族主义虚荣心的作祟"球赛的获胜"（《鹰拳》），亦不是近年来对天津市井奇人奇技的正面赞美（《俗世奇人贰》），而是对文化民族主义和反殖民文化主义的反思与再认识。"冯骥才这一时期的小说关于天津的想象一改对'现代''西方'的膜拜，以变通的策略书写了'中国人的天津'对'外国人的天津'的规训。"[2]该书虽然延续冯先生前几部作品的风格，从文化视角来构思小说，从而使小说自带常识启蒙、理性启蒙之旨，但没有延续对西方现代文明的不知所措的回避，抑或是某种政治民族主义的胜利宣言，而是把中西文化不可避免的纠缠和盘托出。这是作家在历经时代变迁的心路历程之后对东西方文化关系的再次定位之作。

上海与天津都是最早一批被迫接受外来事物的租界城市，上海的文化心理为崇尚洋气，而天津对于"洋"最多不过是好奇，并还要加上一条，不买洋人的账，此类型的小说不胜枚举，但关于天津租界文化的想象与叙述始终处于缺失的状态。东西方文化在天津这片土壤上碰撞、交流的问题也一直困扰着作家如何叙述，如何实现二者平等的衔接。冯骥才先生始终认为东方文化有着自身的长处与魅力，并对东西方文化合流过程中，西方文化明显盖过东方文化提出过隐忧："当

1　冯骥才：《二十一世纪：东方文化复兴的时代》，见《冯骥才分类文集 8 · 他乡发现》，中州古籍出版社，2005 年，第 51 页。

2　李永东：《"两个天津"与天津想象的叙事选择》，《文学评论》2016年第 4 期。

东方人试图找到更开放的精神时，西方却在返回，寻觅被遗落的古典。"[1] 娜莎与欧阳觉的爱情故事就在开放与古典互为张力下循序渐进，爱情发乎于人性，却止于文化的仇视、暴力，这是时代的悲哀，也造就了东西方文化交流的悲剧。如欧阳觉的哥哥说："这种连王八蛋都不干的事，你干？要是叫娴贤和爹知道了怎么办？不是要他们命吗？租界那边都有人知道了，这边能没人知道？你这不是要把咱家全毁了吗？"[2] 欧阳绝不是不知道他与娜莎交往的危险，但是为了按捺不住的爱情，他一次次地抛弃了理智与道义。作家精心布下的网将这段惊天动地的爱情打破了在这块土地上华洋几乎不往来的惯例，于是东西文化的叙述不得不并置于一个空间。因为他们短暂而美好的交流，让彼此眩晕而无法自拔，两人的情愫恰如其分地象征着两种文化的交流进程。抛开民族、国家、伦理等社会因素，回归到人性本身而言，以欧阳觉为代表的东方文化与以娜莎代表的西方文化，他们用最原始的本能化解了一切外在的负载，实现了相互的吸引、爱恋，却又无法真正走到一起。文化本身没有罪恶，文明本身没有优劣。东西方文化的关系就如同"单筒望远镜"一般，单向的我们只能看到放大的文化，真正的内涵却依旧触不可及。

不置可否，天津的现代性是外来强加的产物，租界的殖民性与侵略性一直阻碍着天津作家去探寻它的内在，使得他们以往的作品都会选择避开西方的现代性，越过西方中心主义的命题，而专注于本土文化的记录与书写，这也造成了"小洋楼"和"三不管"在新时代作家的笔下永远是对抗的、不平等的关系。关于这个问题的思考，冯骥才对此有着切身的体会，曹禺的《日出》和《雷雨》两出戏写的全是天

1　冯骥才：《疾进的东方和返回的西方》，见《冯骥才分类文集 8 · 他乡发现》，中州古籍出版社，2005 年，第 54 页。
2　冯骥才：《单筒望远镜》，人民文学出版社，2018 年，第 97 页。

津的租界生活，却经常被当下人误认为故事发生于上海。作家陪同哈佛大学教授李欧梵在五大道散步，李欧梵惊叹，天津还有如此大片完整的租界时，他曾写道："当历史走过这一大片千姿万态的旧居之后，是谁把那斑斓的生活无情地紧锁起来？"[1]历来天津作家对天津文化的定位始终以市井文化、混混文化为表征，对于租界文化的现代性鲜有涉及，这也难怪大多数人对天津这个"巨大的昨天"一无所知。中国文化的传统讲的是"执两用中"，强调掌握中道，不偏不倚，看问题一定要看到事物的两面，然后以中道加以平衡。租界虽然是耻辱的印记，但也带了西方的现代文明。雷穆森在1924年的《天津租界史》中说，是"外侨把一片臭气冲天的沼泽地剪成了一座现代化城市"[2]。娜莎与欧阳觉作为西方文化、东方文化的表征，他们的爱情构成了并置的关系，打破了过去津味小说将二者隔绝的思维模式。小说中，娜莎被描写成一位入侵者、指挥官的女儿，而她却被中国文化、中国男士深深吸引、难以自拔，这也意味着早年两者对抗关系的消淡。如果说对于拿着炮弹的侵略者我们还是秉持着仇外的情绪，而对于像娜莎般美丽的租界文明，我们是不是应该进行重新的辨析和认识。关于两人的定义与想象就需要放置于中西文化进行深度对话的背景之下，以及进入现代与殖民交织的话语系统之中来评判与驾驭。故事中娜莎的父亲与娜莎构成互为对照的主体，一个是入侵的文明，一个是这个文明的产物，在暴力血腥的背后，却散发着异域的芬芳和美丽。如果说"旧天津想象沉迷于传奇色彩和市井趣味，应和了'中国人的天津'的文化传统，少有借镜、咀嚼、反思'外国人的天津'的文化遗存，

1　冯骥才:《指指点点说津门》,《冯骥才分类文集 8·案头随笔》,中州古籍出版社, 2005 年, 第 233 页。

2　雷穆森:《天津租界史》,许逸凡、赵地译, 天津人民出版社, 2008年, 第 4 页。

少有从文化民族主义的立场来抒写中外文明纠缠、撕扯、混杂的城市故事"[1]，《单筒望远镜》无疑交出了一份新的答卷，而这背后满载着作家对于天津租界殖民性与现代性的辨析与斟酌。

三、重塑天津租界文明的价值之作

从 1840 年鸦片战争开始，西方列强用暴力手段打开了中国的大门，在九国租界的津沽大地上掩埋着中西文化最初的陌生、误读、猜疑乃至冲突的种子。随着中国近年来以前所未有的速度与西方并轨，西方文化对于中国人来说早已不再是"洋手枪"与"画符"的简单并置。五四以来，我们长期接受的西方进化论那一套，到反思的现代性背景下作家基本一致采用政治民族主义话语主导创作，及至冯骥才先生提出用合乎人性的普世价值观看待世界诸种文明已走过百年时光，中国用自身的发展诠释了这个渐进的文化认知过程。用历史思考文化、用故事丈量人性，这部小说是冯骥才在新的历史语境下，承载着东西方文化交流的辩证思考，闪烁着作家在历史中为启蒙发掘洞彻人心的光芒。

冯骥才对于"文明冲突论"曾表示出强烈的反对，所以他"让《单筒望远镜》的主人公在一些章节中充分表现出交流与沟通的快乐。在东西文化之间，交流才是符合人性的。正因为这样，才需要对殖民时代文化的历史进行反思。对文明的悖论进行反思"[2]。伴着中国经济的崛起，"反思的现代性"大张旗鼓，普世文明的内涵也发生了内在的转变。当"人类中心主义""科技万能"等异化思想被不断纠正的

---

1 李永东：《"两个天津"与天津想象的叙事选择》，《文学评论》2016 年第 4 期。

2 冯骥才：《"单筒望远镜：世界是单向的，文化是放大的》，《南京日报》2019 年 1 月 4 日。

当下，东西方都在向传统回归，在优秀传统文化中探寻出路。在新的国际形势下，中国将以何种姿态看待西方文明，处理东西文化的冲突，时代提出了新命题。"文明因交流而多彩""文明交流借鉴是推动人类文明进步和世界和平发展的重要动力"。东方文明与西方文明都只不过是众多文明中的两类，普世文明正是所有文明所共同享有的重合部分，这正是人类得以和平共处与健康发展的基本价值。对于这部分文化的价值，我们不应该一味地诋毁和蔑视，而需以虚心的态度互为借鉴，共相成长。

《单筒望远镜》越过以往津味小说中"小洋楼"外来文化与"三不管"本土文化对峙、相隔的状态，显然小说对租界文明中的"良性殖民主义"[1]主动做出了回应。当前中国文化自信与重建不仅仅是对优秀传统文化的继承与发扬，亦需要对西方文化进行批判和借鉴。冯骥才先生曾说："不再相信东西方可以完全融合，却又相信，只有相互认识到区别，才能如山水日月，光辉互映，相安共存。"[2]莎娜身上散发出来的体香，即使不用语言交流，却搅动着欧阳觉心中的惊涛怒浪，而娴贤就如同这个传统的东方式名字而说，她对丈夫的爱用默默不停地剥瓜子来传达，年复一年、日复一日地收集着淡远的槐花，等待欧阳觉的归来。两个人在欧阳觉的心中究竟是谁好，无法比较，亦无须比较。最后，当欧阳觉看到死去娴贤与三罐满满的瓜子仁时，当看到娜莎爸爸尸体的腰间别着的单筒望远镜时，这几个悲剧性的片段成就了一个个开阔的文化想象空间。国破家亡的他犹如百年前的天

1　马利楚：《想象的空间：1901–1947 年及以后天津意大利租界的重现与镜像》，见孙立新、吕一旭主编《殖民主义与中国近代社会国际学术会议论文集》，人民出版社，2009 年，第 126 页。

2　冯骥才：《东方与西方·楔子》，《冯骥才分类文集 11·他乡发现》，中州古籍出版社，2005 年，第 12 页。

津，封闭的专制主义和落后的科技让欧阳觉无法走出历史的死胡同与怪圈安排的宿命。冯骥才在《一百年的教训》中提到："走出这个历史的死胡同与怪圈的方式，只能坚持改革和开放，发展科学，强我国力，振兴中华……我们还认识到，开放绝不是一种权宜之计，更不是阶段性的策略。开放的本质是交流，那便是把人类一切文明成果都化成自己的养分。"冯骥才先生这些年来一边在城市文化的保护与抢救工作之中获得了民间文化的力量与营养，一边在游历俄罗斯、巴黎、维也纳等世界艺术之都中获得的养分与资源，两股力量在作家的心中缠绕、成长，对于这部小说的构思发挥着至关重要的作用。"小说通过人物命运的安排，体现作者超越狭隘的道德、民族要求的人类意识，实现小说文字之上的精神超越。"[1]正是作家的见识、胸襟以及责任意识让这部爱情悲歌区别于一般爱情故事，成功地对接了其"怪世奇谈"系列小说的启蒙方案，却又实现了内在的超越。同样只有重返历史，重返地方，回到小说本身，方能感知作品独特的历史价值和冯式的思想深度。

《单筒望远镜》不同于过去的"津味小说"，不再是一味的文化民族主义论调，亦不似大多数传统作家仍然葆有的本土的现代性展望，而在新的历史语境下正视东西文化的双向交流：他们的纠缠、撕裂中曾经混杂着愉悦与美好，天津旧时的城市想象也因此呈现出更加宽广而繁复的气质。作家的思维边界不可能脱离所处的历史时代和社会背景，在中国全面崛起的新时期下，启蒙者徜徉于近代历史文明的发展进程，以第三人称全知全能视角来记录、反观两种文明吸引、抵牾、撕裂的缠绕关系，完成了这部关于文明交流、文化发展的突破之作。

1　周立民：《一树槐香飘过历史——评冯骥才长篇小说〈单筒望远镜〉》，《中国当代文学研究》2019年第2期。

正视历史、尊重文明的多样性，以普世文明的胸襟，重建天津租界文明的价值，这是新时代天津旧时城市想象与记录的应有之义。我们相信启蒙永远被需要，亦永远不止。

于"全球化"大潮之巅处看天津

——从冯骥才《艺术家们》谈起

张颢鹏

天津师范大学文学院博士生

冯骥才在《关于乡土小说》一文谈及:"历史文化,耳濡目染,生活风习,鼻浸舌粘;在一块土地上活久了,甚至骨头里也透着这乡土的气息与精髓。"[1] 这是冯骥才对于乡土的一种表述,同时也代表着一种客观现象:有关乡土的记忆,通常会在年月的消逝之中沉积,并在从某片土地上成长的人的脑海里形成挥之不去的记忆。于作家来说,即是用文本来阐释其有关乡土记忆的经验世界。

"五四"以降,有关乡土的叙述已然形成了一种写作传统。在以往,狭义的"乡土"通常指作为乡村的一种写作对象。但随着社会经济的发展以及文化的演进,"乡土"的含义则逐步扩充,泛指具有鲜明个性的地方特色。[2] 在此意义之上,作家所创作的作品中,有关城市地方性的文学想象内容,自然也就被纳入乡土文学的范畴之内。因此,这便为天津的地方性特点在文学世界中形成一定的传统提供了可能。

---

1 冯骥才:《关于乡土小说》,《文学自由谈》1995 年第 1 期。

2 范伯群:《论"都市乡土小说"》,《文学评论》2002 年第 3 期。

自冯骥才于二十世纪八十年代中后期发表"怪世奇谈"系列（《神鞭》《三寸金莲》《阴阳八卦》）以来，其通常被认为是填补了"津味小说"空白的一面旗帜。[1] 然而，冯骥才投身于文学创作实则始于二十世纪七十年代末期，且以"伤痕""反思"等思想内核为起点，这同树立地方性的"津味小说"相去甚远。同时，至其近作《艺术家们》的出现，有关天津的城市想象似乎开始逐渐退出冯骥才的文学世界。但若仔细观之，则会发现，天津并非处在被忽视的境遇，而是融合于其文学作品的整体世界之中，形成了冯骥才个人的"天津"。

在走过了四十余年的文学创作路程之后，冯骥才的文学与文艺观念已渐趋圆融。无论是其生长于津沽之地的人生背景，还是其投身于民间文化保护的工作过程，均对冯骥才文化立场的形成产生了一定的影响。《艺术家们》的出现，意味着冯骥才提供了有关天津城市想象的一份新样本。处于"全球化"时代浪潮之中的天津，在城市建设愈加现代化之后，即面临着地方性的消弭与文化传统的重建之挑战。在这样一种对抗之中，《艺术家们》表达了冯骥才对于以天津为代表的城市形象的再度审视。同时，将其同冯骥才以往的作品整体观之，则会发现时代浪潮所带来的文化变革一直隐含在冯骥才的笔下。这其实暗示着冯骥才的文化立场之所在。

一、整体的天津：打通时间与空间的城市形象

租界及其所形成的文化应当是天津城市史上难以忽视的组成部分之一。费城康指出，天津的租界数量"与上海并列全国第一，面积也

1　樊星：《"津味小说"的曙光——冯骥才、林希合论》，《当代作家评论》1991 年第 4 期。

已名列第二"[1]。租界在天津设立，并制定了自成体系的管理制度，给天津带来了迥异于传统环境的文化风貌。由此，虽然天津的地理位置并未因租界的出现发生变化，但在文化层面上，天津已然被划分为两个不同的文化区域：在天津老城中，人口以天津的本土居民为主，且其间流行着独属于天津本土的民间文化；相反，在租界区域之中，则以外国人及外来商贾为主要居民群体，同时形成了较为新潮、颇具西洋风味的文化面貌。因此，在二者之间的文化壁垒愈加凸显之后，有关两个"天津"的评判则逐步形成并定格。对此，李永东指出："天津城是天津人的天津，天津九国租界是外地人与外国人的天津。"[2]

在这样的客观条件之下，作家对于天津的文学性想象通常聚焦于天津地域特色鲜明的市井之中，塑造其中的本土居民以及文化性格，反而忽视了有关天津租界的文学叙述。这种写作走向即是冯骥才所说的"乡土小说"，"表层是风物习俗，深处是人们的集体性格"[3]。事实上，这即是指一城一地在长久的历史发展过程中，所积累下来的"集体无意识"（Collective Unconsciousness）。天津作家不约而同地聚焦于此，无非是想要通过对地域性格的集中刻画，展现独属于天津一地的城市性格，以此彰显天津的特色与个性。但此种写作取向，极容易导致文学对于天津的城市想象形成一种固有印象，即市井的天津，甚至助推了两个"天津"的存在。然而，租界作为存在于天津城市发展过程中的一段真实历史，对天津产生了不容忽视的影响。因此，将租界与市井并置在统一文化语境之中进行考量，才能在文学叙述中塑造出完整的天津城市形象。

---

1 费城康：《中国租界史》，上海社会科学院出版社，1991 年，第 278 页。

2 李永东：《双城模式的旧天津想象》，《天津社会科学》2014 年第 6 期。

3 冯骥才：《关于乡土小说》，《文学自由谈》1995 年第 1 期。

进一步看来，冯骥才的《艺术家们》并不回避天津的租界历史及其文化，其中不乏对于天津租界区的西洋建筑进行描绘，这在小说中均有表现：洛夫在骑自行车的时候，喜欢"时不时抬眼从幽暗的破房子的夹缝中，看一看老西开教堂高耸云天的铜绿色的穹顶"[1]；隋意经常带着女儿怡然到"那个古老的英租界中心"的维多利亚公园玩耍[2]；楚云天的家则是"三座红色尖顶的西式小楼"[3]……由此可见，《艺术家们》对于天津租界的景象展开了大幅度的直面铺排。只不过，存在其间的西洋建筑，并非仅仅是租界建立之初提供外来人口居住的城中之城，而是经过了百年时间洗礼之后的历史残存物。

阿莱达·阿斯曼（Aleida Assmanns）认为，回忆可以演化出功能记忆与存储记忆两种模式。[4]与人类群体相关联，且有一定价值用以面向未来的记忆，便是功能记忆。这种记忆是一种有人类栖居其中的回忆方式。与之相反，存储记忆便是那些和现实社会失去联系，即于人类社会失去一定现实效益的记忆。而在人类社会的历史进程中被堆积且遗忘的废弃物，便属于后者。因为正是这些残留下来的废弃物于人类社会来说并未产生一定的现实用途，才被选择性遗忘。但从另一方面来看，这些缺失归属地的废弃物理应可以转化为人类认知与还原历史的基本材料。因为其本身就是一种绝对客观性的存在。由此，这些废弃物在特定条件之下，又可以重新承担起衔接人类历史的责任。

最初，租界仅仅作为一种政治区划而存在，并且其适用范围仅限于外国人与外来商贾等人口群体。但随着历史的推演，租界原本的政

1　冯骥才:《艺术家们》，人民文学出版社，2020 年，第 57 页。

2　冯骥才:《艺术家们》，人民文学出版社，2020 年，第 105 页。

3　冯骥才:《艺术家们》，人民文学出版社，2020 年，第 114 页。

4　[德]阿莱达·阿斯曼:《回忆空间》潘璐译，北京大学出版社，2016 年，第 147 页。

治用途逐步消弭，反而成为天津城市不可磨灭的历史遗迹。同时，亦有很大一部分天津人口居住于此一系列西洋建筑之中。在此层面上，时间所带来的历史距离感即被冲淡。天津的本土居民不再被排除在租界区之外，而成为可居住其中的所有者。这种转变即提供了一种在场感。小说《艺术家们》即是如此，其时间背景并非"津味"小说作家所惯用的清末民初阶段，而是选取了二十世纪六十年代至新世纪的当代社会。因此，这样一种叙述时间的设置，即为历史的生成提供了可能。同时，在历史真实存在之后，又让社会之中的"我们"穿梭于曾经的历史残留物之中，拉近了历史与当下的距离，打通了时间所带来的跨度，冲淡了陌生之感。

另一方面，《艺术家们》在打通时间维度之后，更将空间并置，塑造了一个整体的天津文化形象。在小说开篇，主人公楚云天一家住在一座破旧老楼顶层的小屋里。然而，事实上，楚云天原本是生长在"睦南道那个英国式的老房子里"[1]，只是因为特殊的历史原因才失去了居住在这里的权利，被赶到了其他地方。由此可见，冯骥才并不局限于仅仅叙述天津的市井或租界，而是均有涉及，并将笔触爬伸到了天津的每一个角落。因此，楚云天的生活经历决定其并非是一个五大道老租界区生长起来的贵公子，而是也有平凡生活经验的庸常之辈。

同样的情况，在冯骥才的《单筒望远镜》中也有所出现。欧阳觉与莎娜在法租界一座没完工的小楼的阁楼上发现了"东西两面墙上各有各一窄长的窗洞"，更为令人惊奇的是，"这两个窗洞面对着的竟然是两个全然不同的风景——一边是洋人的租界，一边是天津的老城"。[2] 在以往的有关天津城市叙述的作品中，老城与租界是两个相对

1　冯骥才：《艺术家们》，人民文学出版社，2020 年，第 159 页。

2　冯骥才：《单筒望远镜》，人民文学出版社，2018 年，第 50 页。

立的空间。但在这里，老城与租界虽然也要通过两个不同的窗洞来看，但其已然被并置到了同一空间之下，只不过是角度的不同才会带来目光所及之处的风景差异。

反观冯骥才的《俗世奇人》《三寸金莲》《神鞭》《阴阳八卦》等作品，主要聚焦于清末民初时期。这一时间段于天津来说，恰好处于地方个性极为鲜明的阶段。首先，因为租界的出现，天津被迫进入了接受西方文明影响的历史进程。其次，由于天津作为沟通南北的重要交通枢纽，依靠发达的水路承担起了漕运这一经济任务。在这样一种社会条件之下，天津形成了一种华、洋文明互融，南、北文化五方杂处的地域风貌。就此来看，独属于天津的地方性文化依托着这样的缘由得以建立，并提供了一种书写的可能性。因此，冯骥才曾集中书写这一特定时空之下的天津城市形象也就不足为奇。

但随着进入新世纪之后，原本较为鲜明的城市特色逐渐损毁于社会的现代化发展之中。这其实暗示着城市正处于一种转型时期，隐藏于城市之中的文化风貌自然面临断裂的风险。冯骥才一直致力于天津城市历史遗迹民间文化的保护、抢救的工作之中，其理应对于属于天津城市特色的文化进行关照。由此，从"怪世奇谈"到《艺术家们》，小说叙述的时空背景从清末民初转换至当代社会，实则指向一种承续天津城市历史文化的重要意义。祝昇慧认为，冯骥才仿佛一位历史学家和人类学家，因为其正是在"打通历史的昨天、今天与明天"的长时间段观照的基础之上，"将一种文明／文化的形态由其生成直至形将消亡的转型过程"记录在了字里行间。[1]因此，在城市因时代浪潮的裹挟而失去了一些原本带有的印记的情况下，文学也就可以承担起

1　祝昇慧：《"地方性知识"构筑"文化共同体"》，《福建论坛·人文社会科学版》2013年第8期。

一部分责任，记录宏观历史之外的文化痕迹。

二、艺术家们：在传奇之后解构传奇

"津味"小说作家素来擅写奇人，冯骥才也不例外。自二十世纪九十年代以来，冯骥才将其创作"怪世奇谈"系列小说时收集到但未用上的素材加以创造，结集为令人啧啧称奇的《俗世奇人全本》。其中，冯骥才以奇绝的笔法塑造了一系列的传奇人物：《泥人张》中捏泥人技术高超的张明山，《刷子李》中擅长粉刷且可以保证不落一点白浆的刷子李，《苏七块》里给人看病之前必须收七块银元的苏大夫……[1] 他们或是拥有着极为高超的手艺技术的匠人，或是凭借着自身独特的性格特点展现了一段传奇人生。总之，这些活跃于冯骥才笔下的人物往往因自身具有独特于普通人之外的奇闻轶事而造就了一个个传奇故事。

冯骥才曾说道："若说地域文化，最深刻的还是地域性格。一般有特色的地域文化只是一种表象，只有进入一个地方的集体性格的文化才是不可逆的。"[2] 集体性格是由单独个体的性格所组成的大合集。就整体看来，其具有适用于某一特定整体的普遍性。因此，在冯骥才笔下，这些奇人异士也就凭借着自身的传奇属性构成了天津城市的集体性格。进一步来看，《俗世奇人全本》中的一众奇人之所以令人称奇，还在于其依托的叙事技巧：其一，较为短小精悍的短篇体例；其二，调用中国古代小说笔法进行叙事。首先，短篇小说体裁短小，并不需要极为宏大的排篇布局，可以快速且精准地进行故事讲述。"一

1　冯骥才：《俗世奇人全本》，人民文学出版社，2020 年。

2　冯骥才：《又冒出一群人》，见《第十七届百花文学奖小说月报获奖作品集·下》，百花文艺出版社，2018 年，第 988 页。

个人物一个故事一篇小说，反过来一篇小说一个故事一个人物"[1]，这是冯骥才对《俗世奇人》创作手法进行的一种自我概括。由此，即可见出短篇小说的写法更加具有针对性，便于作家调用一切资源集中刻画人物形象。其二，自唐代以来，"传奇"这一古典小说文体逐渐形成一股文学潮流。天津作为晚清时期重要的交通枢纽城市，自然吸引了众多南来北往的各类人士会聚于此，促成了五方杂处、鱼龙混杂的城市样貌。这也为作家进行天津地域性格的提炼提供了一份可能。所以，冯骥才在塑造一系列"俗世奇人"之时，即继承了"唐人传奇"这一小说文体，着意雕刻民间群体的地域性格，进而形成了"无奇不传、无传不奇"[2]的叙事风格。进而，冯骥才便将"传奇"为着眼点，极力抽取发生在清末民初时天津土地之上的一切奇人奇事，汇成了一幅天津风物图。对此，卢翎认为，冯骥才的《俗世奇人》是"继承了中国古代小说的叙事传统"，同时又"糅合现代短篇小说'印象的统一''危急时刻''结构的匀称'等文体特征"的创作手法，并形成了鲜明的"俗世奇人"文体特色。[3]

但反观冯骥才的近年新作《艺术家们》，或许是碍于其长篇体裁，原本极为鲜明的"传奇"叙事风格已然消失不见，取而代之的是勾连了几十年变迁的历史铺排和人物群像的集体刻画。然而，若细心观察，则会发现冯骥才所常用的"传奇"叙事方式仍旧隐匿于文本始末，小说自始至终都在讲述一群投身于艺术之中的艺术家们的人生传奇。只不过，早期较为外化的文体风格已经在时间的沉淀之中内化为

1　冯骥才:《又冒出一群人》，见《第十七届百花文学奖小说月报获奖作品集·下》，百花文艺出版社，2018 年，第 987 页。

2　卢翎:《论冯骥才〈俗世奇人〉的文化与文体》，《小说评论》2017年第 6 期。

3　卢翎:《论冯骥才〈俗世奇人〉的文化与文体》，《小说评论》2017年第 6 期。

作家的自然笔法，与其文化立场融为一体，形成了更为纯熟且朴素的艺术风格。

长篇小说《艺术家们》以主人公楚云天的视角为主体，勾连讲述了发生于二十世纪六十年代至新世纪之后的一系列世态变迁。其中，小说塑造了一批特征极为鲜明的人物形象，如楚云天、罗潜、洛夫、易了然、高宇奇等。他们的身份较为统一，即热衷于绘画的画家们。他们大多掌握着极强的绘画技巧与审美观念，对于美术有着极为独到的艺术见解。以楚云天为例，其本是名不见经传的艺术学院毕业生，任职于轻工业局的设计室，靠"单调乏味的包装设计"[1]而谋生。然而，即使楚云天认为其工作并不具有任何趣味，但令其最为兴奋的是，罗潜与洛夫为其提供了一个安放灵魂的小沙龙。这里是真正具有艺术气息的一处精神场所，是"社会一些真正的艺术与文学的信徒之间"[2]的生活空间。也正是基于对艺术有着深沉热爱之缘由，楚云天依靠着自身对绘画的独到理解，最终成为美术发展史上极为重要的代表人物，产生了极为重要的影响，成为一位"画里有文学"[3]的文人山水画家。

在此意义上来看，楚云天自身便是一个传奇。一方面，同芸芸众生相比，其凭借自身高超的绘画技艺缔造了一位画家的艺术史；另一方面，与其他画家相比较，楚云天也形成了一种独属于其自身的艺术风格，即其创作的"不是传统的文人画，而是'现代'的文人画"[4]。正如同楚云天在思考其自身绘画本质时所想："历史上可没有他这样

1　冯骥才：《艺术家们》，人民文学出版社，2020年，第17页。
2　冯骥才：《艺术家们》，人民文学出版社，2020年，第17页。
3　冯骥才：《艺术家们》，人民文学出版社，2020年，第210页。
4　冯骥才：《艺术家们》，人民文学出版社，2020年，第211页。

的文人画。"[1] 因此，无论从哪种层面来看，楚云天本身即是一个独特的存在，有着区别于他人的本质所在。传奇本身所具有的重要一点即是自身即具有区别于大多数人的鲜明特质。而楚云天的个性恰好为其本身作为传奇提供了一种生成条件。

不过，冯骥才并未止步于此，而是让以楚云天为代表的艺术家们成为传奇之后，转而解构其身份的传奇性。自二十世纪九十年代以来，中国社会进入了飞速发展的阶段。全球化大潮的来临意味着各种群体之间的关系更加紧密，且被纳入进了一种较为统一的标准模式。在此意义上，世界便形成了一种"自我封闭的全球性管道系统"[2]。无论处于何时何地，似乎周围的城市建筑、生活氛围并不具有特别强烈的差异。各类商业品牌、城市建筑、日常所需在全世界均处于一种同化层面。张旭东曾指出这样一种质疑：依托互联网等现代技术而形成的"地球村"概念是否具有普遍性？[3] 因为这只不过象征着人类社会被纳入进一种"均匀的、同质的、标准化"[4]的世界体系之中。而支撑着这种体系正常运转的关键所在，即是以市场化为核心的社会观念。因此，在这样一种情况下，"地球村"的概念即昭示着这种普遍性其实是指人类社会被纳入商品化的一种统一标准。由此，这也就造成了地方性与世界性相互割裂的不连续状态。冯骥才作为一位民间文化保护工作者，其具有自觉的文化意识。所以，在面对这种地方文化即将销声匿迹的问题之下，冯骥才的《艺术家们》则体现出了一种更为符

1　冯骥才：《艺术家们》，人民文学出版社，2020 年，第 219 页。

2　张旭东：《全球化时代的文化认同：西方普通主义话语的历史批判》，北京大学出版社，2006 年，第 50 页。

3　张旭东：《全球化时代的文化认同：西方普通主义话语的历史批判》，北京大学出版社，2006 年，第 50 页。

4　张旭东：《全球化时代的文化认同：西方普通主义话语的历史批判》，北京大学出版社，2006 年，第 50 页。

合当下社会的文化立场：在建立起一段传奇之后，再对其进行解构，将其下沉到日常生活之中。以此为基础来强化地方性文化的独立性，抑或是从中挖掘一种自然而然的普泛意义。

由此看来，小说《艺术家们》实则生成了两个层次的文化内涵。第一，虽然小说不再讲述民间小人物的传奇人生，但精英人物的传奇仍然来自大众。对于大众来说，艺术家通常是特殊的存在。因为其凭借着自身对于世界的独特理解，往往会创造出独立于客观现实世界的艺术世界。"这世界不是现实世界的复制"[1]，而是一种充满想象与灵性的神思时空。在小说开篇，罗潜那间有画、有音乐的艺术小屋即是这样一种区别于惯常空间的存在。然而，即使艺术家具有这样一种独特个性，但他们却又是来自大众。楚云天作为一位颇具思想的艺术大家，却仍旧被婚姻内外的感情所左右。抱有绝对艺术理想的罗潜因为经济原因而开始变卖画作。在此层面看来，精英式的艺术家们同样具有普通人的烦恼，在面对婚姻、经济、友情等人生中无法回避的问题之时，同样会陷入无限焦虑之中。所以，在《艺术家们》中，精英人物失去了其本该拥有的神圣光环，而是被拉回普通大众之中，重新厘定了其存在的身份。

第二，在回归大众之后，艺术家形象自然就面临被解构的问题。洛夫与楚云天应当是一对互相对立的艺术家形象。虽然在人生早期，二者拥有较为共同的艺术理想，但随着时间的流逝，二人经历了迥然不同的人生路径，纷纷面临着不同的人生问题，进而表达出了较为明显的思想差异。在成名之后，楚云天愈加回归艺术的本质，坚守着艺术家本该拥有的人文精魂，极力维护艺术的价值。但这样一种选择也

1　冯骥才:《序文：关于艺术家》，见《艺术家们》，人民文学出版社，2020 年，第 1 页。

就为其带来了莫名的孤独感。这是因其始终保持脱离市场、不为名利所产生的清高之感所带来的违和感。相比之下，洛夫则在市场上混得更加风生水起。在凡事都被商品化的当下社会，画被创作出来之后自然也要进入市场进行流通。洛夫便屡次迎合市场的价值取向，开始创作后现代主义的抽象画作，以此卖上大价钱来换取豪宅、奢侈品等来满足物质上的需求。甚至洛夫还在大年三十举办一场画展，进行一场"只为了被别人注意"[1]的反传统艺术展览。也正是因此，洛夫才可以大喊一句"这是全球化时代"[2]来调侃楚云天。

埃里克森（Eriksen T.H.）认为，在"全球化"大潮之下，"文化群体之间由于相互接触而导致关系紧张"。[3]洛夫与楚云天对于艺术的不同选择即是对于人生有着不同追求的群体的不同分野。对此，张旭东指出，人们"参与'全球化'有主动和被动之分"[4]。如果说洛夫是主动投身于"全球化"大潮之中，那么楚云天则是被迫陷身于这一时代浪潮之中，并开始思考艺术存在的意义，进而意识到艺术本质价值在当下时代的重要性。

冯骥才曾说："正像八十年代初我关注畸形社会中种种小人物的命运一样，进入九十年代后，我特别关注在急速现代化与市场化中文化的命运。一方面，由于文化问题跑到台前，变得紧迫和危急；另一方面也许我是文化人，便自觉地关注甚至关切到文化本身。"[5]因为处

1　冯骥才:《艺术家们》，人民文学出版社，2020年，第219页。

2　冯骥才:《艺术家们》，人民文学出版社，2020年，第277页。

3　[挪威]埃里克森:《全球化的关键概念》，译林出版社，2012年，第8页。

4　张旭东:《我们怎样做中国人？——"全球化"时代的文化反思》，见《全球化时代的文化认同》，北京大学出版社，2006年，第1—2页。

5　冯骥才:《文化责任感》，见《灵魂不能下跪》，宁夏人民出版社，2007年，第187页。

在"全球化"大潮之下，文化的演变走向通常会陷入两难境地：人类对于科技的要求更加广泛，以便通过先进的现代化技术来熟知世界；然而这种通过数字来达到传播目的的方式也"正在淡化和消解人类历史形成的多彩文化，走向国际单一"[1]。所以，冯骥才选择了这样一种策略：将文化抛向时代浪潮之中，通过普遍意义来引发深入的思考。在世界与地方的鲜明对比之中，来阐释地方文化的独立个性。这恰好如同埃里克森所认为，"全球化会强化地方认同"，并走向强调自身独特个性的角落。[2]

三、被生产的天津："全球化"大潮裹挟下的文化空间

对于一座城市来说，其发展过程应当是曲折且蜿蜒的。叶兆言在《南京传》一书中，以史为纲，对南京城市的发展历史进行了详尽的整理与介绍。[3]天津也是如此。若单从其建成时间来看，仅仅不过六百余年历史。但若深入考察其城市历程，则会发现天津有着极为丰富的城市发展历史。以近代天津为例[4]，其拥有极为多样的一段传奇故事。在这一时间段内，因第二次鸦片战争，天津被迫开辟为通商口

---

1 冯骥才：《警惕地球文化》，见《灵魂不能下跪》，宁夏人民出版社，2007年，第185页。

2 [挪威]埃里克森：《全球化的关键概念》，译林出版社，2012年，第11页。

3 叶兆言在《南京传》一书中，以211年孙权迁治为起点，以1949年百万雄师过大江为终点，爬疏整理了南京这座城市由最初的秣陵演变为当今的南京之曲折历史。参见叶兆言：《南京传》，译林出版社，2019年。

4 近代天津的时间起始点以罗澍伟《近代天津城市史》为依据。其中，以1860年天津被迫开辟通商口岸起，至1949年，近代天津经历了近九十年的城市发展历史。参见罗澍伟：《近代天津城市史》，中国社会科学出版社，1993年，第13页。

岸；租界的出现，又使得天津面临着工商业的发展；漕运的兴盛，接连又带来了外来人口的大批量涌入……也正是因此，罗澍伟认为，近代天津即借着这样一种缘由逐渐"脱颖而出"，从"一个近畿的府属县城，发展为仅次于上海的全国第二大工商业和港口贸易城市"，并"显示出极大的内在潜力"。[1]

不过，城市的发展历史是一种客观现象，其并不因人类的主观思想而产生改变。所以，在一定程度上，城市其实是人类社会发展过程中历史与文化的空间合集。对此，亨利·列斐伏尔（Lefebvre H.）提出过一种假设，即认为空间是可以被生产出来的，城市作为一种"社会空间是社会的产品"[2]。在此意义上，不论作何解释，空间均是一种客观性的存在。"津味"小说作家之所以习惯于打造清末民初这一时间段内的天津形象，是因为在近代阶段，天津发展的过程"始终伴随着外来文化与本土文化充满张力的冲突与融合"[3]。华、洋共生的文化风貌，天津本土文化与南北各样文化的交融，使得近代天津似乎缺少了一些由始而终的文化发展脉络，而是不断地容纳、吸收多种文化而形成的驳杂气质。诚如冯骥才所言："天津也只有地上的泥土疙瘩不是外来的，只要是活的东西就是外来的——比方海河里的水，也是从南边、西边和北边远远流进来的。"[4]而清末民初时期的天津因其个性最为突出、文化最为多样，所形成的地域特色自然颇具别样性。在这一层面上来讲，近代天津的先决历史条件则提供了这样一种书写的可

1　罗澍伟：《近代天津城市史》，中国社会科学出版社，1993 年，第 7 页。

2　[法] 亨利·列斐伏尔：《空间与政治》，上海人民出版社，2015 年，第 23 页。

3　祝昇慧：《"地方性知识"构筑"文化共同体"》，《福建论坛·人文社会科学版》2013 年第 8 期。

4　冯骥才：《指指点点说津门》，见《灵魂不能下跪》，宁夏人民出版社，2007 年，第 334 页。

能，恰好契合了作家试图塑造地方文化的目的。由此说来，"津味"小说作家所描写的天津，应当是"存在于经验的描述之中"[1]的客观产物，即空间是被生产出来的。

"全球化"浪潮所带来的最为明显的社会症候之一，即是颇具特色的地方性被湮灭，相近的文化被不断建立。随着时代的前进，不光是天津这座城市被卷入了这波汹涌的浪潮，几乎每一座城市都难以幸免。所以，在这样一种被统一量化的标准体系之下，见证了城市个性被同化过程的人们自然会产生一种悲凉之意。"生在天津的法租界，长在英租界"[2]的冯骥才在经历了人生的风风雨雨之后，同时也以一个城市漫游者的身份伴着天津走过了八十载春秋，见证了天津城市文化的起伏消长。所以，冯骥才认为，面对城市，我们应当"需要用历史的、文化的、审美的眼光去认识它，用心灵去感应它"[3]。历史是客观化的存在，城市空间也是客观化的反映，具有主观变化成分的即是生活于城市之中的人。

在小说《艺术家们》中，冯骥才并未主观介入小说文本之中，而是自然而然地讲述了发生在天津地界上的一段有关艺术的历史。其中，作家并未回避天津的城市历史，老西开教堂、租界里的花园住宅、维多利亚公园等历史痕迹依然散落在小说文本的角角落落。虽然这一系列历史符号与小说所处的时代背景相去甚远，但由此带来的距离感反而更加利于对天津的城市文化进行一番体认。因为在打通时空壁垒，艺术家们归于人类本原存在之后，天津的城市形象则被进一步

1　[法]亨利·列斐伏尔:《空间与政治》，上海人民出版社，2015年，第23页。

2　冯骥才:《指指点点说津门》，见《灵魂不能下跪》，宁夏人民出版社，2007年，第334页。

3　冯骥才:《城市的传家宝》，见《灵魂不能下跪》，宁夏人民出版社，2007年，第343页。

确认：即使时间令空间不断被重新建构，可蕴藏在空间之中的文化符号始终被作家不断提炼并描述，使得天津成为被生产的空间，达成了一种文化客观化的表达向度。这也就暗合了列斐伏尔所言："以这种知识所暴露或者呈现出来的内容为出发点，一种形式就形成或者建立起来了。"[1]

冯骥才认为，不可逆的"全球化"大潮具有强大的生命力与活力。对于文学来说，"全球化"的后果会导致作家失去"本土文化的资源"，进一步"丧失各自思维的文化特性"。[2] 在小说《艺术家们》中，以洛夫为代表的人物形象即象征着被"全球化"大潮同化的后果，而以楚云天为代表的人物则始终对这种趋势保持警惕。事实上，这便暗含着作家对于"全球化"大潮所带来的同质化社会进行审视，表达了作家自身的文化立场：在时代浪潮面前，建立自身文化主体性的重要性。

四、结语

城市自被设立起即意味着记忆的产生。因为城市发展的过程类似于人类的成长历程，有关其一切的历史痕迹均会蕴藏于城市整个空间的肌体内部。冯骥才对于民间文化的抢救工作，即是拯救记忆的一种方式。在"全球化"时代，城市面临着被重新改造，这便意味着有关城市的痕迹只能作为记忆存在于社会的过往经验之中，甚至是不复存在。所以，虽然在《艺术家们》等小说文本之中，类似于活跃于民间

---

1 [法]亨利·列斐伏尔：《空间与政治》，上海人民出版社，2015年，第23页。

2 冯骥才：《谁在全球化中迷失？》，见《灵魂不能下跪》，宁夏人民出版社，2007年，第100页。

的"俗世奇人"形象不再占据突出地位，但冯骥才对于地方性文化的表达始终没有减弱。祝昇慧认为，冯骥才的"精英主体意识在对民间主体的不断认同与趋近中"达成了合二为一的文化立场，并完成了对"文化共同体"的建构。[1] 而到了《艺术家们》这里，冯骥才的文化立场则被进一步强化，甚至身处时代当下，对处于"全球化"大潮之中的天津与天津人进行了一次考量，再次提出了对于城市文化记忆重新建构的诉求。而这，实际上也是作家对于文学提出的一个重要看法：即文学应当承担一定的社会责任，以此来完成人类社会发展过程中的记载功用。

1　祝昇慧：《"地方性知识"构筑"文化共同体"》，《福建论坛·人文社会科学版》2013 年第 8 期。

旧天津文学想象谱系中的《俗世奇人》分析

王超奇

天津师范大学文学院博士生

2018 年冯骥才的笔记体微型小说集《俗世奇人》斩获了第七届鲁迅文学奖。这本"俗世奇人"系列小说创作了近三十年，传承了中国古典笔记体小说的神韵精髓，创造性地将精短文学的故事性、传奇性、思想性、艺术性、趣味性融为一体，展现了笔记体微型小说新的文体形态。《俗世奇人全本》由二十世纪九十年代的之一（1995 年）、之二（2017 年）和之三（2019 年）共五十四个各自独立的微型小说组成，描绘了清末民初底层能人的生存状态和个性特征，使天津本土奇士的"集体人格"成为中国当代文学人物长廊上一道奇特绚烂的景观。

《俗世奇人》的故事素材或取自天津的民间传说，或来自作者从小到大的生活经历，小说将具有天津特色的人物和风俗写得传神、鲜明、个性。冯骥才在《俗世奇人》之中以人物为中心展开叙述，积极塑造了一批有天津地域性格的"民俗文化人"，冯骥才怀揣着对天津城的热爱，将旧天津纷繁的民俗展现在读者面前。《俗世奇人》篇幅普遍不长，也没有什么晦涩之处，读来朗朗上口，仿佛在听人讲民间故事——故事讲得绘声绘色，大都轻松、诙谐、幽默。他用一种偏向口语化的表达形式，赋予小说灵动性，把我们成功代入一个旁观者的角度，去鸟瞰天津卫市井街巷里的奇闻趣事。

《俗世奇人》的序言里，冯骥才认为能够代表天津地域性格的人物不仅在显耀的上层，更在市井民间。他久记于心的故事人物在"怪世奇谈"中没有写完，觉得可惜，便用《俗世奇人》记录下来了。他还公开表明："《俗世奇人》写出了他想写出的形象。"《俗世奇人》以人物为中心展开叙述，积极塑造了一批有天津地域性格的"民俗文化人"，以"东方中心主义"的立场，打造其民间主体的地位。"民间主体"是指生活在一定民俗环境中，能够反映出该地域的独特文化特质的一批人，通过对他们的塑造，能够更加了解当地的地域文化性格，打造文化认同，有利于在全球知识霸权之下建立国人自己的文化主体身份。

码头文化精神对天津民俗的人文性格形成产生了重要的雕塑作用。二十世纪八十年代的"怪世奇谈"系列小说通过辫子、小脚、阴阳八卦等与民俗相关的器物从文化的魅力逐步转向了批判文化劣根性，到了九十年代的《俗世奇人》，冯骥才塑造出一批极富天津民间性格的"民俗文化人"形象，树立起了民间文化主体的形象。在"启蒙"这个话语逻辑里面，冯骥才继续着他对整个中国传统文化的反思。

冯骥才选取了最具有市井特色的奇人和奇事，充分展现这些平凡人的人生追求，并且在每个故事背后都"写的是中国的传统"。无论是接骨的、拔牙的、刷墙的、买古玩的、做小吃的，还是靠吃家产的、为人算命的、替人打官司的，都能在这片土地找到属于自己的空间。这些俗民有的还自发形成了能人团体，成为码头特有的社会组织。对于这些俗民，首先，他们不仅仅是日常生活中的普通手艺人，还是具有超乎寻常技能的手艺人，并且手艺的好坏决定了他们生存境况如何。《刷子李》开篇就这样描写道："码头上的人，全是硬碰硬。手艺人靠的是手，手上必有绝活。有绝活的，吃荤，亮堂，站在大街中央；没能耐的，吃素，发蔫，靠边待着。"又如《黄金指》，黄金指是以手指作画，当上了白将军府上的清客。白将军听说津门画坛还有许多画画能手，于是广发邀请函与黄金指比赛。可天津能人太多，只请来了不太出名的钱二爷和唐四爷。黄金指感到自己的地位岌岌可危，处心积虑设置阻碍。先是给钱二爷画画的宣纸下面撒了几颗小石子，再是给唐四爷的果汁里加了白胡椒粉，然而这二人都克服了障碍依旧出色地完成了画作。唐四爷更是在画旁留了王冕的梅花诗，"不要人夸好颜色，只留清气满乾坤"。技不如人又颜面尽失的黄金指根本没有参加比赛，也就消失在了白府。其次，因为超常的技能，他们表现出超乎寻常的自信与骄傲，"天津卫是做买卖的地界儿。谁有钱谁横，官儿也怵三分。可是手艺人除外，手艺人靠手吃饭，求谁？怵谁？"如刷子李，他的绝活就是简单的刷墙，但是他刷出来的屋子里什么家具装饰都不用，就跟升天一样美；刷子李给自己定了个规矩，刷墙时必须穿一身黑衣服，如果刷完墙身上有一个白点他都不收钱，由此可见他的自信可不一般。在一次带徒弟曹小三刷墙过程中，曹小三发现刷子李裤子上有一个白点，正苦于难以开口时，刷子李自信地告诉他小洞是不小心被烟头烧的，"你以为人家的名气全是虚的？"最后，这些俗民在为人处世上，也能顺应时代的变化，他们总是能够为自己赢得好的生存局面，并且总是能在危机来临的时候转危为安。好嘴杨巴是做茶汤的能手，他有一项绝活就是茶汤上的芝麻不用整粒的，而是先用铁锅炒再用擀面杖压碎。李鸿章来天津巡查，府县道台决定呈上杨巴的茶汤。可是李鸿章以为碎芝麻是土渣子大发雷霆。为了不砸自己的饭碗以及给李中堂台阶下，主动不停磕头认错道："小人不知道中堂大人不爱吃压碎的芝麻粒，惹恼了大人。"这样既给李鸿章留了面子，又给外人留下了天津人人性练达、心灵嘴巧的好印象，从而转危为安。在微型小说里面人物的塑造显得至关重要，乔治·普莱认为"没有地点，人物仅仅是抽象概念"。在短篇小说《俗世奇人》里，俗民们身上展现出了这个独特地域文化特质，我们看到了这些俗民性格生成的地域空间。观之《俗世奇人》里主要涉及的市井能人，便是在码头文化之下有自己"活法"的人。人物名大多是以"姓氏＋技艺相关"的方式命名，"天津人好把这种人的姓，和他们拿手擅长的行当连在一起称呼"，如苏七块、张大力、刷子李、泥人张、背头杨、皮大嘴等。还有的直接以"技艺相关"命名，如绝盗、黄金指、冷脸、钓鸡、四十八样等等。

我们可以看到这些以手艺为生为荣的市井能人，既有各自的个性，同时又构成了一种鲜明的地域集体性格。有能耐的手艺人一般都极富个性，正骨拿环的苏七块立了个规矩：不管是谁找他看病，必须先拿七块银元给他才行。牙医华大夫医术高明可是记性极差，不认人，不过最后还是通过认牙认出了罪犯，帮助破了案。这些民间能人不仅有本事，而且还立规矩，讲骨气。正是凭借他们手中的"绝活"和铮铮骨气，才使他们得以在这个恪守码头规矩的文化圈子里立住脚，而且不因社会等级和金钱而活得有尊严。

《俗世奇人》中有个特殊的短篇小说《黑头》，别的小说的主人公都是人物，而这篇小说是以一只狗为题、为中心展开叙述的。黑头因模样丑陋被丢弃成了野狗，商大爷将它收养了。商大爷常说黑头有报恩之心，懂事，知道怎么"做事"，而他也是个讲礼、讲面、讲规矩、讲分寸的人，所以这狗很符合他的性情，甚至有人夸黑头的时候，商大爷都觉得像在夸他的孩子。然而有次给厢房落架翻修的时候，因为院子人太多吓坏了黑头，黑头到处跑闹让邻家男孩儿摔倒在地脑袋流血了。邻居知晓后回来骂商大爷，让他颜面尽失，于是言语重重地也骂了黑头。黑头也觉颜面尽失，撞稀泥而死，商大爷感慨道："我明白它，它比我还要面子。"民间常认为狗养久了会像主人，不仅天津的人，连生活在其中的狗也有着津门特有的地域性格。

与市井能人形成鲜明对比的是那些"大人物"，即和达官贵人打交道的能人。如"好嘴杨巴"精通人情世故，心灵嘴巧。在李鸿章的面前，三言两语就把府县道台解决不了的事情解决了。再如《死鸟》，贺道台有两样能耐，一是伺候头儿，一是伺候鸟儿。贺道台从林先生那里得到一只八哥，要教八哥学说人话。在贺道台的调教下，加上八哥本身的聪明，听人说一句它学一句，于是八哥学会了不少人话。一天，贺道台邀请直隶总督裕禄和知府去他家里坐坐，最开始八哥尽说好听的话哄得大人们开心不已。然而正当开心时，八哥意外说了一句"裕禄那王八蛋！"这是贺道台每次受上司窝囊气的时候回家说的话，惹得裕禄和众官员愤怒离去。贺道台气极了骂八哥是"死鸟"，八哥也学会了叫贺道台"死鸟"。故事结尾贺道台竟然获得个"死鸟"的外号。冯骥才在《俗世奇人》之中刻意将那些所谓的达官贵人丑化，比如讽刺贺道台这样曲意逢迎、巴结上司的小官员，从反面衬托出民间小人物的光芒与魅力。除此之外，《俗世奇人》之中还批判了一些"中间的一类人"，如《蔡二少爷》蔡二少爷一天天游手好闲，他的能耐就是变卖家产，靠卖家产维持生活。十五年前是卖珠宝玉器、字画珍玩，十年前卖瓷缸石佛、硬木家具，五年前就开始卖旧衣服了。后来蔡二少爷才懂得"总不能把祖宗留下来的全卖了，那不成败家子了吗？"于是想方设法去北京的古玩店买古玩，然后再拿回天津变卖。天津古玩店的老板后来才知道，说蔡二少爷已经卖家产卖成精了。再比如《青云楼主》，青云楼主身为穷酸小文人怀才不遇，药铺饭店的墙上不挂他的画，天津卫的买卖没他写得匾，自己写了一副对联挂在自家墙上——"人在青山里，心卧白云中。"一位美国人却高高赞扬他的对联，青云楼主得意忘形，更听到朱先生说美国佬回国后天天眼睛里都是他的字，连晚上做梦也都是他的字，他就是中国艺术家的天才。青云楼主飘飘然，硬是挥笔写了横批"宁静致远"邮寄给美国佬。后来才知道，美国佬是把他的书法倒挂在墙上的。其实，美国佬对青云楼主书法的欣赏是盲目的，他根本没有欣赏能力。值得注意的是，这些人物身上表现了冯骥才在面对全球化浪潮之下"文化主体昏昏然状态的忧思"，希望中国传统文化的传播者能够珍视"老祖宗"传下来的东西，能够真正对自己的才华感到自信。他把对于文化的自信和自尊的深深希望都倾注在了这些民间主体身上。

在《俗世奇人》里，冯骥才也塑造了一批能代表天津人"集体性格"的"民俗文化人"，与二十世纪八十年代的《怪世奇谈》系列小说相似，其中对在码头文化之中生存的"民俗文化人"，作者也投注了"暧昧"的鉴赏态度，以此树立民间文化主体的形象。在这里，冯骥才还是充分肯定我们中国历史悠久的传统文化，期盼以肯定"民俗文化人"的主体地位让国人关注"老祖宗的东西"。

《俗世奇人》是一部民俗气息极其浓厚的短篇小说集，无论是从每个故事的叙述模式还是叙述语言，它都表现出了文本的意义所反映出的外部世界的特征，而不只停留在"话语、语句或语词的上下文，或前后关系、前言后语"。当我们从民俗语境层面切入《俗世奇人》的短篇小说创作，就会发现其携带了无比丰厚的地域文化信息。

从天津本身民间使用的语言来看，小说当中地道的"民俗文化人"说的是地道的民俗语言。民俗语言是地域文化的活化石，是民俗的重要组成部分，反映着某一地域独特的历史传承和文化积淀，并使之与其他地方的风土人情相区别。民间语言由于各地语言的千差万别而呈现着丰富的面貌，方言土语成为民间语言生动化的表现形式。文本中的方言土语是融客观世界与主观世界为一体的艺术审美反映形式。冯骥才小说语言的基础，来自天津码头老百姓的口语，他的小说内容与语言可谓是达到了和谐统一。方言不仅仅是一种语言能力的表现，而且还意味着一种思想、一种文化和一种风土人情系统，离开了方言，也就离开了这种"系统"的支撑。天津话是明朝朱棣"燕王扫北"和清末李鸿章"淮军驻津"的时候，从安徽招募士兵而因此带来的安徽方言。由此形成的天津土话与北京以及周边地域的语言相差甚远，形成了一种从语言学角度来看的"方言岛"现象。冯骥才认为，"方言绝不只是一种腔调。当天津人把其独特的文化与地域性格置放其中，那外表的徽腔就隐形不见，分明是热辣爽直、味儿浓厚的天津话了"。作者用天津方言、俗语、口头禅等，将天津老百姓的"卫嘴子"特点表现出来，如"没囊没气""咋唬""撒丫子""扑棱""急赤白脸"等。在天津方言里面，"没囊没气"是没志气的意思，"咋唬"是叫喊的意思，"撒丫子"是用大脚丫子走路的意思，"扑棱"是浑身乱颤的意思。这些方言词汇多用于人物的对话上，彰显出人物鲜明的性格特色。除此之外，天津人说话，"讲究话茬儿"。人输了，事情没成，话茬儿可不能软掉。比如苏七块。"人有了能耐，脾气准格色"，表现出能人特殊的性格特征。再如其他的一些方言，如"不怵（头）"，形容胆子大，不怕事儿；"拔撞"，形容好抱打不平，替别人壮胆助威；"添堵"，表示故意给别人找麻烦添烦恼等等。从以上方言中，可以形象直观地看出旧天津这座城市三教九流的市井能人聚集在一起生成的集体性格以及民俗文化。

《俗世奇人》作为冯骥才先生代表的小说集，篇幅短小简练，故事讲述精悍细腻的同时不乏其语言的诙谐幽默，津味方言土语下尽可能地还原了天津卫各种能人的独特个性特征，这些所谓的"俗人"赋予小说灵动性，让读者进入一个旁观者的角度，去鸟瞰天津卫市井街巷里的奇闻趣事。《俗世奇人》是旧天津文学的经典之作，冯骥才通过塑造经典的天津奇人形象，展现了具有浓厚的中国天津地域色彩的民俗风情，于此建立中华文化的身份认同感和读者的民族自豪感。

参考文献：

[1] 冯骥才：《我是冯骥才：冯骥才自白》，团结出版社，1996 年。

[2] 冯骥才：《俗世奇人》，作家出版社，2017 年。

[3] 冯骥才：《俗世奇人（贰）》，作家出版社，2017 年。

[4] 张丽军：《乡土中国现代性的文学想象》，上海三联书店，2009 年。

[5] 卢翎：《论冯骥才〈俗世奇人〉的文化与文体》，《小说评论》，2017 年第 6 期。

[6] 张瀚尹：《论冯骥才"津味"小说的文化思考》，《汉字文化》，2020 年第 8 期。

[7] 郭富春：《语境论的科学哲学研究纲领》，《哲学动态》，2008 年第 5 期。

[8] 祝昇慧：《从"非遗前"走"非遗后"时代的民间文化保护——冯骥才先生民间文化思想研究》，《民间文化论坛》，2012 年第 10 期。

冯骥才的文学及其国际影响

[英] 余德烁

英国巴斯大学中文专业主任、教授

一

英国教授蓝诗玲曾经写道："如果冯骥才获得诺贝尔文学奖，我想中国没有人会感到惊讶——他是中国的查尔斯·狄更斯，他的作品影响了至少四代人。"我觉得不但中国人不会惊讶，就连研究中国文化和文学的国际学者也都不会惊讶。

我们都知道冯骥才先生是著名的中国作家、画家和文化学者。他最初以其文学作品闻名，这些作品往往关注普通中国人的生活。2022年11月，我有幸参加了冯先生以"八十个春天"为主题的国际研讨会，来自世界各地的学者、作家、评论家们热烈地讨论了冯先生的作品及其对世界的影响。

冯骥才先生还是一位知名的画家和文化学者，被认为是中国当代最重要的文化人物之一。他出版了许多关于中国民间文化的书籍，最近几十年以来一直在为中国文化遗产保护积极地呼吁和奔走。中国教育学会副会长朱永新先生写道："冯骥才先生是中国文化的精卫，他不知疲倦地填中国文化和中国教育的'海'。"国际上也因为冯先生对中国乡村以及非物质文化遗产保护方面所做的工作对他有了更多的了解和尊敬。

此外，中国的中小学生基本上都听过冯骥才的名字，因为学生的语文课本里都有他的作品。冯骥才先生也经常出席国际文化交流活动并演讲，为中国文化在国际上的传播和交流做出了积极的贡献。值得一提的是，2022年冯先生被聘请为天津市人民对外友好协会名誉会长。

二

1967年，"文化大革命"期间冯骥才因家庭原因受到重大冲击，为了生计做过业务推销员、塑料印刷工，画过草帽和玻璃镜片，生活困顿艰辛。在紧随"文化大革命"后出现的"伤痕文学"和"反思文学"运动中冯骥才成为其中的一位重要人物。他早期的小说，特别是那些关于"文化大革命"的小说，可以说是带有艺术意识的伤痕文学。尽管与刘心武、卢新华的早期作品一样感伤，但它们展现了更高水平的艺术创新和更高层次的文学品位。

二十世纪八十年代起，冯骥才的小说因其对中国生活的生动描绘以及对与传统、文化和社会变革相关的主题的探索而受到赞誉，屡获殊荣，其中包括全国优秀中短篇小说奖、鲁迅文学奖。八十年代中后期，冯骥才的文学重心转向家乡天津的文化历史，他的故事开始融入神话。

三

1981年冯先生跟随中国作家代表团第一次访问英国。代表团只有三个人——他、翻译和老作家吴伯箫先生。这也是他第一次出国。

在中英文化协会的安排下，他们访问了好几所大学，包括牛津大学、剑桥大学等。冯骥才还跟一些诺贝尔文学奖得主当面交谈。英国之行给他留下了很深的印象，回国后立即写了两本书，一个是中篇小说《雾中人》；另一个是一本薄薄的旅行札记《雾里看伦敦》。冯先生在《西欧思想游记》这本书里面写道："红邮筒、红电话亭、红色双层大巴以及老式的黑色小车，被称作'三红一黑'，经久不灭地成了伦敦的标志。上次有人对我们说过这'三红一黑'，我说我们也有：红歌红语录红袖章，还有黑帮。历史对事物的选择一任自然，喜欢的留下，厌恶的抛弃，谁也无法勉强历史。"

1987年3月，冯先生应中比友协的邀请参加了第十九届布鲁塞尔国际图书博览会；同年6月，应邀去新加坡参加"第三届国际华文文艺营"，并担任"《联合早报》金狮奖"评委；8月，应邀赴加拿大访问。1988年，冯骥才率团去了奥地利、匈牙利、波兰等欧洲国家考察民间艺术。他跟欧洲的艺术家们交流，了解了欧洲的民间艺术现状和思考。

总的说来，1981年到2019年年底冯骥才访问了几十个国家。他出国参观时总是乐于跟当地的学者、作家和学生交谈。他们当中的很多人原来都不太了解中国的当代文学家和文学作品，是冯先生的访问让他们产生了了解中国当代文学的浓烈兴趣。

四

从二十世纪八十年代中期开始，冯骥才的文学作品就受到国际的关注，被翻译成多种语言在全球范围内发行。法国媒体二十世纪八十年代就发表了他的短篇小说《雪夜来客》。Elly Hagenaar用荷兰语翻译了他的作品。他的口述实录作品《一百个人的十年》被译成多种语言，两次被翻译成英语，其中一个英译本由 Christopher Smith 翻译。法译本书名是 *L'empire de l'absurde ou Dix ans de la vie de gens ordinaires*。"文化大革命"摧毁并伤害了一代又一代中国人，但大多数人对他们的个人经历保持沉默。冯先生在这本书的写作过程中进行了大量采访，收集了那个时期普通人的亲身经历，以叙述者的自我口吻，将那个年代的故事娓娓道来。每一段经历都让读者心痛、唏嘘、感慨不已，每一个人的苦难的命运都是给后世的警钟，每个声音都是独特而深刻的。冯老先生每篇文末的点睛之笔，都有助于引发读者的思考。这本书让西方读者了解了当时中国知识分子的困境和他们所面临的各种各样的问题，影响很大。说起来这并不是一本读来很轻松的书，太多的悲剧把读者压抑得快要窒息，但这是一本每个中国人和研究中国问题的外国专家都应该读的书。

1994 年冯骥才小说《三寸金莲》的英译本在美国出版（夏威夷大学出版社）。在这本书中，冯骥才选择将女性缠足作为探究中国过去并对现在发表评论的手段，以非常幽默的方式讲述了非常有趣的故事，深入揭示了已经被废弃的缠足世界。故事扣人心弦，生动地描写了经历缠足这一痛苦过程的女性以及让这一习俗继续流传下去的男性。故事中所有角色都经历了痛苦的折磨、权力斗争和个人挣扎。无论是从主角戈香莲还是最被动的角色身上，读者都能发现一个罕见的视角，这个视角揭示了中国历史中既令人厌恶又引人入胜、至今仍然受到赞誉和掩盖的面像。这本书给西方读者留下了深刻印象。许多西方人根本不知道中国的缠足。通过这本书，他们了解了中国古代和现代的文化、习俗。俄勒冈大学的温迪·拉尔森教授以及多位学者都高度赞赏这本书，认为它为美国人民理解中国文化和文明提供了新的视角。

冯先生《抒情》的法文版本、三年前《俗世奇人》（足本）的英文版本 *Faces in the Crowd*（Olivia Milburn 翻译）的影响也蛮大。后者是一部描绘天津十九世纪末至二十世纪初生活的短篇小说集。在那个时代，天津是一个处在历史转折点上的城市，传统与现代主义之间的矛盾不断升温。三十六个独特角色的故事就像是一幅幅拼贴画中的小图画，每一件小艺术品都有助于创造出一个生动的城市画面，一百年前的模样历历在目。它是对大都市历史的文学致敬，却感觉像与热情的本地人进行舒适的对话。他们渴望告诉你他们家乡的秘密、美丽和道地的笑话段子。通过这本书，很多西方人更好地了解了天津和它的历史文化。

我的恩师谭中先生于 2019 年 10 月在天津大学的一场国际会议上说："为了吸引更多的读者，好多诺贝尔文学奖得主的作品中可以看到一些脏的东西，但是冯先生的书里根本找不到什么脏东西。"Elizabeth Lindsay，Harcourt Brace Jovanovich，John Steinbeck，Nikolai Speshnev 等西方翻译学家都翻译过冯先生的作品。Nodot 和 Antoinette 等人翻译了冯先生的代表作《感谢生活》。《感谢生活》以瑰丽文采、珠玑妙语展现了文学之美，带领读者走入中国文学的世界。Nikolai Speshnev 把冯骥才的作品翻成俄文，对俄国文学的影响也很大。冯先生的很多文学作品还被翻成德文。通过他的书，德国人不但了解了中国的文学也了解了中国的历史和文化。

冯骥才的作品译本也获得了多项国际荣誉。例如《三寸金莲》被翻译成英、德、日、韩等多种语言，并获得了美国凯登翻译奖。因此，在国际文学界冯骥才被誉为中国当代文学的重要代表作家之一，他的作品也成了外国人了解中国文化和社会的一扇重要的窗口。

五

我还在考虑的一个问题是，虽然冯先生的作品在国际上产生了广泛的、深远的影响，但为什么没有更多的中国人获得诺贝尔文学奖呢？目前中国拥有世界最多的人口，中国古代文学的影响已经遍及人类文明，成就也是如此显著——从《论语》《孙子兵法》到唐诗宋词，再到《红楼梦》和《西游记》，这些作品让世界逐渐认识了中国的文化，也启发了许多西方的文人，但是当今世界却不怎么了解中国当代文化和文学。从1901年至今，一百一十九位诺贝尔文学奖获得者里面中国人数太少了——中国籍仅一人，采用中文写作的也只有两人。这其中有没有翻译的问题？

　　我觉得在这方面还是需要更多中国作家作品的优秀译者的参与和努力。我个人最近三年来用三种语言（英文、印地语和孟加拉文）翻译了冯老师的作品，这样可以让世界上几乎百分之三十的人能有机会阅读到冯骥才先生的大作。但是个人的努力远远不够，我们需要更多优秀的翻译家。冯骥才先生说过："我生心中的文学，是一种使命，是一种对生活和艺术的无上追求，也是一种又苦又甜的终身劳役。"让世界上更多的读者了解这位伟大作家的作品是我们的使命。

《单筒望远镜》的英译过程

[英] 米欧敏

香港大学中文学院教授

这篇论文的第一部分讨论了英译《单筒望远镜》时的一些问题，特别是将书名翻译成 *A Looking-Glass World* 的原因，以及将女主人公的名字，也就是那位法国情人莎娜，翻译成 Xénia 的名字的缘由。第二部分则探讨了义和团运动的历史背景，特别是 1897 至 1900 年间造成华北数百万人死亡的严重旱灾。在现当代西方话语的叙述中，华北饥荒及它在引发义和团运动中所起的作用一直被弱化，直到近三十年前，相关研究才得以被重视。[1] 因此，从这个角度进行解读对西方读者而言是陌生的，哪怕是已经阅读过许多过去一百二十年来与义和团和八国联军相关的书籍，或是看过相关电影的读者。本文最后指出，由人类活动造成的气候变化只会加剧未来的干旱和饥荒，所以《单筒望远镜》也代表着对人们争夺基础资源时可能发生的灾难性暴力的警告。

1　参照 Paul Cohen,History in Three Keys:The Boxers as Event, Experience,and Myth [M].Columbia:Columbia University Press,1997 年；以及柯文（杜续东译），《历史单调：作为事件、经历和神话的义和团》，社会科学文献出版社，2014 年。

《单筒望远镜》的书名被英译为 *A Looking-Glass World* 有两个原因。首先是事实层面的原因：当望远镜在十七世纪首次被发明时，它们被称为 "looking-glasses" 或者 "spyglasses"。因此，尽管用 "looking-glass" 这个词来形容望远镜有些旧式，但它准确地传达了"望远镜"的基本含义。当然，制造望远镜的技术中确实使用了镜子，这在英文中也称为 "looking-glasses"。此外，如此翻译书名的第二个原因，是对路易斯·卡罗（Lewis Carroll；本名查尔斯·道奇森 Charles Dodgson, 1832–1898）在十九世纪创作的经典小说《爱丽丝镜中奇遇记》（*Through the Looking-Glass, and What Alice Found There*）的影射。在该书中，爱丽丝穿过镜子，发现镜子背后是一个颠倒的奇幻世界。[1] 所以，将本书取名 *A Looking-Glass World* 是为了让读者做好把望远镜作为一种断连象征的准备：当通过望远镜看向天津老城时，欧阳觉看到的是一个他从小就熟知的地方，但莎娜看到的是一个充满异域风情且可以发生各种神奇事情的地方；当看向紫竹林的租界时，莎娜看到的是她生活在法国时的熟悉建筑，而欧阳觉看到的是一个全新且陌生的奇妙地方。[2] 他们两人都无法与对方进行充分沟通，甚至无法尝试去了解各自的背景差异——一切都令人感到眼花缭乱的陌生和兴奋不已的新奇。这种喜新异物的心理是他们相互吸引的主要原因。

　　由于莎娜的身份需要满足生于 1882 年左右（小说指明她在 1899 至 1900 年间年龄是十八岁），并且是一名年轻的法国精英女性的条

1　参照 Lewis Carroll,Through the Looking-Glass,and What Alice Found There [M].London: Macmillan,1872 年。该书被多次译为中文，参见吴钧陶《爱丽丝镜中奇遇记》，上海译文出版社，2003 年；以及陈丽芳，《爱丽丝镜中奇缘》，香港：精品出版有限公司，1999 年。

2　冯骥才：《单筒望远镜》，北京：人民文学出版社，2018 年，第 26–28，50–51 页。

件，因此翻译她的名字时也进行了一些考虑。[1] 将其最终译为 Xénia（谢妮亚）似乎是最好的选择，因为 Xénia 是同时期被俄罗斯皇室认可的非常流行的女孩名字。作为亚历山大三世（1845—1894）和丹麦的达格玛公主（玛丽亚·费奥多萝芙娜皇后，1847—1928）的大女儿，谢妮亚女大公（Grand Duchess Xénia,1875—1960）是第一位使用该名并使其产生重要文化影响的人，因此大约在同时期，许多上流社会的女孩都被取名为 Xénia。莎娜的父亲是一位注重国际关系和拥有海外生活经历的法国高级军官，她所属的家庭，该是会为她选择俄罗斯女大公名字的精英家庭。这个名字有助于提高莎娜这个角色的家庭背景在读者心中的重要地位，因为小说中的部分情节也依赖于她是来自一个有特权、受庇护的家庭的事实，加之她年纪尚小，可能她自己也并未设想未来会有任何不幸发生在她身上。

本文另一部分内容则是介绍这部小说的历史背景，但并不过多关注义和团本身，而是关注导致 1897 至 1900 年华北严重干旱的气候变化，也就是圣婴－南方振荡现象。这一时期造成数百万人死亡的华北饥荒，恰好作为一个经典案例验证了阿玛蒂亚·森在 1981 年的研究：《贫困与饥荒：论权力与剥夺》（*Poverty and Famines: An Essay on Entitlement and Deprivation*）。他认为，人类虽无法避免旱涝等自然灾害，但饥荒却是由掌控权势之人造成，这些人可以从他人的苦难中渔利。[2] 由于殖民列强可从中国各地大批农民身上赚取更多钱财，因此他们阻断了清政府为尝试解决饥荒而做的努力。《单筒望远镜》的背

1　冯骥才：《单筒望远镜》，人民文学出版社，2018 年，第 52 页。

2　参照 Amartya Sen. Poverty and Famines: An Essay on Entitlement and Deprivation [M]. Oxford:Oxford University Press,1981 年；以及阿马蒂亚·森（王宇、王文玉译），《贫困与饥荒：论权力与剥夺》，上海：商务印书馆，2004 年。

景聚焦于惨遭苦难和流离失所之人，他们在绝望之中最终加入义和团运动。对圣婴 – 南方振荡现象的研究表明，由于这类气候变化，华北常年遭受干旱。尽管如此，大规模的死亡和流离失所并不一定会出现，比如在清初时期，政府的相应措施就避免了此类惨况。[1] 但有意思的是，当时西方对义和团运动的叙述中，并未真正提到持续的饥荒。相反，英国和美国的英文出版物中更多关注的是基督徒为信仰而殉道的观念和现象。这种强烈的基督教影响，有可能是由于类似圣公会差会和伦敦传道会这样的宗教出版公司，印制了许多相关事件的早期记录所导致的结果。[2] 直到后来更多的通俗文本被出版后，这些影响才逐渐削弱。

现在，随着气候变化问题加剧对圣婴 – 南方振荡现象的影响，未来中国的旱涝灾害可能会更严重。同样，通过屏幕，此起彼伏的国际冲突也让人想到死亡与无家可归的人们。我们幻想着自己可能会成为拥有特权且能逃脱最坏结局的人。但是在小说中，欧阳觉意识到，他的处境从安全转变到生死攸关的时间极为迅速且毫无征兆。《单筒望远镜》的悲剧在于，因为一个人不了解周遭的情况，从而导致了更多人的死亡和痛苦。发生在 1900 庚子年的事件提醒人们，当灾难降临时，并非每个人都能幸免。

1　参照 Mike Davis，《维多利亚晚期的大屠杀：厄尔尼诺饥荒与第三世界的形成（Late Victorian Holocausts: El Niño Famines and the Making of the Third World）》[M]. London:Verso, 2002 年，第 187–198 页。

2　这些可以从 E.H. Edwards 的《山西省之火与剑：外国与中国基督徒殉难的故事（Fire and Sword in Shansi: The Story of the Martyrdom of Foreigners and Chinese Christians）》（1903）、Mary Bryson 的《基督教之十字架与王冠：中国烈士的故事（Cross and Crown: The Story of the Chinese Martyrs）》（1904），以及 Robert Forsyth 的《1900 年的中国烈士（The China Martyrs of 1900）》（1904）等研究中看到。

论冯骥才作品中的天津形象
——以《单筒望远镜》为中心

[俄] 科罗博娃

俄罗斯科学院中国与现代亚洲研究所高级研究员

众所周知，冯骥才不但是一位画家、文学家，他还多年从事文化遗产抢救工作。这些领域与民间文化、天津历史都有关系。

虽然冯先生作品的题目多种多样，但是他一直描写天津历史、天津日常生活、民间文化。作为他的创作重心，天津无疑是在冯骥才的创作中占有特殊的地位。很多中国文艺学家一谈到冯先生的作品，就用"浓厚的津味儿"或"地道的天津味"等词语。

这种"津味儿"以各种方法表达。当然，冯先生的小说（包括《神灯》《神鞭》《单筒望远镜》）跟天津历史有关系。因为 1860 年至 1945 年期间有九个国家在天津划定租界，所以当时天津又称九国租界。冯先生生在天津的法租界，在英租界长大，因此他常常反思外国租界与天津老城的对比。正如冯先生自己所写的："过去曾经有两个天津，一个是说天津话的天津，一个是不说天津话的天津。"[1] 谈到小说创作的过程时冯先生指出："天津一分为二，一半是老城，一半是各国租界。一半是地道又深厚的本土文化，一半是纯粹的西方文化，这

1　冯骥才：《冯骥才画天津》，上海文艺出版社，2000 年，第 15 页。

在世界恐怕也是独一无二。同一城市，两个世界……"我个人跟冯先生的看法相同：天津在许多方面是个独一无二的、历史不简单的城市。

《单筒望远镜》（2018）这部长篇小说是冯先生多年来对二十世纪中西文化碰撞的反思，也是对津门历史、民族心理思考的结晶。

有趣的是，他在2000年曾写道："评说一个地方，最好的位置是站在门槛上，一只脚踏在里边，一只脚踏在外边。倘若两只脚都在外边，隔着墙说三道四，难免信口胡说；倘若两只脚都在里边，往往身陷其中，既不能看到全貌，也不能道出个中的要害。用个现代词儿说，便是要有一个距离感。"[1]

《单筒望远镜》中可以发现这种态度：主人公欧阳觉与莎娜见面的小楼就在租界和老城之间，而两个窗洞面对着的是"两个全然不同的风景——一边是洋人的租界，一边是天津的老城"[2]。

其实，他们第一次见面时，决定逛娘娘宫之后，欧阳觉领莎娜爬上娘娘宫东北角的张仙阁："欧阳觉领莎娜到这里来，并不是为了看这些拉弓射天狗的神仙像，而是从阁楼上的窗口可以俯瞰大庙全景、庙前广场、戏楼、和整整一条宫南大街上熙熙攘攘的人流。再向远望，可以看到白河辽阔而动人的景象，以及紫竹林租界那边模模糊糊、有些奇特的远景。这叫莎娜兴奋极了。他和她凭窗而立。他指她看，告诉她，那个是开庙会时唱戏的戏台，那两根极其高大的旗杆曾是船上的桅杆，那边沿河一排排白花花的小丘是盐坨，再往东边就是她在天津居住的地方——紫竹林租界了。"[3]

而且，冯骥才在《单筒望远镜》中提到了天津的寺庙和租界的教堂。好像，最多提到的是天津最有名的、最重要的神庙——娘娘宫。

1　冯骥才：《冯骥才画天津》，上海文艺出版社，2000年，第12页。

2　冯骥才：《单筒望远镜》，人民文学出版社，2018年，第50页。

3　冯骥才：《单筒望远镜》，人民文学出版社，2018年，第26页。

比如，欧阳觉与莎娜第一次见面时，冯骥才这样描述娘娘宫："最叫莎娜兴高采烈的还是娘娘宫的大殿。神坛上那些神头鬼脸，个个都有来头，都法力通天，莎娜听得将信将疑。尤其眼光娘娘的神像周身画满了眼睛，叫莎娜惊讶地叫了起来。欧阳觉通过马老板告诉莎娜，这个女神能消除人们的眼疾。"[1] 换句话来说，作家描写外国人对老城庙的印象，也描写中国人对租界教堂的印象，比如他是这样描述法租界中建造最早的紫竹林教堂的："敦厚又峻拔，两边对称式的塔楼增添它的庄重与威严，一些狭窄而竖长的窗孔又使它蕴含一种深不可测的神秘感。"[2]

另外，特别有意思的是《单筒望远镜》中的天津人习俗与传统描写，比如，按照本地的古老的生育习俗，欧阳觉哥哥的妻子韦喜凤"拴娃娃"求子："天津的女人只要不生育就去娘娘宫'拴娃娃'。喜凤拉着姜妈陪着她跑到娘娘宫的大殿，趴下来给送子娘娘磕响头。依照'拴娃娃'的规矩，趁着娘娘不留神——其实娘娘是泥塑的，哪里会留神不留神——从娘娘宝座下边一堆三寸大小的泥娃娃中'偷'走一个，拿回家中，放在橱柜下边别人瞧不见的暗处。人说这娃娃就是天后娘娘赐的孩子。别看这娃娃是泥捏的，得要诚心待他，每天吃饭时都分出一点放在泥娃娃身前，也叫他有口吃的。"[3] 这对外国人来说是一种了解中国的方法。

从《单筒望远镜》中我们观察到儒家文化环境中接近理想的城市生活，可是这种生活随着战争的来临突然崩溃，双方都表现出极端的残酷。一个富裕、繁荣的城市变成了散落着腐烂尸体的废墟。单筒望远镜在这里成为，根据作者的说法，"文化对视的绝妙象征：世界是

1　冯骥才：《单筒望远镜》，人民文学出版社，2018 年，第 24 页。
2　冯骥才：《单筒望远镜》，人民文学出版社，2018 年，第 157 页。
3　冯骥才：《单筒望远镜》，人民文学出版社，2018 年，第 37 页。

单向的，文化是放大的，现实就在眼前，却遥远得不可思议"。

一开始小说慢慢展开，就像一幅描绘一个大城市的、带着很多小细节的国画卷轴，但以后小说的抑制情感的语气外，有一种即将到来的灾难的预感，悲伤的呼声越来越响亮。

在冯骥才的小说中，天津文化的影响体现在小说所选取的背景地点、题材选择、文化特色与语言风格。同样地，冯骥才的作品为天津文化做出了很大的贡献，丰富了天津文学的内涵。

读冯骥才文章 了解天津文化

[越南] 周海棠

越南翻译家、书法家

自从 2019 年 5 月"冯骥才记述文化五十年"研讨会后，直到现在的几年中，新冠肺炎疫情在全世界暴发。我们中的很多人一定经历过长时间的困难。所以，这番线上研讨会的举办确实是冯骥才文学艺术研究院的老师们很大的努力。可以参加这个研讨会我很高兴，虽然我们只是在线上相见。

2019 年研讨会结束后回国，我就着手翻译和介绍一些冯骥才的作品。首先，翻译《单筒望远镜》小说，并将其与以前三个小说：《三寸金莲》《神鞭》《阴阳八卦》共同取名为"怪世奇谈四部曲"而出版。2022 年 6 月也翻译出版了越译本《俗世奇人》，其译作受到越南读者的欢迎和很高评价。

通过阅读和翻译冯骥才的作品，我已经对天津人、天津文化了解了很多。可以说我是通过读冯骥才文章来了解天津文化的。

冯骥才的文章创作很丰富，从散文、随笔，到短、中、长篇小说，在哪一种类型中都可以见到天津地方的影子。在今天的研讨会上，请允许我通过冯骥才的两部"奇"书，即"怪世奇谈"和《俗世奇人》发表一些自己对这个题目的感受。

巴尔扎克说:"作家是时代的记录者,是时代的秘书。"每一个作品都离不开一定的空间和时间。另一种说法,每一个作家身上都带着地域性,而最有特点的就是文化因素。然而,怎么样记录,怎么样传达这个地域性文化,不是哪一个作家都可以做得好。在这个方面来说,冯骥才是一个真正的"天津学"家。

离北京仅一百公里左右,可天津的人生、文化又有很多的不同。通过两部带着浓郁天津风味的小说,冯骥才让我们看见这一点。在《俗世奇人》的序言中,他说:"天津卫本是水陆码头,居民五方杂处,性格迥然相异。然燕赵故地,血气刚烈;水咸土碱,风习强悍。"为了这个刚烈的血气,在冯骥才的作品中到处都能看见豪爽的、侠义的人物。从《神鞭》的傻二——一个很普通的卖炸豆腐的,见大混星子玻璃花拦会,他也知道"见义不为无勇也"这个道理,立即走出阻止。到《俗世奇人》,我们又看见更多这样的英雄豪侠:张大力、李金鳌、一阵风、燕子李三、弹弓杨等等。他们有不同的职业、不同的性格,可都是有本领又豪侠的,连手工艺人泥人张也不怕强权,甚至于飞贼燕子李三、混混刘道元也常常帮助贫苦的人民。

天津人也是有才能、看重才能的。《刷子李》的开头有这几句:"码头上的人,全是硬碰硬。手艺人靠的是手,手上就必得有绝活。有绝活的,吃荤,亮堂,站在大街中央;没能耐的,吃素,发蔫,靠边待着。这一套可不是谁家定的,它地地道道是码头上的一种活法……这一来也就练出不少能人来。各行各业,全有几个本领齐天的活神仙。刻砖刘、泥人张、风筝魏、机器王、刷子李等等。"在《俗世奇人》里,我们可以直接或者间接地遇见很多像泥人张、刷子李这样的人物。比如《白四爷说小说》中的白四爷,"蓝眼"中的黄三爷等都是些很有才能的人。正如冯骥才在《神鞭》中所写的一句:"三百六十行,天津卫嘛都讲玩绝的。不绝不服人,不绝人不服。即便鸡鸣狗盗之流，也照样有能人高人奇人。"

天津人也是很高傲、很自尊的。《黑头》中商大爷这样的平凡人物，或者《十三不靠》中汪无奇这种奇才都是这样。甚至旗杆子，一个再平庸不过的人物，也宁可饿死，不放弃其自尊。

不唯脾气秉性，天津人的语言、说法也是有其特征的。在冯骥才的文章里，很多处都能读到：天津人这样说的。比如《神鞭》里，玻璃花恶心攀上高枝的飞来凤，天津人就叫这是"添堵"。或者天津人吃鱼，吃完上面，把鱼翻过来吃下面时，绝不说"翻过来"，忌讳这个"翻"字，必定要说"划过来"。天津人不叫"骑车"而叫"蹬车"，不叫"糖葫芦"而叫"糖堆"。这些说法，在冯骥才的两部"奇"书里，我们常常可以遇见。在其写作之中，他也使用不少天津方言，比如：用"打"代"从"，用"赛"代"像"，用"号"代"员"等等。在我翻译《俗世奇人》的"蹬车"时，幸好越语也有相应蹬车、骑车两个词汇，我又发现越南普通的说法就是与天津这个"蹬车"相对应的词。

说到"糖堆"，我就要说到冯骥才文中的天津饮食文化。虽然冯骥才曾经说："天津人吃的玩的全不贵，吃得解馋玩得过瘾就行""天津人重实惠；人活世上，吃饱第一"。但他也说："天津是北方头号的水陆码头，什么好吃的都打这儿过……天下各种口味一概全有，好吃的东西五花八门。"所以，冯骥才提到的很多种像糖堆的小吃，比如：药糖（四十八样）、嘎巴菜（粒儿）、茶汤（好嘴杨巴）、狗不理包子、龙袍郑的面鱼等等，每一个都是很精心细致地制作的。

杨家茶汤是这样制作的：一般茶汤是把秫米面沏好后，先盛半碗秫米面，便洒上一次芝麻，再盛半碗秫米面，沏好后又洒一次芝麻。这样一直喝到见了碗底都有香味。芝麻不用整粒的，而是先使铁锅炒过，再拿擀面杖压碎。压碎了，里面的香味才能出来。芝麻必得炒得焦黄不糊，不黄不香，太糊便苦；压碎的芝麻粒还得粗细正好，太粗费嚼，太细也就没嚼头了。

狗子做狗不理包子也很用心，很用脑子：他晓得肉馅下边有油汁的妙处，"由此想到要是包子有油，更滑更香更入口更解馋，他便在包馅时放上一小块猪油。之外，还刻意在包子的模样上来点花活，皮捏得紧，褶捏得多，一圈十八褶，看上去像朵花"。

冯骥才提及的每一种小吃都是这样用心用力制作的。总而言之，正如粒儿说的：东西不贵，口味就更不能差。差了就等于骗人家钱。在每一个小吃的背后还都有一个离奇独特的故事。这也是天津饮食文化的特色。

从冯骥才的文章上我们还可以看见天津各行手工艺的才华和繁荣。泥人张、崔家炮，特别是杨柳青古镇的年画，每一个手工行业不但都很精巧，而且出卖绝活儿也不同凡响。

天津的海洋文化在冯骥才的笔下也历历地显露出来。其中最富特色的就是奉祀海神娘娘和各种相关的风俗。正如冯骥才在《跟会》所写的一句："天津临海，使船的人多，分外拿这位海神娘娘当回事。娘娘可以保佑出海的人平安无事。"特别是娘娘宫庙会，也叫皇会，在他的文章中更是少不了的。"年年三月二十三日娘娘生日，天津人必办娘娘会，一连几日给娘娘烧香叩头，还要把娘娘的雕像从庙里抬出来，满城巡游，散福万家。城里城外上百道花会，全要上街一展才艺，各逞其能，亮出绝活，死卖力气，以示庆贺。一时，商家歇市，万人空巷，争相观赏，举城欢庆。"

《神鞭》的开篇就是皇会的光景。《阴阳八卦》第十二回"糊涂八爷"也有娘娘宫皇会的故事。在《俗世奇人》的《跟会》《告县官》等篇目中，冯骥才更是把皇会的壮观景象描述得仔仔细细：皇会的历程，皇会的各种花会怎么多，怎么华丽，怎么热闹……他说："倘若家住天津，没看过皇会，那就是白活了。"特别是，他已经把这个"皇会"的来历说了个清楚："所谓皇会，是因为乾隆皇帝下江南，路过天津，正赶上娘娘庙出会，看得高兴，赐给各道老会黄马褂、金项圈和两面龙旗。小百姓哪受过皇上的赏赐，一受宠就来了劲儿，从此把花会改称为'皇会'。"

在《单筒望远镜》里，娘娘宫也占有一个很重要的位置。它好像是老城的代表，跟紫竹林租界的小白楼对比的。娘娘宫正是欧阳觉和莎娜第一次见面同游的地点。娘娘宫里的光景也被冯骥才用心地描写：神坛上那些神头鬼脸，个个都有来头，都法力通天……眼光娘娘的神像周身画满了眼睛；娘娘宫东北角的张仙阁，保佑婴孩的张仙爷……拉弓射天狗。特别是冯骥才还说到一个天津风俗：天津的女人只要不生育就去娘娘宫"拴娃娃"。依照"拴娃娃"的规矩，趁着娘娘不留神从娘娘宝座下边一堆三寸大小的泥娃娃中"偷"走一个，拿回家中，放在橱柜下边别人瞧不见的暗处。每天吃饭时都分出一点放在泥娃娃身前，叫他吃。如果一年怀不上，转年还要到娘娘宫再去烧香磕头，再求娘娘。这泥娃娃也必须带上，还要送到娃娃店里用水化成泥，重塑一个。重塑的娃娃一准大一点，过了一年的娃娃也长了一岁，个子也应该要再大一点。如果哪一天自己真的怀上身孕，生下孩子，这泥娃娃不用送还庙里，改称"娃娃哥哥"，放在家中一直供下去。因为他是娘娘派来送子送福永久保平安的。

天津的历史故事、都市面貌也可以通过冯骥才的文章而有所了解。从天津租界和老城的光景，到义和团、红灯照抵抗洋人的庚子事变，他都多次细致地描述。要是说《神鞭》里有关义和团的故事还不多，那到了《单筒望远镜》就可以说一半的内容是跟义和团的各种故事、各种知识有关。而欧阳觉正是这场矛盾、这场战争的证人和受难者（在此，我不提及冯先生别的作品，如《义和拳》等）。

冯骥才也给读者讲了很多天津各种遗迹、景点背后的历史故事。皇姑庵的来历和故事如何？毛贾伙巷的来历和故事如何？请你读冯骥才《俗世奇人》的《粒儿》和《毛贾二人》就有答案。

　　杨柳青古镇有一个参观景点，是"石家大院"。2019 年来天津时候，我去参观过。可当时还不知道，在那个大院里，石士元曾经立起一个义和团的假团，以骗义和团乾字团的刘十九的故事。后来，在翻译《单筒望远镜》过程中才读到这个信息。要是在参观石家大院之前，已经知道这个故事，那一定平添了很多趣味。我劝大家，要是你将到天津旅游，请先读冯骥才的作品，这样你对天津的感受才可以说是十全十美的。

　　总的来说，冯骥才的文章给今天的读者，特别是外地的、外国的读者带来一个关于天津的地方、人民和文化的丰富了解。冯骥才不只是像巴尔扎克所说的"时代记录者""时代秘书"，而且还是天津文化的记录者。我还认为冯骥才是一个真正的天津学家。想了解这个港市的文化，请你阅读他的记录、他的充满天津风味的文章。

《单筒望远镜》中的老天津与爱情主题有感

[埃及]梅
作家、翻译家

文学就是知识的大海，给我们希望的蜡烛，安慰我们的恐惧的温暖的手，使我们的思想开明，让我们了解自己内心。有时候我们能了解人生的一些事情因为我们读过文学。

文学是在最黑暗的日子里引领我们前行的光明，因为文学让我们知道无论我们现在的日子多么难，这些日子"终"有一天能够结束。

通过中国文学我认识了很多人，去过很多地方。天津是文学带我去过的地方之一，我很喜欢它，不仅因为它有不同的滋味和气氛，而且因为我相信相关的回忆和经验会将我们与某个地方永远连在一起。当我说到天津时，不能不提到冯骥才老师的文学作品，因为每一次阅读，都在我心中留有很深刻的印象和感觉。我最近读了《单筒望远镜》，这是冯老师很了不起的一部小说，除了写作方式的完美之外，我接触到冯老师创造小说情节、人物的能力，以及选择小说时代和地方的才能。《单筒望远镜》又一次带我来到天津，但是这次我见到的是历史中的天津，百年之前的天津。小说让我们享受那个时代天津的很多地方、风景、风俗、生活景象、政治状况以及中国的传统文化。特别是让我们知道了什么叫"义和团运动"，给我们深刻了解中国历史的重要部分的机会。

我觉得《单筒望远镜》是天津的一幅美丽图画。我之前读过冯老师写的文章，里面这样形容天津："天津一分为二，一半是老城，一半是各国租界。一半是地道又深厚的本土文化，一半是纯粹的西方文化，这在世界恐怕也是独一无二。"读完这篇小说，这句话触及了我的心灵。

我觉得小说的开头很重要，如果开头没触及读者的心灵，会影响他们对书的印象，甚至有时候使他们放弃继续阅读。我认为冯老师很善于写吸引读者的开头和作品。《单筒望远镜》的开头描述在天津的一座奇异的老房子。冯老师细致的描述使我感觉到我在眼前看见了这个地方，好像还闻到了老槐树的浓郁香气。当我期待了解这房子的故事时，我不知不觉地走进了历史，然后我遇到了这句话："有人说在前朝大明时候就有了，也有人说是清初时一个盐商盖起来的。历史的来头总是没人能说清。"

冯老师不但给我们写历史小说，还使我们了解了丰富的文化知识，比如说浙江的很多商人是书香门第，江苏喜好笔墨丹青，到处是诗人画家，天津的女人只要不生育就去娘娘宫"拴娃娃"等等。

除了以美丽的文字描述地方和人物的特点和面貌，作品中还有来自不同文化的人的性格的区别和差异。通过《单筒望远镜》，我们才有机会游天津卫的老街和老地方，例如估衣街、天津第一神庙娘娘宫、天津东门、宫南大街、租界，甚至我好像穿过了欧阳家的纸店。

冯老师用有趣味的语言给我们讲述历史，让我们看爱国人民对外来者占领的反抗，这启发我去思索关于这个时代的历史知识和背景。

《单筒望远镜》是一部完美的小说，给了我思考的空间。其实我觉得小说并不只是给我们讲了中国男人和西方女人的无边际的爱情故事，更是对祖国的伟大的爱情。我们从中可以考虑很多事情，看见人类的心理矛盾，看清楚人有时候竟然无法了解自己。

欧阳觉这个人物总是让人产生复杂的感觉，有时令人同情，有时又让人生气，有时候让我们觉得他是坏人，有时候我们会理解他的心情。我们通过对他产生的心理反应，可以意识到人类的内心和心理是多么复杂的东西。

《单筒望远镜》不仅是一部很有意思的小说，而且是一部让我们更加深入地了解天津历史和当时社会形态的作品。我们可以从中看到中西文化的差异。我觉得冯老师的作品很有特点，其作品蕴含了中国历史与文化，很好地体现了"中国风"。我想进一步把《单筒望远镜》翻译成阿拉伯语。我相信在翻译的过程中，我将学会更多新的知识，继续发现小说中的很多迷人的细节。

文化遗产

论天津大学非物质文化遗产学
学制创立的深远意义

向云驹

中国文艺评论家协会副主席、中国文学艺术基金会副理事长兼秘书长、教授

2021年10月26日，国务院学位委员会下达通知，批准2020年学位授权自主审核单位增列学位授权点名单。其中，天津大学获批全国首个非物质文化遗产学交叉学科硕士学位授权点（学位点代码99F1）。这是我国首个正式获得批准的交叉学科门类下的一级学科非物质文化遗产学及其硕士学位授权点，标志着非物质文化遗产学在天津大学获得学制创立，也标志着非物质文化遗产学正式进入我国教育体制和学科体系。这一标志性事件，不仅对于中国非物质文化遗产保护事业具有里程碑意义，对于整个世界人类非物质文化遗产保护运动也是一个标志性和标杆性创举。在天津大学为适应非物质文化遗产学创制而紧锣密鼓地启动系列非物质文化遗产学教材教程的时候，2022年，国务院学位委员会下发《博士、硕士学位授予和人才培养学科专业目录》，在艺术学科门类下的艺术学理论类中首次新设非物质文化遗产保护二级学科的大学本科教学目录。全国各类和各地高等院校已经开设的非物质文化遗产专业教学探索和实践因此获得学科身份。由此可见，天津大学非物质文化遗产学制创立不仅是天津大学校史彪炳史册的新篇章，它也推进和开启了中国非物质文化遗产学崭新的教育

历史进程。

一、天津大学"非遗学"教育的学术自觉和学科先觉

俗话说"冰冻三尺非一日之寒"。想当初,"艺术学"(或"艺术")从高等教育体制中分散的各种一级二级学科终于跻身"门类学科",从学术界提出学科设想经历了半个多世纪,从正式冲刺当代教育学科体制,也在数代学人和艺术教育界人士的努力下耗时二十余年方得实现。"非物质文化遗产学"的提出和教育创制,同样经历了长期的探索和艰辛的努力,其中,天津大学和冯骥才的贡献有目共睹,也功不可没。冯骥才先生是我国第一个提出"非物质文化遗产学"创设的人。本世纪初始,联合国教科文组织在全球启动"人类口头和非物质遗产代表作名录"(后来在内容、对象、范畴不变的情况下,名录名称调整为"人类非物质文化遗产代表作名录"),中国先于此名录且同步推进的相似文化运动是由时任中国民间文艺家协会主席的冯骥才亲自设计和主持的"中国民间文化遗产抢救工程"(国家社科基金特别委托项目)。国际、国内这两个文化工程,在文化内涵和文化对象上高度一致或者说文化出发点完全相同,因此,二者的文化理念、概念从一开始就在中国出现交叉、互换、重叠、同义的现象。这也是中国民间文艺家协会从一开始就是我国非物质文化遗产保护的重要推动者、参与者和"非物质文化遗产"概念、学理的释读者和知识普及者的原因。早在二十世纪八十年代,中国民间文艺家协会就与联合国教科文组织"人类口头和非物质遗产代表作名录"出台中的首个重要国际文献《保护民间创作建议案》进行过学术和学理的对接,将此一运动的前期工作带入中国。秉持这一学术渊源和文化联系,当联合国教科文组织 2001 年公布第一批世界非遗名录时,冯骥才主席便率领

中国民间文艺家协会的学术队伍把中国民间文化遗产抢救工程与非物质文化遗产保护紧密联系在一起，打通二者的关联，一体推进非物质文化遗产的抢救和保护。2003 年，中国民间文艺家协会首次为全国各地的本会会员设立了两期非物质文化遗产保护研究生课程班。我当时为学员们在全国首次讲授了"非物质文化遗产概论"课程。在这个授课基础上，我又很快写出了三十万字的我国第一部系统的、理论的非遗专著《人类口头和非物质遗产》，2004 年这本著作出版。冯骥才先生为本人此一拙著写了一篇现在看来非常重要的序言。正是在这篇序中，他在全世界刚刚启动非物质文化遗产保护之际，在多数中国人还对非物质文化遗产无比陌生之时，第一个也是第一次提出了"非物质文化遗产学"的判断和预见。他的这篇序写出后就以《平地筑起的大厦》为篇名在 2005 年 2 月 22 日《人民日报》上公开发表，产生了巨大的影响，为今天的"非物质文化遗产学"留下了第一个学术痕迹。后来的事实证明了他的预言。拙著出版不久后，曾得到联合国教科文组织有关官员的信息反馈：这是全世界第一部非物质文化遗产学术专著。冯骥才在为本人此一拙著所作的序言里说："在这本洋洋三十万字的书中，他不仅精确地表述这一概念的由来和涵盖的范畴，更重要的是他将这一特定的国际话语切入我国民间文化，进行全方位的重新梳理，以及学术的分类，学理的界定，并进而逻辑化和系统化。一边从形态学上将中华大地上千头万绪、活生生的文化形态做出清晰又严谨的规范；一边又升华到原理论上，构建出非物质文化遗产的理论体系。……是一部为非物质文化遗产立论的大书。应该说，国际文化界还没有这样一本著作。……这部书的意义非凡。从学科理论的创建上说，这是平地起楼。而向云驹筑起的是一座前所未有的高楼大厦。……其本身已具有'文化遗产学'的骨架与气象了。它涉猎广阔，逻辑清晰，结构严谨，体系完整；其中一些篇章，雄厚、深刻、沉甸甸。应该说，它为我们'文化遗产学'的建立提供了一种可信的依靠。它是我国文化界和理论界的一个新成果和新贡献。"[1] 老实说，我自己作这一著述时，虽然也抱有极大的学术雄心，力图为这一新型文化遗产做出与之适应的理论概括，但也还是不敢有建构"非遗学"的奢望。现在看来，冯骥才先生在这里提到了"为非物质文化遗产立论"、两次提及"（非物质）文化遗产学"，除了因为他已经担任文化部（现文化和旅游部）组建的国家非物质文化遗产保护专家委员会主任，有其宏观考量外，也与他对天津大学人文教育和非物质文化遗产学设立与教学发展的思考有关系。因为这时他已经受聘于天津大学，同时开始招收硕士研究生（包含文学研究、民间美术研究、非物质文化遗产研究三个方向）。2005年天津大学冯骥才文学艺术研究院建筑落成典礼，学院的研究和教学开始全面正式运行。这是他站在天津大学的角度，对非物质文化遗产学的敏锐感知。从那时起我就成为学院的特聘教授。2008年，在已有的文学研究、民间美术研究、非物质文化遗产研究的硕士研究生培养基础上，冯骥才首次招收非物质文化遗产研究的博士生（学科归属挂靠天津大学建筑学科目下），我为他的博士生开讲了非物质文化遗产学博士课程。后来我又在博士授课基础上结集在中华书局出版了《非物质文化遗产博士课程录》（2013年），这也是国内首部非物质文化遗产学博士教程。冯骥才先生再次为此一拙著写序。他在序言中描述了非遗理论和"非遗学"的崛起现象，辨析了"非遗学"的独特性、必要性和"当务之急"，回顾了天津大学冯骥才文学艺术研究院开展"非遗学"教学的历程和努力。他说："谁料他竟为我——也为当今培养非遗的学子'制定'出一件最

1　向云驹：《人类口头和非物质遗产》，宁夏人民出版社，2004年，第
2-3页。又见《人民日报》2005年2月22日。

急需的学术器具——就是这本《非物质文化遗产学博士课程录》。"最后他再一次阐述了心目中理想的非物质文化遗产学的建构理想："这部针对博士生教学的著作，从哲学、美学、方法论、本体论几个方面与角度对非遗加以深入的理论阐述与拓展，追究其学理与本质，此中诸多方面极有创见，而且逻辑紧凑，相互关联，已然构型一部遗产学的深层框架。我看得出，这既是他多年担任博导授课的总结与深化，更是理论上向前迈出的重大一步。可以预见一部真正具有学术价值的非物质文化遗产学指日可待。"[1] 这篇序言也以文章的形式发表于2013年7月20日的《光明日报》，广泛地传播了他建构"非遗学"的思想。

所以，我可以肯定地说，冯骥才和他所在的天津大学是我国非物质文化遗产学最早的探索者、实践者、倡导者和学术自觉和学科先觉者。

二、天津大学"非遗学"的独到创制实践和教育经验

"非遗学"进入大学教育，是一个全新的事物。非物质文化遗产及其保护事业本身就是一个崭新的人类文化发展现象和方向。非物质文化遗产学不仅要遵循一般学科建设的规律、方法和路径，也要符合非物质文化遗产独特的文化特色和个性。"非物质文化遗产"概念于本世纪初进入中国后，众多的高等院校和科研院所深入进入非物质文化遗产学的理论创建和教育实践，其中不乏享誉海内外的我国著名高校。但是它们大多都是传统的教育模式、教育体制和教育机制，在适

1　向云驹：《非物质文化遗产学博士课程录》，中华书局，2013年，第
　　1-3页。又见《光明日报》2013年7月20日。

宜非物质文化遗产这个特殊对象上，普遍缺少文化适应性。在这方面，天津大学充分发挥冯骥才的独特作用，放手让他跳出窠臼，使冯骥才文学艺术研究院在"非遗学"教学模式上开辟了一个全新的模式，在全国高等院校中独树一帜。

1. 非遗博物馆与图书馆的配套设施

天津大学冯骥才文学艺术研究院建筑设计之初，冯骥才就参与其中，并且提出了他的设计思想：天人合一、古今合一、中西合一。这座大楼最终很好地实现了冯骥才先生的文化理念，为他的非遗学教育建构了一个理想的文化空间。非物质文化遗产的经典形式，在这里被置入文化遗产的整体性中得到比较和并置的呈现；非物质文化遗产的物质性、活态性、经典性、非物质性、文本性、数字化、影像化的形式得以呈现。这是一个博物馆化的非物质文化遗产空间，成为学习"非遗学"的"第二课堂"。这就是研究院里的"跳龙门乡土艺术博物馆"。馆中辟出不同的厅、室，精心设置、陈列了"雕塑厅""年画剪纸厅""花样生活厅""民间画工厅""蓝印花布厅""木版活字厅""百花厅"，展出的均系冯骥才的文物收藏和非遗专题精品、代表作品的收藏，藏品总计达到数万件，其中的年画、蓝印花布、活字雕版、泥塑及玩具，都是非物质文化遗产代表性项目。这种文化环境，极其便利于学习与研究。这些藏品本身大多是研究的对象和研究的成果，可以说是非遗博物馆保护、展陈和博物馆化的成功案例，当然也是"非遗学"必不可少的重要的教学资源。

天津大学冯骥才文学艺术研究院还专辟有研究院图书馆——"大树书屋"。收藏国内外文化艺术图书十数万册，其中，非物质文化遗产类图书占有相当的比重。内设年画资料室（含年画数据库和数字化成果），在全国美术院校中也是独此一份。"大树书屋"的非物质文化遗产类图书也有不可替代性：一些大型图书巨制如《中国木版年画集成》《中国唐卡艺术集成》《中国剪纸集成》《羌族口头遗产集成》《中国民间文学大系》等等，动则十数卷、数十卷，且大多是举全国民间文化学界之力，耗时十数年、数十年才获得的成果，冯骥才是所有这些巨制的名副其实的主编，是所有这些图书从普查、记录到编纂、出版的设计者、组织者；一些图书来自全国各地的民间文艺图书，是他走遍全国与基层万余民间文艺工作者互动交流的见证；他在中国民间文艺家协会任主席十五年，是主编各类民间文艺图书最多的一位主席。这样的经历形成了"大树书屋"的一个侧面，为"非遗学"创造了良好的发展条件。

2．非遗展览展演活动丰富多彩、一举多得

冯骥才文学艺术研究院还有包括"北洋美术馆""大树画馆"在内的若干公共空间和展览空间，这些空间得到充分利用。非物质文化遗产保护的一个独特现象是在地化和地域性。就是说它的存续和保护的首要原则是在地性。天津大学"非遗学"教育实践的一个重要亮点是利用这些空间对天津非物质文化遗产进行抢救、保护、研究、展示、展演，使本土的非物质文化遗产进课堂、进校园、进社会、进公众、进生活。2007年举办"滑县木版年画普查成果展"，是对研究院师生发现并首次系统性专业性记录的一个年画新品种、新产地的成果展示，显示天津大学"非遗学"的专业水平。2008年举办"'拥抱母亲河'：郑云峰摄影艺术展"，举办"消逝的花样——进宝斋伊德元剪纸展"。2009年举办"以画过年·天津年画史展"，首次全面展示天津年画发展的历史全貌和全过程，擦亮了天津文化的一面重要招牌。2009年举办"中国木版年画在俄罗斯图片展"，揭开民间年画世界影响的神秘面纱。2010年举办"北洋文化节"，主题为"把国家非物质

文化遗产请进校园"，从全国请来二十一位非遗杰出传承人展示技艺并现场互动，数十种非遗作品集中展览或现场表演，令莘莘学子大开眼界。2011年举办"'硕果如花'2001—2011中国木版年画普查成果展"，其规模之大史无前例，轰动全国。2012年，由中华人民共和国文化部、国务院参事室、全国政协文史和学习委员会、民进中央、中国文联、中国作协、天津大学、中国美术家协会、中国民间文艺家协会、北京画院在北京联合举办"四驾马车·冯骥才的艺术人生"大型展览。"四驾马车"指冯先生在文学创作、绘画艺术、文化遗产保护、教育四个领域的杰出贡献。他的"非遗学"教学、科研和博硕士培养成果首次亮相北京并举世瞩目，展览规格之高、影响之巨，当世罕见。2013年举办"天津皇会文化展"，把天津又一享誉全国的非物质文化遗产代表作隆重请进校园，展示了天津民间文化的博大精深和精湛技艺，不仅使校园师生也使整个天津市民为之震惊。2015年举办"'十年磨一剑'成果展"和"馆藏中国木版年画珍品展"，海内外学界、知识界、教育界、文化界、艺术界名流云集，赞誉有加、盛况空前。2016年举办"年画新力量：中国木版年画传承人新生代作品展"，展现木版年画当代传承的新态势。2019年举办"大宋村——一个将要消失的古村落"展览，强调传统村落保护的紧迫性和重要性问题，举办"亲近·体验·热爱——我们为什么要过遗产日"主题活动。2020年五四青年节中央电视台向全国青年以"天津大学：宝藏大学 硬核文艺"为题，直播研究院的博物馆及系列展厅。

所有这些紧扣"非遗学"学科发展、学术成长的展览、演示和活动，视野上有国际性、全国性、天津性，内容上有学术性、重点性、延续性，形式上有丰富性、生动性、艺术性，既能丰富全校师生校园文化生活，又是国际国内文化交流，还是非遗研究和非遗学博硕士研究生培养不可或缺的教学实践和体验。在这个过程中还对天津非物质文化遗产在地性保护做出了巨大的贡献。这一点又是世界各国非遗传承、发展、保护中"教育性功能"最普遍的原则和经验。

3．构建深厚人文底蕴，支撑"非遗学"的学术思想境界

"非遗学"的起点是世界性的文化遗产精神和人类文明的精神胸怀。没有厚重沉实的人文精神，就没有深刻的"非遗学"理论和学术创新能力与动力。处于初创和探索时期的"非遗学"，尤其是如此。天津大学的"非遗学"初创阶段，冯骥才先生高瞻远瞩、深谋远虑的一个重要方面就是置"非遗学"教育教学于一个深厚的人文景观、人文环境、人文精神之中。这是独树一帜、独领风骚的教育创新，也是最终促成"非遗学"落地天津大学的一只无形的推手。

我们看看冯骥才文学艺术研究院的这份文化履历：

2006年举办"意大利绘画巨匠原作展"，这是达·芬奇、米开朗基罗、拉斐尔、提香、丢勒等的原作首次走进中国大学，不仅惊艳天津大学，也轰动津京两城，十六天里，观众云集。同年还举办了"丝绸之路上的敦煌艺术展"，把敦煌艺术搬进了校园，还请来了樊锦诗为师生做讲解敦煌的报告。2007年举办当代画坛大家宋雨桂访友画展；举办"人文精神与大学教育国际学术研讨会"，出版会议文集《教育的灵魂》，将当时文学界和思想文化界最热门的话题与教育问题相结合，大大推进了人文精神赋能大学教育的深刻内涵。2008年参与汶川地震抗震救灾中，召开系列专家会议商讨对策，赴灾区考察调查慰问，提议灾后重建时设置地震博物馆、向国务院领导上报灾后重建建议书并被采纳，冯骥才先生当年获中共中央、国务院、中央军委颁发"全国抗震救灾模范"称号。2009年开展"中俄文学交流计划"，举办俄罗斯文学在中国中文译本展，首次系统展示俄、苏文学在中国被翻译的历史全景，展出了百余年来数百种俄、苏文学经典的翻译史

盛况，中俄两国文学界、翻译界专家举行研讨，盛况空前。2013年举办"当代社会中国的传统生活"国际学术研讨会，中外学者共同讨论传统生活与社会发展的时代性课题。2015年，举办"水墨诗文·冯骥才文学绘画作品展"，举办徐志摩铜像落成仪式，举办"志摩回到母校"诗歌朗诵会，向社会各界宣示徐志摩的诗歌精神重回天津大学。2017年，除了中国获诺贝尔文学奖得主莫言多次参与天津大学文化盛事外，再次举办"科学与艺术·双翼齐飞——中西大师跨界的对话"，冯骥才与诺贝尔化学奖得主弗雷泽爵士就科学与艺术关系进行深入探讨。举办"为未来记录历史——冯骥才文学与文化遗产保护国际研讨会"。2018年举办"冯骥才非虚构文学研讨会"，在天津大学开设"大树讲坛"。

从冯骥才举办自己定名的"四驾马车"展览来看，文学、绘画、遗产保护、大学教育，就不仅是指他一生涉足了四个领域和在这四个领域取得的无人可及的成就，也实际地揭示着这四个领域之间的关联和关系。它们不仅是一种交叉关系，广泛外延着文学学、艺术学、遗产学、教育学和相关的哲学、社会学、美学、历史学、民俗学、人类学、艺术史、博物馆学、计算机、建筑学、设计学、影像技术、数字技术、城市规划、园林设计等相关学科，还与这些广泛、丰富、多样的学科与知识构成互文关系、互动关系，具有深刻而内在的互为学术支撑、互为学术视野的关联。冯骥才的美术学习始于自幼开始的习画经历，他的遗产保护活动起步于他二十一岁时的系统而专业的天津民艺调查及处女著述《天津砖刻艺术》，其文学创作始于"文革"时期的习作和二十世纪七十年代末的长篇小说出版，大学教育先是其文学作品经典篇什进入小学、中学、大学，然后是正式入驻天津大学主持冯骥才文学艺术研究院。如果进行一个内部比较研究（他的自我领域），他的这四个领域其实是一直在互动和互相影响，既分也合，时分时合，合久必分，分久必合，它们一直在互相成就。如果进行一下冯骥才非物质文化遗产学的教育实践的比较研究（天津大学的非遗学教育范式史），则更加可见多学科的交叉性、互动性和交叉学科互相成就，彰显了非遗学"独步天下"的创制性和创新性。当然，这也可以说是一个文化巨匠的个人经历、知识、学问、才华、智慧、眼界、视野、境界，延展和升华为一门学科形成和创制的过程。天津大学在整合本校自然、人文、理工、建筑、外语、思政等学科形成交叉学科平台，构建非物质文化遗产学一级学科的可能性和可行性也都由此奠基而来。

三、天津大学在非遗学学制设立上的突出特点与重大贡献

在天津大学冯骥才文学艺术研究院近二十年的非物质文化遗产学教学实践和人才培养模式探索中，创造和积累了丰富的学科创设、建设、丰富和完善的教育学经验，为推动非物质文化遗产学立论立学、创制建制探索出了可行的路径。

1. 站在国际国内非物质文化遗产学术高点上对重大问题"解疑释惑"

①抓住民间文化的"龙头"。对民艺、民间美术、民间木版年画的长期和深入的关注、研究是冯骥才个人也是研究院学术团队的重要方向。这个学术方向和遗产对象也是世界非物质文化遗产中内容最丰富、形式最多样、分布最广泛的遗产样式。民艺和民间美术的庞杂、混沌、巨量，曾经长期困扰学术界，具体表现就是缺乏分类、没有分类、无从分类。研究院从多个学术角度对此挑战进行回应、化解、突围。一是举办高端学术研讨会。2005年将中国民间美术分类列为天

津大学 985 工程项目，邀请国内本领域最著名的一批专家学者就民间美术分类问题进行全国性首次性研讨，结集出版了《鉴别草根·中国民间美术分类研究》。二是集中开展学术攻关。2007 年成立中国木版年画研究中心，参与了中国木版年画集成工程，独立发现并调查河南省滑县年画，出版《中国木版年画集成·滑县卷》。针对年画在文化和艺术上的独特历史地位，冯骥才提出了"年画是中国民间文化艺术的龙头"，提出应该建立一门"中国年画学"的学术设想。研究院为此于 2011 年创办了《年画研究》集刊，出版《年画的价值·中国木版年画国际论坛论文集》等，申报并完成国家社科基金重大项目"中国木版年画数据库建设"。三是推动年画研究走向世界。举办中国木版年画海外巡展，在意大利罗马和法国等开展年画展览和学术交流。承担中国木版年画申请联合国教科文组织"人类非物质文化遗产代表作名录"的申报书和影像片编制工作，全面熟悉和掌握其规则、流程。天津大学已经成为中国木版年画研究最权威、最有影响力的学术重镇。

②破解"另类性"难题。中国传统村落的全国性保护，可以说冯骥才的贡献无人可以替代。他主持召开古村落国际论坛，把被中国乃至世界都严重忽略了的传统村落保护问题推向国际社会，发布影响深远的《西塘宣言》；他提出传统村落是物质文化遗产和非物质文化遗产的合体，其遗产的另类特质应该在国际遗产保护体系中另立一类；他担纲住房和城乡建设部、文化和旅游部、国家文物局、财政部四部委联合实施的中国传统村落保护专家委员会主任，目前，我国已连续公布五批国家级传统村落 6819 个。2014 年，研究院实施"中国传统村落立档调查项目"，制作专项田野手册，供全国普查使用。2016 年在浙江和河北分别举办"中国传统村落保护国际高峰论坛"，举办"中国传统村落立档范本摄影展"，出版《中国传统村落名录图

典》《20 个古村落的家底》《中国传统村落立档调查范本》《中国传统村落立档调查田野手册》。2019 年举办"乡关何处·传统村落'空心化'问题及其对策"国际学术研讨会，直面现实问题，以学术服务社会发展。2020 年承担并完成住房和城乡建设部中国传统村落数字博物馆建设专项课题"传统村落信息化建设规范研究——中国传统村落遗产档案的制作规范研究"。2021 年在浙江举办"中国传统村落科学保护——《西塘宣言》发表十五周年国际学术研讨会"并出版论文集。

③抓住非物质文化遗产保护的"牛鼻子"。创造非物质文化遗产保护的"独门绝技"——传承人口述史。非物质文化遗产是以人为主体、载体、活体的活态文化遗产，它靠人们的口耳相传、心手相授而"人传人"，即人际传播、代际传承。"传承人"是非物质文化遗产的核心。冯骥才先生首次在全国和全世界开启了"民间文化杰出传承人"调查认定的国家社科基金特别委托项目，率先提出了"传承人"概念。2007 年，根据自己所做文学口述史的成功经验，冯骥才提出了非物质文化遗产保护中"传承人口述史"的重要性和紧迫性。2009 年在研究院举办中日韩三国"田野的经验——中、日、韩非物质文化遗产保护方法论坛"，联合发表"田野调查宣言"，论文结集出版为《田野的经验》。此后，用非遗传承人展示非遗技艺成为独具特色的校园文化传统。对杨柳青南乡三十六村年画进行"临终抢救"，紧急开展记录和传承人口述史工作，组织开展对全国二十余年画产地年画艺人的口述史调查、采访、记录、整理。2011 年，全面启动非物质文化遗产传承人口述史方法论研究项目。研究院的"中国木版年画口述史"成果（图书十五种）荣获第十届中国民间文艺"山花奖"。2015 年成立中国传承人口述史研究所，同时举办《天津皇会文化遗产档案丛书》（图书十种，包括各皇会数十名艺人的口述史）发布会。2017 年举办《传承人口述史方法论研究》成果发布会暨学术研讨会，同时

全面启动"皇会最后的记忆"口述史调查。举办"传承人释义学术研讨会",全面深入探讨"传承人"的概念、定义、理论、口述史和传承人保护问题。举行皇会传承人座谈会。论文结集出版为《传承人"释义"》。2020年,《传承人口述史方法论研究》(华文出版社2016年12月出版)荣获教育部第八届高等学校科学研究优秀成果奖(人文社会科学)一等奖。

2.学术研究成果向教学和博硕士研究生培养的转化与互动

在以上三个非物质文化遗产的重大领域中,天津大学均取得了世界级和全国性的学术突破与影响。这三个领域的学术突破也在学科建设和博硕士研究生培养中得到贯彻落实和扎实的教育实践。二十余年间,研究院共培养硕士博士四十余人,其中博士生二十余名。仅以其中的博士论文选题为例,可以说大多集中在"非遗理论""民间美术和年画学""传统村落研究""传承人口述史研究"等优势学科方向上,如:①《民间文化遗产传承的原生性与新生性——以纳西汝卡人的信仰生活为例》(冯莉)、《重归在野之学——非物质文化遗产话语与实践》(祝昇慧)、《作家的"民间"——冯骥才文化遗产思想研究》(孙玉芳);②《二十世纪中国年画的嬗变——兼论民间文化的自发性》(王坤)、《民间美术的模式化特征——以中国民间木版门画艺术样式为例》(王小明)、《民间信仰实践中的造神与构境——河北省内丘县民间神码研究》(耿涵)、《晚清杨柳青画师高桐轩研究》(王拓)、《江南地区纸马制作技艺与使用习俗演变研究》(张敏)、《文化传播视野下的鲁西南戏曲民俗版画研究》(张宗建);③《民间庙会稳态性研究——以天津皇会为例》(蒲娇)、《社会转型与文化积淀——以天津皇会为例》(张礼敏)、《苗族史诗《亚鲁王》及文化空间研究》(唐娜);④《传承人口述史的时空、记忆与文本研究》(孔军)、《传承人口述史叙事主体的互动研究》（闫慧芳）。这种博士生研究方向和课题选择，巩固了天津大学非物质文化遗产学学科基础，突出了自身优势，在非物质文化遗产保护面临的世界性难题方面做出了应有的学术突破和创新，强化了天津大学非物质文化遗产学的学术力量和学术人才队伍。博硕士研究生们在学期间无不全程参与上述种种非物质文化遗产展示、研讨、调查和国际学术研讨会、国际文化交流活动，广泛深入地与国际国内学术大师名家进行互动和对话，同时广泛深入田野第一线进行人类学式的田野作业，受到全面系统的学术训练，个人和集体在学期间都无不参与专题研究并取得重要乃至重大的学术成果。

3．为国际性非物质文化遗产保护贡献中国智慧

全球性非物质文化遗产保护自本世纪初通过代表作名录的方式正式启动以来，除少数几个国家没有介入其中外（如美、英加入了《保护世界文化和自然遗产公约》，但没有加入《非物质文化遗产保护公约》，当然，他们依然有自己独立的非物质文化遗产保护制度），世界大多数国家都积极参与此一特定的文化遗产保护行动。中国是最早批准联合国教科文组织《非物质文化遗产保护公约》的国家，中国也迅速及时地颁布施行了《中华人民共和国非物质文化遗产法》。中国不仅开展了全国性非物质文化遗产普查，公布了十万余项巨大数目的从国家级到县区级非物质文化遗产名录，国家级代表性项目1557项，认定和公布了五批次非物质文化遗产代表性项目国家级传承人名单3068人，国家、省、市、县四级代表性传承人计已公布九万余人。中国的"人类非物质文化遗产代表作"达四十二项，居世界之首。国家先后公布五批共计6819个国家级传统村落。中国民间文艺家协会在耗时三十余年的普查民间文学中获得184万篇民间故事（含神话、传说、故事、寓言、笑话、童话等）、302万首民间歌谣（不算史诗、

长诗）、748 万条民间谚语。正是基于这样的非遗家底，中国的非遗保护才有声有色、可圈可点。中国对世界非物质文化遗产保护做出了许多重大的贡献。[1] 在这些世界性贡献中，非物质文化遗产学学科创设、中国传统村落保护将物质文化遗产与非物质文化遗产双面一体整合保护、非物质文化遗产传承人口述史推行、发现汶川地震救人救灾救非遗的关联性并同步推进，都是天津大学创造并影响全球非遗运动的中国智慧和中国贡献。比如，对非物质文化遗产传承人的记录，真正符合学术标准的应该是两种：一种是记录传承人的作品和他们的技艺；一种是结合他们的作品记录传承人的口述史和技艺记忆。但是国际国内过去大都只是侧重于传承人的第一种记录，第二种记录在国际上还没有受到关注，也没有相应的学术支撑和学理推广。天津大学冯骥才及其团队的传承人口述史理论研究和田野实践，在中国彪炳史册，在世界非遗保护中也特立独行且势在必行。

关于天津大学非物质文化遗产学学科创设，我们也可以在全球视野中做一个横向比较。世界各国目前在"文化遗产"（指物质性的文化遗产、文化和自然双遗产、景观遗产等）保护方面，由于时间积累较长，许多国家的许多大学都有博物馆学、考古学、遗产管理学、遗产修复技术、遗产研究学、艺术史和艺术考古等相应学院、院系、专业、课程等，但非物质文化遗产的相关学科设置却十分罕见。法国是联合国教科文组织总部所在地，对非物质文化遗产保护一直积极热心，也有很好的文化遗产保护经验。但目前所见，只有位于图尔的弗朗索瓦·拉伯雷大学率先于 2012 年开设了法国非物质文化遗产保护专业，授予专业硕士学位文凭，培养非遗遗产清查、保存和开发方面

1　向云驹：《论中国非物质文化遗产保护的全球化背景和国际性贡献》，《非遗传承研究》2021 年第 2 期。

的专业人才。法国斯特拉斯堡大学在"人种学"学科下开设了"非物质遗产与收藏"硕士学位二年制课程。此外,法国某些大学也开有"人种学舞蹈动作记谱""遗产与文化传媒"等硕士学位课程。[1]沙特阿拉伯王国大学在人文学院内设立了旅游与遗产学院,学院下设有遗产系,开设有非物质文化遗产管理专业课程。[2]泰国的学校教育主要集中在对该国的民间说唱艺术昌拉上,把昌拉、孔剧等纳入高校教育,玛哈沙拉坎大学建有昌拉的本科、硕士、博士三级学科体系,泰国国立政法大学下设有孔剧学院,另有十二所戏剧学院开设有孔剧专业。这些都类似于我国的中国戏曲学院和某些专门艺术如评弹、曲艺、地方戏的艺术学校。[3]实际上,各国的非物质文化遗产保护进入学校和高校教育大多缺乏系统设置,更多的是已有的传统艺术的专门学校教育,一般普遍的是针对某些非物质文化遗产具体形式的传承和保护,开展的短期或长期的培训、专训。有时也依托联合国教科文组织在某一地点(如亚太地区)设立的非物质文化遗产国际培训中心组织非遗政策、非遗理论与实践、国际公约、法律保护、财务管理和技术管理等知识培训。此中原因,一是许多国家非遗项目数量和体量都较少、小或单一,二是大多国家非物质文化遗产保护起步较晚,学术积累和学术力量相对单薄。而中国的情况恰恰相反,不仅非遗体量数量庞大,而且学术传统深厚,各种专业艺术院校众多,人类学、民族

1　郑理:《法国非物质文化遗产保护的举措和经验》,见曹德明主编《国外非物质文化遗产保护的经验与启示》(欧洲与美洲卷·上),社会科学文献出版社,2018年,第64–65页。

2　陆怡玮等:《沙特阿拉伯王国非物质文化遗产保护的经验和启示》,见曹德明主编《国外非物质文化遗产保护的经验与启示》(西亚与北非卷),社会科学文献出版社,2018年,第777页。

3　宋帆:《泰国非物质文化遗产保护的经验和启示》,见曹德明主编《国外非物质文化遗产保护的经验与启示》(亚洲其他地区与大洋洲卷),社会科学文献出版社,2018年,第1013页。

学、民俗学、艺术学、美学蓬勃发展，"中国十大民族民间文艺集成志书工程"实施数十年，把此一资源进行了全国性全面普查。这都是我国"非遗学"创制的重要资源基础和学术条件。

二十世纪九十年代以来，冯骥才曾经多次赴法国进行文化交流。法国著名作家雨果、梅里美、马尔罗等在不同时代，以文学家的睿智和社会影响参与到法国文化遗产的保护中来，根本性地推进和形成了法国文化遗产保护传统和一系列重要经验。冯骥才正是从他们那里取回借鉴，投身于中国民间文化遗产抢救和非物质文化遗产保护事业，促成了"国家文化和自然遗产日"的施行，实现了对中国民间文化遗产"大到古村落、小到绣荷包"的普查登记。2013年春，冯骥才受邀再赴法国、英国访问，两国东道主为他安排了多场到不同大学的讲演。他回忆起此前1999年在德国演讲的题目是"中国文化遗产的困境"，至2013年，形势已经发生根本性的转变，于是这一次讲的是中国经验，即"中国文化遗产的困境与文化界的应对"。他说："我相信，这是首次向西方学者做有关中国文化界既是学术的又是现实的介绍。我所演讲的重点是：1. 中国社会'急转弯式'的转型与文化遗产遭遇的特殊性和紧迫性；2. 十年来中国文化界的应对、方法与成果；3. 初步形成的文化遗产保护体系；4. 文化遗产面临的新问题；5. 为什么传统村落保护是今后十年的关键。"[1]从取经到传经，冯骥才的天津大学非遗学教育经历成为他的中国经验的重要构成。在英国剑桥大学，冯骥才介绍了自己的非遗博物馆经验，在演讲后还就现场一位留英中国学生的提问做了如下回答："你一到国外，中国文化走向世界就开始了。因为从遗产学讲，我们每个人都是中华文化的传

---

[1]　冯骥才:《西欧思想游记》，生活·读书·新知三联书店，2014年，第32页。

人，都是中华文化的携带者。外国人要从你身上感知中国文化是什么样的，就像你也常常从你认识的外国人身上感知外国文化是什么样的。"[1] 这就把作为生活文化的非物质文化遗产和民间文化遗产的重要性从遗产学的学理上解释透彻了。他的此次西欧行，将天津大学非遗学范式带给西方，也印证了中国抢救和保护这些遗产的学科性价值、经验和意义。

四、非遗学学科创制是中国文化遗产保护、研究和传承的重大创新

2020 年 9 月 22 日，中共中央总书记、国家主席、中央军委主席习近平在京主持召开教育文化卫生体育领域专家代表座谈会并发表重要讲话，就"十四五"时期经济社会发展听取意见和建议。出席此次座谈会的具有教育和文化双重身份的天津大学冯骥才文学艺术研究院院长冯骥才，在会上做了发言。冯骥才认为，应该建立国家"非遗"保护的科学体系，科学保护是根本，人才培养是关键。他在这里提出了非物质文化遗产学创制问题，由非遗学创制进而解决非遗保护的科学性和非遗保护的人才培养问题。因为这两个问题都有赖于非物质文化遗产学的独立和自立。

非物质文化遗产的"科学保护"问题，在 2021 年 2 月 14 日云南省临沧市沧源佤族自治县翁丁古寨失火事件中再一次凸显出来，这个有着四百年历史的村寨毁于一旦，令人痛心。冯骥才率领学院力量和文化界专家第一时间介入重建论证和教训反思。此前，该古寨被列入

---

[1] 冯骥才：《西欧思想游记》，生活·读书·新知三联书店，2014 年，第 147 — 148 页。

省级重点文物保护单位，由于旅游业干扰、文物保护方法的重物不重人、社会发展青年外出等原因，翁丁古寨已经出现越来越严重的人、寨分离现象，最终导致小火起源无人及时扑救，终于烧毁全寨的惨剧。这是保护缺乏科学性或保护方法驴唇不对马嘴的表现。中国大体量的非物质文化遗产的"科学保护"必须有非遗学作为学术和学理支撑，没有独立的学科创制，"非遗学"总是寄人篱下，名不正言不顺，"科学性"从何而来，又从何谈起"科学保护"？当我们抢救下来大批珍贵的非物质文化遗产和传统村落后，如何传承、如何延续、如何发展，问题接踵而至，破坏性保护、建设性破坏、歪曲式传承、颠覆性改造，这样的非科学现象，比比皆是。这种损害甚至比眼看着非遗濒危未及抢救而人亡艺绝更加令人痛心。用"非遗学"的创制，保障和强化非遗保护的科学性迫在眉睫，学科创制是实现"科学保护"的治本之策、长久之计、战略之谋。

2020年9月22日，在主持召开教育文化卫生体育领域专家代表座谈会时，习近平总书记在讲话中指出，用中长期规划指导经济社会发展，是我们党治国理政的一种重要方式。我们要着眼长远、把握大势，开门问策、集思广益，把加强顶层设计和坚持问计于民结合起来，把社会期盼、群众智慧、专家意见、基层经验充分吸收到规划编制中来。习近平总书记针对教育工作指出，高校要勇挑重担，释放高校基础研究、科技创新潜力。2022年4月25日，习近平总书记在中国人民大学考察调研。他强调，我国有独特的历史、独特的文化、独特的国情，建设中国特色、世界一流大学不能跟在别人后面依样画葫芦，简单以国外大学作为标准和模式，而是要扎根中国大地，走出一条建设中国特色、世界一流大学的新路。习近平指出，高校是我国哲学社会科学"五路大军"中的重要力量。要以中国为观照、以时代为观照，立足中国实际，解决中国问题，不断推动中华优秀传统文化创造性转化、创新性发展，不断推进知识创新、理论创新、方法创新，使中国特色哲学社会科学真正屹立于世界学术之林。哲学社会科学工作者要做到方向明、主义真、学问高、德行正，自觉以回答中国之问、世界之问、人民之问、时代之问为学术己任，以彰显中国之路、中国之治、中国之理为思想追求，在研究解决事关党和国家全局性、根本性、关键性的重大问题上拿出真本事、取得好成果。要发挥哲学社会科学在融通中外文化、增进文明交流中的独特作用，传播中国声音、中国理论、中国思想，让世界更好读懂中国，为推动构建人类命运共同体做出积极贡献。[1]

中华文明探源工程成果发布及其考古深化与中国非遗学教育创制及其学科展开，是中国文化遗产保护今年以来的两大世界性亮点。这是人类文明和世界遗产体系中的中国话语体系、中国学术贡献、中国理论学派的出场。中华文明探源工程等重大工程的研究成果，实证了我国百万年的人类史、一万年的文化史、五千多年的文明史。中华文明探源工程对中华文明的起源、形成、发展的历史脉络，对中华文明多元一体格局的形成和发展过程，对中华文明的特点及其形成原因等，都有了较为清晰的认识。中华文明的悠久历史和人文底蕴，是可信、可爱、可敬的中国形象的核心生成要素，也是推动增强中国人志气、骨气、底气和坚定历史自觉、文化自信的重要精神源泉。非物质文化遗产具有全民性和鲜活性，是活态的历史、在场的文明，也是与中华考古文明、物质文化遗产、文化和自然遗产相匹配、相关联、相媲美的伟大文化遗产，对非物质文化遗产的保护和传承，是人民对美好生活向往的重要内容，也是促进人类美美与共、构建人类命运共同

---

1 分别参见《人民日报》2020 年 9 月 23 日第 1 版，《人民日报》2022 年 4 月 26 日第 1、2 版。

体的重要因素。

天津大学非遗学建设与发展直至本次实现学科创制，责任重大、使命光荣。它担负着全国非遗学教育体制创新的探索功能和示范作用。鉴于世界非物质文化遗产学还处于学科空白和初创时期，各国的非遗教育处于散点化、零星化、非系统化和非学科化的状态下，天津大学的"非遗学"建设也因此具有巨大的开拓空间：

一是由于世界各国基本处于以本国本土非遗代表作为中心开展传承式教育，对于普遍性、基础性、学理性非物质文化遗产学学科建设和教育体制机制，探索和研究较少；非物质文化遗产法律保护实践比较丰富，但宏观、全面的法律比较研究较弱；非物质文化遗产优秀保护实践经验交流推广在全球范围日趋活跃，但经验的总结、归纳、理论升华工作尚有欠缺和空白。这都暴露出学科创制滞后是全球性问题，也将影响到世界非物质文化遗产保护的可持续性问题。因此，天津大学的非物质文化遗产学的学科发展还应该瞄准国际的方向，在联合国教科文组织推进的此一遗产保护全球性规划发展中贡献中国力量和中国智慧。应该更加国际化，积极促进非物质文化遗产学的国际交流。更加包容开放，更多地接收外国留学生，为世界非物质文化遗产保护提供教育服务。

二是我国各级各类各地高校中有十一所开设了非遗保护本科专业，有十二所院校开展了非遗方向人才培养试点。这个非遗学的教育发展趋势今后几年还会快速增长。天津大学的非遗学创设历程和发展模式虽然难以复制，但也极具借鉴意义。它的突出特点是：有非遗的通识课程，有开阔的非遗学国际学术互动，有对全国非遗核心问题的突破，有在地性、本土化非遗保护的成功实践。虽然各个高校实施非遗学的教育资源、学术特长、文化环境各不相同，但这几个方面是非遗学的核心价值观和核心教育理念，各校在这几个方面都是可以因地制宜、因校施教的。在非遗学教育的普遍性和特殊性的辩证统一上，各校都有自己的发展空间和不可替代性。中国各地高校非遗学应该借鉴世界各国的经验和发挥自身特长，各地非遗学课程可以互补、增减，自选当地代表性非遗作为教学对象和保护实践，开展各有特色的非物质文化遗产保护教学。天津大学非物质文化遗产学学科发展既要不断加强自我完善和提升，也要继续攻坚克难，为发现和解决人类非物质文化遗产传承和保护中的重大课题做出新的更大的贡献。

用文化点亮中国的巨匠冯骥才

郑一民
河北民间文艺家协会名誉主席、教授

大千世界，人与人相识相交都是有缘分和定数的。

我知道冯骥才这个名字，是二十世纪八十年代初读他的长篇小说《义和拳》，那时我正在搜集整理义和团领袖赵三多的史料；我关注冯骥才，是二十世纪九十年代，他以一个文化先知先觉者的胆识，义无反顾发起抢救和保护天津老城的波澜，成为当时改革开放中震惊全国的大新闻；我与冯骥才相识相交，是 2001 年 3 月，他当选中国民间文艺家协会第六届主席，至今仍保持着密切联系。四十多年心仪，二十多年交往，冯骥才留给我太多的感动、钦佩和难忘。在我的心目中，他是中国当代文坛的一棵大树，是为推动民族文化发展繁荣做贡献的文艺工作者，也是我人生的导师和朋友。这里，仅从我自己亲历的一些事，谈谈人们心目中的冯骥才。

一、文化理想点燃他人生奋斗之路

人都有自己的理想，冯骥才的理想多了两个字，叫"文化理想"。理想本已圣洁，给理想插上"文化"的翅膀，或者说用文化支撑理想，便造就了一个卓尔不凡的冯骥才，走出了一条常人难以企及的非同凡响的人生之路。这条路苦，这条路累，这条路多灾多难，但这条路也荣光无限。

评论家们梳理冯骥才硕果如山的八十年人生，称他成功、完美地驾驭了"四辆马车"（即文学、绘画、文化遗产抢救保护和教育）；也有的说，"四辆马车"即冯骥才"四个艺术人生阶段"，但无论哪种说法，对一个艺术家来说，艺术转型、艺术跨界、学科突破，都是凤凰涅槃般的再生，都是超常智慧、灵性与感悟的彰显，都是一个天才的不可复制的文化巨匠胸怀、追求、品格与业绩的写照。究其因，他出生于"大树将军后，凌云学士家"，心中亮着一盏"文化理想"之灯，"能够站在今天看明天"，也"能够站在明天看今天"，于是便将文化视为生命，将理想当作天赐的职责与使命，爱到极致而许定终身！

与冯骥才接触的人都知道，他是个惜时如金的人。开一年一度的全国政协全委会，半个月时间，他除了开会、会友、撰写提案、接受采访，还常常大会套小会，完成一部书稿的撰写或修订。别人的时间是按年月日计算的，他的时间是按时和分分配的。拜读他的人生大事记和著作出版目录，看他亲笔在日记中绘制的一年时间分配图表，常使人震撼和潸然泪下。震撼，是他每年在参加众多会议、国际交流和学术活动的同时，还要著作出版几部十几部书，发表几十篇杂论、随笔和散文；泪下，是他在一年 365 天中给承担的各种社会职责安排了 300 天（写作 75 天，学院 75 天，城市保护 30 天，书画与画馆 30 天，市文联 15 天，全国文联 15 天，中国民协 15 天，党派 15 天，小说学会 9 天，政协 21 天），只给自己留了 65 天，其中还包括出国访问、朋友造访和家庭琐事。从这种安排和担当看，冯骥才是掰着岁月过日子呀，拿一天当几天过，用生命拼搏事业和创造人间奇迹！在这个图表前，他写了一句话："我总共有多少精力，怎么分配？真该有个清醒的打……"下面的字看不到了，但却让我看到一个忘我无私为国家为民族砥砺奋进的当代文化巨匠身影！人呐，都是血肉之躯，都有七情六欲，但冯骥才在复兴繁荣中华民族文化伟业中，是一个用生命祭奠事业的圣徒，他忘掉了自己，把自己的文化理想以及所追求的社会理想和目标，都在现实中变成了一种"行动"，燃烧自己，点燃朋友和人民，报效国家、民族和时代！

二、家国情怀谱写文化复兴之歌

谈冯骥才的家国情怀，这是个大课题。我觉得，在他八十年人生中，抢救天津老城和开展全国民间文化遗产抢救保护工程，堪称是展现他家国情怀的典范事例。

抢救天津老城活动发生在 1994 年。冯骥才站在瓦砾堆上向市民演讲和手举照相机抢拍那些即将被推土机碾碎的门楼、雕窗、商号镜头，犹如在改革开放的春潮中放了一挂响炮，成为神州城乡热议的话题，那时他担任天津市文联主席。这种超越常人的文化觉醒和行动，让他时隔六年，在 2003 年初担任中国民间文艺家协会主席后，便策划发起了一场在中国文化史上产生重要影响的"全国民间文化遗产抢救工程"。

如果说，抢救天津老城是生于斯长于斯的冯骥才爱家乡爱天津的情怀展现，那么发起和领导全国民间文化遗产抢救工程，便是他爱民族爱国家情怀的典范。抢救天津老城是百余名志愿者在天津老城区开展的民族民间文化抢救保护活动，而组织实施"全国民间文化遗产抢救工程"，则是在共和国 960 多万平方公里土地上涉及 56 个民族 14 亿人的一项对民族民间文化拉网式的大普查呀！参与者数以百万人计，我就是其中之一，并目睹了冯骥才呕心沥血、满怀激情、上下奔波游说、义无反顾的风采与身影。

那些年，他犹如一只不知疲倦的陀螺，足迹遍及黄河上下、长城内外、大江南北；他又如一团光芒四射的火焰，走到哪里便在哪里掀起抢救保护民族民间文化遗产的滚滚热潮，催生出第一次大规模有组织、有计划、有目的、全方位的抢救保护民族民间文化遗产的群众性浪潮！当时社会上流传着一句时语，叫"生命有了困难去找警察，文化有了困难去找冯骥才呀！"我就是一个经常找他并向他呼救和请教的人，因为河北离天津最近嘛！下面我讲几件鲜为人知的冯骥才在事业奋进中的轶事：

第一件事，自掏腰包给车加油去开会。这件事发生在 2003 年 8 月，从国外访问归来的冯骥才，想再燃被"非典"拉闸断电的全国民间文化遗产抢救工程之光，然而中国民协却拿不出召开全国会议的钱。我主动请缨，由河北省人民政府和中国民协联合，邀请全国专家学者、各省市自治区民协负责人、全国各剪纸集散地和六十七家新闻媒体，共 397 人，在著名剪纸艺术之乡河北蔚县召开"中国民间文化遗产抢救工程剪纸专项工作会议"。说是专项会议，实际是全国民间文化遗产抢救工程的再次发动会。会议开得圆满成功，但散会后我才知道，天津来的两部车，往返汽油都是冯骥才主席个人掏的腰包！原因是当时他所在的天大冯骥才文学艺术研究院正在建设，经费紧张，他不愿给中国民协和会议承办方增添负担。乘车的工作人员和新闻记者得知，散会时暗中集资让冯主席的司机去加油，这件事被我的司机看见了。闻听后，我很是感动：冯骥才本已高大的人格和形象，在我心中顿时又长了三尺三！

第二件事，策划创办中国剪纸艺术节。2009 年 10 月，冯骥才为准备全国政协提案，到保定一带去考察。因矿难陷入困境的蔚县县委县政府在谋划"文化立县"时闻知，立即去找冯骥才请教。但冯骥才考察活动安排得太满，直到晚上九点半才回到住地，得知他们已等了一天，只简单吃了几口饭便进入会议室。那一年他六十七岁，由于血糖不稳和考察的艰辛，已经疲劳了，但听了县领导的介绍，却两眼放光，他以中国剪纸列入世界非遗名录的契机，站在国家高度、世界视野，提出发挥蔚县剪纸资源优势，在蔚县创办"中国剪纸艺术节"的构想，直到十一点四十分他才在众人的强行劝说下回房休息。冯骥才啊，他以行动体现了一个文化巨匠的担当，以天才和机智给蔚县沉睡的民间文化资源插上了叫响中国声音的翅膀！

2010 年 7 月，中国剪纸艺术节在蔚县一炮打响，连年宾客如云，三年间年产值由原来的几百万，增长到五亿两千万，昔日两毛线可买十二张剪纸，现在一张剪纸在北京竟拍卖了一百万元，干部群众兴奋地说："冯骥才化腐朽为神奇，这真是点石成金啊！"党和国家领导人二十多人先后到蔚县视察，将其作为"非物质文化遗产在发展中保护"的典型向全国推广。可此时已不见冯骥才的身影。这种现象常让我联想到毛泽东诗词《咏梅》中的几句话："俏也不争春，只把春来报。待到山花烂漫时，她在丛中笑。"中国地方那么大，需要他去的地方那么多，他哪有时间再三进蔚县呀！但话又说回来，蔚县人民那是真想冯骥才呀，年年过剪纸艺术节都对我讲："吃水不忘挖井人，蔚县剪纸火了，蔚县人民富了，用啥办法能请冯主席再来蔚县看看呢！"

第三件事，用书法和题词抒发胸怀。这些年我有幸跟随冯主席走了很多地方，也多次把他请到河北指导工作，大家都知道他是书法名家，不少人想借机索字，甚至有的企业家重金求字，都被他婉言拒绝了，但在参观考察中，每到触情处，他都会欣然挥笔抒怀留下墨宝。令人惊叹神奇的是，那些墨宝中的金句誓言，犹如神助泉涌，每一幅都成了地域人传颂的佳话。例如，2005 年秋，他到山西平顺县太行深山考察古村落时，目睹一座座古村中残墙败壁、破窗凋居，在谢家大院奋笔疾书："古村哀鸣我闻其声，巨木将倾谁还其生，快快救之，我呼谁应。"2006年9月，他在考察河北永年县具有两千多年历史的广府古城残败景象时，又写下："广府经日月，弘济通古今。史物最高贵，应奉至上尊。"在全国各地考察中，冯骥才留下这种墨宝有多少，没有人能说清，仅河北就有二十多幅！它是冯骥才留给各地人民的文化名言和财富，也是冯骥才刻在中华大地上的足迹和他心路历程的写照！有些书法家题字写联是为了赚钱谋利，冯骥才题字写联是警世醒人，为构筑文化强国添砖加瓦！以这种形式传播思想、理念和追求，虽不是冯骥才的独创，却是被他运用得最得心应手和炉火纯青的一件法宝！

第四件事，冯骥才落泪了。接触冯骥才的人都知道，他开朗爱笑，而且他的笑声极具魅力和磁性，给人敞开胸怀和容纳天下之感，常赢得掌声如潮。俗语讲，男儿有泪不轻弹。

能让冯骥才掉泪的事，更难，但却让我碰上一回。

那是2014年5月末，由中国文联、中国民协和中共河北省委宣传部联合主办的"全国传统村落立档调查现场经验交流会"在河北沙河市举行，但这时冯主席在电话中却以沉重、焦虑的声音告诉我："一民，顾先生病倒了，这几天我一直守护着她，能不能去参加会，还不能定……"闻言，我的头立时大了，因为全国各省市自治区三百多名代表和北京的专家学者、新闻媒体明天就要报到了。冯主席是全国传统立档调查工程的发起者和领导者，会议的所有安排都以他为中心，他不来这会议可咋开呀？惊慌忐忑中，一边做着应急方案，一边祈盼顾先生病情神奇好转。会议报到的当日下午三点，冯主席秘书突然给我打电话说，他们已从天津出发了，在场的领导和工作人员立时放下心来。天津到沙河千余里，当夜幕降临时，冯骥才的车才驶进宾馆大门停到灯火辉煌的大楼前，看到那么多领导和朋友在迎接他，他疲惫地笑着与大家握手后，扶住我的肩头，附耳声音沙哑地说："一民，我太累了，不能陪大家吃饭了，你替我解释一下。送一个馒头一盘凉拌菜到我房间，我需要休息。"冯骥才是个顶天立地的汉子啊，从他嘴里讲出"太累了"三个字，那是身体与精神都到了极限了呀！我望着他浮肿、疲惫、饱含着泪水的双眼，内心涌起阵阵酸楚。他的秘书告诉我："顾先生突然病倒，冯主席已经几天没有休息好。他们夫妻感情极好，昨夜守护整夜未眠，上午顾先生病情见轻，便临时找了个保姆看护，往这里赶。他不放心，在车上不断打电话询问夫人病情变化情况。"然而，当他走进会场，依然精神矍铄，激情四射，爽朗的笑声和精彩的演讲不断博得热烈掌声。与会领导和代表们得知冯骥才是在夫人重病中，割爱忍忧，带着极其疲惫的身心来出席会议，无不被他的精神所感动！

三、冯骥才现象是中华民族的骄傲

梳理人生，冯骥才写了四部书（《冰河》《凌汛》《激流中》《漩涡里》），但这不是他的全部，至少"四驾马车"中的"教育"还没写，而教育恰是他文化理想中的顶峰和最高境界！如果说，他的文章是情感的喷发，他的画是心灵世界的写照，他的文化遗产抢救和保护是责任与使命的燃烧，那么他的教育则是对文化理想和家国情怀的最精彩延伸和未来的寄托。

八十年啊，冯骥才留给中华民族太多的惊喜与奇迹，太多的沉思和希冀。在实现中华民族伟大复兴的征途上，冯骥才挚爱人民和祖国，人民和祖国更需要像冯骥才这样对国家和民族虔诚又火热、正直又有良知的才华横溢的文化巨匠！因此，当世人在谈论用文化点亮中国的人时，都不约而同地将目光聚向"冯骥才"三个字。因为，他在蹉跎岁月中用文化理想创造了非同凡响的"冯骥才现象"，用催人泪下的家国情怀谱写出复兴和弘扬民族文化的壮歌。壮歌，让国人振奋，让世界对中国刮目相看；现象，推动国人由自觉文化跨入文化自觉时代，在中华大地上刮起一阵又一阵抢救保护民族民间文化遗产的热风和持久不息的弘扬繁荣热潮。所以，人们称冯骥才是中华民族的骄傲，赞他为"用文化点亮中国的旗手和巨匠"！

亲历·见证
——冯骥才与天津城市文化遗产保护

王晓岩

天津大学冯骥才文学艺术研究院兼职教授

记得冯骥才先生在一篇文章中曾这样写道:"评说一个地方,最好的位置是站在门槛上,一只脚在里,一只脚在外。倘若两只脚都在外边,隔着墙说三道四,难免信口胡说;倘若两只脚都在里边,往往身陷其中,既不能看到全貌,也说不出个中的要害。"

我不是天津人,却在天津生活了近三十年,这三十年间我与先生相识并追随他经历了天津城市文化遗产保护的各个阶段。旁观者清,我也站在了门槛上,由我来说先生的天津城市文化遗产保护,这个位置正好。

我是1994年大学毕业后留在天津工作的。初到一个城市,最迫切的需求就是先了解这个城市,那么最快的捷径就是去看文学作品。当时写天津的作家有很多,但最吸引我的是冯先生的津味小说,像《神鞭》《三寸金莲》《炮打双灯》《阴阳八卦》这些作品,让我读得如醉如痴。他把天津卫的码头文化和市井传奇刻画到了骨髓里,你能从身边所熟知的每个天津人身上感受到这种集体性格。

所以说,我与先生的相识是从他的小说开始的。

保护老城

1994 年年底，我接到市摄影家协会的通知，说是冯骥才先生要组织一批志愿者对天津老城进行拍摄，冯先生是我崇拜的偶像，我当然要报名参加了。

天津的老城建于明永乐二年（1404），大小约 1.5 平方公里，六百多年来依靠着水陆码头几经辉煌，直到二十世纪末仍有居民四万多人。当时的天津老城格局完整，街道尺度如旧，传统建筑众多，清末天津巨富"八大家"的老宅大部分都在其中。

二十世纪末城市改造的大潮席卷全国，天津也不例外。当时社会上已经传出了风声，说是市政府联合了香港开发商，要把这个六百年的老城整体拆除改造成现代商业和住宅。冯先生听到这个消息后焦急万分，他马上找到市里提出反对意见，要求整体保护天津老城。可是市里边不接受他这个意见，说项目已经确定了，没有协调的余地。冯先生惊诧之余只能立刻开始行动，他当即组织了一个由文史专家、民俗学者和摄影师家成的志愿者团队，即刻对天津老城进行文化记录和抢救。我追随冯先生的脚步也就是从那个时候开始的。

那时候冯先生的工作室在小白楼的一个小院里，名字叫"大树画馆"。从 1995 年年初开始，这个小院便异常地忙碌起来，每天都有形形色色的专业人员进进出出，大家来这里的目的只有一个，就是在冯先生的带领下抢救记录天津老城。

我们按照冯先生的要求分为两组，一组是精通天津文史的专家和民俗学者，负责调查与选择拍摄内容；一组是摄影师团队，负责拍摄和影像记录。冯先生要求我们志愿团队一定要抢在"旧城改造"动工之前完成拍摄工作，他常说："我们一定要跑在推土机前面，要用摄影把这座城市的影像'抢'下来，这是我们必须做的。"他这么做的

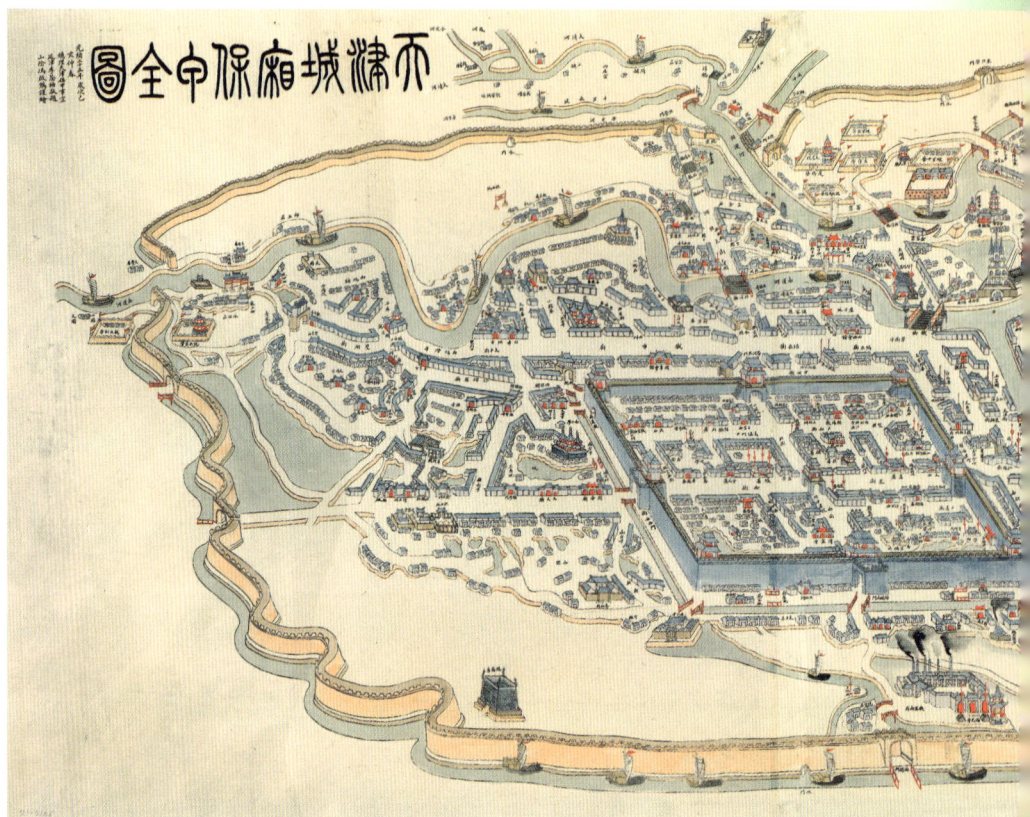

图 1 天津城厢保甲全图（清光绪年间）

目的是赶在老城拆迁之前，把这些重要的历史文化信息及时地反馈给市领导，说服他们手下留情，为天津留下历史遗产。

即使是抢救性记录也不是一帆风顺的，在实际的操作中我们遇到了各种麻烦。当时老城中很多大宅院都是公家单位占据，想要进去拍摄需要通过政府有关部门的批准，很多管事的人知道这个活动是由冯先生发起后，都想方设法向他索字要画，只有这样才能提供方便。据我所知，那两年他可没少给人写字画画。艺术家都对自己的作品都视如珍宝，可想而知，当年冯先生是多么的心疼和无奈。

1996 年 2 月，阶段性的调查成果《天津老房子·旧城遗韵》发

布，关于这次行动的意义，冯先生在序言中是这么写的："这一文化行为有两个目的，一个是成果，一个是过程。成果是指通过这一行为获得新的文化发现；过程是指通过这一行为所引起世人对文化的关注。应该说，这两个目的——成果与过程——同等的重要。或者说，文化人更注重后者，即过程。因为这过程针对世人，也影响着后人。"

画册出版的同时，老城的拆迁也开始了，如何更有效地保护城市文化遗产成了冯先生思考的问题。这期间他写了大量的文化批评文章发表在各种媒体上，其中刊发在《文汇报》上的《文化四题》就用了"建设性破坏"这一概念，直接针对现实的症

图2 1994年，在得知天津老城将整体拆除改造后，冯先生马上组织专家学者讨论抢救措施

239

图 3 冯先生带领着团队记录考察天津老城

图 4 老城拆迁时，冯先生写了大量的文化批评文章发表在各种媒体上

结，对当时破坏历史文化的行为进行了批判，这些文章一经面世就立刻引起了社会广泛的关注。

在冯先生不断地游走呼吁下，天津老城里的卞家大院、杨家大院、徐家大院、仓门口教堂等一批重要的历史建筑保留了下来。可以说，这些都是冯先生用身份、文章、人情和字画换来的。

图5 在冯先生不断地游走呼吁下，天津老城内的卞家大院、杨家大院、徐家大院、仓门口教堂等重要的历史建筑得以保留。图为幸存的徐家大院和仓门口教堂

建立老城博物馆

在老城拆迁过程中，冯先生发现搬迁的居民把大量自认为无用的东西贱卖或丢弃，其中混杂着许多有价值的历史遗物，而闻风而来的古董贩子则在老城里疯狂地收购，这使他萌生了为老城建一个博物馆的想法。他找到当时主管天津城建的副市长王德惠，提议留一套院子建老城博物馆，把属于老城历史价值的东西放进去。王德惠市长听从了他的建议，并指派南开区政府负责协调实施。很快南开区区长就带着城建、文化等一行主管干部找到冯先生对接，最后确定了将东门里徐家大院作为老城博物馆的馆址和各项工作的推进办法。

博物馆的选址有了，可是博物馆的文物从哪儿来呢？冯先生一边写文章呼吁老百姓捐赠，一边自己花钱从文物贩子手里收购，他还把自己以前收藏的一批珍贵的老城文物捐献了出来。短短几个月，博物

图 6 冯先生与时任天津市副市长王德惠为老城博物馆揭幕

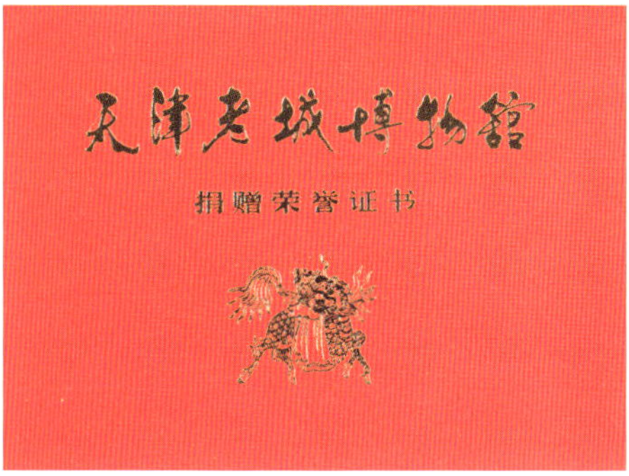

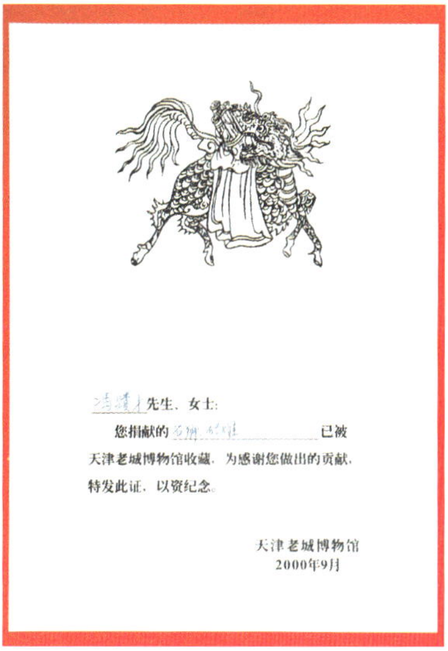

先生、女士：

您捐献的 已被

天津老城博物馆收藏，为感谢您做出的贡献，

特发此证，以资纪念。

天津老城博物馆

2000年9月

图 7 冯先生为天津老城博物馆捐赠物品

馆就收到几千件捐献的文物，老城博物馆就这么建立起来了。

现在这座博物馆就在老城的十字街上，里面展出的各种老城文物有三千六百余件，为天津这座六百年的老城留下了珍贵的记忆和物证。

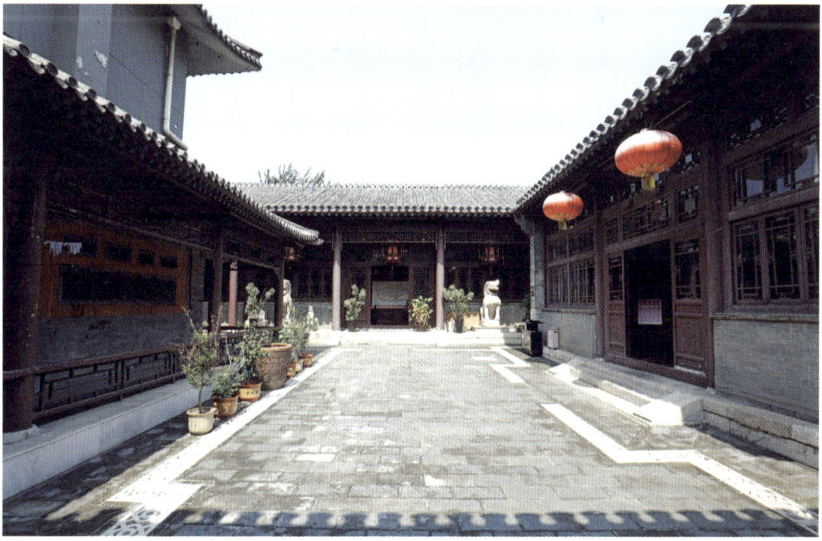

图 8 今日的天津老城博物馆

手下留情，足下留青

在《天津老房子·旧城遗韵》图集出版的同时，冯先生再次组织专家学者，对天津老城之外的其他城市文化遗产和天津旧租界区进行全面和彻底的考察，并于1998年主编出版了《小洋楼风情》《天津老房子·东西南北》两部大型图文集。他这样做的目的是要用精美的图片和历史文化唤起主管部门对自己城市的关注与热爱，促使他们手下留情，足下留青。

图9 冯先生组织文化团队对天津小洋楼进行考察记录

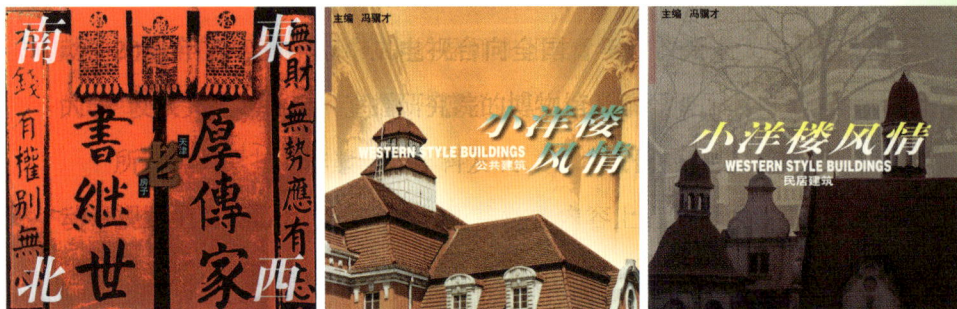

图10 冯骥才先生1998年主编出版的《天津老房子·东西南北》《小洋楼风情》大型图文集

图书出版之后，他把这套图集向市里各位领导和相关部门的负责人每人赠送了一套，他在每本书的扉页上都写下了这样的一行字：

尊敬的 ××× 同志：这是您心爱的城市天津。冯骥才。

冯先生的身份特殊，他是全国政协委员、知名作家、文联主席，他总是在各种的场合利用自己的身份和号召力呼吁政府保护城市文化遗产，用各种办法唤起主管部门和民众的文化自觉。现在看来，这些努力成效明显，一些领导和市民在这一过程中潜移默化地接受了他的文化保护理念。

有一段时间，天津市曾经想把位于五大道中心的民园体育场卖给香港开发商建高楼，市里征求冯先生的意见，他当然反对了。他提出：一、民园体育场是五大道的核心，也是五大道重要的历史遗存，如果拆掉建起一片高楼的话，整个五大道地区的整体风貌将不复存在；二、这个口子一开，注定会向周边蚕食，那么具有万国建筑博

图 11 民园体育场始建于 1920 年，位于天津五大道的中心

图 12 今日五大道

览会之称的五大道将风流云散；三、民园体育场是五大道的"气眼"，是藏风聚气的风水之地，如果这个地方被破坏了的话，五大道整体风貌将气脉涣散、冰消瓦解。也不知道他说的哪一条触动了领导，过了几天，市里领导打来电话告诉他，民园体育场不拆了。

看来保护城市文化不光要有文化自觉和情怀，有时还得动用"玄学"。

抢救老街

时间转眼到了 1999 年年末，本来是欢度世纪之交的节点，没想

图 13 估衣街比天津建城的历史还早，距今已有七百多年的历史

到一纸公告让大家心情顿时沉重起来。

1999 年 12 月 8 日，天津市红桥区大胡同拆迁指挥部发布了《致红桥区大胡同拆迁居民的公开信》，公告显示将估衣街在内的大胡同地区进行整体拆除。估衣街是天津最古老的商业街区，老字号林立，有七百多年的历史，这条街对于天津来说就如同北京的大栅栏、成都的宽窄巷子。

冯先生得知这个消息后一时惊呆，无法置信。估衣街是文物保护单位，况且街上的谦祥益、瑞蚨祥等建筑都是市级文物保护单位，另外还有天津总商会、青云栈等一大批特色古建，作为历史文化名城天津的重要文化街区，怎么能说拆就拆呢？

但从公告发出到开始拆迁只有四天的时间。时间紧迫，他立刻召集志愿者，对估衣街进行挨门挨户的调查采访和考察记录。

2000 年 1 月 28 日，《光明日报》刊发冯骥才先生的《天津六百

图14 冯先生召集志愿者对估衣街进行抢救记录

余年老街即将拆除，专家学者呼吁抢救文化遗产》的文章，同一天央视《新闻联播》也播出了该条报道，2月20日，央视《晚间新闻》又播出了采访冯先生估衣街拆迁的事情，同时呼吁整改要对文物手下留情。这些报道影响天津上下，民声沸腾，转天老百姓和商家就在估衣街上贴出了大标语，要求保护老街。在此后的一段时间里，估衣街拆迁似乎停滞了下来。

后来估衣街流传一句话，叫"冯骥才加上谦祥益，让开发商损失一个亿"，也有好心人

图15 面对突如其来的拆迁，冯先生在各种媒体上发表呼吁文章

248

图 16 冯先生站在估衣街街头演讲，呼吁抢救老街

图 17 在冯先生的呼吁和影响下，估衣街的老百姓贴出
大标语，要求政府保护老街

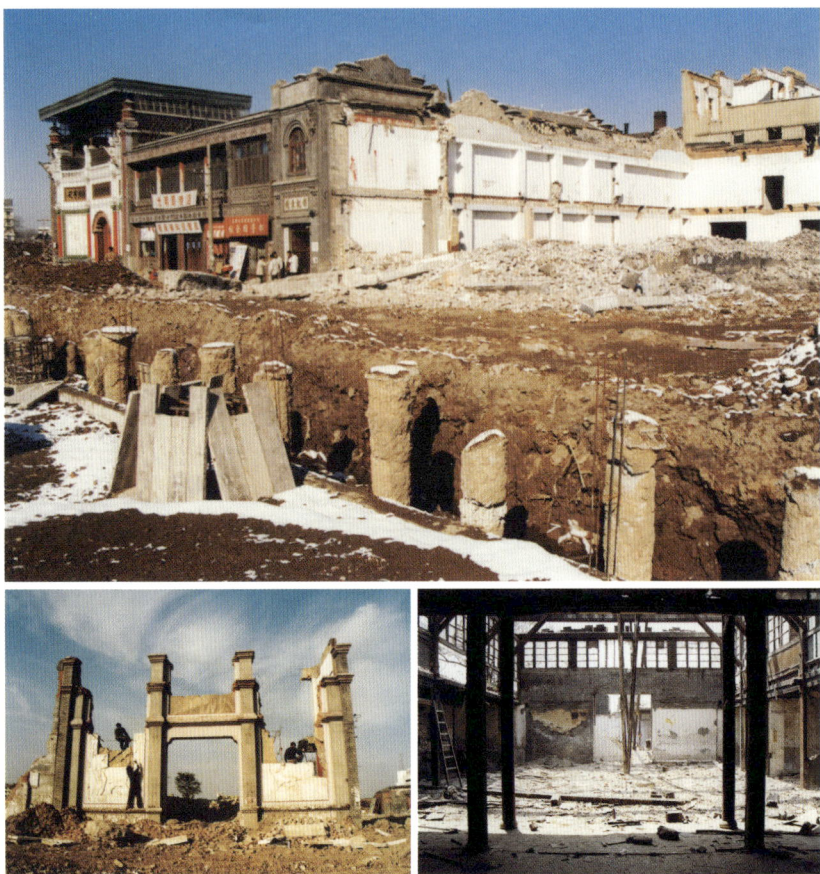

图 18 趁着冯先生去法国讲学，估衣街开始突击拆迁

提醒他："冯骥才你要小心啊，你叫人少赚那么多钱，小心背后有人拿板砖拍你。"

在 2000 年全国两会中，冯先生做了题为"拯救城市文化刻不容缓"的发言。

此后不久，应法国科学院人文基金会的邀请，先生去了法国讲学，他刚走不久事态就急转直下，估衣街开始突击拆迁，拆迁现场的工头嘴里都传着这么一句话："趁着冯骥才不在赶紧拆，等这个人回来就不好办了。"当时正在法国讲学的冯先生听到这个消息后心急如焚，他很快就踏上了回国的路程。回到天津他马上赶到了估衣街，结果现场一片狼藉，到处都是废墟，冯先生站在瓦砾上仰天长叹，眼泪当时就掉下来了。

我特别能理解先生当时的心情，一如1953年梁思成站在北京城墙废墟上的眼泪。正如诗人艾青说过的一句话，"为什么我的眼里常含泪水？因为我对这土地爱得深沉……"。

改造后的估衣街变成了万隆小商品批发市场，街上

图19 紧急回国的冯先生站在估衣街的瓦砾上仰天长叹，当场落泪

除了谦祥益的部分建筑保留之外，其他的古建悉数拆除，现在街面上看到的青云栈、山西会馆等都是拆真建假的仿制品。时至今日，这个万隆小商品市场因交通压力大、原有业态和当前的区位不匹配、业态和商业运营模式落后等原因已经关闭好几年了，目前里面断水断电人去楼空，成了一片新的"废墟"。

梁思成在当年《梁陈方案》被否后就曾说："在这些问题上，我是先进的，你是落后的。五十年后，历史将证明你是错误的，我是对的。"结果一语成谶，2015年，为了缓解主城区交通和资源的压力，北京市将行政功能迁往了通州。

天津的估衣街没用那么久，只用了十几年就证明了当时的短见与鲁莽。

图 20　现在，被改造成小商品批发市场的估衣街人去楼空，成了一片新的"废墟"

精卫填海

那个时期，冯先生对城市文化遗产保护提出了一个词叫"临终抢救"，这是一个很重的词，他是公众人物，不能说更重的话。照我来看，我们更多对城市文化遗产实行的是"安乐死"，先给你一个现代生活的美好愿景，然后将城市文化遗产肆意摧毁。在这里，我不反对城市改造，而是反对良莠不分的城市改造，优秀的城市文化遗产应该悉心呵护和保护，但当时的情况是眉毛胡子一把抓，一把给你血淋淋地揪下来，怎能让人不痛心？

在追随冯先生的这些年里，我亲眼见证了他许许多多的成功和失败，他的对手是官员政绩、利益集团和狂妄无知。在保护文化遗产之战中，他屡战屡败，屡败屡战，许多拯救行动都是悲壮的，就像精卫填海。

2001年，冯先生当选中国民间文艺家协会主席，从此他的文化保护之路通往了全国。这些年来他用他的行动和理念唤醒了一大批人，这里边包括政府官员、普通民众和知识分子。作为领军人物，他对天津以及我们民族的文化遗产保护作出了重要的贡献，我想这些将来必然会载入史册。

冯先生很多的好友知己都喊他"大冯"，他是我的老师和长辈，我不敢当面这么喊，但我打心底里赞同这个称呼，这确确实实是一个"大写的冯"。

2022年12月26日

文化担当与乡贤情怀
——冯骥才的天津城市文化遗产保护述略

尚洁
天津市南开区文化和旅游局研究馆员

冯骥才先生是中华民族文化遗产保护的一面旗帜，更是天津这座历史文化名城文化遗产保护的领袖。他以超人的智慧、文化学者的担当和乡贤的情怀影响并引领着天津乃至全中国的文化遗产保护，得到社会各界的礼敬。

一、保护老城

1. 关于老城

翻开中国近代史，天津，京畿重镇，漕运节关，海运港口，水陆通衢，依托本土文化的根脉，融汇九河南北、四海中西，兵工商学，多元共生，开一代之繁华而独具风采。而这一近代文明之光都起源于一个历史斑驳而鲜活的化石——老城。

老城建于明代永乐二年十一月十一日（1404 年 12 月 23 日），以明成祖朱棣下旨在津设卫筑城为标志。"天津卫"作为天津的代名词，一直流传至今。天津设卫的同年启动了筑城建设，明成祖朱棣特命工部尚书黄福、平江伯陈瑄等人专司督造天津城。初建时的天津城虽为土筑工程，却建筑得十分壮观整齐，城高 3 丈 5 尺，墙宽 2 丈 5 尺，城的四周呈长方形，东西长 504 丈，南北宽 324 丈，就像个巨大的算盘。故此，天津城还有个别名叫"算盘城"。明代在两百多年间曾两次重修天津城。其中弘治四年（1491）因城垣风雨损毁严重，进行了一次大规模的修建，将城墙增高加厚，用砖包砌，精工细作。四门重建的城楼也较以前有所加大，并分别题为"镇东""定南""安西""拱北"。其中的北门城楼最为壮观，取意北向京师，有朝拱天子之势。

由明入清，虽然改朝换代，天津的发展趋势和重要性日益显著。清代自顺治到嘉庆不足一百五十年间就十二次重修天津城。其中最重要的两次是：康熙十三年（1674）重修天津，还疏浚了城壕。重点工程是重建城楼和四个角楼，并重题四个城门匾额为："东运沧海""南达江淮""西引太行""北拱京师"。还在城南修筑石闸，引海河水入城壕，建水门以引水入城（至今天津城东南侧还留有闸口街的地名）。此时的天津已由一个军事城堡转化为汇通南北的水陆交通枢纽。

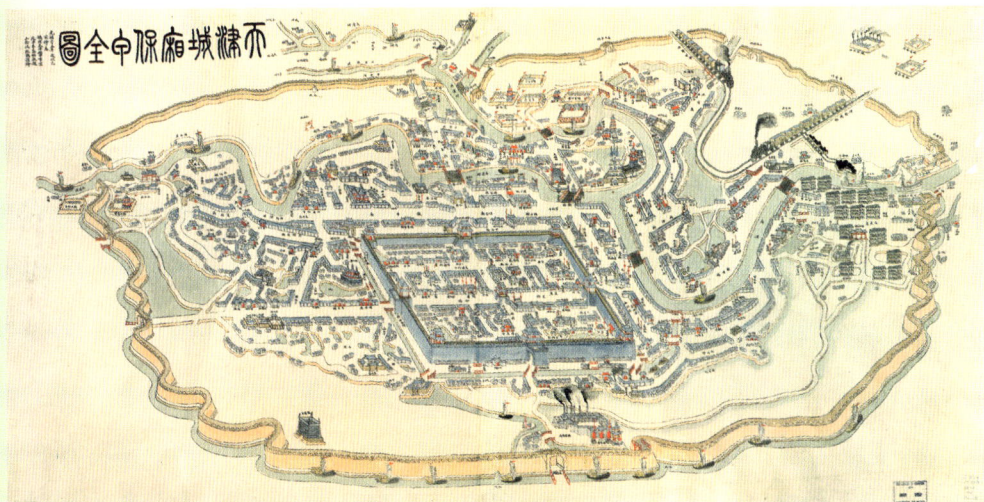

图 1 天津城厢保甲全图（1899）

255

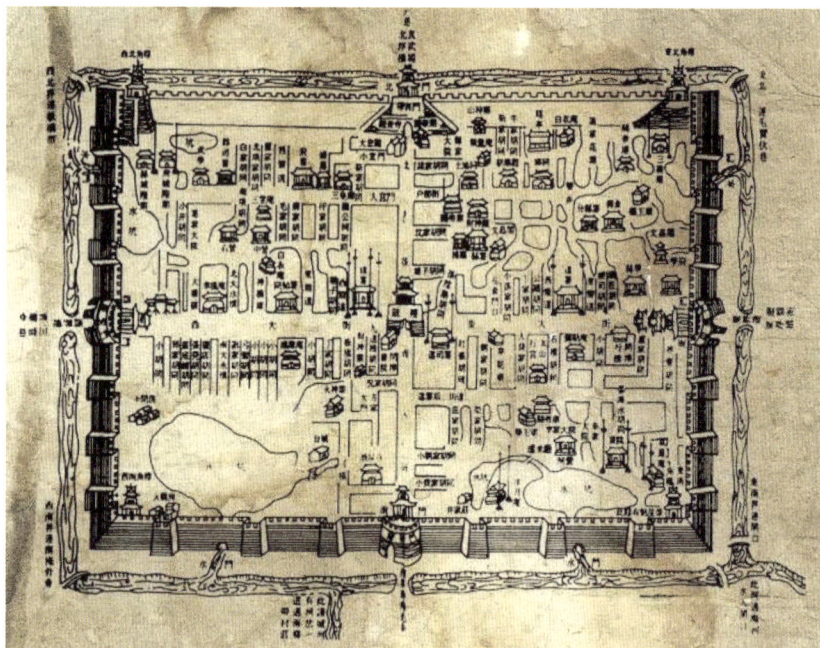

图 2 津门保甲图（老城图）

雍正三年（1725）因城垣及壕沟损毁严重，在大盐商安氏父子的捐款资助下，天津城进行了一次大规模的落地重修。新题的四门匾额：东为"镇海"、南为"归极"、北为"带河"，西门因安氏的捐助奉旨赐名"卫安"。逐渐发展成一个引领时代风气之先的繁华都会。

清朝后期，国运衰败。清光绪二十六年（1900），八国联军闯入大沽口，攻陷天津城，不仅大肆烧杀抢掠，并在转年（1901）联军组成的都统衙门下令拆除天津城墙并拆毁了从天津到山海关一路所有炮台。从此，这座具有496年建城历史的天津城垣建筑便不复存在。

尽管秦砖汉瓦的老城墙已荡然无存，但由东西南北四路合围形成的建筑群体和老城这个区域概念已经深深地留在了民众的记忆中。特别是那些足以令天津人骄傲和自豪的老城内丰厚的文化遗存仍然鲜活地彰显着它独有的风韵。根据文物部门的官方统计，当时老城境内有

图 3 1900 年以前的天津城垣　　　　图 4 天津老城墙

不可移动文物处十余处：包括国保级的广东会馆；市保级的文庙、基督教仓门口教堂、基督教青年会会址、徐朴庵旧居；区保级的官立模范两等小学堂（今中营小学）、南门里二进四合院、北门里孙氏旧宅。有尚未核定文物等级的卞家大院、蓝卍字会等遗存十余处。此外，还有许多具有豪华典雅之气的古建筑实体仍然部分存在。比如问津书院、中昌当铺、县衙、城隍庙后殿、元升茶楼、杨家大院、姚家大院等；还有中西文化兼容的户部街益德王家的大院、北洋军阀曹锟的家宅；还有那些被冯骥才先生称之为城市人文根须的老胡同，如清修院胡同、曾是明末蓟辽总兵项家谟宅邸的项家胡同、充满烟火气的老荤油铺胡同、鸽子集胡同、鸭子王胡同、罗底铺胡同（曾为建南开慷慨

赠地的郑菊如在此居住）、贡院胡同、沈家栅栏（林则徐曾客居此处）
等等。

老城，人杰地灵，堪称津沽缩影。她留给我们的每一处遗址遗
存，每一位名人乡贤，每一个感人故事，乃至一段段神奇的传说，都
能让人深切感受到天津这座城市个性鲜明的历史文化特色。

2. 一次文化行为的记录

1994年年底，天津老城要被彻底改造的消息在媒体发布后，引
起了冯骥才先生的高度关注。面对那些老房老屋将被拆除净尽，先生
的心中升腾起一种紧迫感。"那是一种诀别的情感；这诀别并非面对
一个人，而是面对此地所独有的、深浓的、永不复返的文化。"先生
认为老城的历史文化遗存丰厚，是"天津人独自的创造，是他们个
性、气息、才智及勤劳凝结而成的历史见证，是他们尊严的象征，也
是天津人赖以自信的潜在而坚实的精神支柱"。

"津城将拆，风物将灭，此间景物，谁予惜之？"[1]冯骥才先生发
出了"抢救城市灵魂的文化行为"的号召。组织起天津文化、博物、
民俗、建筑、摄影学界有识之士踏访故旧，对老城进行了地毯式田野
调查。全力抢救性保护、记录老城、老街、老建筑。半年多时间的采
风调研，取得了丰硕的成果。不仅发现多处文物遗迹，且拍摄了四千
余张照片，更有专家学者完成了对于老城的最新研究成果，体现出
深厚的学术内涵和思想价值，真实、完整地留下了一座老城的历史
记忆。

记得在推土机尚未完全推倒这座老城时，冯骥才先生带领我们一
行二十多人，踏着瓦砾，深一脚浅一脚地和老城做最后的告别，我们

1　冯骥才：《天津老房子——旧城遗韵》序，天津杨柳青画社，1995年。

图 5 1997 年 9 月 18 日考察红桥区古炮台发掘现场（段新培摄影）

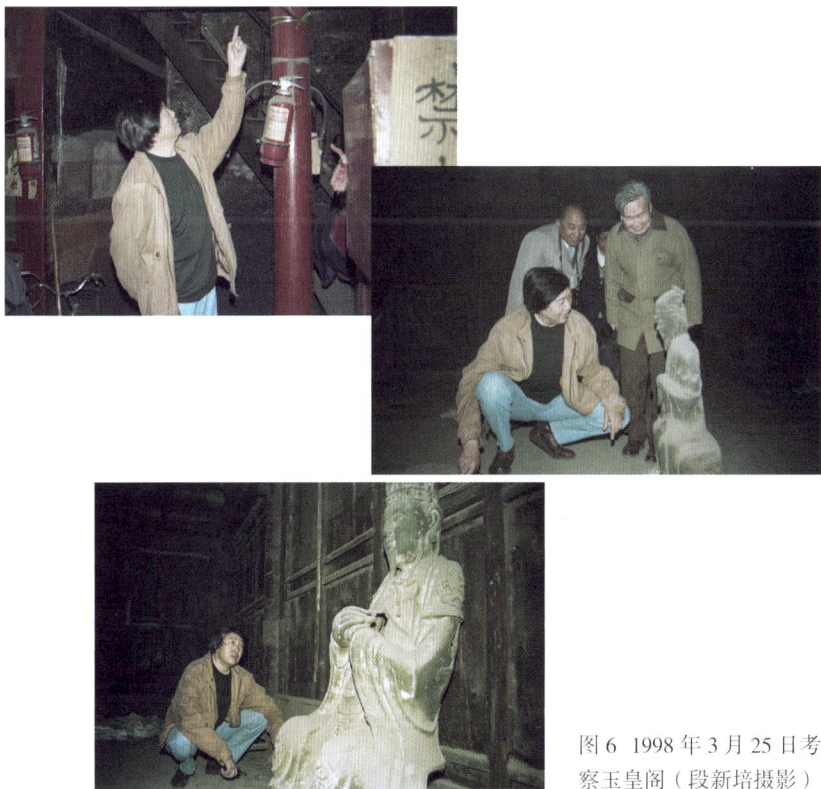

图 6 1998 年 3 月 25 日考察玉皇阁（段新培摄影）

图 7　1999 年正月初六在天津天后宫签售《老房子》(段新培摄影)

图 8　2000 年正月初六在《估衣街存珍》明信片首发式上
讲话（段新培摄影）

在位于老城里的元升茶楼写下了一段记录文字，每个人都签上自己的
名字，当时的场面现在回忆起来仍觉悲壮。

在冯骥才先生的领导下，对老城的调查与记录完成后，仍然没有停下来，延伸到老城之外的整个天津地域，《天津老房子——旧城遗韵》《天津老房子——东西南北》《天津老房子——小洋楼风情》等一部部研究成果出版，不仅记录了物理空间的原生形态，更是将充满浓郁天津特色的市井民俗鲜活地捕捉记录下来。

3. 倡导并参与捐建中国第一家捐赠博物馆——天津市老城博物馆

坐落在老城东门里 202 号的徐家大院，原为英商麦家利洋行买办徐朴庵旧宅。清末民初修成，为三进四合套院落，配有东、西箭道，门楼、影壁尽显津派传统民居的风格，正房和厢房的墀头、博风、房脊、檐口镶嵌着极具天津特色的砖雕。门窗、隔扇、回廊等则装饰着精美的木雕。尽管徐家大院不是当年天津老城最大、最精美、最典型的，但它是目前老城内唯一一座保留较为完整的三进四合套院落，可谓弥足珍贵。

殊不知在老城全面拆迁改造的过程中，建造鼓楼商业街的开发商曾一度主张拆除它。为了保护好这座传统四合院，冯骥才先生对这座传统民居建筑进行了深入细致的考察，提出要在此地建成全国第一座捐赠博物馆，号召天津市的有识之士捐赠老物件，要为天津人

图 9 老城东门里徐家大院（今天津市老城博物馆）（尚立新摄影）

图 10　老城东门里徐家大院影壁及箭道（尚立新摄影）

图 11　老城东门里
徐家大院 额枋

图 12　老城东门里
徐家大院 雀替

图 13　老城东门里
徐家大院 平安如意
有余 墀头

图 14 老城东门里徐家大院 五福捧寿 盲窗（尚立新摄影）

民留下一座可以寻觅到乡愁、乡情、乡音的地方。先生先是找到了南开区的相关领导和开发商沟通，做了大量的说服工作，阐明保护这座传统民居的意义，同时号召全社会民众积极参与天津市老城博物馆的建设。先生率先垂范，带头将自己珍藏的砖雕、石雕等文物藏品捐献给天津市老城博物馆，并题写了馆名。在冯骥才先生的带领下，天津市很多文化学者、收藏爱好者和普通市民，纷纷踊跃捐赠，一下子掀起了一股捐赠热潮，民众热爱家乡的情怀空前高涨。

在冯骥才先生的悉心指导下，天津市老城博物馆得到了抢救性的保护和修复，展现出老城传统民居建筑特有的风韵，正如先生所说的"有了富贵相"。同时还相继推出了《印象老城》《老城砖雕艺术展》《老城民俗文物展》《老城生活习俗展》《儿童老游戏展》等大型展览，在社会上引起很大反响，成为爱祖国、爱家乡教育的重要基地。

图 15 冯骥才捐赠狮子（尚立新摄影）

图 16 冯骥才捐赠砖雕（尚立新摄影）

二、保护皇会

1. 关于皇会

"皇会是中华妈祖崇拜一个奇异的盛典，是北方的妈祖之乡天津重要的文化遗产，也是此地上一个遥远而美丽的文化的梦。""不可思议的是，在天津举行皇会例行的七八天里，竟然举城若狂，万人空巷，香船云集于海河，中国的大城市何处还有这样壮观的民俗？"[1] 这是冯骥才先生在 2006 年为我的学术专著《皇会》一书所作的序中的话。这是对皇会最精辟的定义和概括。

的确，皇会承载着天津这方热土几代人的美好愿景，是人们挥之不去的文化记忆。皇会是为祭祀海神天后娘娘诞辰而举行的大型庆典，是天津民间最为隆重的民俗活动，曾被誉为"中国人的狂欢节"。伴随着天津社会经济文化的发展，逐渐演化成一种独特的将神祇崇拜、民间信仰、问医求子、祈福还愿、赛会演剧、民众游观、会亲访友、社会交往、城乡商品交换等活动集于一体的庙会形式。皇会的发展经历了一个由以颂扬民间信仰为主题到充分展示中国北方妈祖文化风韵以及天津地域民俗风情的全民性活动的衍变过程。全面、真实地记录了浓郁的中国北方妈祖文化所特有的发展与繁盛的轨迹，记录了天津独具特色的民风民情，为我们今天研究中华民族优秀传统文化，进一步探求妈祖文化与海洋文化，与人类的文明和进步，与城市的历史、文化、民俗、信仰，乃至音乐、舞蹈、工艺美术等都提供了翔实的佐证。

1　尚洁：《皇会》，百花文艺出版社，2006 年。

2. 拯救老会

民间老会既是皇会中最重要的民间组织和表演团体，也是一个社区的标志（包括文化生态、经济实力等），是在天津独具特色的人文生态环境下滋养、孕育的产物。

根据有关资料显示：截至 1949 年，天津尚存七十余种老会的表演类型，近千余道会。过了三四十年后，也就是二十世纪八九十年代（这个时期还是民间各老会、圣会的复兴和繁盛时期，并以"花会"这一称谓出现，民间还成立了广场艺术民间联谊会），天津存有各类表演老会四十余种，计五百余道会，几乎是减少了一半。然而再过了近三十年后，也就是截至今天，我们民间老会的数量已经是不足六七十道，百分之八十多的老会都消亡了。比如像高跷只有二三十道，法鼓也只有七八道，连原来三十年前的三分之一都不到。我们仅从纳入国家级和天津市级非遗名录的统计上看，截至 2022 年 10 月，共有各类老会五十一道。从这个数字上看，消亡的速度是相当惊人的。

"民间文化是自生自灭的，花开花落是生命的规律。这是民间文化在农耕时代的自然规律，可是，一旦进入现代社会，它就有了遗产的性质，遗产是需要呵护的，不能任其消亡。"这是冯骥才先生在《八蜡庙》高跷老会道别仪式上说的一句话，非常深刻。冯骥才先生对于老会倾注了大量的心血，他的那种钟爱和情怀感染着并激励着每一道位老会的成员们，成为他们努力坚守的坚强后盾。他们把冯骥才先生视为定海神针，视为精神支柱，那种由衷的感念、拥戴和敬仰令人动容。

1988 年，由冯骥才先生担任顾问的天津市广场艺术民间联谊会成立，这是全国第一家率先成立民间联合组织，民间老会从松散型开始走向规模化的联合发展之路。

2010年6月5日，由冯骥才先生担任名誉主任、我担任执行主任的"民间保护天津皇会奖励基金"在天津天后宫举行了启动仪式。这是国内首次成立的由民间发起、为一项非物质文化遗产设立的专门基金。得到天津社会各界及冯骥才民间文化基金会等团体的襄赞支持。发起成立不到一个星期就收到一百一十多万的善款，后来又收到韩美林艺术基金会的善款五十万元，在此期间三十位皇会的优秀传承人和十一道历史悠久的濒危老会获得奖励和资助。

冯骥才先生还充分利用各种机会为老会营造展示的文化空间，使很多具有地方特色的老会相继在天津民俗文化博览周、月季花节、中国天津妈祖文化旅游节、天津大学北洋艺术节等各类

民间保护天津皇会奖励基金

推动国家级非物质文化遗产
天津皇会的传承保护和研究记录
提高全社会的自觉保护意识
激励民间各表演老会和相关人员的传承保护责任感、使命感和自豪感
使皇会的文化传承达到健康有序、可持续发展。

图17 民间保护天津皇会奖励基金宣传册

节庆中亮相。他还把老会推向世界。曾利用中日韩民俗文化学术会议举办期间，组织与会专家来到天津天后宫，体验妈祖祭典仪式，观看狮、法鼓、高跷、旱船小车会、竹马、背阁等老会表演，并到北辰祥音法鼓老会住所采风。当冯骥才先生得知老会面临的困难，当场捐赠了五万元。

图 18　2009 年冯骥才及中日韩非物质文化遗产保护论坛的民俗专家参观天津天后宫，冯骥才与节节高民间表演艺人交谈

图 19　2019 年 9 月 13 日百忍京秧歌老会成立 200 年庆典

2019 年 7 月，冯骥才先生参加了百忍京秧歌老会成立 200 年庆典活动。对于老会，无疑是最高的荣耀和激励，增加了他们坚守的信心和力量，激发起强烈的责任感、使命感、自豪感。

《八蜡庙》高跷老会是天津久负盛名的一道老会，但因后继无人（出会表演的十四位演员只剩下了四位，且都上了年纪，身体患病，会长马六爷也已七十三岁了），难以维持，被迫宣布解散。他们把会具全部捐献给天津市非遗中心，希望国家保护起来，将来在博物馆的展览中能够有他们存在的印记。当时会头马六爷找到我，希望我能参加他们的捐赠仪式，并委托我邀请冯骥才先生莅临。我即刻向先生进行了汇报，先生高度重视，把全院的师生都组织调动起来，先是对这

图 20　2022 年 7 月 8 日在八腊庙老会

道老会进行了抢救性的文化记录。之后，先生提议要为这道老会举办一次道别仪式。2022 年 7 月 8 日，正值盛夏，先生冒着酷暑组织并参加了这一从未有过的老会道别仪式。老会的四位演员个个都是彩妆扮相，患病的会员由家属搀扶坚持着站在场上，虽然不能上腿子表演，但他们仍然保持着老会特有的那个范儿，获得了满堂彩。他们还从别会邀请来助演演员，代表他们进行表演。其他的老会也有来捧场的，虽然还是按照老规矩拜会、互换帖子，但每个人都是表情凝重，难掩不舍之情，场面特别感人。冯骥才先生不仅整整一个上午全程参加了活动，还给老会捐款五千元，用于当天的活动费用，他说要让老会有尊严地退出。

3. 为弘扬妈祖文化鼓与呼

妈祖文化与天津这座城市是一种"精神血缘关系"。这是冯骥才先生在 2001 年首届中国天津妈祖文化旅游节中举办的妈祖文化论坛中做的主题讲演中所阐述的观点，非常准确英明，高屋建瓴。

作为世界文化遗产的妈祖信俗，既是妈祖文化的核心内容，亦是中华优秀传统文化的重要组成部分。"先有娘娘宫，后有天津卫"这一俗语，非常鲜明地道出了从元代至元年间就传入天津的妈祖文化与天津城市形成和发展的密切联系。妈祖文化在津传承的七百余年间，积淀了包括古建筑、古遗址、碑刻、艺文资料等丰厚的历史文化遗产，凸显着穿越时空的力量，已成为天津这座历史文化名城的重要标志。据不完全统计，古今天津的妈祖宫庙共有四十八座，其中历史上有据可查的妈祖庙宇（包括行宫）共四十三座；二十世纪九十年代田野调查发现四座，2011 年新建一座。需要说明的是旧时天津民间对"娘娘"的这一称谓不只仅限于妈祖，如对泰山娘娘、观音、三霄（云霄、碧霄、琼霄）娘娘等女神亦称之为"娘娘"，其庙宇也称为

图 21 冯骥才在第五届妈祖文化论坛上做主题演讲

"娘娘庙"。这就有可能造成历史上对于妈祖宫庙数量的统计也不是绝对准确。

由于历史的原因，天津的妈祖信俗从二十世纪六十年代至八十年代末曾一度失去传承。直到 1985 年，在冯骥才先生的努力和引领下，天津妈祖文化开始了复兴之路。

据《天津市四十五年大事记（1949—1993）》记载：1985 年 1 月 14 日，天津市召开了有关区局领导干部会议，决定全面大修天津天后宫，复建宫南宫北大街，将其一并改造成仿古文化街，并确定把修建古文化街与修复天津天后宫、文庙、广东会馆、吕祖堂等四处古建筑，作为 1985 年天津市人民政府改善城市人民生活的十项工作之一，还决定将天津天后宫辟为天津市民俗博物馆。

1993 年 11 月，在河东区政协召开的"直沽文化研讨会"上，冯骥才先生等与会专家学者提出了对大直沽天妃宫遗址的保护问题。当时正值天津市东达房地产开发有限公司承担大直沽地区的危房改造任

图 22 1985 年重修后的天津天后宫山门

图 23 2002 年腊月二十三在古文化街考
察年俗（段新培摄影）

图 24 2001 年腊月接受央视焦点访谈主持
人敬一丹采访谈天津年俗（段新培摄影）

务。先生与该公司的牛世清总经理建议在危改之初，向当地居民发布
征集大直沽天妃宫相关历史文化信息的启事，由此获得了许多有关大
直沽天妃宫遗址的重要线索。1997 年 9 月 15 日晚，该公司在河东区
大直沽中街（原天妃宫遗址附近）一处拆迁现场，挖掘出土一件完整
的赑屃（石碑碑座）。随后，该公司与天津市文联联合举办了"保护

图 25 1997 年 9 月 18 日考察大直沽高台地区（段新培摄影）

图 26 1997 年 12 月 30 日考察大直沽高台地区（段新培摄影）

大直沽地域文化研讨会"。1997 年 9 月，天津市考古队获悉大直沽佳喜园小区发现了古代文物后立即赶到现场考察，经勘查确认出土文物为明代天妃宫遗物，同时发现建筑遗迹。10 月 22 日上午，在出土"赑屃"东侧三十多米处，又发掘出了明代《重修敕建天妃灵慈宫碑记》残石质碑首，上有"重修敕建"四个残字和龙纹，同时还发现了石龟形碑座。之后先生与文化界、文博考古界专家学者共同倡导并联名提出"关于建立天津大直沽天妃宫遗址博物馆的建议"。最终促成了天津市人民政府在大直沽投资修建了"元明清天妃宫遗址博物馆"。

三、建立团队

1. 强化文化学者在遗产保护中的作用

"学者对遗产的意义，是从精神文化层面把握它、挖掘它、弘扬它，不让它在市场时代中失却了它独有的精神本质。"这是冯骥才先生在 2006 年为我的学术专著《皇会》一书所作的序中讲到的话。

冯骥才先生身体力行，多次在妈祖文化论坛上发表主题讲演，鼓励并提携年轻学者，指导妈祖文化学术研究的拓展和深化。在先生的带领下，我们完成了《天津通志·民俗志》《天津市志·妈祖文化志》的编纂。我的学术专著《天津皇会》《皇会》《天津天后宫行会图》（汉英版）（汉日版）作为国家出版基金项目也相继出版。

同时，先生还带领我们连续十三年编辑出版《今晚报》贺岁书，相继推出《天津卫过大年》《津门传家宝》《津城老胡同》《天津老画》《津城老胡同》《书香贺岁十二春》等十三部，受到全社会的欢迎和追捧。每年正月初六都要举办新书签售、推广活动，成为天津年俗中一道亮丽的风景和老百姓过年生活中的头等大事。有的人半夜就到书店

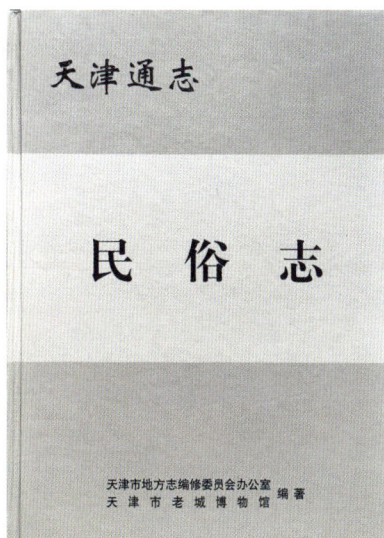

图 27 2006 年出版《天津通志·民俗志》

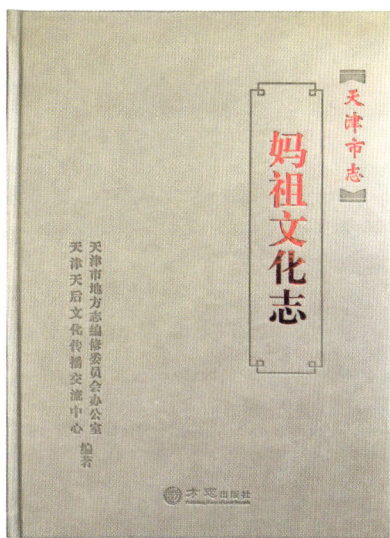

图 28 2019 年出版《天津市志·妈祖文化志》

图 29 2022 年出版《天津天后宫行会图》汉日版

图 30 2006 年出版了第一部贺岁书《天津卫过大年》

门口排队等候，冯骥才先生同参与编写的作者从早上九点开始，一直到下午一点多钟，排队的民众仍然不肯离去。场面热烈火爆，感人至深。

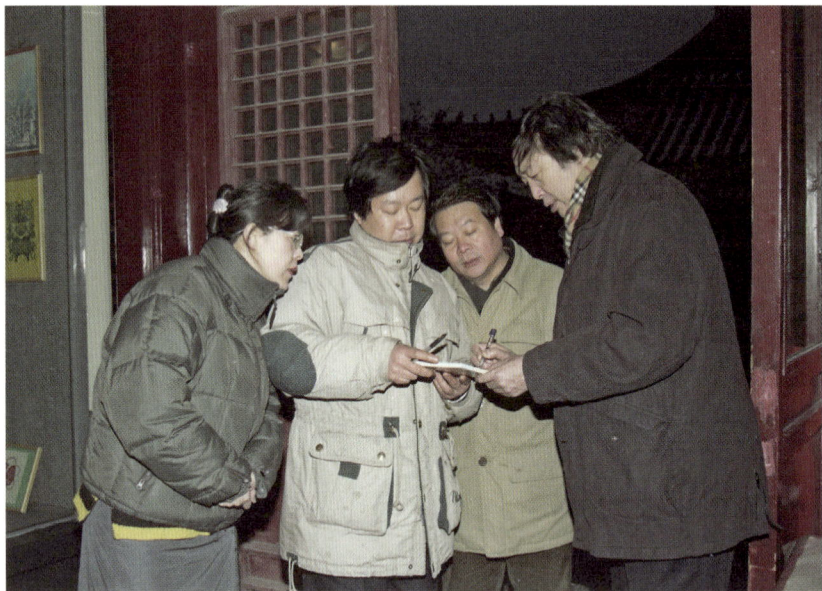

图 31 2003 年正月初五在古文化街参加新春团拜活动时为展览提出修改意见

　　冯骥才先生还策划发起每年正月初五"文人雅聚"，集结了天津地方文史研究的知名专家学者参与，成为天津过年期间著名的文化盛会。该活动由南开区委、区政府主办，南开区文化和旅游局承办，共坚持举办了十二年。与会人员先到天津天后宫参加妈祖祭典，然后再围绕妈祖文化、老城文化等天津地域文化开展讨论交流。其间常常碰撞出火花，成为南开区乃至天津市文化工作的良策。

　　2. 整合大学与社会资源力量，培养并组建起文化遗产保护的生力军。

　　冯骥才先生重视学科建设，坚持把书桌搬到田野里。通过系统的教育与田野调查的积累，培养了一批又一批文化遗产保护的专门人才，在各个岗位发挥着重要作用。

　　在先生的带领下，学院的年轻学者对十余道老会进行了普查，编辑出版了《天津皇会遗产档案》，为老会留下了弥足珍贵的口述及影像资料。

同时，先生还重视民间的社会力量的合力作用，挖掘各方面的潜力和能动作用，包括对从事文化遗产保护的专业人士、爱好者、志愿者乃至对非遗传承人的扶持、鼓励等等，使大家形成共识，确立目标，携手共进。先生曾说："我相信，只有真正认识到一个地域的文化性格，才能唤起这个社会的光彩与生命。"

冯骥才先生以他对天津这座城市的炽热情感温暖着、感染着这座城市的广大民众，人们热爱他，敬仰他，感念他，一句"大冯"的称呼，道出了无以言表的崇敬、喜欢和祝福。

在此，作为亲历者，作为在先生的呵护、帮助、指导下成长起来的学人，我深怀感恩，衷心祝福先生健康长寿！文学艺术之树常青！

冯骥才早期文化遗产保护理路探寻
——兼述《天津砖刻艺术》的学术价值

王振良

天津师范大学古籍保护研究院教授、博士生导师

2019 年 5 月，参加"冰河·凌汛·激流·旋涡——冯骥才记述文化五十年国际学术研讨会"时，我草写有《永不停止的思考与行动——冯骥才天津文化遗产保护实践的理路探寻》一文，聚焦冯骥才文化遗产保护实践演进和思想更迭的历程，简单勾勒了其由天津到全国、由物质文化遗产（文物）到非物质文化遗产、由个案到整体、由城市到乡村的发展理路。恰好在这次会议上，冯骥才新著《天津砖刻艺术》（上海书店出版社，2019 年 5 月）作为会议材料也发到与会者手中。我们都知道，冯骥才的首部口述史《无路可逃》，是从 1966 年开始的。此前他的二十多年人生，只能从其散文和随笔中管窥，但较多的是人生经历之记述和感悟，很少旁及文化遗产保护思想的形成与发展。而《天津砖刻艺术》的发掘和出版，恰好可以补上冯骥才文化遗产保护实践和思想的早期缺环。

学者初基

《天津砖刻艺术》除了自序《五十五年前一次文化抢救》和向云

278

驹的《跋》，主题分为四节：天津砖刻的历史沿革；黄金时代的天津砖刻；"刻砖刘"的生涯与艺术；天津砖刻的内容、风格与制作。另附有照片以及"影壁"砖刻结构图、"门楼"砖刻结构图、"墙饰"砖刻结构图、天津砖刻分布情况等图版。全书内容基本源自田野采集，1963年开始调查，1964年7月完稿。此书迟至2019年才正式出版，因此2018年1月为该书撰写自序时，冯骥才称当年的调查是"五十五年前一次文化抢救"。全书的文字部分，只有一万有奇，与其说是专著，不如说是一篇充实的田野调查报告。做这项学术性的工作时，冯骥才还是个刚刚二十岁出头的青年，虽然有着不错的美术功底，但并未经过专业的田野训练。不过从术语使用的熟练和准确来看，其背后的功夫肯定下了很多。正是这样一部历经半个多世纪才问世的"处女作"，奠定了一个卓越文化学者的学术初基。

冯骥才作为作家、画家和学者，其三方面潜质在《天津砖刻艺术》中均已显露无遗。《天津砖刻艺术》中充满了文学的表述。譬如他说："刘凤鸣兢兢业业地工作了几十年，磨钝了何止几百把锥刀，刻透了何止几千块青砖，装点有钱人家的门面，自己在一条阴暗的夹道饥寒交迫地劳作，一家七口还要熬着愁米愁盐、惶惑不安的日子。"[1] 同时，作为艺术家对形象的追求、对线条的敏锐，从书中照片和插图也很容易看出来。而作为学者的冯骥才，显露出的田野调查行动力、口述历史操作力，更是远远超出了同龄人。

《天津砖刻艺术》所体现的冯骥才作家、画家和学者潜质，很多时候是纠缠在一起的。《天津砖刻的历史沿革》一节开篇，仅用寥寥三百余字就勾勒出了自春秋至明清时期的刻砖历史："砖刻，是一门实用于建筑上的装饰艺术，它与石刻、木刻相配合，构成我国传统

---

1 《天津砖刻艺术》（手稿珍藏本），上海书店出版社，2019年，第76页。

的建筑装饰的独特形式，主要用于建筑物的外部。砖刻的历史颇为久远，先见于《左传》：'晋灵公不君，厚敛以雕墙。'现有实物方面，当以四川、河南各地出土的大量的汉画象（像）砖为最早，由此可知早在公元前一世纪的汉代，砖刻艺术就已十分成熟。汉砖用于墓圹，其制作大体可分为两类：一是直接刻画，一是模子压印；它们都属于浅浮雕与线刻相结合的艺术品，是近代砖刻的远祖。宋元两代，砖刻慢慢地扩展到了用于装饰砖塔与庙宇上。一般说来，砖的性质：较石软，较木脆；到了明清时期不少地方稍讲究点儿的民房大多刻砖以饰，甚至形成一种盛行一时的社会习尚。清人钱泳说：'大厅前必有门楼，砖上雕刻人马戏文，玲珑剔透。'"[1] 这段文字十分凝练，首先对砖刻进行了定义，然后追溯其产生的源头，接着叙述作为远祖的汉画像砖分类和特点，再谈到宋元时期砖刻艺术适用对象的转移，最后说到明清时期民宅的砖刻习尚。还不仅仅是概括性强，这段文字生动而精准，既有文献引用，又有认知判断，还有学理归纳。文学家所需要的文字能力、艺术家所需要审美能力、学者所需要的判断能力，在这段文字中都有极佳呈现。

抛开作为文学家的冯骥才不谈，作为艺术家和学者的冯骥才，都深刻地影响了其后来的文化遗产保护实践和思想发展理路。这个理路有三条并行的主线：一是美之追求，这是宏观的观念理路；二是田野调查，这是中观的实践理路；三是口述历史，这是微观的方法理路。下面我们就从这三个方面进行简单梳理，由此窥探《天津砖刻艺术》在冯骥才文化遗产保护实践和思想发展过程中的重要价值。

1　见《履园丛话》，第62–63页。

美之追求

美之追求是冯骥才文化遗产保护思想的观念理路，也是其生命和生活的原动力。他在各种场合不断谈"美"——文学的美，艺术的美，历史的美，遗产的美，民俗的美，生活的美，生命的美，林林总总，不一而足。他甚至认为，历史美也是一种艺术美，一切生活的奥秘都逃不开"美"字，因此"艺术的本质是在任何地方都让美成为胜利者"。

冯骥才天生对形象敏感，对艺术痴迷，早年师从严六符、惠孝同、吴玉如、溥佐、张其翼等名家学习书法和绘画，因此形成了极高的审美能力。无论是现实的生活，还是人类存在的世界，在冯骥才眼里到处都充满美的元素、美的内涵、美的真谛。这让他从青年时代起，就把对真善美的朴素追求，转化为保护真善美的行动力量。他打通了文学、艺术和遗产保护，在三个领域游刃有余地自由转换着身份。在《天津砖刻艺术》中，随处可见对刻砖美的描述。

冯骥才评价赵连璧父子云："赵连璧的作品，形象饱满，神态逼真，情感充沛，往往不强调入砖的深度而追求境界的宽阔。其子赵恩祥，擅长花鸟，用刀朴拙，而形象能给人一种活生生的、又在运动的感觉。"[1] 评价马顺清父子云："（马顺清）气势雄浑，形象圆厚坐实，线条生动，具有浓厚的装饰趣味……马少德，运腕灵活，刀锋细腻轻巧，所刻花鸟鱼龙，能惟妙惟肖，栩栩如生；马少清直接承袭家风，而其刀法的沉着、圆润、虚实相生，特别是'堆贴法'的使用，是他的独自创造。"[2] 冯骥才评价刻砖艺术家，每位都能抓住作品之精髓，

1　《天津砖刻艺术》（手稿珍藏本），上海书店出版社，2019年，第70页。

2　《天津砖刻艺术》（手稿珍藏本），上海书店出版社，2019年，第70—71页。

以简明精炼的文字予以概括，使艺术家们"各美其美"。

评价刻砖艺术大师刘凤鸣时，冯骥才则是不吝笔墨："他的作品，画面饱满，内容丰富，构图平稳却不呆板，结构谨严而又疏密合度；刀法纯熟，规律性强，装饰味道浓；多用圆线和曲线，使得形象既饱满又生动；动物的表现一般采用夸张的手法；人物的刻画朴拙而富有神情；楼台的描写工整而稳固；一般（楼台、故事之类）使用散点透视方法，扩大形象活动的场地，远处常常安插一座亭子或半座茅舍，在山林间隐现，增强画面的含蓄性和深远的感觉……"[1]

对艺术之美的追求，使得冯骥才对刻砖以及年画、泥人、风筝、木雕、灯笼等民间艺术都有着特殊酷爱。而对刻砖的这次田野调查，让他早在二十世纪六十年代初期，就懵懂地闯入了文化遗产保护领域。

冯骥才的文学、艺术和文化遗产保护，都根植于他对美的追求及对地方文化的挚爱。他的文学既植根于艺术，也植根于地方文化，从早年的《义和拳》《神鞭》《俗世奇人》，直到近年的《单筒望远镜》等，无论是历史小说，还是伤痕文学，或者说"津味小说"，都贯穿着强烈的历史意识和写实倾向，发掘的都是背后的历史之美、人物之美、世俗之美。

在冯骥才眼中所有的美都是交融的。最初是发现生活之美——民间艺术，接着对刻砖等物化的艺术之美逐步拓展，先演化为历史之美和文学之美，再推阐为建筑之美和遗产之美，最后扩张为城市之美和乡村之美。理解了这一点，也就理解了冯骥才文化遗产保护思想的发展理路——由保护记录刻砖等民间艺术品（可移动文物）起步，接着分成了两个维度：向历史维度发展就成了历史建筑保护（不可移动文物），向现实维度发展就成了非物质文化遗产保护。最后这两个维度

1　《天津砖刻艺术》（手稿珍藏本），上海书店出版社，2019年，第74页。

实现交融，在城市就成了历史文化街区乃至历史文化名城的保护，在农村就成了历史文化名村乃至历史文化名镇的保护。

田野调查

田野调查是冯骥才文化遗产保护思想的实践理路。他 1963 年至 1964 年进行的天津城市刻砖田野调查，可以视作其最早的文化遗产保护行动。这次田野调查的动力，是他想编写一套关于天津民间艺术的书。在冯骥才的计划中，这套书包括杨柳青年画、木雕刘、刻砖刘、风筝魏、泥人张、华锦成灯笼等分册。不过狂风暴雨般的运动很快就到来了，他只完成了《天津砖刻艺术》的写作。对于这次田野调查，后来冯骥才有过简单回忆："当时，天天骑车，后衣架上绑一个木凳，身上斜挎一架廉价小相机，奔波于老城内外街巷中，收集记录砖雕遗存。"[1] 显然，冯骥才此时的所作所为，已经是非常标准的田野调查了。

在冯骥才已走过的八十余年人生历程中，我们能够看出他超强的行动力。如果没有那场运动，按照当时的兴趣发展下去，他很可能成为一位出色的研究民间美术的学者。但运动过程中的极端心灵体验，使他转向了用文字开掘人性，于是中国当代文学史上有了作家冯骥才。

不过，《天津砖刻艺术》中的田野经验，对冯骥才文学创作的正向影响是显而易见的。为了《义和拳》的写作，在二十世纪七十年代后期，他对天津城内的义和团遗址遗迹进行了广泛调查，这才有了小说中真切的历史场景和生动的民俗表达。此后，虽然创作重点转向伤

---

1 《生命的经纬·时光倒流七十年》，生活·读书·新知三联书店，
  2012 年 8 月，第 52 页

痕文学和反思文学，但《神鞭》（1984 年）和《俗世奇人》（2000 年）等作品，依然有着大量经典的天津民俗场景。2018 年《单筒望远镜》出版，冯骥才又实现了文学上的回归与升华，其对天津城市和历史的谙熟，不仅仅是为小说增彩添色，甚至成为其整体结构的"硬核"。

冯骥才的田野调查是从天津到全国、从城市到农村、从物质到非物质逐步蔓延开来的，天津可以说是他最初的试验田，而这块试验田早在二十世纪六十年代就结出了最初果实——《天津砖刻艺术》。二十世纪九十年代，冯骥才重新进入文化遗产保护领域，其田野调查的范围不断扩大，天津仍然是他的根据地和大本营。九十年代在天津进行的田野调查，为冯骥才后来的文化遗产保护行动提供了巨大助力和支持。不过这次调查，他已经不再是单打独斗，其时身为天津市文联主席的他，组织了庞大的专家学者队伍，完成了个人难以完成的任务。这次调查的直接成果，就是厚厚的四大册《天津老房子》丛书，包括杨柳青画社出版的《旧城遗韵》（1995 年 12 月）和《东西南北》（1998 年 5 月）、天津教育出版社出版的《小洋楼风情·民居建筑》（1998 年 11 月）和《小洋楼风情·公共》（1998 年 11 月）。世纪之交前后，冯骥才主导的天津市文化遗产保护活动——大直沽的保护、估衣街的保护、天津卫城的保护，就是建立在这些田野调查基础上的。2011 年，冯骥才先生带领学生又调查了天津市西青区杨柳青镇南乡三十六村，出版了《一个古画乡的临终抢救》，这对于《天津砖刻艺术》来说，何尝不是一次向天津民间艺术的回归？

因为有着出色的绘画功底，《天津砖刻艺术》中除了精美的砖刻照片，还插入了大量与刻砖相关的线图，并绘有一份《天津砖刻分布情况示意图》。这些都使《天津砖刻艺术》成为一篇标准的民间美术田野调查报告。在冯骥才调查天津砖刻艺术前后，天津学者也在进行着各类的田野调查，譬如关于太平天国北伐军的，关于义和团运动的，关于三条石机器工业的，关于开滦煤矿的，关于启新洋灰公司的……而冯骥才的调查却对准了当时无人问津的民间美术，不知道七十四岁的刘凤鸣先生面对这个二十出头的年轻人时，心中会有着怎样的感慨。

二十世纪九十年代以来，冯骥才为保护文化遗产发起的各种田野调查行动，几乎都可以在《天津砖刻艺术》找到理路根源。此点向云驹在该书《跋》中言之綦详，这里就不再赘述。

口述历史

口述历史是冯骥才文化遗产保护思想的方法理路。在《天津砖刻艺术》中，我们已经可以看到口述历史方法的灵活运用。

虽然没有十分明确，但书中对天津砖刻历史的叙述，很大程度当来自刘凤鸣口述。早期天津砖刻艺术家，谈到马士海和宁四爷，时代是乾嘉之际。具体内容都非常简单，显然是刘凤鸣的耳剽。道咸同时期，天津刻砖进入黄金时代，代表人物是马顺清和赵连璧。

刘凤鸣生于光绪十五年（1889），马顺清是他的外公，如果按比刘凤鸣大五十岁计算，则当生于 1830 年前后，其时宁四爷大约五十岁。冯骥才是 1963 年采访的刘凤鸣，前推至 1830 约一百三十多年。这一时间上的前溯，恰好符合口述历史的一般规律。马顺清和赵连璧是同时代人，刘凤鸣对他们的叙述都相对详细。当然，刘凤鸣口述的重点，仍然是其个人的经历和艺术。在冯骥才的记叙中，刘凤鸣的口述内容主要包括：家族简况、个人简况、前辈和同代艺人简况、学艺过程、作品的艺术特点、独创的贴砖法，以及 1949 年后生活和创作情况、对未来展望，还有砖刻的选料制作、内容题材、风格对比、传承谱系、细节故事等。虽然当年的冯骥才未必有明确的口述历史概念，但面对刘凤鸣这样的民间老艺人，其问题几乎囊括了当代传承人口述史的方方面面。

口述史的一大魅力是富于细节，这点《天津砖刻艺术》也不逊色。譬如对少年刘凤鸣痴迷砖刻的描摹："为了刻好一块'三国故事'又入深夜，早已睡着的外祖父一觉醒来，看到昏黄的煤油灯下，外孙还在那里聚精会神的工作，便问道：'几点了，你还没有睡？'刘凤鸣刻兴正浓，不肯罢手，明知已是午夜时分，唯恐外祖父知道后因爱惜自己而阻止自己的工作，迫不得已地扯了个谎道：'才十点，您接着睡吧！'过了不知多久，外祖父又被他咔嚓咔嚓的刻砖声吵醒，马顺清实在不能再让汗流浃背的外孙继续干下去，因为这时鸡已叫过头遍了。"[1]

《天津砖刻艺术》最后一节重点讲述砖刻制作，可以说是全书的精华，谈到很多易被忽略的腠容。如刻砖使用的砖料产自侯家台子，质地细腻，较少砂眼，便于雕刻。具体制作过程则分五个步骤：整料、切边、描稿、雕刻、贴补。当年能够关注这类内容，的确需要超前的识见。

除了天津老城，冯骥才的眼光还延展到西郊的杨柳青、北郊的宜兴埠等地，并认为"这两地砖刻，是早年由天津市内传去的，土生土长，天真烂漫，有淳厚的乡土味。几十年后，再和天津城内的砖刻相比较，风格迥然不同。尽管它们同属于北方砖刻的系统，却有如同母异父的姊妹般的显著区别"[2]

冯骥才的口述历史方法，在其后来的文学创作和文化遗产保护过程中，都有着出色发挥。如《一百个人的十年》（江苏文艺出版社，

---

1 《天津砖刻艺术》（手稿珍藏本），上海书店出版社，2019年，第73页。
2 《天津砖刻艺术》（手稿珍藏本），上海书店出版社，2019年，第92页。

1991 年 7 月），如《炼狱·天堂：韩美林口述史》（人民文学出版社，2016 年 12 月）。在文学和口述中冯骥才转圜自如，前者乃是文学中的口述，后者则是口述中的文学。人民文学出版社推出的冯骥才口述历史四部曲《无路可逃：自我口述史（1966—1976）》（2016 年 8 月）、《凌汛：朝内大街 166 号（1977—1979）》（2013 年 12 月）、《激流中：我与新时期文学（1979—1988）》（2017 年 8 月）、《漩涡里：我的文化遗产保护史（1990—2013）》（2018 年 11 月），则可视作其文学和口述交融的巅峰。

萌生于《天津砖刻艺术》的冯骥才口述历史方法，更多的是为其文化遗产保护提供了强大支撑。从最初的抢救老街区的历史文化口述，到后来的年画艺人口述、天津皇会艺人口述，口述历史方法已经成为冯骥才文化遗产保护体系中的有机组成部分。2016 年，冯骥才在天津大学成立了中国传承人口述史研究所，在华文出版社出版了《传承人口述史方法论研究》，其口述历史基本理论和思想体系正式形成。最近几年，冯骥才以其在天津大学的文学艺术研究院为依托，还带出了一支出色的口述历史实践和研究团队。

简短结语

《天津砖刻艺术》一书，虽字数无多但弥足珍贵，它不仅是天津早期民间美术保护尝试的样本，而且大量是实践了田野调查和口述历史方法，补上了冯骥才早期文化遗产保护实践和思想的空白。

1963 年，二十一岁的冯骥才，面对西洋建筑的盛行，生出无限的历史感慨，对传统建筑的砖刻进行了抢救性调查，迈出了其文化遗产保护事业的最初步伐。虽然文字中不免带有时代的痕迹，但对民间文化的高度认同，却已经在其内心深深扎根，奠定了冯骥才整个文化遗产保护事业的初基。

2023 年，八十一岁的冯骥才，仍旧操劳在文化遗产保护战线。虽然已无力亲耕田野调查，但一支朝气蓬勃的教师队伍却在他的引领下快速开拓着实践和学术的前言。尤其令人欣喜的是，2022 年冯骥才文学艺术研究院招收了首批非物质文化遗产专业硕士研究生，更年轻的一代正在快速成长……最近两年，冯骥才似乎又回归到写作本身，各类著述一部接着一部——他的一切语言、文字和行动，都与文化遗产有着千丝万缕的关联，都充满着责任感和使命感。而这一切，早在一个甲子之前就已经注定——《天津砖刻艺术》绝堪作历史的明证和时代的注脚。

2023 年 3 月 10 日

地方感与集体记忆：冯骥才作品的空间叙事研究

——以《俗世奇人》为中心的讨论

冯莉

中国文联民间文艺艺术中心研究员，《民间文化论坛》执行主编

冯骥才在天津生活八十年，文化写作历时五十余载，创作了一系列以天津地方性文化为精神核心的经典作品。本文以《俗世奇人》为中心，运用地方感概念，结合空间叙事学分析方法，对冯骥才文学作品中营造的地方感空间叙事做初步探讨。

地方感、个人记忆与空间叙事

地方感的概念源于华裔学者段义孚《空间与地方：经验的视角》（ *Space and Place: The Perspectives of Experience* ）中提出的关于空间与感觉的复杂关系的研究。在他的研究中，地方感是由人的心性产生，是人与所处环境中之间的情感，是一种对特定空间产生信仰、情感和行为忠诚的多维概念。在段义孚看来，"民间社会的宗教具有特定的地方特点，每一片树林、每一个洞穴、每一条河流以及每一户家庭都有其内在的精神"[1]。地方感的模式生成，强调经过一段时间获取

---

1 段义孚:《地方感：人的意义何在？》，宋秀葵、陈金凤译，《鄱阳湖学刊》，2017 年第 4 期，第 43 页。

直接而复杂的体验，诉诸常识。而现代社会，人们对地方独特性的认识逐步减弱，地方感的丧失，使得自身文化印记不再突出，从而失去了自己对地方情感的依恋。

个人记忆的形成与童年的经历有很大关系。地方感是指基于人地之间长期交互关系中发展而来的认同感。最典型的地方感是对故乡的依恋情感。地方感的建构需要以人的情感为基础，这种情感的形成源于童年时期对空间的熟悉和依恋，始于一个人与环境互动产生各种情感的启蒙阶段。在许多作家的作品叙事中，都有着关于童年的记忆空间。如，鲁迅与绍兴、沈从文与湘西、汪曾祺与高邮，莫言与高密等等。作家对故乡空间的情感依恋，促使他们在作品中不断回到熟悉的地方。奥野健男将作家幼年和青春期阶段形成的这种空间的熟悉感称为"原风景"。"根据父母的家、游戏场以及亲友们的环境，在无意当中形成，并固定在深层意识之中。多年以后带着不可思议的留恋心情回想起时，小时候不理解的那些风景或形象的意义会逐渐得到理解。换句话说，他就像是灵魂的故乡，相当于人类历史的神话时代的'原风景'。"[1]作家内心灵魂的原乡是他投入情感反复书写的空间。

冯骥才在《我的生命的根一直在故土里》中写道："故乡有一种神奇感。你的父辈甚至祖先的故事都在那里。再有，便是天真无邪的生活。等到我们入世愈深，就会愈怀念自己儿时的率真与无忧无虑；我们离昨天愈远，愈清楚无法再回到过去。""我的很多故事是和某一个街名混在一起的。城市中的老屋老巷老树老墙，就像我家里的老物件，与我差不多已经融为一体了。我认识各种各样的人——那些不曾

1　龙迪勇：《空间叙事研究》，生活·读书·新知三联书店，2014年，第29页。

忘却和已经忘掉了的人，像群鸟一样散布在熙熙攘攘的市廛与万家灯火之中。"[1]

通过作品中流露出来的时空信息，乡土民情，对冯骥才影响最深的无疑是天津的市井生活文化。他对于乡土文化的热爱，与童年生活的文化空间密不可分。他自小在五大道法租界长大，也常去娘娘宫玩耍，他对天津的民间文化中民俗娱乐、饮食穿戴、言谈话语有着独特的情感记忆，这些都成为他后来文学创作的资源和文化遗产思想的根脉。正如，在《对话鲁奖》面对记者提问时，他说，"深入生活，就是要求我们真正深入钻到生活的底层，深入生活的褶皱里去，才能够找到与人的灵魂相勾连的东西……"他做到了，并且始终都将自己的思想成长和灵魂升华与天津的生活经历相连。

段义孚认为，地方感的生成需要几个基本条件：地方是对人的亲密和依赖，持久性在地方的思想中是一个重要的元素。人与人之间的亲切感来源于每一次交流的场所，这种感觉铭记在人们的记忆深处，每当回想起这个场所，就会有一种强烈的满足感。此外，一些生活中微不足道的事件也能够建立起强烈的地方感。[2]冯骥才小时候生活在"华洋并峙"的城市街区中，跟着大人坐着胶皮车从租界去往老城天后宫买年货，是他童年记忆中最有冲击力的记忆。他第一次走出租界来到娘娘宫前的大街，面前一切都"充满着中国人大年特有的亲切感，丰饶又拥挤，热烈又神奇。我感觉眼睛都被炸开了"。老城的街巷和新奇的体验，像《跟会》时空叙事链条：从东城外的娘娘宫、宫北、宫前、北大街、大胡同、锅店街、估衣街、针市街，这些都成了

1 天津大学冯骥才文学艺术研究院：《八十个春天——冯骥才的天津（1942—2022）》，内部出版，2022 年。
2 段义孚：《空间与地方：经验的视角》，王志标译，中国人民大学出版社，2017 年。

图 1 清末民初天津东城内文庙前的景象

他思想深处的"原风景"画卷，为后来他的作品中的空间叙事奠定了坚实的基础。这些亲切的地方感经验一次次地出现在他的散文和小说中。

天津卫是北方最大的漕运码头，码头是天津城市的源头，它是城市胚胎的象征。在《俗世奇人》中，各色人物在时间和空间叙事中都有着明确坐标。走进老街和十里洋场，人们就会被各种声音、气味和人物的故事包围着、感染着。俗世奇人们生活在老城、码头和租界三个空间，其中码头的地名竟有四十一处之多，人物更是涉及七八十人。

同样反复出现的老街在城市空间中具有特殊意义。如，"泥人张"张明山的故事发生在咸丰年间估衣街。这条街是《俗世奇人》人物频繁活动的街区，老字号云集，商贸繁盛。冯骥才将时间锁定在清末民初（1900—1930），正是天津城市由本土商埠向现代大都市的转折期，也是老街历史上最繁华的高光期。

空间叙事：内外空间、时空体

空间的叙事可以分为外空间、内空间和时空体空间。外空间与加布尔·佐伦建构的叙事空间理论模型的第一个层次是"地志空间"。[1] 这类空间叙事特点是对场所、地点等静态实体空间的描写，在叙事中构拟出地方空间独特的地域气场。巴尔扎克的小说也有类似开篇直接描述环境，揭示背景的写法。人物角色空间往往隐喻着他的身份和命运。在《俗世奇人》中，刷子李的开场就对码头上的空间做了叙述，"码头上的人，全是硬碰硬。……有绝活儿的，吃荤，亮堂，站在大街中央；没能耐的，吃素，发蔫，靠边待着"。外部空间往往是公共

图 2 冯骥才先生手绘"刷子李"插图

的空间，如大街、公共建筑物等，在叙事空间的建构中起到表征人物集体性格的作用。《酒婆》篇首："酒馆也分三六九等。首善街那家小酒馆算顶末尾的一等。不插幌子，不挂字号，里面连座位也没有；柜台上不卖菜，单摆一缸酒。来喝酒的都是扛活儿拉车卖苦力的底层

1　龙迪勇：《空间叙事学：叙事学研究的新领域》，《天津师范大学学报（社会科学版）》，2008 年第 6 期，第 58 页。

人。"这种外空间的叙事，没有过多的铺陈就将象征人物身份的空间勾勒出来。

《俗世奇人》每一段故事和每一个人物都有具体的空间地点。这些地点构建起了冯骥才对于天津城市史的空间记忆坐标。正如阿斯曼在《回忆空间》关于"地点的记忆"的分析："地点本身可以成为回忆的主体，成为回忆的载体，甚至可能拥有一种超出于人的记忆之外的记忆。""虽然地点之中并不拥有内在的记忆，但是它们对于文化回忆空间的建构却具有重要的意义。不仅因为它们能够通过把回忆固定在某一地点的土地之上，使其得到固定和证实，它们还体现了一种持久的延续，这种持久性比起个人的和甚至以人造物为具体形态的时代文化的短暂回忆来说都更加长久。"[1]

内空间的叙事，通常与室内的活动、装饰、家具等相关联。在"小杨月楼义结李金鏊"中，作者运用了空间象征法。当外部空间不足以表征人物性格、刻画人物形象的时候，就重点对人物住所之内的装饰、布置或摆设进行书写。"进了屋，屋里赛破庙，地上是土，条案上也是土，东西全是东倒西歪；迎面那张八仙桌子，四条腿缺了一条，拿砖顶上；桌上的茶壶，破嘴缺把，盖上没疙瘩。"寥寥数语，就将李金鏊生活空间的细节和屋内的情境展现出来，为后面的"义"和"情"起到了重要的铺垫作用。

《俗世奇人》中，以人物的身体动作描摹展开的叙事形式，是由"时间和运动形成的空间叙事"[2]。写到"泥人张"在天庆馆中，冯骥才采用了时空体空间叙事手法描摹泥人张的绝活："左手伸到桌子下边，

1　[德]阿莱达·阿斯曼：《回忆空间：文化记忆的形式和变迁》，潘璐译，北京大学出版社，2016年，第344页。
2　龙迪勇：《空间叙事学：叙事学研究的新领域》，《天津师范大学学报（社会科学版）》，2008年第6期，第59页。

打鞋底下抠下一块泥巴。右手依然酒杯饮酒，眼睛也瞅着桌上的酒菜，这左手便摆弄这团泥巴来；几个手指飞快捏弄，比变戏法的刘秃子的手还灵巧。"

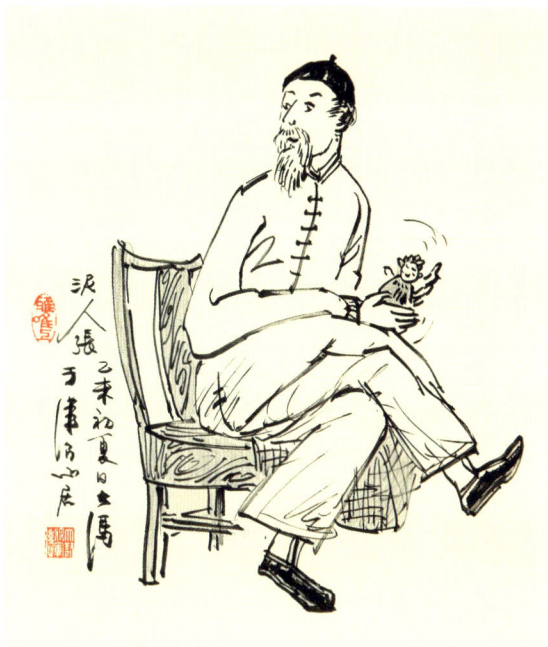

图 3 冯骥才先生手绘"泥人张"插图

空间叙事与集体记忆

在二十世纪九十年代末创作完成"怪世奇谈"（《神鞭》《三寸金莲》《阴阳八卦》）三部曲之后，冯骥才认为这种小说语言对自己已经失去魅力。他希望在后面的小说创作中寻找新的突破，"为自己的小说文本找到文化学支撑"。2000 年，法国一个年鉴派学者说："一个地域人的集体性格有一个特点，就是他在某个历史阶段表现得最鲜明，最充分。"[1] 这一观点引起了冯骥才极大的兴趣。

我发现两个城市的地域性格都是在文化冲突（中西文化）中表现得最鲜明：上海人是在二十世纪二三十年代；天津人是在清末民初，非常突出表现在租界与老城之间。我要抓住这个时空背

---

1 冯骥才、傅小平：《我想像完成艺术品那样完成这部小说》，《文学报》，2019 年 3 月 7 日，第三、四版。

景，写出天津的地域性格。我还认识到，最深刻的地域特性是在人的集体性格中。这个集体性格是这一种共性。为此我这一文本中，我要把人物的个性放在共性里，把共性放在个性中。这是我这一文本最重要的文化思想与艺术思想。它使我有了新的信心，一口气写下《刷子李》《死鸟》《泥人张》《蓝眼》等十多个短篇。[1]

冯骥才认为，写作中地域的共性可以通过人物个性来表达。鲁迅就是将中国人的集体的共性作为阿Q的个性来写，这是《阿Q正传》真正绝妙的地方，也是鲁迅留给中国作家一笔重要的文学遗产。[2]《俗世奇人》书写的文化记忆并不是"私人化的情感"和"私人化事件"的叙事。它通过个体话语叙事的方式来叙述彼时发生的"事件"，来实现集体的、民族性的思想塑造。

《俗世奇人》语言叙事的典型特征是运用天津方言口语塑造故事的背景，呈现人物地域性格和集体精神气质。方言是地方日常生活的语言，它最能体现地方风俗和人情世故。冯骥才在谈《俗世奇人》的创作时，坦然说受冯梦龙的三个影响。一是传奇。古小说无奇不传，无奇也无法传。传奇主要靠一个绝妙的故事。二是杂学。杂学是生活，也是知识。没有杂学的小说，只有骨头没有肉。故心里没根的事情绝不写。三是语言。中国文学史，散文在先，小说在后。小说的语言受散文影响。[3]

《俗世奇人》语言继承了古代的话本小说口语文字化的形式。中

---

1 冯骥才：《冯骥才文化遗产保护文库·行动卷II》，学苑出版社，2022年，第83页。

2 冯骥才、傅小平：《我想像完成艺术品那样完成这部小说》，见《大树》，内部出版，2019年，第33页。

3 冯骥才：《俗世奇人》，作家出版社，2000年，第133页。

国小说叙事传统在唐代已经形成了。在形式上，唐传奇以来的小说叙事传统，叙述空间与故事空间往往共存于同一个叙事文本之中。故事空间是物理空间，故事发生的场所，叙述空间也是一种话语空间，就是"讲故事的人"所处的空间。[1] 中国古代白话小说源于"说话"传统。明清文人将说书人的口头白话用文字记录，并将其作为小说创作的素材和形式。韩南评价《三言》等白话小说体指出，以说书人的口吻"模拟语境"（simulated context）将观众引入"模拟场景"（simulacrum），作者与读者达成默契，"语言情景无论真实还是模拟、完整还是局部，都将影响作品的口吻或风格"[2]。《俗世奇人》文本受冯梦龙《三言》的影响，这种对讲故事语境的模拟贯穿在小说的开头，中间的插入语和结尾。我们读起来总有一种在民间市井中听故事的感觉。传承这种话本小说的传统，《俗世奇人》是借着故事的讲述者构建虚构的空间意象，在读者心中塑造出不同个性的人物。读者很容易从作者营造的"说书"场域，不知不觉地进入天津市井街头酒馆中。用地道的天津方言说故事，人物用方言口语交流，声音营造清末民初天津地域时空感，成为作品浓浓的津味底色。短促、直白、简单的短句子，伴着幽默诙谐、鲜活肆意声音，带着天津人"嘎劲、调皮、挑逗"，在天津卫的码头闹市，小说中的方言成为引人入胜的真实，观众或读者通过一个个人物的日常生活和交流，于娓娓道来的奇闻怪事中，慢慢与作者建立起共鸣的地方认同。

---

1 龙迪勇：《叙述空间与中国小说叙事传统》，《中国文学批评》2021年第 4 期。

2 韩南：《凌濛初小说的特质》，见浦迪安主编《中国叙事：批评与理论》，吴文权译，上海远东出版社，2021 年，第 111 页。

绣像：空间叙事文本中的图像

在一个人的儿童时期，图像激发的想象力往往比文本更影响深远。图像对于记忆来说，不仅是一种隐喻，更是一种媒介。那些流传下来的绘画图像，比文字更能令人回想起某段历史的记忆。幼年时期的冯骥才喜欢看有图像的小人书，旧时天津的图像在他的记忆中不断地被描摹，并潜移默化地频频出现在他的作品中。

冯骥才在从事文学创作之前，曾经有十五年的习画经历。叙述绘画并在小说文本中插画，更是使他这一特长得到恣意发挥，相得益彰。他的小说文笔颇有作画的节奏和韵律，有时好似工笔细描、有时好似挥毫泼墨，《神鞭》《炮打双灯》《三寸金莲》《俗世奇人》更是在出版时都配有插画。

中国古代小说中插入绘画源自宋元。为了增加读者阅读的趣味，在小说中插入古代版画，被称为绣像。意思是绣在书中的图像。明清时期，小说及戏曲等书内的"绣像"更为发达。[1]鲁迅在《连环图画琐谈》一文中说："宋元小说，有的是每页上图下说，却至今还有留存，就是所谓'出相'；明清以来，有卷头只画书中人物的，称为'绣像'。有画每回故事的，称为'全图'。"[2]

《俗世奇人》有多个版本，2000年第一版"绘图绣像本"，不仅插入清末石版画，更有日本纳村公子手绘插图。2008年版画插图，冯骥才特别对天津清末的《醒华画报》和《醒俗画报》做了介绍和评论。这些画报是"面向大众的图画新闻"，文字具有批判性的风格，每期封面配有"讽画"，辛辣幽默、抨击时弊。要塑造天津清末民初

---

1 萧振鸣：《鲁迅美术事考》，《关东学刊》，2021 年第 3 期。

2 鲁迅：《连环图画琐谈》，《鲁迅全集》第六卷，人民文学出版社，1998 年，第 394 页。

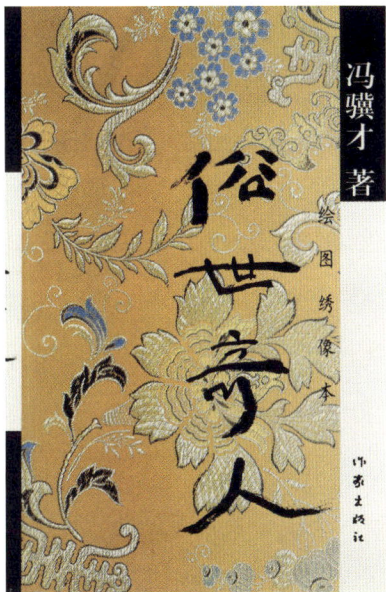

图4 《俗世奇人》绘图绣像本

时间性的话语，同时空间的共时性特征的叙事需要有可模仿的空间语境。可以判断，冯骥才在创作《俗世奇人》小说之前就深受这些画报的影响，特别是在写故事的时候，这些人物空间细节描述就活跃在他的笔下，形成了图文互鉴和渗透的创作风格，同一时代的图画给小说的空间叙事烘托出真切的生活气息。

冯骥才曾于1963年发表《山水画中的点景人物》，对古代山水画点景人物绘画史和技法进行梳理与总结。他认为，"点景人物，是极写意人物，亦是完整的造型。它体现了中国绘画的'以形写神、以少胜多、化情入笔'的特点。它要求'无目而若视，无耳而若听'，那不仅要'无意便不可落笔'，还要有高度的笔墨技巧"[1]。《俗世奇人》中，他自画的人物绣像和文字描述，都呈现出他在青年时期的中国古代绘画功底和理论思考。

在创作小说时，冯骥才特别注重画面感。他说，"当我把小说的某一个情景融化为一个画面时，特别有写作快感"。如《黄金指》中，钱二爷和唐四爷挑战黄金指的绝妙画技，将绘画的过程用时间和空间性的话语进行解读。这时的讲述人成为一个绘画的点评者，评判着技艺的绝妙。由于熟谙中国文人画绘画技术，他的作品中构建了小说内的叙事空间：绘画者和虚拟的在场者空间镜像。

---

1 冯骥才：《山水画中的点景人物》，《天津晚报》，1963年4月12日。

只见钱二爷在笔筒中摘支长锋羊毫，在砚台里浸足墨，长吸一口气，存在丹田，然后落笔纸上，先在孩童手里的风筝绕几圈，跟着吐出线条，线随笔走，笔随人走，人一步步从左向右，线条乘风而起，既画了风中的线也画了线上的风；围看的人都屏住气，生怕扰了钱二爷出神入化的线条。这纸下的小石子在哪儿，也全在钱二爷心里，钱二爷并没有叫手中飘飘忽忽的线绕过去，而是每到纸下埋伏石子儿的地方，则再提气提笔，顺顺当当不出半点磕绊，不露一丝痕迹，直把手里这根细线送到风筝上，才收住笔，换一口气说："献丑了。"

《俗世奇人》在空间叙事中，看似不经意的文字白描，其实是营造类似中国画的镜像。用图像化的文字笔墨构建"意象"，主导了小说叙事的灵感，成为描绘人物形象和性格的神来之笔。

自观与他观：地方感与国家认同

《俗世奇人》写作始于二十世纪九十年代，彼时冯骥才的人生开始走入反思。面对六百年天津城市史，冯骥才有着百感交集的复杂情感，他以沉重的心情不断进行着反思。他从法国作家雨果、梅里美、马尔罗的实际行动和文章中"找到了一种实实在在的理想的存在"[1]。看到了知识分子作家在文化转型和文明更替时所拥有的历史眼光和文化情怀。他的文学作品从地方感的依恋逐渐走入公共的文化叙事。1994 年，冯骥才发起的天津地方文化采风是一次文化反思的行动。在这次考察中，他通过寻访、拍摄、记录等文化行为，对天津本土文化的结构进行清醒的梳理和再认识，激发他对于时代、国民精神、历史文明、文化遗产的思考。

1　冯骥才:《漩涡里》，人民文学出版社，2018 年，第 126 页。

"从城市的独特性看，天津存在着三个历史空间，老城范围内的本土文化，沿河存在的码头文化，还有以旧租界为中心的近代文化。"[1]《俗世奇人》《单筒望远镜》就是对三个历史空间的不断再现。

"乡土社会"是中国社会地方感生成的情感基础。在现代社会转型的过程中，原有的方言、老城、古街，随着全球化的到来成为"遗产"。冯骥才认为，遗产就是为了记忆。城市的记忆不是个人化的记忆，是一种自觉的、理性的记忆，不是为了满足个人某种怀旧的情绪。它是一种群体的记忆。由此，冯骥才写天津不仅有作为局内人"熟悉"的视角，还有作为局外人清醒的反思。他把这种不同于其他作家写乡土的角度，称为"文化的距离"。如果一个人身在文化其中，反而只有自观没有他观。"这是我的优势。站在租界这边，反而更加可以清清楚楚地看到老城的文化风景、本土人的集体性格，以及老天津的形象。站在老城反而会视而不见。就像自己看不到自己。"[2]他站在公共知识分子的角度，从乡土情感和文化意象中努力建构一种超越地域的国家意识和民族精神。而国家精神需要真实的文化意义承载空间，对于地方感生成而言，乡土是最基础的精神根脉。

"城市和人一样，也有记忆，因为它有完整的生命历史。从胚胎、童年、兴旺的青年到成熟的今天——这个丰富、多磨而独特的过程全都默默地记忆在它巨大的城市肌体里。"[3]冯骥才将城市的历史空间比喻成一个人。在他看来，保留具有地方感的历史空间记忆，是见证城市生命，延续精神根脉的最好方式。

———————

1　冯骥才：《保护历史文化空间——冯骥才、李仁臣对话录》，见《冯骥才分类文集 16·思想对话》，中州古籍出版社，2005 年，第 221 页。

2　天津大学冯骥才文学艺术研究院：《八十个春天——冯骥才的天津（1942—2022）》，内部出版，2022 年 10 月。

3　冯骥才：《城市为什么要有记忆？》，《文化月刊》2004 年第 3 期。

"书香贺岁十二春" 乡情浓浓

魏新生

今晚报社文化新闻部原主任、高级记者

"人有贺岁片，我有贺岁书，津门创意好，书香入年俗。"

临近 2016 年猴年春节时，"又一本新编的带着油墨芳香的贺岁书印了出来，又逢到与读者一年一度亲切相见的时刻"。贺岁书的顾问冯骥才在为这本名为《天津过年俗典》所写的序言《十二生肖贺岁书》中接着说："但今年非比寻常，这一年一本的贺岁书，编写了整整十二年。每年的版本是一个属相：猴鸡狗猪，鼠牛虎兔，龙蛇马羊；时至今日，生肖一轮，也算有始有终。"

说起这套贺岁书，还要回溯到 2004 年。那年的 12 月 23 日是天津设卫筑城 600 周年的纪念日。在天津六百岁的生日来临之时，今晚报社"邀集此地知名学者专家，对津城的历史文化做了全方位的展现"。于是有了《六百岁的天津》这本书。

《六百岁的天津》"宽阔的文化视野，渊博的才识和精美的图文方式，引起公众颇大的兴趣"，"成为津城六百年纪念时尊贵的礼品"，首印三千册一周内售罄，不得不又加印了几次，当时就发行万余册。直到 2005 年春节，读者追捧的热度仍然不减，这本书又成了"鸡年大吉之礼"了。

2006 年狗年春节前，冯骥才提议编一本天津过春节的书，于是有了贺岁书《天津卫过大年》。

此后十年，又相继出了 2007 猪年版的《津门传家宝》、2008 鼠年版的《津沽能人》、2009 牛年版的《天津老画》、2010 虎年版的《津城老胡同》、2011 兔年版的《老天津的记忆》、2012 龙年版的《津门旧影新照》、2013 蛇年版的《老天津的最早影像——各国明信片选萃》、2014 马年版的《老天津的吃喝》、2015 羊年版的《天津老明星》和 2016 猴年版的《天津过年俗典》。于是便有了生肖一轮的十二本"今晚贺岁书"（因书由《今晚报》主编，读者故如此称之）。冯骥才不仅担任这套书的顾问，还为每本书写了序言。

冯骥才说，把这些书"放在一起，竟是一部五花八门的城市文化图典。虽不是正史，却有历史的骨架，生动鲜活的血肉，以及浓郁的城市生命的气息"，从"贺岁书中，可以温习往昔，充实自己，从而更爱生活，更爱我们的城市"。"图书出版的时间，又刻意安排在国人最大的节日——春节，也就是人们的生活情感分外高涨之时，于是，这本贺岁书便成了津城节日的亮点"。

冯骥才说，这套贺岁书的发行，是"长达十二年的城市文化的佳话"，"此前有谁，用了这么多心血，坚持不懈一连干了十二年？每年准时编写一本，由选题、立目、写作、选图，加上编印，都要赶在腊月里印出来，并在大年初六之日，组织一次大规模的作者与读者相见、饶有趣味的签书活动"，"老少咸集，好似团拜，实是雅聚"。"每逢此时，读者热情追捧，作者奋力签名，彼此亲切交流"，这"于是创造了津门文化的一道风景。十二年来，'今晚贺岁书'成了津门岁时的一个热词"，"在当今中国此乃一创举，'今晚贺岁书'已成了本地年文化的一个新品牌了"，"这也是一种文化创造，或称新的'年文化'，为的是过一个'文化年'"。

十二年中，这套贺岁书"逐渐形成自己的图书特色、装帧风格、开本大小、编辑方式，乃至一支实力雄厚的写作队伍"。"为写好此书，津门文人雅士出力不小。本书作者既有老一辈专家，又有新生代学人，他们都是学识渊博，知之深广，且又各倾所知，各尽其力"。另外，版本"采用图文形式，以娱大众"，封面"设计炽烈饱满，主调大红，年意浓郁"。

"'今晚贺岁书'还拥有一支'粉丝队伍'"，"而且像滚雪球一样愈滚愈大"。一进腊月，不少心急的粉丝就会跑到书店，打听新的贺岁书何时能与他们见面。在每年正月初六举办签名活动时，读者"必是长队如龙，场面火爆"。"在图书大厦，年年最早赶来参加签书活动的读者，都是在书店大门未启时便站在寒冷的空气里等候了"。"不少读者都家藏整套贺岁书，一本不少，它已成为本地一种文化收藏了。这样的文化现象在全国唯天津所独有，以这样的文化方式表达自己对城市的热爱也唯天津所独有"。

冯骥才说，贺岁书的编写者与设计者"一心为了表达对自己城市的热爱"，"全然出于一种故乡情怀与文化情感"，"一切辛劳都是为了读者，为了读者有滋有味地过年；读者的热心追捧，则是为了在过年时多感受一些文化的快乐，多了解自己深爱的城市。这样的文化景观，不是热爱生活的天津百姓和文化人自己共同创造的吗？""一个城市的文化不正是需要这种有心的创造和在民众的情怀中渐渐沉淀而成的吗？"

这套贺岁书之所以受到读者的喜爱并产生了广泛影响，是与有冯骥才的参与密不可分的。他是贺岁书定选题的"主心骨"；他写的每篇序言都是每本贺岁书的点睛之笔和最大亮点；每本贺岁书举行签书活动，他必出席且倾情投入，为见到他而喜不自禁的读者们签书数百上千本，每次都签到手软而乐此不疲。有时应读者要求，还要增加签书场次，他也准时到场。有一次因赴京参加重要会议而不能到现场签书，他便提前为数百本书签上名，为的是不让视他为知己的乡亲读者们失望。

天津是冯骥才的故乡，十二本贺岁书讲述的有关天津的历史、风俗、人、物、事等，都是他的乡情所系，因此他为每本贺岁书所写的序言，充满了对故乡发自内心的爱，从中也可看到他对天津独到的见地、解读和思考。广大读者反映，这些序言使他们增加了对天津认知的广度和深度并受到启迪，从中获益良多，编者及本文更是如此。本文将对贺岁书的十二篇序言略作梳理，以求能较集中地从中领略冯骥才心目中天津的不同方面及他对故乡的深厚情感。

天津——"城市是我们的母亲"

天津，是我国唯一在史料中可以查到明确建立时间的，因此她是一个有"生日"的城市，到 2004 年 12 月 23 日，便整整六百岁了。

"在天津六百岁的生日将临之时，各界人士通过各色活动、不同方式，包括编辑和著述种种图书，从各自角度抚今怀古，表达对城市母亲的祝贺与感激。《今晚报》作为津人深爱的大众传媒，自然亦投入其间"，编了一本从退海为陆到 1949 年城市解放的有关天津历史的书，内有一百二十篇文章，并配发了六百余幅历史照片。

冯骥才看过书稿后，认为这本书"编者的构思颇有新意。一是以城市的发生和发展为线索，强调历史纵向的脉络；二是选择最具代表性的内容，横向地表现津地文化的斑斓与厚重；三是配以大量的图片，特别是有些珍贵的历史照片，首次面世，极为难得。使我们得以窥见城市昔时的容颜。对于一些重要的历史文化遗址，编者还配上今日的照片，使读者感受到'历史就在身边'。加强我们对城市母亲的感受，使我们与城市的感觉更加亲近。""这些文章的作者都是精研地方史的专家。写作本书时，通俗生动，深入浅出是他们共同的追求，故而知识的真切性和文本的可读性是本书价值之所在。无论是了解母亲还是祝贺母亲，本书都是上好的选择。"他敲定书名为《六百岁的天津》，并写了序言《我们的母亲六百岁》。

天津，是冯骥才出生、成长、求学、恋爱、走上新时期文坛，以及承担更多社会责任的福地，天津六百岁生日之际，他在《我们的母亲六百岁》的字里行间，抒发了对故乡深情的爱，一开篇便感慨道："我们在城市的怀抱里出生长大。城市是我们的母亲。如今我们的母亲六百岁。这意味着什么，我们首先要做些什么？六百岁是六个世纪啊。这是怎样久远和漫长的历史长度？如果拿人的生命来衡量，至少有二十五代人从生到死，代代相传，用不停歇的双手与无穷的智慧，才在海河两岸原本荒芜的大地上创造出这个举世闻名的都城。天津不仅是当今八百万人的。它是二十五代人的，二十五代人是多少人？""祖祖辈辈所创造的，不仅是它宏大的规模、雄厚的实力和广阔的影响，还有它非凡而独特的历史。对于任何城市，历史都是最具个性的无形遗产。这遗产的精华是包蕴其间的独自的历史精神。历史精神不在历史书上，而是活生生地呈现在这'一方人'的集体性格中。"

何为这"一方人"的集体性格？

冯骥才认为，"城市的文化分做三个层面。表层的文化是可视的城市形态，包括建筑；中层的文化是种种特有的习俗，艺术和方言；深层的文化是集体的地域性格。天津人的性格异常鲜明。它爽快炽烈、急公好义、人情浓厚、逞强好胜、机智幽默、大大咧咧、务实守矩等等。

"一个城市一旦养出这种深层的文化——形成了人的地域性格。

这个城市便有了灵气，有了精神，有了真正的不变的魅力。

"而三层文化溶混一起，便是这座城市特有的气息。这气息如同老酒，醇厚醉人。

"一代代天津人在这种浓郁的地域文化气息中朝朝夕夕，耳濡目染，熏陶其心，浸润其骨，连血液里都带着这种文化因子。这是城市母亲馈赠给我们的一种基因。

"我们每个天津人身上都有这种文化基因。不管自觉还是不自觉。"

冯骥才深爱天津，也深感天津像母亲那样深爱着他：

"往往身在异乡异地，碰到老乡，开口一说天津话，一股乡情热烘烘涌上心头。乡情是一种在一个怀抱中养育出来的亲情。再往深处说，也包含着我们对乡土共同的与生俱来的爱。十年前，我在日本举办画展，其间东京的一些文化人邀请我做演讲，题目是'关于天津的文学'。其中几位听众是东京'天津地域史研究会'的成员，他们还出版过一本分量很重的《天津史》。我演讲一停，他们的一位成员便问我：'你很爱天津吗？'我笑一笑说：'当然。你们也很爱天津。但我比你们更福气一些——天津也很爱我。'

"我没同他故弄玄虚。

"城市就像母亲那样，不仅为我们遮风挡雨，供给我们衣食住行，还给我们天光水色，四季的风，迷人的城市景观，以及许多亲朋好友，难忘的往事和如画的人生片段。在城市网状的街巷中，每一个人都可以找到自己过往的路，自己的历史。岁月蹉跎中，我们也都遭遇过挫折与不幸。一点一滴也不会漏掉。不信，就去生活过的老街老巷老屋里转一转，连自己都忘却的细节，她都会帮你记住，再现，复活。这便是城市母亲爱我们的方式。

"爱是需要用心体会的，尤其是那种无言的爱。心中的爱就是这样默默而无言的。

"只有感受到城市对我们的爱，我们才会加倍地去爱她。"

怎样做才是对城市母亲真正的爱？冯骥才说："当然，任何城市、任何地域性格都有欠缺。但是，如果你连它的缺点也宽容了，那才是真正的爱。爱不是只爱它的优点，而是爱它的全部。因为有欠缺的事物才是真实的。

"然而，我们对自己城市的所知极其有限。我们只知道自己有生以来短短的几十年，并不清楚母亲遥远的过去。她的诞生、童年、青年或成年。她的经历与遭遇，光荣与屈辱，幸运与危难。她曾经是否妩媚迷人？是否一度辉煌，或者饱受风雨的摧残而遍体鳞伤？我们不能无视她的历史。这历史是我们生命的一部分。

"于是在城市母亲六百岁的日子里，我们怀着庄重的情感面对她的全部历程。追寻她的过去也探寻自己的由来，引她的光荣为我们的自豪，将她难忘的苦难转化为激励我们奋进的动力。弄清楚怎样去爱惜她的遗产，坚守她的气质，超越她的缺欠，将未来的灯接通在深厚的历史根脉上。"

城市母亲六百岁了，有没有最好的纪念方式？冯骥才在序言的最后说："我们的母亲六百岁。一个人一百岁已经很老，一个城市六百岁却依然年轻。因为我们一代代人可以通过努力让她充满活力，永葆青春。应该说今天的天津处在一个空前的兴旺期。但历史的机遇从来都是与责任连在一起的。于是我们找到了纪念母亲六百岁的最好方式：爱我们的城市，心中永远放着她，并为她而奉献。"

冯骥才后来提议，把 12 月 23 日作为"天津建城日"，天津市政府予以采纳，并于 2020 年开始，在每年的这一天举办相关活动，为城市母亲庆生。

贺岁书"给您拜年"

（一）

2006年狗年春节前，一本封面上飘荡着"连年有余"大红吊钱儿、翻开书"给您拜年"四个红字便映入眼帘的《天津卫过大年》与读者见面。这是冯骥才提议编的一本讲天津过春节的贺岁书，里面从腊八一直说到二月二，"致力于周全和活灵活现地再现沽上的年文化。从年的种种礼仪、规制、讲究、禁忌到生活中一切特有的年的方式，几乎应有尽有，没有疏漏，全部包揽"。冯骥才为本书写了序言《沽上的年味》。书付印前，他看了书的部分彩样后，又在序言中加了一段文字："这是一本前所未见、年味十足的书，也是一部古今沽上年文化最翔实的图典。"

《天津卫过大年》不仅像《六百岁的天津》那样"引起公众颇大的兴趣"，而且受到全国不少媒体的关注。新浪网站文化频道和读者频道的负责人说，以往过年的时候，很难找到一本具体讲述过年习俗的图书，如今《天津卫过大年》所散发的"年味儿"令他们颇感兴趣，随即对这本书做了推荐。文化频道首页"文化新闻"栏目的报道称"国内第一本年文化图典《天津卫过大年》有看头儿"；读书频道首页"新书快报"栏目刊发了"《天津卫过大年》年味十足"等报道。此外，《新闻出版报》《大连日报》、天津广播电视台等媒体也都对该书进行了报道。

"若说中国大城市的年味，首推应是津门。"这是冯骥才在序言《沽上的年味》中说的第一句话。因为"此地人自小就生活在这种年的气息里。那贴在门板上吹胡子瞪眼的门神，擦得几乎看不见的窗玻璃，祭祖时燃香的气味，奢侈之极的年夜饭，苦苦盼了一年的压岁钱，翻天覆地走街的花会，笑嘻嘻地作揖拜年，以及纷飞雪花中耀眼的红灯笼……使这些寒冷的日子热烘烘闪着光亮，使平日的种种不快化为乌有，并使来年总是朦朦胧胧含着希望。"

谈到天津的年味，冯骥才会很快沉浸其中："每个人都有些难忘的故事，与年相关，被年记忆。

"每个人都有些老友故人，平日不见，一年一次穿着新衣走上门来。

"年，就这样把生活中的情意串联下来，也把一种美丽的传统一遍遍地加深。

"天津是个码头，码头的人心盛；天津是个商埠，商埠喜好人气儿；天津是个市井的城市，市井的人崇尚生活本身。于是这个华夏民族最大的生活盛典——年，便在这块宝地上得到滋养，加倍地放出光芒。"

天津浓浓的年味一直传到现在且新意频出，这让冯骥才颇为得意：

"如今，沾上年的风情，已经传播四方，近十年里逢到腊月，中央电视台就要到天津来拍摄年俗。

"去年敬一丹他们来天后宫前拍摄剪纸市场时，我指给她看一种邮票大小的剪纸和福字。凭着她记者的敏感，她对这小东西很感兴趣，却不知何用。我告诉她，这是专门贴在电脑上的。小小又鲜红的剪纸和福字往上一贴，年的意味便被点染出来。这是天津人的创造。天津人多有心，多主动，多能耐，他们设法让自己的年文化占领一切新生事物，同时让不断涌进生活的陌客融入自己不变的气息之中。

"年，所要表达的就是一种生活情感。祖祖辈辈的天津人创造了大量的当地特有的年俗和年的物品，让高密度的年文化把自己围在中间，并营造出年的气氛，唤起对生活的热爱与珍惜。

"在当前社会猛烈转型之际，年所受的冲击不可避免，年的传承遇到挑战。为此，本地的文化人自觉地承担起弘扬传统的使命，联合政府与媒体，举办一次次具有鲜明的沽上特色的民间花会、年画节、剪纸大赛、空竹表演，以及今年在宫前举行的盛大的灯谜活动。

"在这金犬呼春之时，祈望本书能够给我们带来许多乐趣与知识，也让外地人了解到天津这里一份厚重又迷人的年文化。"

（二）

在十二本贺岁书中，2016猴年版《天津过年俗典》也是讲述天津过春节的。本书分为传说、习俗、吉祥话、春联、年画、物品、饮食、游艺、诗文等九个部分，由两百余词条组成，配发年画、照片、剪纸、老画等两百余幅，喜庆热烈，真切全面展现了天津过年的习俗和景象。

冯骥才在本书的序言《十二生肖贺岁书》中说道："这本《天津过年俗典》作为生肖一轮最后一个版本的图书，编者特意选用了'老天津的年俗'为题。一个民族有两个传统。一是精英典籍的传统，精粹是国学；一是民间文化的传统，核心是民俗。民俗是民间约定俗成、代代相传的文化方式，鲜明表现着人们的生活理想与独特的文化特征。天津地处海河交集，历史上华洋杂处，地域性格鲜明，民俗浓郁深厚，尤其重视过年，年俗也就分外丰华。从此地的年俗不但可以看到人们对生活炽烈的情感，亦可见此地人的性情、崇尚、情趣，乃至集体的性格。这些内容都生动表现在本书种种习俗中了。有些习俗仍被人们遵循，有些已成为历史，即便如此，也聊记一笔，因称为典。"

眼看贺岁书就要与读者们作别，冯骥才很是动情："这些贺岁书的作者都是本地的作家和学者，有的是青年才俊，有的年事已高，有的颇有名气，全都热心这项'今晚贺岁书'的写作。十二年其路漫长崎岖，但这套书却坚持完成了。这套书是没什么功利可言的，大家如此执着，热情始终如初，只是为了给自己的城市做一件纯粹的文化的事，为了给百姓过年增添一点儿意趣、一点儿书香、一点儿传统的'年文化'。另一方面，津城百姓善解人意，热情呼应，于是创造了津门文化的一道新风景。

"可以说，这是此地一些文化人集体送给本土乡亲十二年来最后一件年礼，希望快乐阅读，好好收藏。

"羊儿缓缓而去，猴儿欢快而来。祝城市更有活力，乡亲们健康活泼，对未来更有信心。"

"一代人脑袋里的老天津"

（一）

《一代人脑袋里的老天津》是贺岁书 2011 兔年版《老天津的记忆》的序言。序言就是先从书名中的"记忆"说起的：

"一个人的过去深深留在自己的记忆里，一个城市的过去深深留在一代又一代人集体的记忆里。如果自己闭上眼，往事就开始'演电影'；如果请许多人回忆自己的城市，城市的昨日便复活了。

"今日的天津摆在眼前，可是要说说先前的老天津可就离不开回忆了。

"记忆是不经意的。不是自觉的心理活动，然而记忆是有选择的；它像个筛子，凡是比筛子的眼儿大的东西就留在记忆里。那么什么东西比筛子眼儿大？金银珠宝吗？不一定。拿城市来说，往往一道不复存在的街景，一种昔时独有的生活方式与习俗，还有那些再也见不到踪影的服装、器物、食品、玩具也都深藏在我们记忆的旮旯儿里。当初它们是活着的生活，现在却是历史的珍贵见证。"

冯骥才接着说到了两种城市记忆并使他想起的一件事：

"城市记忆里的东西有两种。前一种多是与其命运相关的大事件，这些大都写在城市史中；后一种则是小事情小细节，无形地存在人们各自的人生体验中；别看它们无足轻重，只要把它们凑在一起，昨天的城市便有声有色地回到眼前。

"城市历史是漫长的，它不间断地记忆在一代一代人的脑袋里。但每一代人对它的记忆并不一样。由于世事更迭，人换物变，时风相异，每一代人都有自己对城市特殊的体验与记忆。

"由此，我想起一件事。

"电视人崔永元是位连环画迷。我也一度对'小人书'嗜好如命。原以为我与他有相同的儿时情怀。可是后来发现我与他并非知己。他所痴爱的连环画大多是二十世纪七十年代出版的革命连环画，而我心中的'小人书'则是五六十年代的畅销书。原来我们不是一代人，心中之所崇尚的连环画家也不是同一辈。故而，就愈加看重张仲先生遗作的出版。张仲比我年长十几岁，他心里的老天津与我心里的老天津不同，而张仲的老天津与更早一些本地的民俗学者王翁如先生，乃至更早的陆辛农先生脑袋里的老天津又大相径庭。宛如一帧又一帧不同时代的老照片。

"每一代人把自己记忆里的城市写出来，留下来，都有价值。"

《老天津的记忆》就是一些有了一把年纪的人对自己儿时或年轻时的回忆，其中包含了天津的母亲河、渡口、车站，以及他们的衣、食、住、行、日常生活和娱乐活动等。

"由此而言，本书是当代人对昨日天津温情的回忆。由于所写的是当代天津人共同的昨天的光景，必定会引发同感，触动联想，惹起对自己城市深切的情怀。这也是编者制定本书选题用心之所在。"冯骥才说。

民俗学家张仲先生遗作因各种原因搁置，曾让冯骥才一直记挂于心，总觉得"是对一位已故老友的一个亏欠"。我知道后，非常愿意帮忙做成此事，将张仲先生对《天津地理买卖杂字》《天津论》《城隍会论》所作的俗解，配上图片，编成《津门乡土三论俗解》并出书。张仲先生对我多有关心和帮助。编辑"今晚贺岁书"时，我常请教于他，他也为贺岁书写了不少篇文章，为其增色。这次编书，也让我得以表达了多年以来对他的敬重和感念之情。正如冯骥才为《津门乡土三论俗解》所作的代序《了一个心愿》中所说："魏新生也是仲兄好友。真正的人间情意是超时空的。"

（二）

冯骥才出生成长于天津的洋楼区五大道，可他对天津的胡同也情有独钟："由高空俯望城市会有一种奇异又优美的发现，在稠密又拥挤的城市里，布满着粗细弯曲、发散状的街巷。粗的是街道，细的是里巷和胡同；其形状，宛如大树的根须。粗的根脉清晰地穿梭在城市里，细的根须蜿蜒地扎入人们的生活深处。"贺岁书2010虎年版《津城老胡同》的代序就以《胡同，城市人文的根须》为题。

冯骥才认为胡同是生活性的，储存着城市的记忆：

"最早胡同的出现，大约与人的群聚而居有关。人们居住一起，必须留出进出的通道，胡同便自然出现。而街道的出现，大约与商业有关。买卖总是放在大家行走的地方，街道也就逐渐形成。因而说，街道是社会性的，胡同是生活性的。

"人的日常生活，起居的习惯，个人的生活方式，全在这胡同里；还有人生的经过，包括婚丧嫁娶、生老病死也都在胡同里；有的人在里边要过上半生乃至一生。胡同是一种古老的社区，别看胡同口没有门，无关的人轻易是不会走进去的。因而，胡同里边住着谁，怎样的一些家庭，外边的人一概不知，但胡同里的老邻居们彼此心知肚明。一个城市的大事情发生在街头，但这些大事情的主人公却往往住在某一条胡同里。因此说，胡同是城市最隐秘的地方，是最深的生活肌理，是最长最韧的人生根须，因而也是城市最丰富最深刻的记忆。"

当年，曾有多少胡同被拆除而不见了，这令冯骥才痛心不已："如果没有这些胡同，城市失去的不仅是记忆，更是它的生命的丰富和厚重。然而，在当代城市的再造中，大量的胡同随同历史街区的推平而消失。城市的人文肌理一旦被推平，就会变得漂亮又浅薄，宛如失忆者那样呆头呆脑。记得 2000 年天津改造估衣街时，要拆掉许多街区和里巷，这个地区是比天津老城的历史还要悠久的城市板块。我曾请一些朋友去做那里老居民的口述史，试图留下这个津城最古老区域珍贵的记忆。但我们的行动赶不上铲车的速度：当街区荡平，胡同消弭，老居民如群鸟一哄而散，无影无踪，如今站在那里怎么可能再感到六七百年的历史沧桑与城市漫长的历程？怎么可能再听到那些老街老巷里的活的历史？"

提起这些往事后，不由得不说说《津城老胡同》：

"上述这些想法，应是编写本书的缘起。所幸的是，这本书的作者多是昔时老胡同生活的目击者，甚至亲历者。运笔行文，带着感受，便分外生动。他们所写，有的是往日的民间传说，有的则是个人的耳闻目见。如果不写下来，日久便会消散或遗忘。口头记忆是靠不住的，最可靠的方式是将其写下来，转化为文字。特别是书中不少故事的载体——老胡同，在城改中早已经无影无踪了，这本书便为我们城市文化保留下一笔无形的财富。

"从城市文化角度看，胡同是个故事篓子，是众生相的数据库，是城市的人文老根。

"因此说，这是一本生动又厚重的地域文化的好书，而今天作为

'贺岁书'出现在我们眼前。在这个充满情感气息的传统的佳节中，它一定会给我们带来很深挚的精神回味和温馨的文化满足。"

和其他贺岁书的序言一样，冯骥才"最后要说的是这本贺岁书"：

"自2004年津门六百岁之日，今晚报社邀我加盟由他们组织的贺岁书的编写。由是而今，六年六册，中无断歇。

"中国电影有贺岁片，唯津门图书有贺岁书。这也是一种文化创造。或称新的'年文化'，为的是过一个'文化年'。

"本书常务编辑魏新生先生原以今晚报文化新闻部主任主持此事，今又以其创办的今晚生生文化创意工作室继而为之，不改初衷，力争做到：年年书贺岁，今又贺岁书；好图添好景，新书送新福。"

（三）

"乡音有一种神奇的魅力。"对此冯骥才颇有感触，"记得二十多年前在旧金山遇到一位老先生，姓赵，他听说我来自天津，马上改口用地道又纯正的天津话与我说话，原来他是天津人。我也立刻说天津话。这样一说，格外亲热，说着说着他竟然热泪夺眶而出。他到美国几十年，由于很长时间中外隔绝，很少见到有人来自故乡津门。于是，这叫我见识到乡音的厉害。"这是贺岁书2014马年版《老天津的吃喝》的序言《找回的乡音》的第一段文字。

冯骥才认为，"乡音是一种特殊的乡情载体，它承载着同乡共同的历史，共享的文化，共有的生活情感；它是故乡的亲和力之所在。""乡音不单是地方话、地方曲、地方戏，还有一种特别的声音——吃喝。这种耳熟能详的小商小贩的叫卖声，这种腔调各异的声音广告，与我们日常的生活方式扰在一起，与许多本土小吃的滋味温馨地相伴相融，与我们昔时的、特别是儿时的记忆魂牵梦绕，因故，最容易惹起那种割舍不得的故乡情怀。"

说到此处，冯骥才忽然想起他当年曾建议天津民俗学家张仲先生把老城里"从早到晚那些走街串巷的小贩的各种吆喝声都写下来？那是最朴素也最深切的老城记忆"。张仲说："我会一样不差地全写下来，有的还能找到照片或画片，可是那些吆喝声音已经没处去找了。声音是关键，是魂儿，但当初没有录音机啊。"这让冯骥才不免产生了"声音最容易消失，消失后便无影无踪"的遗憾。

策划马年版贺岁书时，冯骥才又想起了这件事，"如果能找到这些吆喝的声音，老天津的吆喝就是绝妙的选题，每本书还能配个光盘，边读边听，多好！我想这世界上一定还有人记得这些声音，可是到哪里去找这种人呢？谁料'今晚贺岁书'的'操盘手'魏新生先生居然接受这个挑战，他表示要去努力试一试。我对这种大海捞针的事没抱希望。时隔不久，魏新生竟然告诉我，已经找到一些有心人，比如其中一位王和平先生，称得上钻研天津昔日吆喝的专家，他掌握的从五行八作口头吆喝到各类响器至少百个，特别是声音——既有老一辈原汁原味、味道十足的模仿，更有当年'职业'的叫卖声，再加上大量而珍罕的照片，令我十分意外又振奋"。

这本能看又能听的贺岁书《老天津的吆喝》，记述了旧时津门卖秫米饭、卖切糕、卖臭豆腐辣豆腐、摇煤球、修理搓板、卖炙炉、喝破烂儿、磕灰等近八十个行当并配以老照片和图画。这些行当绝大多数如今已消逝或很难见到了。书中附带的 CD 光盘，再现了老天津一年四季，从早到晚和过年期间多达一百一十种典型的吆喝声。

冯骥才说："当我亲耳听到这些'逝去的声音'时，那种感觉真是神奇。那种卖冰棍切糕的叫卖声，立即叫我眼前浮现一些儿时伙伴的面孔来；那种悠长的磨剪子抢菜刀的吆喝，使我想起邻家大娘手提着刀剪站在胡同口的样子，风儿吹着她的头发；还有天天后晌等候推车出租小人书商贩粗哑的呼叫声。过往的岁月一下子被激活，走远的生活身影又掉转过来，许多早已忘却的时光及其种种场景与细节忽然出现在眼前，叫我亲切地重温到无限美好的老天津！于是，我为这套津门的贺岁书感到骄傲与自豪。特别是今年这本独出心裁的带声音的贺岁书的出版，表现了今晚报社所团结的一些热爱自己城市的文化人共同付出的心力。"

"身边的超人"和"城市永远的灯"

（一）

2008 年是农历戊子年，这一年贺岁书的序言一开篇，便告知读者："今年春节又至。这本贺岁新书捧出来的虽然依旧是天津人之喜闻乐见，却不是天津的事，而全是天津的人——能人。"《津沽能人》是书名，序言便以《古今能人拜年来》为题。

天津人眼中的"能人"啥样儿？冯骥才说："每个城市都有自己的人物。比如闻名天下的历史豪杰，光照古今的文豪艺匠，或是妇孺皆知的各界英才。这些人物是一个地方的骄傲。然而，天津这个地方有点特别，除去上边说的历史名人，还有另一类人物为百姓津津乐道。他们既是普普通通的世间凡人，却身怀非凡的本领，有着令人称奇的故事。不光叫你听了见了叫好，还让你佩服和折服。他们是俗世奇人，市井英雄，身边的超人。如今，这类人物都被收到贺岁书中，五彩缤纷地拥到跟前拜年来了。"

"天津是有性格的城市。一个城市有特色不难，有性格不易。特色是指一个城市的外表长相，性格是指一个城市的性情品格。城市的长相表现在它的建筑和景观中，城市的性情则体现在这个城市人的身上。"冯骥才认为，"城市的性格都是一方水土养育而成的。比方，天津城市形成较晚，此地人更多乡土的纯朴；天津地处燕赵故地，豪爽侠义之气与生俱来；天津自始就是商埠，辄必喜欢热闹，注重人气，人际亲切，生活味道浓郁；天津是个市井城市，平民意识强，不畏强权，这也是草根能人能够成为这里的社会偶像的缘故；天津还是北方顶大的码头，逞强好胜，讲里讲面，钦佩天下有真本事的能人，便是此地人共有的性格。京剧大师张君秋说：'唱戏的只要闯过天津码头，到哪都不怕了。'这是说天津人最懂戏，口味高，而且就高不就低，看戏的标准也最苛刻。电影导演谢晋曾对我笑道：'在天津连我上厕所小便时都有人找我签名。'他还不失大雅地说：'我腾不出手来呀。'这话真说出天津人那股子热乎劲儿了。"

《津沽能人》"这本贺岁图书，依旧一以贯之地以赞美、夸奖、钦佩并夹带着幽默的口气，讲述这些本乡本土的能人"。其中不仅有过去手工艺、戏曲、文学、美术、曲艺、饮食、娱乐等各行各业的，"尤其还把当今身怀绝技的艺人（今称艺术家）收入其中，并啧啧赞赏，显示此地的文化气质和精神性格依然故我"。

（二）

贺岁书中，还有一本也是写天津人的《天津老明星》。冯骥才在序言《他们，城市永远的灯》中有这样的赞美："城市有一些永远不灭的灯，就像天空上的明星，没有这些熠熠发亮的星星，天空会寂寞的。所以，城市里的人们偶尔会抬起头望望他们。

"这些灯是城市的一些特殊的人物——老明星。

"老明星是城市昨天真正的明星，曾经凭着出类拔萃的才艺，滴水穿石的功力，匪夷所思的禀赋，把一门技艺推向极致，令人迷醉，令人神往，令人倾倒。如今时过境迁，他们却并不褪色，其魅力如同饮过的老酒，闻过的奇花，赏过的美景，神奇地永驻在人们的记忆里。其中有一个重要的缘故——他们是这个城市和那个时代的不可替代的象征。”

冯骥才认为，不同城市的"一方水土"孕育出来的明星，可以说是那个城市的某种城市性格的"代言人"：

"这些老明星不一定是那种文化精英，不一定是大师巨匠，但他们是从这个城市深深的人文肌理里生长出来的。受到此地深厚的民情民意的滋养，浓郁的乡风乡俗的熏染，因而他们与这块土地息息相通，连他们的腔调、神气、脑筋、心理、兴趣、张嘴闭口、举手投足，都和这里的人们相应相合；他们身上有这个城市生活的魂儿、味儿、趣儿。

"别小看这些老明星，北京有徐志摩和郭沫若，可北京味儿并不在他们身上，而在侯宝林身上；上海有巴金和林风眠，上海味儿也不在他们身上，而在周璇身上；天津有孙犁和刘奎龄，那种更纯粹的天津味儿是在马三立身上。横着再比一下就更有意思，天津能出马三立，但出不了周璇；上海能出周璇，却出不了侯宝林；北京出得了侯宝林，但出不了马三立——虽然他俩都是相声大师。马三立和侯宝林站在那儿，就是天津和北京立在那儿。这就应上那句老话，一方水土养一方人。"

谈到书里写的近五十位从事戏曲、曲艺、电影、杂技、魔术等不同艺术门类的天津老明星，冯骥才更有不少话要说：

"天津是码头城市，物源丰沛，商业发达，人气旺足，生活火爆，会吃会喝，懂拉懂唱，崇尚高人，蔑视草包。在这样的背景下，不单各种小吃都成了名吃，各类身怀绝艺的人也全成了公众热捧的明星。这些明星对于百姓，不是神仙，不是偶像，而是喜闻乐见、可以亲近的熟朋老友。真正天津的明星都在老百姓的生活里。人们爱听爱看他们吹拉弹唱，爱在台下给他们叫两嗓子助兴助威，爱知道爱说道他们的闲事儿。所以，这些人全成了本书的主角。

"这本书里的人我认识的近一半。比方曾和'马三爷'（马三立）说说笑笑，马三爷爱叫我'大冯'；与'骆老太太'（骆玉笙）同住过一座楼，进进出出，常常打头碰面，我身高比老太太高两头，所以我说和她'抬头不见低头见'；谢导（谢添）曾和我父亲同学，他经常用我父亲当年的外号和我打趣；至于新凤霞和他的先生吴祖光，由于多年在政协同组，交往故事就更多。如今'老几位'都不在了，但我亲历的许多事、他们的音容笑貌依然温暖地记在我心里。以至，拿到这部书稿时，马上兴致勃勃地打开，看看我不知道的关于他们的事情。

"至于更早的明星，如孙菊仙、魏联升、银达子、陈士和、魏鹤龄……我没见过其人，却早闻其名，或听过其声，他们的身世与轶事，于我同样富于魅力。这种魅力是每个留在城市历史上的人都具有的。为此，就要感谢本书的编者，把这些城市记忆里的灯都聚拢在这本书里了。这是致力于发掘天津地域文化的'今晚贺岁书'的编辑们做出的又一次别出心裁的努力。"

"前世之宝，后世宝之"

（一）

冯骥才曾经写过八个字，放在他的工作室，作为他和工作室诸位同志的座右铭：前世之宝，后世宝之。

在为贺岁书2007猪年版《津门传家宝》作序《城市的传家宝》时，冯骥才写道：

"我们每个人手中都有传家宝。

"传家宝是上辈留给我们的，或是祖辈一代代传给我们的。这传家宝，有时是一件稀世的古董珍玩，有时是一份记载家族荣耀的证物，有时是一门绝代的手艺或醒世的箴言。这种传家宝是家庭的，也是个人私有的。

"还有一种传家宝。它不是个人私有的，是集体共有的。每一个民族和国家都有它的传家宝。比如长城和卢浮宫、林肯的《就职演说》和孙中山的'天下为公'等等。每一个城市或村落也有传家宝，它也是公有的。这种传家宝，它有时是一个历史遗迹，一幢具有重要见证意义的建筑，一项此地特有的民俗，或是显示一方水土独具的精神、情感与审美的艺术。

"前一种传家宝是个人私有的财产，后一种传家宝是大家共有的财富。它通常被唤作'文化遗产'。个人的传家宝自己珍爱，公共的传家宝大家共同珍惜。"

谈起城市的传家宝，冯骥才说："一个城市历史愈悠久、经历愈独特、文化愈深厚，它的传家宝就愈多。传家宝体现着这个城市的分量和文化上的含金量。如果上海没了外滩、南昌没了滕王阁、宁波没了天一阁、北京没了四合院，它们的分量是不是会一下子轻了一大块？

"然而城市的传家宝与个人的传家宝也有不同的地方。个人的传家宝长辈会说给你；城市的传家宝需要我们去认识。需要用历史的、文化的、审美的眼光去认识它，用心灵去感应它。如果没有这种心灵和眼光，无知于文化，便会视珍宝为寻常，甚至视为'无用'而随手抛掉，这是最可悲的事。

"我们不能只关心个人的财富，而不关切公共的遗产。因为这遗产是我们为之自豪和自信的凭借，是我们乡情的支柱。我们每个人对它都有责任。从文化的尊严上讲，文化遗产是人们共有的财富，任何人都没有权利随心所欲地抹去它。

"为此，本书的目的，便是要将天津这座城市的传家宝盘点一番。

纵向便是始于远古，乃至今朝，横向则是历史遗址、自然遗存、重要建筑、生活名品、文化经典、独家民俗。然后总览一起，分章描述，图文相配，一并缤纷地呈现。其中包括的文化遗产，既有市区级和国家级的，更有荣登世界级的，凡一百一十余处。这样它就称得上天津城市传家宝的一册宝典了。"

对于文化遗产，冯骥才视如珍宝，他曾倾情发起天津城市文化遗产保护、中国民间文化遗产抢救工程、传统村落保护等文化行动，同时还倾力在中国第一所大学天津大学兴办人文教育，创建非遗学科。他也希望让来津求学的大学学子们了解和亲近求学的城市，知道天津的传家宝："多一份人生不可或缺的城市和文化阅历，并在你进入社会之前，先打开自己对社会的眼界，增添你对生活的兴趣和情感，甚至产生一个人最宝贵的精神——对社会的责任。"

为此，冯骥才于2021年主编了《天津文化地图——热爱我求学的城市》，从天津方方面面知名的公共场所和文化景点中选取精粹，共二百个，并依此绘成一张"天津文化导览图"，以便于查找。同时还编写了一册"简介"，各处概要，一览即知。我有幸受邀参与了这本书的编写，让我有机会圆了我编辑贺岁书后，更想多为城市母亲做些事情的心愿。

（二）

2009牛年版贺岁书的推出，让也是画家的冯骥才有一种别样的兴致，他在代序《今又贺岁书》中写道：

"年又来了，年的情怀又来了。

"年的情怀是岁月的情怀，生命的情怀，文化的情怀。

"岁月的来去，生命的消长，生活的得失，我们无法更改，只能顺应。于是一代代人创造并积累了许多美好的理想化的方式来安慰与温暖自己的心——这便是年的风俗与文化。然而，我们自己为这个传统的年做点什么呢？

"年年书贺岁，今又贺岁书。

"戊子将去，乙丑即至，一本新的贺岁书又花花绿绿带着油墨与纸的芬芳摆在我们面前。这本书的题目饶有风趣，叫作《天津老画》。

"天津老画，是天津的过去留在世上的画。"

冯骥才认为，"世上的画有两种。一种是画家们经意创作的画，好的画可以传之久远。还有一种是生活中不经意的画——或是刊登在报刊一角，表达一时的思考与感受；或是印在什么东西的包装上，美化生活新鲜的物品；或是一张风貌式的地图，一幅灯笼画，一帧时事的写真，一沓有花有草有人物的信纸纸封……过后却将那个时代审美的风习——像一首老歌老曲那样把昨天的生活的情感和气质都保存下来。

"经意的画是艺术；不经意的画包含着的是文化。"

那《天津老画》收录的又是哪些画呢？冯骥才因何还为其中的《天津鼓楼真景全图》《市井风俗》《灯上彩画》《张兆祥为文美斋画的笺纸》《对美》等写了七篇美文呢？代序中这样说：

"然而，经意的事物会刻意保存，不经意的事物便随手丢弃，到哪里还能找到那些被一阵阵改朝换代的大风吹得无影无踪的历史碎片？曾经满街跑的胶皮，如今还能找到一辆吗？昨天家家户户都在使用的炉钩炉铲，到哪儿还能寻找到一把？可是当本书的责任主编魏新生把这部书稿交给我时，使我大吃一惊，费了多大的劲，才把如此斑驳的历史细节全部收集一起？有的画儿，见所未见；有的画儿，早已不见；有的画儿，似曾相见。有的叫人一愣，有的叫人一惊，有的叫人好奇，有的叫人心动。它们一旦聚集一处，历史的形态就奇妙地呈现出来。城市的历史生活竟像复活了的生命一样可以感知。于是，一本新的贺岁书，又加入我们城市的年文化中来。这正是：油墨香中一岁除，春风送暖入津沽；但求年年年景好，总有新版贺岁书。"

天津的"童年照"和"旧影新照"

贺岁书中，有两本是以天津的照片为"主角"的，分别是2012龙年版的《津门旧影新照》和2013蛇年版的《老天津的最早影像——各国明信片选粹》。

（一）

《老天津的最早影像》代序以《城市的"童年照"》为题。何谓"童年照"？

冯骥才写道："这里所说的城市的'童年照'是指人类有了照相术之后，最早被拍照下来的城市影像。

"那时的相机稀缺又昂贵，照相是件很奢侈的事情，所以世界上所有城市的'童年照'都极其有限与珍罕。

"人类在1883年研制出胶卷，随后发明了第一台可以携带的相机；开始并不普及，直到1900年照相术才在欧洲传播开来。但远在东方的一座海滨城市天津却是幸运的——它早在1900年之前就有不少自己的'童年照'了。

"这个'幸运'从何而来？

"首先是第二次鸦片战争（1856—1860）后，天津被迫开埠与开辟租界，外国人来到天津。1895年后，一些执有照相机的各国传教士、商人、随军记者，以及带着冒险精神的旅游者在陌生的天津看到了迥异于他们西方的另一个世界，天津独特的地貌人文令他们极感兴趣，他们便举起手中的相机把这些新奇的景象拍摄下来，天津就有了最早的'童年照'了。"

当时，这"童年照"并不是仅仅洗印出来的一张照片而已，它还另有用场。"天津作为刚刚建立的通商口岸，国际邮政必不可少。自从1869年明信片——这种十分便捷的通邮由奥地利开始采用，很快成为西方最受欢迎的通信方式。在刚刚流行起来的明信片印上刚刚诞生的照片就更加时髦，照片和明信片是当时共生共荣的两种新事物。这样，充满'异国风情'的照片——天津的'童年照'就十分自然地印在明信片上了。""明信片成了天津最早影像的载体，也是天津形象'走向世界'的传播工具。""于是，天津地方的胜迹、风光、街景、高楼、名桥、奇风、异俗以及世态百相与五行八作都被印在明信片上；在天津的外国人还把他们兴建的租界景象也印上去，寄给他们各自远在家乡的家人和友人。""近代最早被西方强迫开埠的一些城市如上海、武汉、广州的形象都曾出现在明信片上，其中最独特的当数天津。一是由于天津租界多至九国，各自为政，建筑及其面貌与气质各具特质；二是近百年的天津是中西冲突的前沿，明信片鲜活又充分地映出这些历史剧变的景象。"

本土集邮爱好者赵建强多年来"倾力倾心于天津——特别是天津的早期明信片，不仅数量惊人，多达四五千之巨，而且精粹珍罕，恐怕很难有人与之匹敌"。冯骥才说，这批藏品"叫我见识到小小的明信片居然包藏着如此宽广又丰富的老天津的历史形象"。

《老天津的最早影像》从这些明信片中精选了四百六十枚收入书中，由收藏者自己配上短文。书中的许多照片都给冯骥才留下深刻的印象：

"1900年八国联军攻打天津。7月14日天津遭到世所罕闻的血洗城池的浩劫。此后天津老城判若两地，连天津城墙也在1901年因《辛丑条约》的签订而被拆除了。这里选用的一批1900年之前的天津影像的明信片，应是世上仅存的古老天津的死面相了。比如天津的城墙和城垛、城楼、城门、鼓楼、街巷、文庙、炮台、海光寺、净音寺、望海楼、北洋机器局、武备学堂、大清邮政局、北洋大学堂、三岔河口、戈登堂、德国俱乐部等等以及清代末期的种种人物的姿容和神态；这些影像是极其珍贵的。如果没有这些照片，我们能单凭文献想象出老天津这些确凿的景象来吗。

"赵氏所藏明信片的年代基本上是从十九世纪末到二十世纪中期。其中，特别可贵之处是，往往是一处景物多种角度，比如天津鼓楼，从东门里、西门里、北门里和南门里四个角度拍摄的都有，放在一起，使我们如在百年前老城中心转上一圈。再有，便是一种事物的不同阶段，比如金汤桥，由早期的渡口和浮桥，到几经改建，直到当时颇为先进的平转式开启桥。从这些不同时期发行的明信片可以将城市的历史进程看得明明白白。

"赵氏珍藏的这批明信片，不仅大大增添了天津题材邮品本身的厚重，还填补了许多历史事物图像的空白，为我们提供了大量的重要的历史信息。照片信息是文献信息不能代替的。照片是纯客观的，同时又是形象和直观的，它把我们一下子带进了时光隧道，实实在在地看到和真切地感受到自己城市的昔日与童年——尤其是这些景象绝大部分都已面目全非甚至消失不在了。

"这便是这本图书特殊的价值和意义。"

（二）

冯骥才在写贺岁书2012龙年版《津门旧影新照》的序言《龙年贺岁书》时，一上来就透露了这本书策划选题的情景："今年夏天，'今晚贺岁书'的执行编者魏新生先生来找我，研究龙年贺岁书的选题。这套年年春节登台面世的贺岁书，就像春节晚会那样，早在伏天里就进入了筹备期。""策划选题是要费一番脑筋的，但这次未等交谈，魏新生就笑嘻嘻把一包照片交给我看，说这是一位有心的中年人拍摄的，照片的特别之处是将津城一些历史建筑与景观的'旧照'和'新片'对照起来。旧貌新容，相互对照，角度独特，别有意味。"

这使冯骥才想起："十年前在巴黎的'中国兰'出版社的社长曾送给我一本同样的图书，叫作《巴黎的今天与昨天》，也是把同一个地方一老一新两张照片放在一起，互相对照，作者用这种方式来显示这座世界名城依然活着的历史。任何文明的国度都把自己的历史视为其独有的财富，自我享受并自豪地展示给别人。为此，这本图集惹得我十分喜爱，由此还对深爱自己历史文化的巴黎人心生敬意。""今天，我们的城市也有了这样的人、这样的观念与意识，并辛苦多年，完成了多达百组今昔相映的城市的视觉影像，令人心喜。"

与以往图文并茂的贺岁书相比，《津门旧影新照》更像是一本图册，新老照片分外醒目。书中收入一百组共两百幅照片，新照片都是摄影家张建比照老照片，耗时七载，从同一视角拍摄的天津的古建筑、码头、火车站、学校、商场、银行、广场、公园、住宅、道路、桥梁等历史建筑和景物。正如冯骥才所说："这百组照片，时跨百年。在这长长的百年间，时代更迭，物换星移，人事俱非，景象变化也各不相同；有的容颜已老，有的改头换面，有的复古重建，有的修葺一新，有的却十分神奇地一如昔时。从中，我们可以读到历史的沧桑，昔日的风韵，时代变迁的印记与今人惜古之心意。这本别致的书，使我们换个角度，看到自己城市历史文化的丰富与厚重，还有被岁月'演义'后的风光。""此地一些学者和文化人，为其配文，解读个中内涵和奥秘。这些文章都写得短小精悍，翔实生动，因将其中无形的蕴含焕发了出来。"

为了留住贺岁书的种种美好记忆，后来又特意编辑出版了《书香贺岁十二春》这个集子，内容有十二本贺岁书的序言、封面、部分内页和目录；有刊登在《今晚报》上的相关报道和评论；还有作者、编者介绍及他们的感言，还有几位不同年龄乡亲抒发的"读者心声"。

贺岁书的一位热心读者王玉珍在吐露心声时说："'今晚贺岁书'我收藏了两套，因为我有两个孩子，我把这套书看作是文化遗产，是留给孩子们宝贵的精神财富，要像冯骥才先生曾在工作室中写的八个大字那样：'前世之宝，后世宝之'，以让孩子们更了解天津，热爱天津。"

在"八十个春天——冯骥才与天津国际学术研讨会"上的发言

罗澍伟

天津社会科学院历史研究所研究员

今天借这个不可多得的机会，谈一谈我个人参会的一点感想、感慨和感佩。

1942 年农历壬午仲春（二月初九），一匹未来的中国文化"千里马"，在天津呱呱坠地。

"文革"之后，这匹"千里马"锋芒初露，从此，他开始写小说，而且一发而不可收，很快名重一时。有评论说，他的小说，以"写知识分子生活和天津近代历史故事见长，注意选取新颖的视角，用多变的艺术手法，细致深入的描写，开掘生活的底蕴，咀嚼人生的况味"。据统计，至今，他创作的小说，已有多种版本，其中不少还被翻译成各种文字，累计已经超过了一百五十种，叠加起来可能比他的身高一米九还要高，是真正的著作等身。

1988 年，他开始担任中国文联的执行副主席和副主席。此后，他虽然没有停止文学创作，但开始"放下小说"，凭着他那强烈的文化先觉意识，在天津开创了"抢救保护天津老城"和"抢救估衣街"的艰难困苦的工作，领导和动员社会各方面的力量，马不停蹄，夜以继日，最终编辑成《天津老房子·旧城遗韵》《东西南北》等四本别

330

开生面的大型画册。有人说，天津的许多文化遗存，如今，只能到这几本价值连城的画册中去找了。

2001年春，在中国民协第六届全国代表大会上，他被选为主席。从此，他在这个岗位上前后工作了十五个年头。在此期间，他席不暇暖，日理万机，促成了"中国民间文化遗产抢救工程"的实施，落实了中国木版年画的普查，中国唐卡的普查，《中国民间故事集成》《中国民间剪纸集成》的出版，以及中国口头文学遗产数字化工程，中国民间传承人口述史研究工程，中国传统村落保护等大型文化保护工作；促成了中国民间文学大系出版工程、《中国民间工艺集成》编纂出版工程，并进一步促成了非遗学科的设立。他把抢救与保护中国的民间文化遗产，看成是不可拒绝的神圣使命。这些大型文化工程的进行，无论对国家、对民族，都将是一笔不可估量的历史财富。对于推进全国人民的文化自信自强，对于铸就中国的社会主义新文化，有着十分长远的价值和意义。

德为世重，寿以人尊。

如今，他已经走过了人生的八十个春天，进入耄耋之年；然而他仍旧志在千里，保持着令人钦佩的活力，坚持把责任与激情传递下去，他说，他想要达到的目标，"依然在前面"。

他的名字，就是尽人皆知的冯骥才。

骥才先生自年轻时起，就人高马大，至今，虽已八旬高龄，但天津人看见他，还是亲昵地喊他："大冯"。

现在看来，冯骥才的文学创作，冯骥才的传统文化抢救与保护工程，不仅影响到一个时代的中国，而且影响到一个时代的世界。

冯骥才，不仅是中国的，还是世界的。

谨祝冯骥才先生，天保九如，春秋不老。

祝"冯骥才与天津国际学术讨论会"圆满成功！

因为时间的关系，只讲这些。谢谢大家！

（注：发言稿中的一些基础资料，引自潘鲁声、邱运华《静水流深 入耄耋 遐龄无竟再逢春——贺冯骥才先生八十岁寿诞》）

致敬："非遗"保护的擎旗人

甄光俊

天津市艺术研究所研究员、文史研究馆馆员

冯骥才先生是对祖国、对人民、对社会、对时代有使命担当的文艺大家，四十多年来，他不仅在绘画、文学创作方面取得卓著成就，大量的作品享誉国内外，同时，他深入社会开展调研，把最深厚的情感奉献给优秀传统文化的保护与教育。天津群众为有这样一位热心于乡土文化、为保护中华民族优秀民间文艺竭尽全力的乡贤倍感骄傲。

冯骥才先生的艺术人生，概括地说有四大亮点。一，他是学贯中西、硕果累累的画家，被学界誉为现代文人画的代表。二，他是著作等身的作家，一些脍炙人口的文学作品被移植到影视银幕荧屏。三，他是"非遗"保护的擎旗人，早在几十年前民间文化遗产保护极度困难的形势下，他毅然卖掉自己心爱的画作，创建了我国第一家民间文化保护基地。他对民间文化遗产的抢救、保护、挖掘、传承与教育所做的贡献，写进了中国文化史册。四，冯先生为了中华民族文化的传承，在天津大学创建了一所人文学院，自觉担负起教书育人的重任。学院在他周密规划下，培养出成批的杰出文化人才，承担并完成了多项国家社科研究项目。2012 年秋，文化部、国务院参事室、全国政协文史和学习委员会、全国文联、天津大学等十多家机构、团体，在北京隆重举办的"四驾马车——冯骥才绘画、文学、文化遗产保护与教育展览"，全面回顾了冯先生几十年间多方面、跨领域辛勤耕耘的历程，展示了冯先生对文化遗产的保护与教育的丰硕成果和杰出贡献，一时间"四驾马车"成为轰动首都的文化热点。冯先生对"四驾马车"解释说："不是四匹马拉一辆车。而是用四匹马的劲儿拉着一辆车。因为我车上的东西太多。都是我的最爱。"

冯先生为增强民间文化记忆，守望活态艺术传承，经常不辞辛苦，长途跋涉，奔赴各地考察，每发现应该保护的民间文化，一面发出强有力的呼吁、呐喊，一面行之有效地躬身垂范，尽全力予以抢救。诚如冯先生所说："我们必须一面投身于山川大地，在濒危的文化中进行普查与抢救，一面在各种场合不停歇地呼吁宣传，唤起社会对文化遗产的关切与保护的自觉。"

几十年来，冯先生身兼全国政协委员、国务院参事、中国民间文艺家协主席等诸多荣衔，在每一个岗位上恪尽职守，带领全国热心于民间文化保护的有识之士，竭尽个人的实际能力无私奉献，为文化遗产保护奔走呼号。冯先生所关注的传统文化范围十分广泛，包括许多与民间生产、生活相关的细节，都在他保护之列。诸如各种传统戏剧、民间工艺、民间花会、民间说唱，无不涉及。早在三十多年前天津开始城市民宅改造的时候，冯先生就曾大声疾呼老城文化的保护，他认为文化是城市的生命和灵魂，主张从制度层面为非遗申报、并向保护转化提供保障。他率先倡导代表广大人民群众心声的年节文化，指出春节是中华民族除旧迎新的节日，阖家欢乐吃年夜饭，祭祀祖先，燃放烟火爆竹等，已然成为民俗生活集中的日子，红红火火的年味，往往勾起人们浓浓的乡愁。出于对中华民族除旧迎新传统的尊重和敬畏，冯先生以全国政协委员的身份，积极向大会递交除夕放假的提案，这一尊重传统、顺乎民情、传递符合节日特定规律的建言献策，被国家有关部门采纳，于2006年将春节列入"国家非物质文化遗产名录"，除夕放假以法规形式得到确认。冯先生对转型期中华文化的传承所做贡献，让人们进一步了解了什么是乡土文化和保护乡土文化的重要意义，其影响深远，情动社会。

冯骥才先生从实际出发，尽职尽责当好民间文化的守护神，以实际行动呼唤国人的文化自省与自尊。得到冯先生关心、襄助的某些民间技艺，诸如天津的民间花会、杨柳青年画、皮影、剪纸、市井风俗活动等，在传统与时尚对接的当代生活中，不断焕发出生机和活力。

冯先生呼唤对民间文化实施保护，绝非一时心血来潮，更不是急功近利。他所提出的每一个项目，都有充足的理论支持和事实依据，而这些理论和事实，无一不是身临其境实地调研，再经深思熟虑后获得的。譬如影响最广泛的对古村落保护。我国的传统村落，是中华文化产生和长期传承最为主要的载体，也是极为珍贵的遗产。从前，非遗的主要创作者、传播者和接受者，大都生活在农村。近些年农村人口急剧减少，即使留在农村的人口，现代的生活方式、生活观念、审美观念、知识结构、信息来源等，均发生了变化。古村落保护这个迫在眉睫的现实，进入了冯先生的视野。他跋山涉水，深入古老精神家园和传统文化根基的传统村落，田间地头实地调研，从获得的第一手信息，发觉许多老化的传统村落，随着农村经济的发展，遭遇着历史性拆除，冯先生敏锐意识到古村落抢救、保护的紧迫，他迫不及待地向国家有关部门疾呼加强对古村落保护措施，并且在调研报告里特别强调古村落抢救、保护需要国家作为。

冯先生对民族文化执着的责任感、使命感和炽热的家国情怀，引起国家高层领导人的重视，2012年政府有关部门公布了第一批列入传统村落的名录。之后，冯先生便主持编写了一本工具书《传统村落立档调查体例》，为进入《中国传统村落名录》者立档，成为传统村落保护的范本。2014年中央一号文件又明确提出，要"制定传统村落保护发展规划，抓紧把有历史文化价值的传统村落和民居列入名录，切实加大投入和保护力度"。此外，中央城镇化工作会议公报里，也把"让居民望得见山、看得见水、记得住乡愁"写了进去。这些指导全国性传统村落保护的文件，集中了古村落保护者集体的意见和建议，而冯骥才先生为古村落抢救、保护的所有付出，无疑是最为关键的关键。

冯先生关注村落主体的用意，在于唤醒文化记忆。尽管让非物质文化遗产回到人们的生产、生活中的目标漫无边际，冯先生因此而"感到力不从心"，但他"没有过一瞬想到放弃"。他认为"担当，是无比壮美的人生感受"。

当前，我国的民间文化保护，可以说进入了冯骥才时代，各地的"非遗"保护者和广大民间文艺工作者，以冯先生为旗帜，竭尽全力奋斗在民间文化保护的前沿。尽管任重道远，面前的困难还很严峻，但领军人在前边擎旗召唤，有目标，有行动，"非遗"保护一定会越来越好。

2022年11月6日

三件小事——成长中的往事

刘恒岳

教育部艺术教育委员会委员

随着年龄增长，愈发感觉到在与冯骥才先生的交往中，有三件小事不仅印象深刻还关乎我个人成长。

1983年我考入师范大学地理学系，为丰富同学们的文化生活，作为班长积极推动成立兴趣小组。1984年先生与我们的"星光文学社"有了通信之谊，在信中他十分关心支持理科学生提高文学修养。他的亲和赢得了大家的尊重，他的文学情怀与独到见解，开阔了我们这群年轻学子的思想与眼界，成为我们精神上的引领，也深深影响了我日后的行与思。

1987年我大学毕业，那时先生在文艺界，我在教育界工作，往来不多。1995年我开始负责学校艺术教育工作，1996年春筹备举办"向未来起飞"当代大学生舞蹈晚会，向社会展示大学生的精神风貌。筹备期间，今晚报文化记者马明采访我，问及举办舞蹈专场的意义。我回答：高校应该有丰富多彩的校园生活，让大学生活成为人生美好的回忆。这样的回答我自己并不满意，可是又表达不出内心的真实想法。我于是向舞蹈家协会秘书长王晋老师请教，大学生开展舞蹈活动的意义。王老师说，这可是个大问题。随即拨通了时任文联主席的冯骥才先生的电话，先生表示欢迎我们到家交流。如今，虽然二十多年过去了，那时在"云峰楼"的谈话内容已记忆不深，但先生当时送我的题字"无论在任何地方，都让美成为胜利者"，却成为开启我对"美与美育"思考的一把金钥匙。

美育，作为审美教育，就是要以美育人，提升学生的审美与人文素养，引导青少年学生的人生态度和审美价值取向。正是"无论在任何地方，都让美成为胜利者"引发的思考，我主持了九五规划课题《艺术美育与素质教育》。正是"无论在任何地方，都让美成为胜利者"理念的影响，让我沉下心来扎扎实实抓好学校美育工作。多年来，不仅"艺术自觉 社会和谐"已经成为天津学校艺术教育战线的共识，而且津沽大地校园艺术社团让孩子们汲取着艺术营养，快乐地成长。

与先生生活在同一座城市，耳闻目睹先生用生命奔波在他热爱的津沽大地，用理想推动着文化遗产保护工作。在先生的影响和感召下，我把对家乡天津的热爱转化为以学术研究引领活动推广与传播的实践，走上了"弘扬华夏文明，传承津沽文化"之路。

2012年，我带领天津市历史学学会艺术史专业委员会团队倡议在天津设卫筑城纪念日，开展"弘扬华夏文明，传承津沽文化"为主题的"津沽文化日"主题文化活动，为天津母亲庆生。倡议得到各界积极、持续响应，同时，我尝试在六个中心城区学校试点。连年举办的"津沽文化日"主题文化活动，为家乡庆生提供了可以复制的实践经验与公众基础。2017年3月市政府办公厅在文件中明确要求，全市学校要围绕"弘扬华夏文明，传承津沽文化"这一主题，以天津设卫筑城纪念日为契机，组织开展形式多样的主题文化活动。由此，该活动自第六届开始面向全市展开。今年，第十一届"津沽文化日"主题文化活动，将在天津设卫筑城618年纪念日之际展开。

在实际工作中，我发现一些单位的传承工作，热热闹闹，不仅流于形式，还热衷并停留在将"非遗传承"物化为文物的收集与文集的出版，传承工作不能求得认同，也不能打动人心，走向生活。于是，己丑牛年春节初六，在天后宫"津门文化雅集"老先生们发言后，冯先生说年轻人也说几句吧，我就针对传统文化的活态传承现状谈了自己的思考。先生接过话题，非常认真地肯定了此刻强调"活态传承"非常及时，先生那时的严肃神情我至今还记忆犹新。

在活态传承与面向年轻人将历史积淀转化为现实优势上，先生也身体力行做了典范，先生说："天津这座了不起的城市有她独特的历史、独特的资源、独特的魅力。了解和亲近你求学的城市，会让你多一份人生不可或缺的城市阅历和文化阅历。"壬寅虎年春节，响应先生的倡议，我们开展了"我在天津过大年"大学生春节短视频展播活动，大学生特别是未能返乡的留津大学生们将假日生活里的同学情、师生情、趣闻轶事和沽上百姓的幸福生活及对天津文化考察的感受，用手机录制成短视频，传达着收获、认同与节日温暖。活动得到了冯骥才先生的支持与肯定，欣然为展播活动题写主题"我在天津过大年"。

应该说，正是冯骥才先生为代表的老一辈对文化的关切与敬畏、对文化传承的责任与担当，深刻持久地影响了我，让我成为先生思想的追随者和文化传承的同路人，也更加坚定了我在文化传承与以美育人道路上前行的信心。我想，冯骥才先生以对天津城市的热爱和执着铺就的实践之路在天津一定会继续延伸。

冯骥才关于天津大学通识教育的
探索与实践

王凤

天津大学冯骥才文学艺术研究院教师

通识教育是近代西方大学普遍推行的教育方针和思想体系，其目的是尊重和满足人的本质需要，培养积极参与社会生活、有社会责任感的、全面发展的社会的人和国家的公民。中国现代意义上的大学是从西方引进的，通识教育与大学教育一起被引进。天津大学（其前身为北洋大学）是中国第一所现代大学，学校始终坚持"强工、厚理、振文、兴医"的发展理念，形成综合学科布局，重视通识教育，促进学生全面发展。特别在 2001 年，我国著名作家、画家和文化学者冯骥才先生受聘于天津大学，并于 2005 年建成天津大学冯骥才文学艺术研究院。冯骥才先生曾说过，他人生接过的最后一件大事是教育，他认为："当今大学缺乏灵魂，这灵魂就是人文精神。我想在大学校园的腹地建设一块纯净的人文绿地。为此，我院的院训是'挚爱真善美，关切天地人'。"从建院以来，冯骥才先生倾心打造学院人文绿地，先后举办了两届北洋文化节、意大利绘画巨匠原作展、丝绸之路上的敦煌系列活动、中俄文化交流百年展、十年中国民间文化遗产抢救成果展、把非遗请进大学等系列活动。这些活动使天津大学的学生们不用走出校门就能领略到世界经典文化和中国传统文化，为天津大学通识教育的实践开辟了新的路径，不仅在校园内产生很大的文化效应，也在社会上引起了强烈的反响。

近几年，冯骥才先生关注到高校博物馆与大学通识教育的密切联系，我院跳龙门乡土艺术博物馆于2017年完成馆内布置，并于10月正式对天津大学开放。博物馆以第二课堂、文化窗口和多媒体线上线下相结合等多种方式，将博物馆教育融入通识教育之中。在2021年，由冯骥才先生提出"热爱我求学的城市"口号，并编纂《天津文化地图：热爱我求学的城市》口袋书，这本书成为来津大学生打开天津城市文化的一把"钥匙"。冯骥才先生主导的这两项事业，为天津大学通识教育的创新打开了大门。本文主要以跳龙门乡土艺术博物馆和《天津文化地图》这两方面为研究对象，阐述冯骥才先生关于天津大学通识教育的探索与实践。

一、跳龙门乡土艺术博物馆参与实现通识教育

跳龙门乡土艺术博物馆是天津大学冯骥才文学艺术研究院的重要组成部分，在秉承冯骥才先生"文化学习的一半是文化体验"思想的基础上，"学院博物馆化"成为本院重要的教育理念之一。跳龙门乡土艺术博物馆是由雕塑厅、花样生活厅、民间画工厅、百花厅、蓝印花布厅、年画剪纸厅、木活字厅及汉画像石走廊共八部分构成。（前四个展厅对外开放）博物馆藏品共计万余件，不仅包含了姿态威猛的唐代彩绘天王俑、丝绸之路上的珍贵遗存、富于极高文物价值的辽代墓主人像、数千幅宝贵的古版年画原件、来自全国各地年画与剪纸的稀世遗存和古老的木雕活字，以及现当代民间工艺大师的优秀作品等。为了使天大师生能够零距离接触到这些珍贵的中国传统文化遗存，跳龙门乡土艺术博物馆于2017年10月正式对天大师生开放，使

天大师生们随时随地地受到耳濡目染，以积蓄文化与文明的养分，同时成为天津大学通识教育的重要平台之一。自博物馆开放以来，在冯骥才先生的带领下，对高校博物馆如何参与通识教育做了充分的探索与实践，经总结主要有以下三个方面。

1. 第二课堂：从文化自信到文化自觉

跳龙门乡土艺术博物馆自 2017 年 10 月开放以来至 2019 年，（2020 年新冠肺炎疫情后博物馆开放暂停）受到天大师生的热烈欢迎，接待万余人，提供讲解四百余场，如图 1。除了师生，天大各机关、校友会也纷纷来访，国内外高校、文化机构更是慕名而来。博物馆精彩的藏品给众多校内外友人留下了深刻而美好的印象，来自天南海北的来访者在博物馆留言簿上留下一页页的笔迹，不仅有中文、英文、日文，甚至还有印地文与斯瓦希里文，如图 2。这些真切、温暖

图 1 学生参观博物馆雕塑厅

9/05/2018 FROM PAKISTAN پاکستان

We visited this folk museum Today. It was a really very good experience for having a art and folk with historical things at one place and also very near to us in the same university where we are a student "
Sajid Rehman Farhan Sidiqui

میں بہت اچھا محسوس کر رہا ہوں اس جگہ آکر کیوں کہ بڑ سکون مل رہا ہے اب سائنس قلعہ یہ جگہ اور ماحول کو تاریخ اور فنون لطیفہ کی سیر بھی کرواتا ہے۔ شکریہ
ساجد رحمان فرحان صدیق

素晴しい展示に感動しました。
多謝
ありがとうございました。
益田 晴恵
2018. 7. 6

Very interesting museum, thank you so much for the tour.
Centre of Advanced Materials,
University Malaya.
2018. 4. 26

Thank you for a wonderful tour!
Sincerely,
Students of University of Texas
(July 6, 2018)

Olivia xie xie!

thanks for the amazing tour Love Bishop

UT Austin

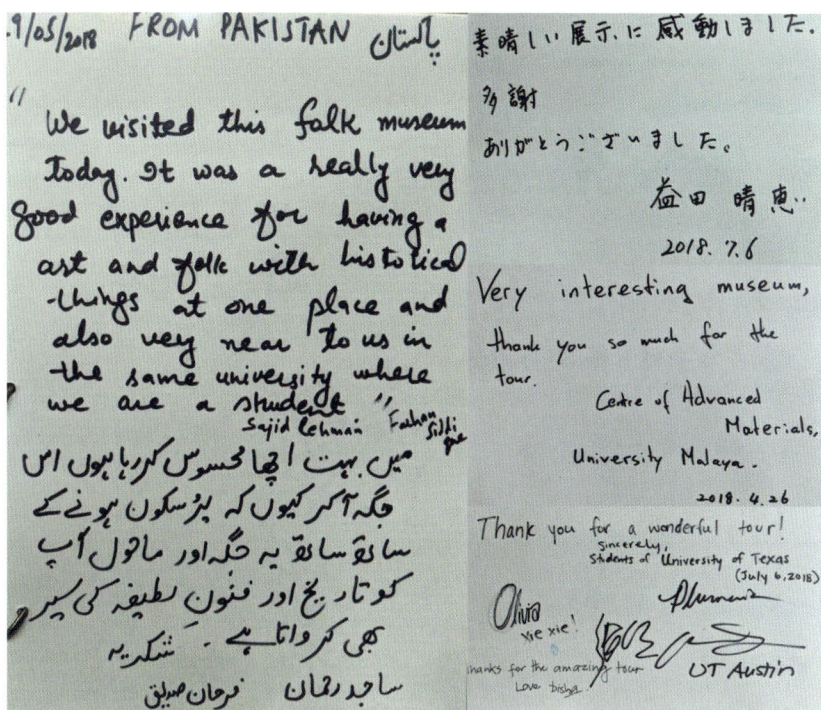

图 2 外国学生参观博物馆后的留言

的言语不仅代表了天大师生，也代表了各国来访者对博物馆藏品的热爱，更是对中国传统文化关注的表现。跳龙门乡土艺术博物馆在提高理工科大学的文化内涵与品位、建立文化自信、推动自然科学与人文学科有机结合等方面具有深远的意义，它不仅是通识教育的第二课堂，而且还成为天津大学的文化名片。

博物馆为了加强与天大学生之间的联系，开设"一期一会"活动，即每学期招募热爱中国传统文化的学生志愿者们，他们作为博物馆助馆员与博物馆工作人员一起开启传播文化之旅。在博物馆日常开放工作中，学生助馆员认真负责、积极热情，在对博物馆一段时间了解后，不仅自己能够承担讲解工作，而且还对馆藏，对中国传统文化有了更深刻的认识和理解。比如通过馆藏艺术品的赏析，了解中国历

在这里工作是一件很享受的事情。每周抽出一个下午，放下手中的大作业，什么也不想得来到这里，置身于凝聚着民间艺术家无数心血的画作中，心，突然就安静了下来，这里面的人儿也都温柔可爱，就像是一个相互关怀的小家庭，温暖且惬意。

馆中的艺术品都是民间艺人创作的，它们来源于百姓也走向百姓，让我感到非常真实及亲切，这些艺术品值得被人们欣赏，生活本就是一种艺术，从日常细碎生活中走出来的美丽作品更应该被人们看到，因为那才是平凡中美好。

——by 民间画工厅助馆员 蔡文景
2015级 信息管理与信息系统

03 收获

气候由秋转冬，非常有幸见到传说中的冯馆长，少年时的"相识"还是在课文《珍珠鸟》和《泥人张》之中，至今记忆犹新，听冯馆长谈及这些民俗文化，只觉得是一种宝贵的传承，承载着多少先辈劳动中的智慧结晶，是值得敬仰的，也需要我们年轻一辈从思想上重视起来，有意识地去了解、保护它，至此，才算是我在这里学到的最有价值的东西。

——By 百花厅助馆员 王一祎
2016级建筑学院

图 3 助馆员工作体会　　　　图 4 助馆员工作体会

代审美的嬗变；认识到不同艺术门类之间的联系；感悟生活与艺术的关系；发现民间传统文化之精髓，如图 3、图 4。还有的助馆员在工作中意识到，博物馆不仅是收获知识的地方，而且还是学生们的心灵港湾。助馆员们在博物馆工作中学习与实践的同时也被馆藏所蕴含的人文精神所浸染与感动着，有效提高了助馆员的文化自信与人文修养，开拓了精神视野，并逐渐形成文化自觉，将文化传播与传承视为己任。更重要的是助馆员们对中国传统文化的热爱不仅点亮了文化传承之路，而且他们也感染和唤醒了他们身边的大学生对中国传统文化的关注，成为文化传承的主人。这种从文化自信到文化自觉的转变正是博物馆教育功能的重要体现，更是高校通识教育的价值意义所在。

冯骥才先生十分关注助馆员们在博物馆的学习和工作情况，经常给予他们亲切的关怀和慰问，并在每个学期结束时亲自与助馆员们沟通与交流，如图 5、图 6。冯先生曾经对助馆员们说：

其他文明古国的许多文化都断掉了，唯有华夏文明生生不

图 5 冯骥才先生与助馆员合照

图 6 冯骥才先生为助馆员签名赠书

息；中国人的文化和生活方式与众不同，国人过年过节、礼尚往来都暗含着中国文化的内涵。我们博物馆的藏品，无不讲述着这些文化与传统如何延续至今。

他还寄语同学们，希望他们在今后能够继续努力，把传播文化的工作继续下去！正是冯先生的鼓励和教诲，使同学们更加坚定文化自信，并逐渐形成文化自觉。以一届又一届博物馆助馆员为中心，将这份对中国传统文化的热情在天津大学广泛传播开来。

2. 文化窗口：让传统文化"活起来"

为了活跃天津大学校园生活，有效传播中国传统文化，让学生亲自体验中国传统文化的魅力，提升学生的文化自信与人文修养，跳龙门乡土艺术博物馆自开馆以来开展了丰富多彩且形式多样的博物馆活动。2018年3月举办了"清明节民俗文化活动"，这次活动不仅对天大师生开放博物馆花样生活厅（有清明、端午、中秋和春节专题展区），让观众深入了解清明文化内涵与习俗，而且还邀请了山西面花及天津"风筝魏"非遗传承人现场展示面花与风筝制作技艺，并通过预约，邀请观众一同参与制作。活动还邀请了天大汉服社、天穆小学花毽队进行现场表演增加节日气氛。通过现场参与、表演的方式，让更多天大师生在万物复苏的初春，亲身体验、感受清明文化魅力。传统节日走进校园，使更多天大师生乐于参与节日文化体验，了解传统文化源流及精神内涵，不仅是对民族精神的追求、对人生态度的探索，更是对民族文化的传承。

2018年6月，博物馆举办了"花满青藤——'传人、学子'携手进校园"非遗活动。该活动旨在将非物质文化遗产的新老传承力量与天津大学学生社团进行对接。在原有非遗进校园活动的基础上使传人与学子再亲近，为那些自觉关注并组织民间传统文化社团的学子提供更多养分。在活动中，天大师生积极与新老传承人互动交流，踊跃地参与各项民间技艺体验，每个人都在活动中有所收获，从中感受到民间传统文化的魅力。

2019年国际博物馆日的主题为"作为文化中枢的博物馆：传统

的未来"，国家文化与自然遗产日将"传承文化根脉，共筑民族未来"定为口号之一。跳龙门乡土艺术博物馆立足天津大学，旨在成为优秀传统文化、乡土文化与青年学子联结的纽带，将更多优秀传统文化传递到学子当中，充分发挥文化中枢的作用，使学生全面而深入地了解中国传统文化，从而更好地继承传统，弘扬并创新。为此，博物馆举办了别开生面的"博物馆奇妙日"系列活动，主要包括"青藤浓语"三行诗征集活动、"青藤翰墨"三行诗书法创作笔会和"他眼中的博物馆"主题讲解活动三个部分。

"青藤浓语"三行诗征集活动，邀请天大全体师生将自己在博物馆中的收获与感受浓缩在短短的三行诗句之中，传递出自身对传统文化的所思所想，如图7。"青藤翰墨"三行诗书法创作笔会，活动邀请了天津大学兰亭书法协会，和爱好书法的天大学子们一起用中国传统书法进行再创作，并且现场朗诵，为诗句带来新的生命力。

图7 "青藤浓语"三行诗征集作品

"他眼中的博物馆"主题讲解活动，博物馆助馆员成为活动的主角，他们由馆内的藏品延伸到各自的家乡情怀、专业视角、兴趣爱好，以独特的视角向观众呈现了一个"不一样"的跳龙门乡土艺术博物馆，图8为活动海报。如2017级公共管理专业研究生何欢同学，她从藏品中了解到很多有趣的风土人情，惊讶于中华传统文化富于智慧的丰富多彩。因此她的讲解题目为《何自川蜀 欢游于艺》，是将她的家乡四川与馆藏进行结合，体现了家乡情怀。2018级自动化学院信息与通信专业硕士生吴若茜与2015级管理与经济学部的丁宁两位同学的讲解题目为《固若金汤 安国宁家》，也是从家乡情怀出发，通过这样的方式揭开厚重历史的一角去窥探曾经的峥嵘岁月，去收获一件件展品背后的感动。2015级英语专业研究生刘子琦的讲解题目为《瑞兽乘紫气》，他巧妙地将馆内所有与动物相关的藏品进行梳理集结，以独特的视角完成一场精彩的讲解。而2017级建筑学院城乡规划学的研究生程秉钤同学更是将讲解与自己的专业相结合，其题目为《营造程式》，将馆内有关民居建筑的一砖一瓦、传统家居中的一窗一格，以历史和专业的角度讲给观众。为了充分调动学生的主动性与参与性，"他眼中的博物馆"的四个讲解题目都将助馆员的名或姓暗含在其中，展现了当代大学生才是文化继承与传播的主体。

"他眼中的博物馆"讲解活动是成功的，天大学生助馆员以极大的热情投入这次活动当中，他们已经在不知不觉中将自己的生活、学习与博物馆联结起来，更在无形中自觉地担负起文化传播的使命，正如助馆员刘子琦同学说："他在'跳龙门'遇到的，不仅仅是乡土文化，更是生生不息的奋发力量和无私无畏的使命担当！"助馆员何欢同学说："作为当代大学生，我希望我们能用自己的实际行动去关心我们民族的未来，共同守护和传承我们的文明。"

博物馆活动的目的就是要将学生身体内的文化因子激发出来，借

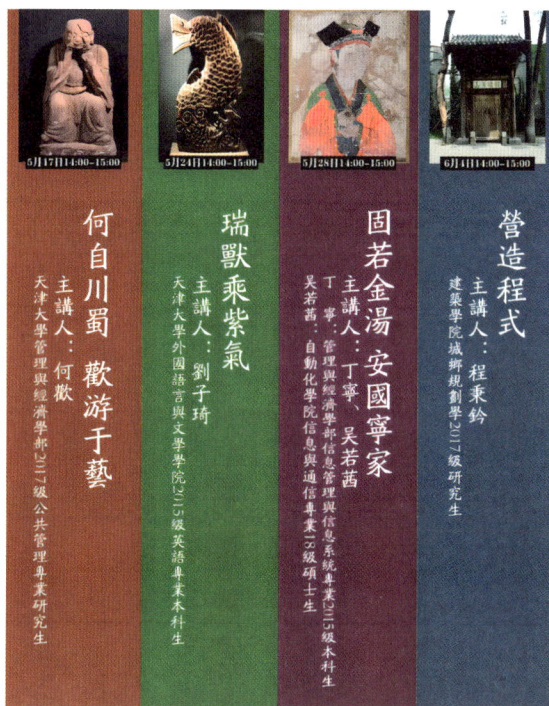

图 8 "他眼中的博物馆"
主题讲解活动海报

助博物馆教育资源，利用通识教育理念，充分调动学生的主动性和能动性，建立文化自信，搭建文化传播平台，引导学生将博物馆馆藏与自身生活、学习联系起来。在让传统文化"活起来"的同时，让学生们意识到文化传承、传播的重要性。

3.多媒体宣传途径：新媒体、多手段、线上线下相结合

为了更好地实行对外开放，服务天津大学师生，博物馆印制了精美的门票、宣传折页及导览手册，提供相应微信导览服务，实行网络与电话预约参观方式。天津大学冯骥才文学艺术研究院网站中设立了跳龙门乡土艺术博物馆版块，其中不仅可以看到馆藏精品照片，而且还可以进入 3D 虚拟展厅领略馆藏精华，为异地观众及对博物馆感兴

趣但不方便实地参观的热心观众提供了便捷的参观方式，达到博物馆公众教育的目标。

同时，为了更好发挥博物馆在天津大学的通识教育功能，自博物馆开放起便设立了博物馆服务号。服务号的设立不仅方便了天大师生报名、参与博物馆展览与活动，而且还设置了六个专题栏目，分别为"藏品的故事""时间的故事""博物馆人的故事""观众的故事""博物馆活动"和"馆长言论观点"。其中"藏品的故事"专栏十分注重文章的知识性、通俗性与趣味性，将有关博物馆藏品的知识及传统民俗文化等以大学生喜闻乐见的方式进行传播。"时间的故事"专栏包含了中国传统节日、节令、二十四节气等相关知识，及其与馆藏之间的联系。"博物馆人的故事"专栏主要展现学生助馆员的风采，体现学生主体意识。"观众的故事"专栏主要以天大各学院、各机关组织参观博物馆的见闻、感想、体会为主。"博物馆活动"专栏主要是活动预告、活动参与办法与活动回顾等。"馆长言论观点"专栏主要以博物馆馆长冯骥才先生有关博物馆教育、非遗研究与保护、艺术审美等方面的思考与研究为主。总之，博物馆服务号的设置是以服务天大师生为出发点，努力搭建平台，让天大师生能够有更多机会融入博物馆教育之中，以达到高校博物馆实现通识教育的目的。

2020年新冠肺炎疫情的出现严重影响了博物馆的正常开放。在冯骥才先生的倡导下，充分利用博物馆线上及网络资源，设计博物馆线上活动。虽然博物馆线下开放及活动有所限制，但是线上活动会更加丰富精彩。比较有代表性的线上活动就是2020年6月的《我们的节日·端午》，这期活动采用了线上互动视频闯关游戏的方式。为此，博物馆工作人员精心制作了八个活动视频，分别是"活动整体介绍""端午安康""端午与五毒""端午与虎文化""端午与钟馗""端午与菖蒲、艾草""端午、屈原、粽子""国家法定节假日：端午节"

八个部分组成。参与活动的朋友可以直接在博物馆服务号后台输入"端午安康"进入答题环节。先看视频，后答题，答对题后，再进入下一个视频，依次完成所有题目。答对全部题目的朋友可以获得博物馆工作人员亲手制作的"端午彩粽"礼品。在八个活动视频中，结合馆藏讲述了端午节的历史与节俗，既满足了观众参观博物馆的需求，又普及了中国传统节日文化，这种集知识、娱乐、互动于一体的线上活动非常受欢迎，参与者众多。而且博物馆线上活动受众面更加广泛，不受实地参观限制，使博物馆教育与通识教育的功能发挥到极致。

跳龙门乡土艺术博物馆重在乡土美术范畴，选择若干种类，以点带面，以彰显民间美术的魅力与精神。本馆为冯骥才文学艺术研究院民间美术研究的实体部门，是研究生的工作坊间。其藏品来自冯骥才先生个人收藏及其友人的珍藏。博物馆对天津大学开放后，成为天大学生重要的通识教育平台，通过第二课堂、文化窗口、多媒体线上线下相结合等多种方式开拓了博物馆教育的路径，为通识教育创造更多平台。这也是冯骥才先生在高校博物馆如何参与通识教育的探索与实践。

二、大学通识教育的新路径:《天津文化地图》——"热爱我求学的城市"

1.大学通识教育中人文精神培养的重要性

教育的本质是培养健全的人。蔡元培先生说，"教育是帮助被教育的人，给他能发展自己的能力，完成他的人格，于人类文化上能尽一分子的责任"[1]。潘光旦先生指出，"教育的理想是在发展整个的人格"[2]，就这一意义而言，教育的本然应该是通识教育，其价值就是人的全面发展。但是，随着市场经济的发展、知识创新的加速和日益激烈的社会竞争，使现代社会普遍存在重技术轻人文、重知识轻心智、重物质轻思想的倾向，造成当前大学教育面临的重要问题之一就是人文精神的严重缺失。人文精神是一个民族的灵魂，而一个没有灵魂的民族是没有希望的。大学必须为自己寻找出路，必须为人文精神寻找出路，而通识教育正是通往这一出路的大门之一。[3]

冯骥才先生非常注重当代大学生人文精神的培养，早在 2007 年冯先生就曾经召开国际研讨会，与海内外学者和教育家们讨论大学教育问题，当时他就提出，"人文精神是教育的灵魂"。而这正是当代中国大学所缺少的教育内容。因此，2001 年冯先生受聘天津大学后就致力于建立人文绿地，力争在天津大学这所以理工科为主的大学腹地承担起人文教育的责任，影响学生的思想精神，提高他们的人文素养。因此，自 2005 年建院以来举办各种文化节、展览、非遗进校园等活动，想方设法把人文精神以大学通识教育的方式注入天大校园，滋养天大学子。在此过程中，冯先生深感到大学生大多只是功利性地完成论文获取文凭，普遍与自己求学的城市缺少联系，这是人生的遗憾，冯先生认为，"大学是一个人完成系统教育的最后一站，是人生很宝贵的一段时光，学生应该与他求学的城市融合，有一个城市的阅历，有对生活的一种视野、一种情感。"[4]"大学给人的不仅是专业

1　蔡元培：《蔡元培教育论著选》，人民教育出版社，1991 年，第 377 页。

2　潘光旦：《潘光旦选集》，光明日报出版社，1999 年，第 459 页。

3　王生洪：《追求大学教育的本然价值—复旦大学通识教育的探索与实践》，《复旦教育论坛》，2006 年第 4 期。

4　杨扬：《多一点故乡的情感多一些心灵的丰盈——访著名作家文化学者冯骥才》，《天津大学报》2021 年 8 月 29 日。

教育，还是对一个人全面的素质的教育。不能让上大学只是获得学历的一个功利的手段。"[1] 这个问题并非无人发现，但他却从中找到了人文教育的一个突破口——把大学的人文教育、校园文化生活与城市历史文明接通，帮助学生接触更宽广的社会，从而产生对生活的热情和对社会的责任感。[2] 而这一点正与通识教育的目的不谋而合，而且不困于传统课堂教育、课本灌输式学习方式，冯骥才先生开创了通识教育的新路径，提出口号"热爱我求学的城市"，并由冯骥才先生主编《天津文化地图》，来激发学生的主动性，唤起学生自身的情感共鸣。这本书将校园文化延伸到社会，不仅受到外地学子，而且也受到本地学子和广大民众的欢迎。

2.《天津文化地图》通识教育的创举及特点

《天津文化地图》是由一本口袋书和一张导览图组成。它的诞生来自主编冯骥才先生的创意，凝结了他和编制、出版团队的大量心血。编制团队耗时数月，踏遍全市十六个区实地考察、拍摄，并邀请《今晚报》原文化部主任魏新生担任撰稿人，还特邀罗澍伟、甄光俊、尚洁等天津文化专家把关。

这本口袋书涵盖了天津城市文化精华，其设计精致小巧，便于随身携带。编者按照自然奇观、人文胜迹、津门风情、文教精粹、地方风物、洋楼风貌、名人居所、红色记忆、艺博场馆、多彩生活共十个分类，精选两百个具有重要历史文化内涵、最富天津地方特色的点位。而且每个点位在卡通手绘的导览图上标出地址并用一句话点明其

---

1 杨扬：《多一点故乡的情感多一些心灵的丰盈——访著名作家文化
　学者冯骥才》，《天津大学报》2021 年 8 月 29 日。
2 杨扬：《点亮大学人文精神的火炬——〈天津文化地图〉编辑手记》，
　《大树》，2021 年第 23 期，第 55 页。

图 9《天津文化地图》

特色，在图文并茂的书中用短文加以介绍，如图9。

　　《天津文化地图》的特点主要体现在三个方面，首先这是一本富有创意的"体验式"读本。这本书是为大学生量身定做的，是符合大学生从高中毕业进入大学的这个年龄阶段，是符合大学生求知的视野和兴趣。其目的不是让学生们被动接受，而是给他们一把"钥匙"，希望他们能够自己主动打开城市的大门。而这本书则起到激发学生兴趣，提供信息的作用。所以这本书不仅是一个引导，而且还是一本教材。其次，这是一本"活着的书"。这本书最大的设计特色在于书中200个点位，每个点位介绍旁都印有一个二维码，利用手机扫码就可以获得更多信息。二维码就相当于每个点位后巨大的信息库，通过编辑团队不断更换、优化、增加二维码中的信息，甚至添加视频，使这本《天津文化地图》具有永恒的生命力，成为一本"活着的书"。冯先生还计划在未来要利用书中二维码建立一个"热爱我求学的城市"网络平台，跟学生沟通交流，发挥更大潜能。学生们可以将参观城市过程中的所想所感、拍的照片和视频通过这个平台发送给编辑部，编辑团队和专家可以根据学生们提供的这些内容按照统一标准，每几个月一次更新到书中二维码里，这样学生们就可以直接参与进来，成为这本书的主人。最后，这本书是全方位地走进城市的生活和历史。不同于旅游用书，这本书还将天津的历史和生活融入其中。让学生了解这座城市，就要先熟悉这座城市历史。冯骥才先生说：

> 大沽口炮台，承载着民族英雄抵抗列强入侵的不屈，也有当时的落后带来失败的惨痛记忆。近代百年，外来的列强在天津建立九国租界，但那个时代也有觉悟社，有张太雷，有年轻知识分子站在时代前列，承担历史使命。[1]

可见一座城市自诞生后，有光荣的历史，也有苦难屈辱的历史。因此，年轻人只有全面了解城市的历史，才能对自己求学的城市慢慢产生情怀，继而进入这座城市，才能喜欢这座城市。另外，书中多彩生活部分还将天津当地小吃纳入其中（如煎饼果子、嘎巴菜等），不仅是为了让学生品尝天津人传统口味，更是希望通过这种方式能让他们走进老百姓的生活。而且这本书并不拒绝天津城市发展中的新的变化、新的形态，这里有劝业场这样知名中外的老商业区，也有南开大悦城这样的"新兴商圈新体验"。在这本书中既珍惜老传统，也接纳新事物，呈现着一个城市的生长。

---

1 杨扬：《多一点故乡的情感多一些心灵的丰盈——访著名作家文化学者冯骥才》，《天津大学报》2021 年 8 月 29 日。

3. "热爱我求学的城市"进行时

2021 年 7 月 13 日,《天津文化地图:热爱我求学的城市》新书首发式在天津大学冯骥才文学艺术研究院举行,同时也是天津大学 2021 年首批本科生录取通知书的签发仪式。金东寒校长现场签发 0001 号录取通知书,冯骥才先生也在现场为这份通知书里的《天津文化地图》签名。

金东寒校长表示:

> 天津大学一直以培养具有'家国情怀'的人才为己任,将服务天津地方经济社会发展作为义不容辞的责任,今年招收的新生,经过四年乃至更长时间的培养,也会有很多人将成为天津未来的建设者,我相信,《天津文化地图》将成为除专业课之外,我们对学生培养的鲜活教材。[1]

冯骥才先生在首发式上说:

> 《天津文化地图》不同于一般的旅游地图和手册,它是一把打开城市的钥匙,是大学通识教育的一种富有创意的'体验式'读本,通过引导大学生实地游览,了解天津的人文地理、历史文化、风土民俗、生活特色,在获得鲜活文化认知和审美体验的过程中,主动介入天津的城市生活,从而增进对天津的情感,产生对社会的责任感。建立起一种生动、鲜活和获得感的文化生活。[2]

《天津文化地图》首发式后,天津大学内掀起了如火如荼的以"热爱我求学的城市"为主题的各种通识教育活动。如天津大学 2021

1　冯骥才工作室:《冯骥才给大学生的礼物〈天津文化地图〉问世:去亲近和热爱你求学的城市吧》,天津大学冯骥才文学艺术研究院公众号,2021 年 7 月 12 日。

2　冯骥才工作室:《冯骥才:你是否跨出校园,看一看养育出你的大学的土地》,天津大学冯骥才文学艺术研究院公众号,2021 年 7 月 20 日。

级新生教育以"热爱我求学的城市"为主线，依托天津在党史、新中国史、改革开放史、社会主义发展史中积累的丰富教育资源，从天津看全国、看世界，厚植新生爱党、爱国、爱社会主义的情感，教育引导广大新生立大志、明大德、成大才、担大任，努力成为堪当民族复兴重任的时代新人。天津大学通过"天外天"公众号发起"热爱我求学的城市"线上主题征集活动，如《初见，原来你是这样的天津！》《我在天津这几年，快来看天大人扎根津沽大地的青春故事！》，活动征集作品的形式可以是文字或是照片。活动受到天大学子的热烈欢迎，投稿踊跃，优秀作品则刊登在公众号上，如图10。同时天津大学图书馆也开展了丰富多彩的"热爱我求学的城市"活动，如在公众号上推文介绍天津桥文化的《行在天津·一桥一景》，介绍天津传统饮食文化的《食在天津·渤海之滨》，追溯天津红色记忆的《忆在天津·追红寻迹》，讲述天津历史的《居在天津，博古通今》以及介绍天津曲艺的《乐在天津·曲艺之乡》等多篇推文，全方位向大学生们介绍天津的历史与文化。

天津大学各学院也围绕"热爱我求学的城市"主题开展了一系列活动，有的活动不仅有趣而且与学生专业挂钩，如天津大学建筑学院开展了《热爱我求学的城市—绘美津城》主题写生作品展，如图11。参与活动的学生们怀着激动的心情，以天津大学为起点，调研天津城市面貌，以画笔记录年华驻足的建筑风景，用线条勾勒所有的风土与漂游。天大微电子学院推出《热爱我求学的城市：一笔一画绘津城——微电子学院打造沉浸式文化体验》系列活动。活动中，学生们除了打卡拍照外，还把所见所看绘制成一幅 3m×4m 画卷，这种可视化沉浸式的文化体验为感受天津文化提供了新的表达方式，重塑感知力。除此之外，天津大学求是学部在郑东图书馆举办了"热爱我求学的城市"主题文艺汇演，而天津大学文津书院举办了有趣的"天津文

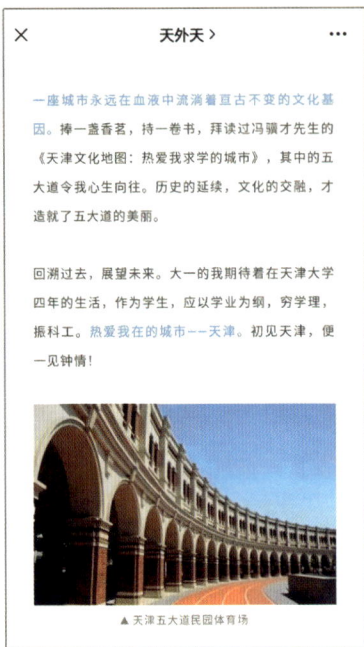

图 10 天津大学 2021 级 理学院新生
徐高阳图文

图 11 天大建筑学院《热爱我求学的城市—绘
美津城》活动海报

化地标"拼图大赛。这些丰富多彩的校园活动为大学通识教育开辟了新路，将校园文化延伸到社会，不仅受到外地学子，而且也受到天津本地学生的广泛欢迎。

以"热爱我求学的城市"为主题的通识教育活动除了在天大校园内热烈地开展起来，同时这股"热爱城市"的力量也快速蔓延到校园外。由天津市委宣传部、天津市委网信办、天津市教委主办，海河传媒中心广播新闻部、央广网天津频道、天津市学校思想政治教育新媒体中心承办的"你好，天津·热爱我求学的城市"大型思政主题网络宣传活动于 2021 年 12 月至 2022 年 6 月举行。活动为全面推动在津求学青少年了解天津、热爱天津、建设天津，引导更多有志青年扎根津沽大地，建设美丽天津。可见，正如冯骥才先生所说：

这本《天津文化地图》不仅是给天津大学学生看的，而是给来天津的所有大学生看的，我们对来天津的所有大学生都提倡"热爱我求学的城市"，"热爱我求学的城市"才是我们做这件事情的宗旨，是我们的主题。这个主题、宗旨和思想又不受天津的限制，我们希望全国各个城市大学生都热爱他们求学的城市。我们希望这作为通识教育的一种方式能够在全国各地推广开来。[1]

而这本书也是一个开始，是一个抓手，未来会有更多新颖的通识教育方式将城市文化普及开来。

三、总结

通识教育是大学应对时代和社会变迁的一种反应。时代在发展，通识教育的理念也要随时而变，因地而变。大学承担着民族文化精神继承和创新、为民族伟大复兴培养新人的神圣职责，而培养学生的思想和精神活动的能力是大学的首要使命。[2] 冯骥才先生立足、服务于天津大学，始终致力于在大学中建立人文绿地、培养学生人文精神的事业。他在天大中建立跳龙门乡土艺术博物馆，将博物馆作为大学第二课堂，通过开展丰富多彩的博物馆活动，成为天津大学的文化窗口，让传统文化"活起来"，同时利用博物馆服务号及学院网站等线上资源，为广大学生能够零距离接触到民间文化精髓搭建了更为广阔的平台。因此，博物馆在知识传播、文化熏陶、精神引导等方面发挥着不可替代的作用。2021 年 7 月，冯骥才先生发起"热爱我求学的城市"的倡导，并出版《天津文化地图》，具有创造性地开辟了大学

1　天津电视台记者郭玥与天津大学出版社书籍宋雪峰采访冯骥才先生，2021 年 7 月 15 日。

2　王生洪：《追求大学教育的本然价值—复旦大学通识教育的探索与实践》，《复旦教育论坛》2006 年第 4 期。

通识教育的新路径，将校园文化延伸到社会。冯先生在新书首发式上说：

> 了解和亲近你求学的城市，将会大大丰富你大学期间的生活，多一份人生不可或缺的城市阅历和文化阅历，并在你进入社会之前，先打开自己对社会的眼界，增添你对生活的兴趣和情感，甚至产生一个人最高贵的精神——对社会的责任感。[1]

总之，冯骥才先生在天津大学通识教育事业中积极思考、努力探索，开辟了通识教育的新路径，以跳龙门乡土艺术博物馆和《天津文化地图》为通识教育平台，在弘扬中国传统文化，开阔学生文化视野，培养学生人文精神等方面起到重要作用。同时通过引导学生从热爱我的学校、热爱我求学的城市到热爱我的祖国，从而产生一个人最高贵的精神，那就是对社会的责任感，以达到通识教育最终目的。冯骥才先生关于天津大学通识教育的探索与实践是具有创新意义的，为全国高校通识教育的开展起到了优秀示范作用。

1　冯骥才主编:《热爱我求学的城市：天津文化地图》序，天津大学出版社，2021年。

从文化先觉中来

——冯骥才非遗学思想扬榷

耿涵

天津大学冯骥才文学艺术研究院副教授

非物质文化遗产学（简称"非遗学"）是冯骥才先生"四驾马车"中"教育"这份大事业的重要组成部分。非遗学是重要的，它关乎中国非物质文化遗产保护事业的命运，关乎中华民族文化的赓续和持久发展。非遗学既是一门学问，也是一门教育教学的学科。它不同于文学、艺术、人类学、民俗学等传统学科，而是一门与我们所处时代文化建设密切相关的、对文化事业直接生效的、具有开创性的交叉学科。非遗学如此重要，以至于冯骥才先生在他的 80 岁高龄毅然投身到这个全新学科的创制之中。

实际上，中国非遗学的创设很大程度上归功于冯骥才数十年来在文化保护工作中的摇旗呐喊和躬身实践。1991 年，冯骥才在上海举办画展期间发现"迷楼"面临拆除，他急忙变卖画作，促成了这座文化遗产的留存。1994 年，他发起了"天津地域文化采风"和"小洋楼文化采风"，对天津城市的历史文化遗存进行地毯式普查。2000 年 1 月至 3 月，天津老城的"象征"估衣街面临拆除，冯骥才领导并组织了天津估衣街的抢救。2001 年开始，他主持筹备"中国民间文化遗产抢救工程"，于 2003 年 2 月工程正式启动。2005 年，冯骥才在两会期间提交了《关于建议国家设立文化遗产日的提案》，国务院采纳了这个提案，决定从 2006 年起，把每年六月的第二个星期六设立为我国的"文化遗产日"。2006 年，冯骥才主导发表了我国文化遗产保护史上第一份呼吁全社会共同保护古村落的"宣言"——《西塘宣言》。2008 年，他赴四川汶川进行灾后调研，发出《关于四川汶川地震灾后重建中保护羌族文化遗产的建议书》，得到国务院的重要批示。2010 年，他在国务院参事室"春节文化论坛"上发言《春节是中华民族最大的非遗》，建议将春节列为我国申请世界非遗的首位。2011 年，他在中央文史研究馆成立 60 周年座谈会上作《为紧急保护古村落再进一言》主题发言，推动促成了"中国传统村落名录"的出台。2020 年 9 月，冯骥才在京参加习近平总书记主持召开的教育文化卫生体育领域专家代表座谈会，做了题为《建立国家非遗保护的科学体系》发言，阐述了"科学保护是根本，人才培养是关键"的思想[1]，得到了党中央、国务院的高度重视。此后，教育部于 2021 年 3 月正式将"非物质文化遗产保护"（专业代码：130103T）设置为本科专业。同年 10 月 26 日，国务院学位办批准天津大学自主设立我国首个"非物质文化遗产学"交叉学科硕士学位授权点。非遗学由此确立了其在我国教育体系中的位置。从历史角度看，冯骥才从倡导并引领了中国非物质文化遗产保护的文化事业，又真正意义上创建了非物质文化遗产学这门新生学科，可谓以其知识分子的文化先觉一次又一次开风气之先。

很显然，对于冯骥才而言，非遗学虽是一门新设学科，但这一学科的核心思想和整体构画却早已成型。冯骥才的非遗学思想所强调的

---

1 《天津大学教授冯骥才参加教育文化卫生体育领域专家代表座谈会并发言》，天津大学新闻网，http://www.tju.edu.cn/info/1026/3483.htm，2020 年 9 月 23 日。

是一种对于现实文化响应的迫切性和直接性。对于非遗本体，他注重遗产的历史价值、文化价值和审美价值的统一。对于非遗保护事业，他倡导保护的科学性、原真性和整体性。对于非遗教育，他着力建构一种"将书桌搬到田野"的田野教学范式，提出了"非遗学的本质是田野的科学"的重要判断。这些贯穿非遗保护事业、非遗学术研究和非遗教育实践的思想观念清晰地勾勒出非遗学的核心价值和关键路径，形成了冯骥才非遗学革新性和超越性的思想框架体系。

首先，非遗保护的价值基础在于保护非遗的原真性。这一理念是建立在冯骥才所持守的文化史观之上的，其深层精神渊源来自对历史真实性的坚定信念以及对其价值的笃定。冯骥才在国内较早提出文化"遗产"的概念，并不断强调非遗的认识论需要基于其"遗产"属性。之所以强调"遗产"，正是缘于冯骥才对历史延续性和其严肃性的深刻认识。需要注意，这种对遗产原真性的执着与其所身处的时代背景是密不可分的。冯骥才目睹并亲身经历了中国文化在二十世纪所遭受的劫难。改革开放后，在农耕文明向工业文明彻底转型的关键历史时期，他认定必须尽可能地保存下我们所谓的"文化传统"，也即上一段文明的真实面貌。世纪之交的二十年，正是上一段文明形态仍有残貌，依循传统的传承人、传承群体仍然健在的时期。这让冯骥才所追求的"原真性"保护存在着最后的希望。任何人当然都清楚，"原真性"是一个相对概念，它所参照的坐标以一个文明嬗变的关键节点为分界，在这个节点之前，农耕文明仍然有迹可循；而跨越了这个节点，连那些"相对的文化真相"都将不复存在，如果不抢在这个节点之前抢救文化，那么历史就真的如后现代主义的愿走向某种终结……因此，保护遗产的"相对原真性"，就是为中华民族留住文化的根性。

第二，非遗学强调对文化使命的承担。正是建立在非遗保护的历史价值和遗产价值的基础上，非遗学肩负着沉重的文化使命、历史使命和学术使命。非遗学最具基要性的工作，就是尽可能地、科学化地记录文化。冯骥才因此倍加看重文化档案的意义。这份工作不是为当下的，而是面向未来的，是为未来之中华民族记录过去文化的粲然。在记录之外，是对非遗保护工作的指导和参与，是在理解非遗价值的基础上匡助其存续和留传，这就需要管理学、法学等不同学科的汇入，冯骥才早就认识到非遗学需要广泛吸纳其他相关学科的理论、工具和方法，在新学科的申报阶段就卓富洞见地将非遗学列属于"交叉学科"门类之中。同样值得注意却时常被忽略的是，冯骥才对于非遗学的学术期待并不仅仅停留在记录和保护的范畴内，而是对非遗存有一种美好的、真正意义上的可持续发展的理想主义。他希望非遗学"要通过对现存的非遗的研究，来探索它们通往明天的合理的道路"[1]。也就是说，非遗学是有更宏阔和艰深的学术空间和学术使命的。理解冯骥才的非遗学思想，必须尽可能全面地把握他的思想全貌。对他来说，非遗的可持续发展非常重要，但其必须建立在对非遗的科学记录的完成，以及其原真性已经被确认的基础之上。

第三，非遗保护和非遗学强调文化情感，而真切的情感源自对非遗之美的体认。在首届非遗学硕士研究生入学的时候，冯骥才曾用"你真正热爱自己的文化吗？"向同学们发问。这一问实际上也是他内心文化情感的抒发，同时还是对于所有文化保护学人的一种带有理想主义的期待。冯骥才所注重的文化情感的生成，实际上揭示出了非遗学的一个重要特征，那就是主体意识问题。以往学科通常注重保持"客观化的距离"，这个距离是学术实践的需要，它要求研究者保持与研究对象的距离，以便能够客观看待和研究。这种客观性和工具感往

1　冯骥才：《非遗学原理（上）》，《光明日报》2023 年 3 月 19 日，第 12 版。

往导致了学者文化整体观的框囿，以至于将自己也变成了方法和学术工具。其所拥有的"文化情感"往往是对学术事业、学科本身的情感或依赖，因为从一开始，文化就被作为客观对象看待了。非遗学则截然不同，从开始就要求研究者具备文化的自觉，先融入文化之中，不是以研究的目的去发现文化对象，而是以热爱为目的去感受文化，拥有对文化的热爱，然后才能由爱发心，去用心守护文化。道理虽然简单，但在非遗学的培养实践中，这种要求想要达成实际上并不容易。打开文化情感的钥匙在于发现非遗之美，这是冯骥才非遗学思想强调审美个性的创见。非遗之美并非停留在通常意义的"好看"，而是蕴含着"真"和"善"，是一种从感观触动到达灵魂感动的整体之美，这之中当然也涵盖了中华民族的智性之美和勤劳之美。与此同时，走遍大江南北的冯骥才感动于不同地域文化的美，在不同的田野中被独特的非遗所打动。这决定了他理想中的非遗学同时是微观而具体的，非遗学映射出中华民族文化创造的灿烂与多元。反过来，中华文化的丰赡繁丽也预示了非遗学的深湛无涯。

第四，"田野"作为非遗学的场域与方法。基于非遗学的学术使命和立场，冯骥才提出了非遗学的工具性。他认为，非遗学"是一种工具理论，为非遗构建知识，为非遗排难解纷，应与当下的非遗的保护实践息息相通和紧密相关"[1]。针对这种属性，冯骥才又进一步以一种引领性的教育观提出"非遗学是一门田野科学"[2]，非遗学必须在田野中认知、发现、探索和生效，从始至终都在田野中。冯骥才之谓田野是一种大的田野观，它对应着整个活态的民间文化，既包括这之中

---

1 冯骥才：《非遗学原理（上）》，《光明日报》2023 年 3 月 19 日，第12 版。

2 冯骥才：《非遗学原理（上）》，《光明日报》2023 年 3 月 19 日，第12 版。

的非遗本体，也包括它的文化生态，以及非遗保护的管理和其相应的公共文化空间。但在具体的学术实践中，田野又是微观的，是细致入微的调查、记录和分析。冯骥才的非遗学田野观无疑衔接了他的文化使命观，他对于在田野中学习和实践的强调，一方面是对国家非遗保护事业的有效性负责，另一方面也树立了非遗学务实求真的学术精神，奠定了非遗学以其学术主体性介入文化现实的学术走向。

第五，非遗学强调"知行合一"。冯骥才的非遗学思想中有三项核心工作，分别是"立档""保护"和"传承"。很显然，这三项工作都指向具体的实践。换句话说，"知"是非遗学的起点，"行"是非遗学的落脚点。非遗保护需要知识分子首先觉知到文化的需要，这要求非遗学者拥有文化先觉的能力。"文化先觉不是一种觉察，而是一种思想。它由广泛的形而下的文化观察与体验中，发现到时代性的新走向新问题，通过形而上的思辨而产生的一种具有思想意义的新认识"[1]。田野的关键意义在此又一次显现，文化先觉只有在田野中真切地观察和体验文化才能够生发。但具备先觉只是开始，非遗保护是切实的文化事业，而不是坐而论道，这就需要将文化觉知转化为文化行动。冯骥才说"先觉者都应是先行者"[2]。这是他作为文化保护先行者和亲身实践者数十年来的经验之谈。

冯骥才的非遗学思想广大而精微，涵盖了非遗保护事业、非遗学术研究和非遗教育实践的方方面面。他为我们厘正了理解非遗的文化史观，树立起非遗乃至整个文化保护的价值观和文化使命，倡扬了非遗的文化情感价值和审美价值。更重要的是，他为这个时代包含非遗

1　冯骥才：《为文化保护立言》，文化艺术出版社，2017年，第4页。
2　冯骥才：《为文化保护立言》，文化艺术出版社，2017年，第4页。

保护者在内的文化实践者提供了知识分子的理想典范。对中华民族悠久历史和文化创造强烈的自豪感和责任感，对文化深挚的痴爱，对时代与社会转型清醒的洞察和敏锐的警觉，对症结所在精准的忖量和深邃的思想力，共同聚生出这位真正意义上的知识分子。理解冯骥才，就理解了为什么历史上总有先贤在匡振我们的文化，让中华文明延绵不息、生生不已。

冯骥才传统村落保护的思想行动与学术构想

蒲娇

天津大学冯骥才文学艺术研究院副教授，中国传统村落
保护与发展研究中心副主任

中华文明根植于农耕文明，传统村落作为农耕文明的重要载体和优秀基因库，承载着中华民族的"根"与"魂"，寄托着各族儿女的乡愁。长久以来，习近平总书记高度重视传统村落保护工作，多次作出重要指示，强调要因地制宜、因势利导地将传统村落保护好、改造好，充分融合我国农耕文明的优秀遗产与现代文明要素，将其赋予新的时代内涵。多年来，冯骥才持续为传统村落保护发表文章、建言献策、奔走呼号，他认为"村落的意义跟人的关系在于土地的情怀、家乡的情怀，保护古村落关键还是保护自己的精神家园、我们的传统、我们的根、我们乡愁的依托"[1]。为了积极落实习近平总书记所提出的"教育是国之大计、党之大计"[2]方针政策，他结合自身学术身份，总结多年来民间文化及传统村落保护实践经验，积极开展学术思考与理论研究，探索人才培养与科学保护的路径，为传统村落的保护与发展

---

1 今日头条:《"记得住乡愁" 敬畏历史 冯骥才故乡行谈古村落保护》，
  https://www.toutiao.com/article/6224600252683387394/。

2 习近平:《在教育文化卫生体育领域专家代表座谈会上的讲话》，
  《天津市工会管理干部学院学报》2020 年第 4 期，第 1–4 页。

提供理论依据与智力支持。

一、冯骥才传统村落保护的思想渊源

冯骥才认为，地域性格最直观的表现方式即"物的记忆"，而非物质性遗产更多则是对"人的记忆"的承载，两种记忆交织于一体，纵向地延续着地域的史脉与传衍，横向地展示着地域的性格与阅历，将独有的个性与身份进行表达。冯骥才对于地域文化的关注是从城市开始的，之后逐渐由对天津城市的文化自救转向对全国传统村落的广泛关照，从对"物"的抢救转变为对"人"的关怀。

1. 从"城"到"村"

冯骥才最初对民间文化遗产进行自觉记录的起点是从天津开始的。早在二十世纪六十年代，他开始奔波于天津老城内外街巷中，通过实地考察，记录民居砖雕艺术，采用图片、文字和绘图等方式，将影壁、门楼砖雕结构以及天津城内砖雕分布登记在册，编撰出版《天津砖刻艺术》。时至今日，此书所体现出的科学性、预见性及方法论对于当下文化遗产保护的实践指引与学术规范依然具有启发意义。1994 年，天津老城面临拆迁，他通过抢救性记录展开对老城内民居建筑的实地调查、影像记录，相继出版《天津老房子·旧城遗韵》《天津老房子·东西南北》《小洋楼风情》等书籍，为天津城市文化留下了较为完整的档案资料。亦是在此期间，冯骥才关注到了民间文化与其所处文化空间之间的关联，这无疑为其后研判与理解非物质文化遗产与传统村落二者之间的关系提供了一定借鉴。

2001 年，冯骥才出任中国民间文艺家协会主席，提出"中国文化界知识分子的当代使命就是抢救"的观点，由此启动了"大到古村落，小到荷包"的"中国民间文化遗产抢救工程"，开始对散落在中华大地上各民族的民间文化遗珍进行盘清家底的抢救式普查。在进行了大量调研后，他深切地体会到民间文化的传承困境，提出要对"非遗"所依附的重要文化空间——村落（寨）加强保护。从"城"到"村"的践行模式，体现出冯骥才的以下思考：其一是肯定了传统村落在中华民族文化中的位置——是一种"母体文化"与"根性文化"，且"深不见底，浩无际涯"[1]；其二是对民间文化与精英文化之间的关系做出思辨，打破长久以来认为前者"难登大雅之堂"的观点，将二者置于平等位置进行对话；其三是重视少数民族村落（寨）文化的传承与发展。对少数民族村落（寨）的保护，不仅是对各民族共同记忆的珍视，更是对人类文化多样性的维护。从最初对城市文化的自发抢救，到带动全国传统村落保护的文化行动，不但体现出他对民间文化事项本体的关注，也是在文化遗产观视域下的一种整体性、系统性的关照。此后冯骥才一直马不停蹄、奔走呼号，致力于探索农耕文明赓续发展的科学路径。

2. 从"原点"到"全国"

2001 年到 2003 年，中国民间文化遗产抢救工程示范调查在山西省晋中市榆次区后沟村正式启动。冯骥才邀请包括乌丙安、潘鲁生在内的多位专家联合编写了《中国民间文化遗产抢救工程普查手册》，此书也成为广泛运用于村落田野普查的重要工具。冯骥才称自己有着强烈的"后沟情感"，其一，他认为这是社会各界首次将学术目光聚焦村落本体所开展的研究；其二，他认为这是学界首次将村落作为一

1　中国网:《冯骥才：把书桌搬到田野上》，http://art.china.cn/huihua/2012–10/08/content_5384921.htm。

图 1 在少数民族村寨调研

个有机整体进行研究，并注重其中的多样性、地域性与全面性；其三，以后沟为中心所展开的调研无疑首次向世人昭示了村落保护的艰巨性与复杂性，为全民重视、关切与参与其工作提供了实践基础。因此，后沟村作为古村落农耕文化遗产保护的采样地，也被视作村落保护的起点与原点。然而，随着国家城市化进程的不断加快，村庄在不断地衰落与终结，沉淀在乡村里活态的民间文化面临着流变与消失。[1]冯骥才深刻地意识到了城镇化进程对农耕文明的毁灭性打击，2011年在中央文史研究馆成立 60 周年座谈会上，冯骥才做了《为紧急保护古村落再进一言》的主题发言，并为住房和城乡建设部提供《关于中国古村落保护的几点建议》。在温家宝等中央领导同志的积极支持

---

1 乔晓光：《朝向民间的人文情怀——冯骥才乡村文化遗产抢救与保护实践》，《民艺》2020 年第 3 期，第 6-9 页。

下，2012 年 12 月 12 日，中央以住房和城乡建设部、文化部、财政部等三部委名义，联合发布《关于加强传统村落保护发展工作的指导意见》，冯骥才任中国传统村落保护专家委员会主任委员，传统村落保护工作正式在全国范围内启动。从"原点"到"全国"阶段正是古村落保护生根发芽的时期，此时冯骥才对于文化遗产的保护也由天津走向全国，由个人觉悟上升至国家行为。

3. 从"物"的抢救到"人"的关怀

二十世纪末，冯骥才先后赴奥地利、意大利、希腊、法国等国展开文化交流，广泛汲取文化遗产保护的他国经验。在对法国多处城市空间、文化遗产进行深入探访与交流体验后，冯骥才结合我国国情与文化特色深入思考，这为其文化遗产观的形成，提供了宝贵经验。此外，受日本、韩国等较为注重无形文化遗产国家遗产观的影响，冯骥才意识到无形文化遗产背后的最大价值在于"人"的"在场"。各国丰富的实践与理念为冯骥才遗产观的丰富与完善提供了启示和借鉴，也直接影响到其后将注意力从对"物"的抢救转移到对"人"的关怀上。"'非遗'传承人心性修养历程和成果作为精神文化的成果，代代口耳相传，沉淀、衍化、汇聚成清晰的脉络，以文脉样式呈现，成为遗产中最精华的部分。"[1] 伴随着"中国民间文化遗产抢救工程"的开展，冯骥才肯定了原住民对于村落存续的价值，认为他们所承载的不仅是智慧、技艺和审美，更是一代代先人的生命情感，传统村落保护的主体应该是原住民，原住民与村落的关系就像传承人与"非遗"的关系一样，没有传承人的"非遗"即刻消失，没有原住民的村落徒具

1　王福州:《新时代中国非遗的文化使命》,《全球商业经典》2018 年
　　第 6 期，第 108–111 页。

空壳。[1]传统村落保护与"非遗"保护的共通之处即在于对"人"的关注，二者都是因人而生、因人而存、因人而续。冯骥才深入民间的实地考察与深描，为其在村落保护领域的持续发声提供了实践基础与理论依据。从对"物"的抢救到对"人"的关怀，从对有形文化遗产的保护行动到对非物质文化遗产及传承人的重视，共同构成了其民间文化保护思想的实践基础。

二、冯骥才传统村落保护的理论建构

文化遗产保护不仅需要一腔热血的行动，还需要扎实的学术支撑，这是冯骥才始终秉承学术的原则。从关注传统村落的过去式——对概念与本源的探究，到注重传统村落的当下——对抢救性记录及档案体系的建设，再至传统村落的未来——对多种保护实践模式的探索，无一不反映出冯骥才对传统村落保护工作持续的思考与行动。

1. 从"古村落"到"传统村落"

"知识分子投身于乡村建设的社会实践，是近百年来一个绵延不断的文化现象，不同时代的知识分子选择自己实践的乡村，以此践行乡村建设的理想。"[2]为了更好地践行传统村落保护理念，冯骥才开始回归事物的本源与本质，进行一系列哲学性的思辨与论断。他提出："古村落"一称是模糊和不确切的，只表达一种"历史久远"的时间

1　向云驹:《〈西塘宣言〉的诞生始末及其深远影响——兼论冯骥才中国传统村落保护知行历程和思想渊源》,《民间文化论坛》2021年第6期，第5-13页。

2　乔晓光:《朝向民间的人文情怀——冯骥才乡村文化遗产抢救与保护实践》,《民艺》2020第3期，第6-9页。

性，而"传统村落"则是指那些历史悠久、文化典型、遗存雄厚的村落，富有珍贵的历史文化的遗产与传统，有着重要的价值。对于传统村落的保护方式，他认为，既然强调了传统村落对于中华民族文明传承的重要意义，就必须用科学、发展的眼光看待保护方式，一方面要寻根溯源，遵从历史发展的脉络与延续，注重传统村落历时性的发展概念，另一方面要尊重人类的文化多样性，不能用工业化、现代化标准去衡量各类村落的价值，注重"共时性"与"历时性"结合的发展概念。他还建议从文化遗产的语境对传统村落的价值进行再认知，作为另一类遗产，它是一种生活生产中的遗产，同时又饱含着传统的生产和生活[1]。冯骥才对于传统村落的价值判断，不仅提升了大众对于村落内涵与外延的理解，对于传统村落科学保护模式的探索也有着前瞻性的指导意义。

2. 从"立档调查"到"档案体系建设"

冯骥才曾言，传统村落作为仍在进行生产生活的基地，是社会构成最基层的单位，对其首先要开展的保护工作便是以立档为目的的调查。2014年6月，受住房和城乡建设部特别委托，"留住乡愁——中国传统村落立档调查"项目正式启动。冯骥才作为项目的发起人与负责人，对项目的定位是："要用标准化的手段记录我们的传统村落，让我们中华民族伟大的创造，我们农耕文明重大的财富以档案的形式留给后人。"从长期目标来看，探索科学理念、规划、标准与试验必不可少，对传统村落进行全面、标准化的立档调查也尤为重要。冯骥才围绕传统村落档案制作规范与标准的重要价值，相继出

1　蒲娇、唐娜：《冯骥才传统村落保护话语》，天津大学出版社，2021年，第57页。

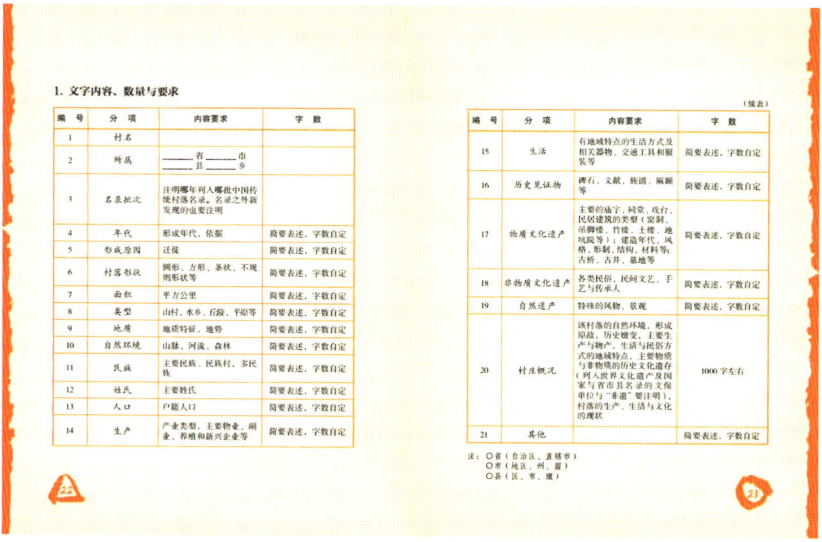

1. 文字内容、数量与要求

编号	分项	内容要求	字数
1	村名		
2	所属	___省 ___市 / ___县 ___乡	
3	名录批次	注明哪年何人把我中国传统村落名录。名录之外新发现的也要注明	
4	年代	形成年代、依据	简要表述、字数自定
5	形成原因	迁徙	简要表述、字数自定
6	村落形状	圆形、方形、条状、不规则形状等	简要表述、字数自定
7	面积	平方公里	
8	类型	山村、水乡、丘陵、平原等	简要表述、字数自定
9	地貌	地貌特征、地势	简要表述、字数自定
10	自然环境	山脉、河流、森林	简要表述、字数自定
11	民族	主要民族、民族村、多民族	简要表述、字数自定
12	姓氏	主要姓氏	简要表述、字数自定
13	人口	户籍人口	简要表述、字数自定
14	生产	产业类型、主要物业、副业、养殖和新兴企业等	简要表述、字数自定

（续表）

编号	分项	内容要求	字数
15	生活	有地域特点的生活方式及相关器物、交通工具和服装等	简要表述、字数自定
16	历史见证物	碑石、文献、族谱、匾额等	简要表述、字数自定
17	物质文化遗产	主要的庙宇、祠堂、戏台、民居建筑的类型（窑制、吊脚楼、竹楼、土楼、地院落等）、建造年代、风格、形制、结构、材料等、古桥、古井、墓地等	简要表述、字数自定
18	非物质文化遗产	各类传说、民间文艺、手艺与传承人	简要表述、字数自定
19	自然遗产	特殊的风物、景观	简要表述、字数自定
20	村庄概况	该村落的自然环境、相成原故、历史概貌，主要生产与物产、生活与民俗方式的地域特点，主要物产与非物质的历史文化遗产（村落的历史文化遗产列入世界与国家与市县名录的文保单位与"非遗"要注明）、村落的生产、生活与文化的现状	1000字左右
21	其他		简要表述、字数自定

注：○省（自治区、直辖市）
○市（地区、州、盟）
○县（区、市、旗）

图 2 《中国传统村落立档调查田野手册》中的文字内容、数量与要求

版具有工具书与指南性质的《中国传统村落立档调查田野手册》《中国传统村落立档调查范本》及《中国传统村落档案优选——20 个古村落的家底》等书籍，力求在社会转型期内，为村落遗产留下一份全面、具象、客观、确凿的档案，也为对村落保护抢救具有文化先觉的有识之士们留下可供参考的样本。此项目的实施，不但为列入"中国传统村落名录"的传统村落建立档案，也在普查过程中发掘出尚未列入名录但具有重要历史文化价值的村落，为国家相关部门提供线索与信息。

2019 年，受住房和城乡建设部委托，冯骥才担任主任的中国传统村落保护与发展研究中心承担起"传统村落信息化规范研究"中国传统村落遗产档案的制作规范研究"项目。此项目的研究目标为"为每一个传统村落留下家底"，具体内容为：第一，通过传统村落档案的调查方法、传统村落档案制作的规范与标准等研究的开展，为传统村落探索出一套科学、严谨、可持续更新的中国传统村落档案体系；

第二，构建包含村落非遗、民俗、精神文化及农业文化遗产在内的立体档案研究机制，通过描述体系与参数制定的方式，使无形文化有形化、标准化、数据化；第三，注重传统村落档案数据的后续管理与活化研究，通过实操层面的管理路径探索与保护应用研究，为档案的持续更新与转化探索模式；第四，动员各领域人士广泛参与档案建立，并强调传统村落保护的真正主体是原住民，他们才是村落真正的主人，社会各界要帮助他们树立保护的自觉性。此项目的结题成果被住建部等部门采纳借鉴，为后续传统村落档案体系建设提供样板参照，也为相关保护工作的开展提供了经验。

3. 从《西塘宣言》到《西塘宣言》发布十五周年

2006 年 4 月，由冯骥才、阮仪三等学者牵头在浙江省嘉兴市西塘镇召开"中国古村落保护（西塘）国际高峰论坛"，并发布《西塘宣言》（下称《宣言》）。《宣言》是论坛全体与会者的共识，首次从宏观的角度定位和判断了中国古村落的文化地位，奠定了传统村落保护的精神标志和思想旗帜。时至今日，中国传统村落保护国家工程和社会热潮，都被它一一进行了警示、规划和预测。[1] 基于此前对众多村落的实地考察经验，冯骥才总结和推荐了五种村落保护模式，分别是西塘典范——实现生态的、活态的、以人为本的村落；婺源范式——实现历史文脉延续，新老建筑协调一致，历史特征鲜明；丽江束河经验——老村不动，另辟新村；晋中大院形式——民居博物馆方式；乌镇、榆次模式——景区存续，以旅游为主。冯骥才认为，无论采用哪种方式进行保护，都"要根据自己的情况，从自己的文化、自然环

1　向云驹:《〈西塘宣言〉的诞生始末及其深远影响——兼论冯骥才中国传统村落保护知行历程和思想渊源》，《民间文化论坛》，2021 年第 6 期，第 5–13 页。

图3　冯骥才、阮仪三、向云驹三人在"传统村落保护
《西塘宣言》发表十五周年国际研讨会"上对谈

境、老百姓的风俗出发"[1]，尊重村落的自身个性及差异性。

　　时隔十五年，2021年4月26日，"传统村落保护《西塘宣言》发表十五周年国际研讨会"再次在西塘召开，会议以"激扬传统文化——推动中国传统村落科学保护"为主题。与会专家一致认为，在"名录后"时代，对传统村落如何进行科学保护无疑是最为关键的问题。对此，冯骥才认为，科学保护是从事物（文化遗产）的性质、特征、规律、独特性和知识体系出发，制定一整套严格的标准、方法、要求和保护机制，应表现为：在基础的、研究的、学术的层面，不断建立与完善传统村落的知识体系、科学基础、分类原则与标准等；在

1　冯骥才:《古村落是我们最大的文化遗产》，见《古村落的沉思——
　　中国古村落保护（西塘）国际高峰论坛论文集》，上海辞书出版社，
　　2007年，第14页。

机制与制度的层面，注重遗产资源整合与机制建构，包括建立村落档案、制定遗产清单、确定保护内容与责任制，规定保护制度，组成原住民参与的管理会等；在管理层面，应积极推动执行、监督与惩办等相关制度的出台。

自二十世纪九十年代针对民间文化所展开的"抢救性保护"，到贯穿整个二十一世纪初期的"档案性记录"，再到推动传统村落的科学保护与学科体系化进程，体现出冯骥才对农耕文明的保护逐渐从微观到宏观、从本体思维到耦合思维的转变。两次西塘会议，前者所重视的是对传统村落保护模式的初步探索，后者更加明确了当下传统村落保护的关键在于是否具有科学性与前瞻性，尝试对"和而不同"的顶层设计与体制建设层面的探索，并侧重于对保护实施主体的"人"的关注与培养。

三、冯骥才传统村落保护的学术构想

学界普遍认为，冯骥才保护传统村落思想的源头之一来自中国城市保护方面的教训，之二来自"非遗"保护的经验，之三来自村落因未及时进入保护视野而濒危的状况。历经十余年的探索实践，冯骥才逐渐将其对保护传统村落的思考与经验转向理论与哲理的阐释：一方面，致力于将传统村落保护置于多学科交叉背景下解读，使其更学术化、规范化与科学化；另一方面，将多学科的基本理论知识和方法运用于实践，在实践性教学的开展中加深对理论与方法的理解。

1. 交叉学科研究背景下的村落多维价值解读

"无论何种形式的教育，其直接目的都是培养具有扎实专业能力

的优秀人才"[1]。就知识获取的时间视角而言，传统村落研究既涉及历史学理又需结合现代学理，是一个"温故知新"的概念，必须注重将历史传承的线性连贯性与文化传播的空间延展性结合，依靠多层次、多元化的知识体系来审视。如耕读继世、忠厚传家，遵循族规家训，恪守乡规村约……这些在村落中广为流传的朴素思想与中华民族的优秀传统文化一脉相承，同时也是现代教育思想中最为核心的精神所在，与文明家风建设、社会主义核心价值观等皆有密切关系。从知识的学科视角来讲，传统村落研究几乎与现存的十四大学科门类均有交集，与哲学、法学、教育学、艺术学等学科关系尤为密切。如传统村落空间认知智慧和保护营建思路与传统空间哲学密不可分；村落内部自古呈现一种"治理共同体"格局。综观世界乡村发展史，现代法律规制也多是一种"村规民约""民规民俗"的理性化再造，法学视域下的传统村落研究不但对当下法治现代化研究价值重大，同时也可为自治、法治、德治结合的乡村治理体系的全面建设提供参考；村落作为民间艺术的摇篮，体现着民众对艺术的热爱、对审美的追求，是传统美学思想的集中体现。冯骥才在多年来对民间文化的保护之中，持续对村落遗产与非物质文化遗产二者的关系进行深入思考，为了更好地推动其共促发展，具有更加规范化、学术化、标准化的学术支撑，2020年9月，冯骥才在习近平总书记主持召开的教育文化卫生体育领域专家座谈会上作《建立国家"非遗"保护的科学体系》专题发言，深刻阐明非物质文化遗产学（以下简称"非遗学"）人才培养的困境。他所提出的将"非遗学"建设成为独立学科的意见得到党中央的高度重视。2021年10月26日，经国务院学位委员会批准，全国

1　唐家路：《民间艺术教育融入高等艺术设计教育的价值与意义》，《山东工艺美术学院学报》，2020年第2期，第75–79页。

首个"非遗学"交叉学科硕士学位授权点落户天津大学，此举标志着我国"非遗"保护事业正式自"抢救性保护"跨入"科学性保护"的崭新历史阶段。"非遗学"学科建设无疑为传统村落的保护与研究工作提供了更加专业的学术支持，为新时代传统村落的科学保护与学科建设提供了发展机遇和未来方向。

2. 传统村落实践性教学的先倡先行

2013年6月4日，冯骥才担任主任的中国传统村落保护与发展研究中心（以下简称"中心"）正式成立，旨在从理论建设与实践研究上进一步推动与实施传统村落的保护与发展。近十年来，在建筑学、民俗学、人类学、考古学、民间美术学等诸学科交叉合作的基础上，冯骥才不断完善其传统村落保护的基础理论。他认为，传统村落形而上的学术研究必须通过形而下的实践性教学校验完成，具体实施路径为：一方面，将理论课程融入田野教学。理论是学科存在的根基，是区别于"他者"的显性标志，当然也是应用型人才培养的"专业性"基础。[1] 田野调研是获取村落一手资料、了解现存状况、制订教学计划等工作最重要的信息来源与参照目标。冯骥才认为，"田野就是文化本身"，扎实的田野积累可有效作用于教学，依此"建立完整的知识体系和严谨而明晰的理论体系，这是教学的根本，也是学术的根基"[2]。因此，围绕传统村落保护与研究所开展的教学课程，应始终贯穿"文化学习的一半是文化体验"的治学理念，通过师生共同参与、团队合作的方式开展调研考察，在实践过程中找寻学术着眼点及

1　罗兆均、张渝、西萍：《新时代民俗学应用型人才培养路径探索》，《黑龙江教育（高教研究与评估）》，2020第12期，第83–85页。

2　[德]第斯多惠，袁一安译，《德国教师培养指南》，人民教育出版社，2001年，第33页。

增长点，从而对理论进行效验与反思；另一方面，目前研究院正通过"校地合作"的方式，依托中心筹建一批传统村落教学实践基地，以便探索"人才培养—学术研究—在地服务"相结合的模式。人才培养、科学研究与社会服务是当下高校的三大主要职能，但在以往的教育体系中还未能发挥紧密作用，因此通过以传统村落为研究本体，可以将三者职能打通、功能结合，形成高校良性循环，教师、学生与基地均获得相应收获。

3. 人才培养模式的探索与实践

"教育是一种培养人才的宏伟事业，它是社会发展和时代进步的重要基础。"[1]优质人才的成长与完备的学科培养体系密不可分，国内一些院校相继在建筑学、考古学、管理学等学科门类下设置侧重"非遗"与传统村落的研究方向。但无论隶属于何种学科，传统村落研究的学科优势与自身特点都较难得到完全发挥，这也成为完善交叉学科培养模式的内源性动力。为了更好地培养高层次专业人才，同步推进理论提升与能力培养，将专业教育与社会需求有机统一，冯骥才尝试从以下方面对传统村落研究领域人才进行培养。

一方面，紧扣国家、社会对传统村落保护在人才方面的多样化需求，完善科研型、教学型及管理型人才的分类培养体系，重视通、专结合，强化因材施教，精准提升学生个人素养与未来岗位特征的契合度。传统村落的未来发展需要大量科研型、教学型及管理型人才，或许这也是传统村落人才培养体系的核心要求。"明确的培养目标是制订培养方案与培养计划的前提，也由此才能围绕目标展开教学实

1　潘鲁生：《传道治学 立德树人：张道一先生从教七十周年》，《山东工艺美术学院学报》，2021 年第 6 期，第 17-19 页。

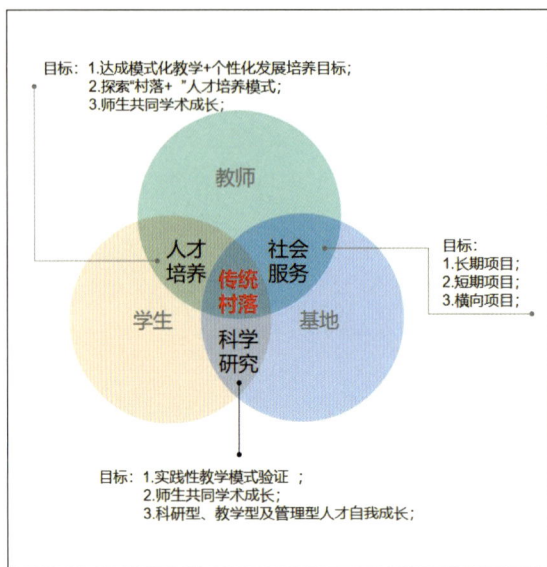

图 4 "人才培养—科学研究—社会服务"相结合的人才培养模式

践。"[1] 科研型人才培养更加强调理论与田野研究的结合，更专、更聚焦。教学型人才培养更加注重理论的系统化、逻辑化的训练，更宽、更延伸。管理型人才更加突出理论在复杂管理实践中的应用，更融、更多变；另一方面，完善模式化"教学 + 个性化发展"结合的培养机制。按照教学目标与培养计划设定模式化教学方案，注重发掘学生个性，着力打造"村落 + 法律""村落 + 教育""村落 + 管理"等诸多"村落 +"创新型人才培养模式，与村落的未来发展目标相匹配。总之，传统村落作为崭新的研究领域，需要紧密结合新时代的社会发展规律，构建出符合我国国情的本土化理论，而所培养的人才必须做到理论与实践的融会贯通，才能为社会所认可，并服务于新时代社会发展。

1　唐家路:《文创产业与设计艺术人才培养再探》,《山东工艺美术学院学报》, 2015 年第 1 期, 第 17–21 页。

四、结语

"人们对传统村落价值的认识有别，保护理念相异，标准不一，方法不同，新生的问题多多，而且很难从根本上改善，究其根本，是没有科学的保护。"[1] 一面是城镇化进程的不断加快，传统村落空心化、过度旅游开发现象频发，一面是乡村振兴战略的全面推进，传统村落的价值正在被重新解读，并在多方力量的共同作用下生存着，是挑战亦是机遇。冯骥才认为，唯有找到一条可达成一致的清晰理念、统一标准和严格规制之上的科学保护路径，才是留住乡愁的当务之急，而科学保护需要建立在科学的学术研究体系和保护管理体系之上，这应是当下学界及社会各界持续思考与努力的方向。今后，传统村落保护与学科建设仍需在科学性与学理性方面进行建设性的探索，而要真正进行学科建设的相关学理研究，则必然要与科学保护的具体实践相结合，将学理思维逻辑与传统村落保护的实践打通，二者唯有互证真伪，才能为传统村落的良性发展探寻出一条科学之路。

1　冯骥才：《科学地保护好传统村落》，见《传统村落的科学保护（西塘宣言发表十五周年国际研讨会论文集）》，西泠印社出版社，2021年，第2页。

由开启"工程"到建立"学科"
——非物质文化遗产保护的中国道路考察

祝昇慧

天津大学冯骥才文学艺术研究院教授

随着全国首个非物质文化遗产学交叉学科硕士学位授权点落户天津大学并于 2022 年迎来首批硕士研究生入学，我国非物质文化遗产学人才培养进入高层次专业化的全新历史阶段。再回首二十一世纪之初中国的"非物质文化遗产"（后文简称"非遗"）概念从无到有、从最初的"抢救性保护"到今天"科学保护"的二十年历程，不由得对当初的开创者心生敬意，也对"非遗学"学科产生的前史和来路充满探究的好奇。

2013、2014 年，笔者有幸参与编撰《中国民间文化遗产抢救工程档案（2001—2011）》，对"中国民间文化遗产抢救工程"（后文简称"抢救工程"）——中国民协自中华人民共和国成立以来"实施的三大文化工程之一"，也是"二十一世纪我国首个超大型文化工程"[1]，有了近距离的观察和理解。对"抢救工程"历史文献进行档案式的梳理与总结，这一文化存录的过程，不仅具有文化史的意义和价值，同

1　冯骥才主编，中国民间文艺家协会编：《中国民间文化遗产抢救工程档案 2001–2011》，宁夏人民教育出版社，2015 年 5 月。

时也不啻为一次重返现场的经历。那一份份起草的原始文件、充满激情的讲话稿、反复修改的著作手稿、民间志愿者的信件、田野中的照片、媒体的新闻报道，都在一点点还原那些筚路蓝缕的过往历程，令人身临其境地去感受开拓者们的所思所言所行，这也是一个见证理想和愿景如何由知识分子的文化先觉一步步落实为国家的文化政策并产生举国影响深入人心的过程。

本文拟从档案出发，从文化史的定位、知识分子的定位、中国民协的定位、民间文化的定位四个方面展开思考，对二十一世纪初启动的"中国民间文化遗产抢救工程"进行学术总结，希冀以一斑窥全豹，见证"非物质文化遗产保护"中国道路形成的独特历程。

一、文化转型与全球化背景下的"抢救工程"

"中国民间文化遗产抢救工程"始自 2001 年 11 月 23 日北师大召开的"中国民俗学学科建设和人才培养"专题研讨会，会上新当选为中国民协主席的冯骥才先生首次公开提出这一理念，即得到百余名专家学者的响应，在《抢救民间文化遗产呼吁书》上联合签名以示支持，由此拉开了这一浩大工程的序幕；2011 年 11 月 5 日天津大学举办的"硕果如花——中国木版年画国际论坛"，会上冯骥才先生宣告"非遗后时代"的开始，标志着这一伟大工程阶段性的终止，此后转入"非遗"保护、传承和发展以及传统村落保护的新时代。

在中国文化史上，这是一次知识界从民间文化突围，切入当下文化政治的重要举动，机缘辐辏，成此事功。"中国民间文化遗产抢救工程"的提出，既借鉴了国外文化遗产保护与国内城市保护的先进经验，又标示了"非遗"时代民间文化保护的全新理念与方法，它以"遗产"凸显农耕时代文明的价值并对接国际最新保护举措，以"抢救"强调民间文化的濒危性与任务的紧迫性，以"普查"表明"盘清家底"的决心和多学科多手段的结合。通过广泛发动，多方联合，使民间文化遗产保护进入国家文化建设的宏伟蓝图与民众生活世界的日常篇章中。

追溯一个多世纪以来中国由农耕文明向工业文明的漫长转型，我们发现民间文化的地位几起几落，从1918年北大歌谣运动到二十世纪八九十年代的"民间文学三套集成"，民间文化作为运动与作为学术的命运相互纠葛。然而，二十一世纪初启动的"中国民间文化遗产抢救工程"迥异于以往，它所面临的问题之复杂与肩负的使命之艰巨是前所未有的。其特殊性恰恰在于中国社会经历了由"文革"急转弯进入改革的骤然转型，有过先前对传统文化一扫而空的破坏，加之随后涌入的外来流行商业文化的冲击，造成的后果是文化家底还来不及盘查，历史脉络还来不及衔接。正是在这样的背景下，全球化带来的冲击，使得本土的"现代性"焦虑与外来的"非遗"概念里应外合，由此引发了知识界新一轮的对于民间文化价值的再认识、再阐释与再利用，以谋求建构全球化时代文化认同的答案。另一方面，我们也应看到，"非遗"引发的热潮使得民间文化场域变得前所未有的复杂，政府、市场、学界等各方势力介入其中，各取所需，民间文化传承的形势颇为严峻。因此，"抢救工程"与此前的任何一场民间文化运动既有相互呼应的延续性，也有回应我们这个时代文化现实的新的思考和新的作为。

二、知识分子的文化先觉

在新形势与新问题面前，人们拭目以待：知识分子如何应对、如何作为，完成时代赋予的使命？作为"抢救工程"的倡导者，冯骥才先生经常提到在法国文化遗产保护运动中，诸如雨果、梅里美、马尔罗这样一些有良知的知识分子对他的启发和影响；事实上还有另外一条重要的线索，即国内的知识界二十世纪初由罗振玉、陈寅恪、常书鸿等一批中国学者对敦煌藏经洞文献展开抢救与保护的文化行动。正是这两方面的影响支持他在"抢救工程"中率先号召知识分子走向"文化先觉"。

所谓"文化先觉"，是指知识分子要自觉地站在时代的前沿，关切整个文化的现状、问题与走向，敏锐地觉察到社会进程中崭露出来的富于积极和进步意义的文化潮头，或是负面的倾向。当然，不只是发现它、提出它、判定它；还要推动它或纠正它，一句话——承担它，主动而积极地去引领文化的走向。[1] 这里道出了知识分子的前瞻性特点及其在文化发展中的积极作用。

对于知识分子来说，从书斋走向田野、从思想走向行动是非常艰难也是非常重要的一步。"知识分子显然是要在最能被听到的地方发表自己的意见，而且要能影响正在进行的实际过程"，这就注定了他（她）既要敢于"对权势说真话"，同时又要"代表着穷人、下层社会、没有声音的人、没有代表的人、无权无势的人"[2]。由于身处的时代发生了变化，不再是登高一呼、应者云集的启蒙时代，而是媒体发达、政治、商业与学术利益交融、权力结构化的时代，知识分子除非固守志业，无涉现实，但凡想要做些事情，都不能不在国家层面与民众层面唤起共识。我们可以看到，在国家文化遗产日的设立、国家"非遗"名录及保护体系的建立、新农村建设中的村落保护、"非遗"法出台等方面，知识分子的声音显然发挥了重要作用。

---

1 冯骥才：《知识分子与文化先觉（代自序）》，见《文化先觉——冯骥才文化思想观》，阳光出版社，2014年1月。

2 [美] 萨义德：《知识分子论》，单德兴译，生活·读书·新知三联书店，2007年，第85-95页。

"非遗"概念的传入，首先需要打破的是人们旧有的遗产观和极左思潮的影响，在"非遗"框架下重新认识民间文化的内涵和价值，而专家学者们纷纷在概念阐释、理论建设以及操作应用、实践转化等方面提供学术支持，不仅撰文著书，而且通过各种场合、各种渠道发出自己的声音，转变人们的观念，营造有利于民间文化遗产保护的良好舆论氛围。尽管与浩瀚的民间文化遗产比起来，专家学者仍然短缺，不能保证每一项遗产的背后都有专家，但是老中青几代学者在对民间文化遗产的源头记录和鉴定监督方面都发挥了不可替代的作用。这种积极介入的姿态也带来了学科建设的大好局面，民间文学、民俗学、人类学等传统人文社会学科也一改往日的边缘地位，赢得了充分的话语权和广阔的生存空间，包括"非遗学"这样带有整合性的新兴学科也应运而生。

由此可见，新一轮"到民间去"的呼唤，使得业已科层化、专业化的知识分子发生了重大转变，他们重新回归学术生命的田野和民众生活的土壤，与我们的民间文化同呼吸共命运，并不断增强学术呼应现实的生命力。

三、作为民间团体的中国民协

在这场"非遗"运动中，中国民间文艺家协会发挥民间团体在党和政府与民间文艺家之间的桥梁和纽带作用，克服重重困难，成功地领导"抢救工程"并取得了丰硕的成果。以一种后设的视角，从今天全国各地掀起的"非遗"热潮出发加以审视，很难想象当初白手起家的艰难。中国民协和地方民协是在一没有红头文件、二没有财政经费的情况下开展工作的，曾有同志用"化缘"这个词来形容当时"抢救工程"面临的困境。凭着一颗责任心和一种紧迫感，"抢救工程"逐渐从"坐等靠要"的怪圈中走了出来，并且走出了一条民间团体抢救和保护民间文化遗产的路子，积极行动起来，争取两方面的支持。一个是地方的支持，主要是县一级政府的支持。鉴于我国 960 多万平方公里土地上的文化实际上遍布 2700 多个县中，中国民协先后在山西榆次举办过两届"抢救、保护和开发民间文化遗产"县（市）长论坛，和县长们一起思考，达成共识，推动这些站在文化工作第一线的领导干部一起加入"抢救工程"的事业中；另一个是民间的支持，民间文化是老百姓的文化，只有老百姓热爱自己的文化，民间文化才能得到真正的传承，为此，"抢救工程"提出了一个重要的概念，就是"民间自救"，即以民间的文化责任和情怀，以民间的力量来帮助自己的文化。"抢救工程"的倡导者冯骥才先生率先垂范，先后在南北两地，举办两届公益画展，以所卖心爱画作的方式募得捐款，成立"冯骥才民间文化基金会"，资助"抢救工程"项目亟需款项。

工程启动之初，就将"抢救"确定为这一巨大的时代性重任的主题。发起者不断地拨打"120"，通过各种渠道广泛呼吁社会各界对濒危的民间文化进行"紧急救助"；而且积极争取党和政府的支持，获准列入"国家社科基金特别委托项目"。与此同时，中国民协多次召开专家论证会、协商各种可行性计划，深入田野进行选点采样，制定工作手册和实施范本，通过重点项目、重点地区带动全面工作的开展，为"抢救工程"的战略性开局起到了铺垫作用。各地民协也是群策群力，本着"有条件要上，没有条件创造条件也要上"的精神，积极推动"抢救工程"的开展，一方面，打通渠道，争取当地政府和企业的支持；另一方面，发挥地方民间文化的优势，准确定位，挖掘资源，做出特色。

正是在这样的齐心努力下，"抢救工程"发出的声音渐渐得到了四面八方的响应——每天收到海内外来信多达三百余封，多为主动请缨加入"抢救工程"的志愿者；很多大型出版社如中华书局、黑龙江人民出版社、知识产权出版社等都纷纷要求承担"抢救工程"各个专项的出版任务，给予大力的支持；还有收藏界、演艺界、艺术界人士慷慨解囊，日本友人无偿捐赠木版年画等各方援助的消息不断传来；更有那些默默无闻行走在荒野乡间的民间文化守望者，他们抛家舍业，风餐露宿，为抢救民间文化遗产四处奔波、出钱出力。这也说明了"抢救工程"已经形成了道路越走越宽、同道者越来越多的良好局面，其关键之处恰恰体现于中国民协以民间的方式来承担国家和民族的民间文化遗产抢救使命的准确定位。

总结中国民协很重要的一个经验，就在于能够将前瞻性的思考与时代紧密结合起来，扣准时代的脉搏，这使其在开展工作中总是能够棋高一着，着着领先。可以说，"抢救工程"的诞生就来自将民间文化的工作本质与时代最尖锐、最核心的问题——全球化联系起来，从而找到民协的工作基点，并将它与文化的命运紧密地联系在一起。"抢救工程"在实践中形成了完善的保护体系，提出了很多重要的、领先的理念和方法，不断地拓展出更多的领域，引来更大的关怀。在2008年汶川特大地震灾害中，民协队伍深入灾区现场实地调研，上报国家建议书，得到中央领导的重要批示，在不到一个月的时间内，促成羌族文化遗产保护纳入国家重建规划，随之《羌族文化学生读本》《羌族口头遗产集成》迅速出版面世，表现出抢救体系的完善与抢救队伍的过硬。

当我们在收获"抢救工程"一个个专项——年画、剪纸、唐卡、泥彩塑、传承人、古村落等项目，以及民间文学、民间美术、民俗等类别沉甸甸的成果时，可能在喜悦之外也会由衷慨叹"十年辛苦不寻常"[1]，而更大的满足或许是缘于兑现了当初的承诺——要将没有文字记载、不登大雅之堂的"中华文化的一半"[2]整理有序、分门别类、清晰完整地存录下来，让民间文化享有与精英文化同等的地位和尊荣。

四、"非遗"视域下的民间文化保护

在"非遗"理念传入中国后，如何把民间文化的保护与发展真正做到位、做到点子上，需要处理好"非遗"与民间文化二者的关系。"抢救工程"的成功之处就在于，时刻把关注的焦点锁定在民间文化的本位，而不是完全围着"非遗"转，因此，它既可以借势"非遗"，也可以和"非遗"保持距离，一切的出发点和落脚点都是为了民间文化更好地传承发展。

在经过了举步维艰的起步阶段后，"抢救工程"迎来了大好的形势，然而工程的策划者和组织者们并没有止步不前，而是冷静地思考民间文化今后的命运。由于民间文化不同于流行文化有明星支撑、媒体造势，即使借助"非遗"，热一阵很快就会过去，难免又将陷入低谷。于是，如何能够推动民间文化持续健康地向前发展，就成为民间文化工作者心头最大的忧思，可以说，对民间文化与"非遗"二者关系的思辨贯穿了抢救工程的始终。

其一，"非遗"视角的引入，有助于民间文化的保护由静态转变为动态，挽救其于濒危的困境。"'非遗'是人类社会进入文明转型

---

1 向云驹：《十年辛苦不寻常》，见《冯骥才：冯骥才十年中国木版年画抢救档案》（内部资料）。

2 冯骥才：《抢救与普查：为什么做，做什么，怎么做？》，见《中国民间文化遗产抢救工程档案 2001–2011（文献卷壹）》，宁夏人民教育出版社，2015 年，第 14 页。

期才出现的概念与观念。它具有不容回避的历史使命性——文明的保护与传承。这就必须基于全新的观念与立场，审视民间文化，进行自成体系的理论研究与建设……作为传统民间文化学研究对象的'民间文化'是相对稳定的、几近静态的，然而转型期的民间文化（'非遗'）却是充满冲突和变数的。当一名民间文化学者转入'非遗'研究，便会强烈感受到民间文化的现时性和传承的至高无上。民间文化研究包括过去时，'非遗'研究只针对现时的活态；失去活态便不再是'非遗'。"[1] 基于这一理念的转变，民间文化工作者在田野考察中发现"非遗"消失的速度远远快于抢救的速度，其中最为濒危的是：少数民族文化遗产、民间传承人，以及直通远古文化的"活化石"。相应地，"抢救工程"的工作重点也调整并集中到"中国民间文化杰出传承人调查认定和命名项目"上来。这也反映了民间文化学者对于"非遗"认识的深化，即由关注技艺的本质发展为关注"非遗"的活态灵魂——传承人，由此民间文化遗产保护进入到实质性的阶段。

其二，遗产概念的拓展有助于民间文化的保护由局部走向整体，寻找传承母体的出路。2002 年"抢救工程"启动伊始，曾以山西后沟古村作为示范采样的标准，其后经历了 2006 年西塘宣言的呼告、2008 年古村落普查启动仪式的暂停、2010 年编纂图文集《古村落代表作》的设想，直至 2012 年联合四部（局）宣告传统村落保护与发展中心正式成立，才为这一路的周折画上了圆满的句号。在新农村建设及城镇化进程中，不失时机而又锲而不舍地推进传统村落的保护，不仅表明了民间文化工作者"不忘初心，方得始终"的愿力与践行；更重要的是体现了对于我们母体文化的价值认识——"传统村落

1 　冯骥才：《"非遗"博士生的学术利器（代序）》，见向云驹：《"非遗"博士生的学术利器》，中华书局，第 1–2 页。

是中华民族决不能丢失、失不再来的根性的遗产，是蕴藏着我们民族基因与凝聚力的'最后的家园'，是五千年文明活态的人文硕果。为此，传统村落的存亡是当代中国的文化焦点之一"。只有将对遗产的认识从物质文化遗产与非物质文化遗产拓展为兼容二者的"另一类遗产"——传统村落的范畴上，才能"使中华民族的历史财富得到全面和完整的保护"[1]。然而，不容乐观的是，在文化的急遽变迁中，村落作为"超越世代存续的"传承母体不再是"不言自明的存在"[2]，其生产与生活问题的妥善解决将成为此类遗产保护的最大考量。

其三，厘清"非遗"与民间文化二者的关系，厘清政府行为与学术研究的关系，避免"非遗"框架对民间文化生命的肢解，避免利益驱动对民间文化价值的伤害，遵循民间文化的内在理路，回归民众的日常生活世界，方是永续传承之道。

"非遗"保护工作纳入国家和政府的文化工程，它牵动了多门学科的参与和各方势力的介入，因而不可避免地出现了既有学科与"非遗"两套体系在分类、评价标准等方面的不合拍，以及"非遗"保护的项目化与民间文化的整体保护之间的矛盾，甚而出现"文化政绩化"与"文化产业化"[3]对民间文化价值造成严重戕害的现象。因此，学者应坚守学术立场，从民间文化的本位出发；政府应依法加大对遗产的监管力度，尊重民众的文化主体地位。"民间文化是一种跟老百姓生活吃喝

1　冯骥才：《传统村落的困境与出路——兼谈传统村落是另一类文化遗产》，人民日报，2012 年 12 月 7 日（24）。

2　[日本]古家信平：《民俗调查——再论传承人与传承母体》，见王晓葵，何彬：《现代日本民俗学的理论与方法》，西村真志叶译，学苑出版社，2010 年，第 192、201 页。

3　冯骥才：《文化先觉——冯骥才文化思想观》，阳光出版社，2014 年，第 9-10 页。

拉撒婚丧嫁娶融契在一起不可分离的生活，有感情的生活。"[1]"非遗"只有不断向民间文化靠拢，让传统生活更好地融入当代社会，才是维系其活态传承的关键。例如，在节日文化的建设中，无论是对春节假期前挪一天、传统节日法定放假的呼吁和落实，还是在连续四届的清明寒食文化论坛上，反复提倡在全民的热爱中享受节日文化，都是抓住"节日"这一中国人理想与情感的重要载体，创造条件，让公众重温传统，让下一代感受文化，由此将传统由昨天的历史带入当下的生活。

通过编撰《中国民间文化遗产抢救工程档案 2001—2011》，笔者对一代知识分子开创的非物质文化遗产保护的中国道路有了更深切的感知与体认。十年间，"抢救工程"聚集全国的专家学者，协助政府完成了全国民间文化遗产的全面普查、记录与整理，将散布在中华大地上的文化遗存，纳入政府保护的视野。此后进入了"非遗后"时代，即完成了"非遗"认定之后的时代[2]。冯骥才先生前瞻性地在"抢救性保护"之后又提出了"科学保护"的思想，以应对层出不穷的新问题。可以说，今天"非遗学"学科设置、"非遗"人才培养，以及"科学保护体系"的建设，很多理论与方法都来自前一阶段"抢救性保护"工作中积累的实践经验。

回首来时路，这一代知识分子传递给我们这些后来者的是对民间文化的那一份热爱与责任，让我们接过文化传承的火种，继续陪伴着民间文化，"不离不弃"，护佑民间文化"其运恒昌"。

1　冯骥才：《传统生活的当代遭遇——社会转型期文化传承几个深层问题的思考》，见《当代社会中的传统生活——国际学术研讨会论文集》，天津社会科学出版社，2014 年，第 42 页。

2　冯骥才：《"非遗后"时代我们做什么？》，见《中国民间文化遗产抢救工程档案 2001-2011（文献卷壹）》，宁夏人民教育出版社，2015 年，第 523 页。

站在冯骥才的文化"原点"
解读天津砖刻
——评《天津砖刻艺术（手稿珍藏本）》

孙玉芳
天津大学冯骥才文学艺术研究院副教授

二十世纪末至二十一世纪初，中国处在由农耕社会向工业社会、信息化社会的急速转型中，与这一狂飙突进的社会转型相对应的是文化的深度转型，大量的农耕文明及其文化遗产面临着土崩瓦解的严峻形势，作家、文化学者、"中国民间文化抢救工程"的主要倡议者和组织实施者冯骥才将这一过程比喻为工业和商业文明对农耕文明的一种宰割。[1] 正如瓦尔特·本雅明（Walter Benjamin）所说的："每一个不能被现在关注而加以辨识的过去的形象都可能无可挽回地消失。"[2] 关注、辨识，乃至"抢救"这些"过去的形象"是冯骥才的一种文化责任方式。在二十世纪末到二十一世纪初将近二十年的时间里，冯骥才一度中止文学创作，跋山涉水，走入田野，深入民间，以"中国民间文化抢救工程"（下称"抢救工程"）等身体力行的种种文化实践和体量巨大的文章、演讲、呼吁、建言、访谈等等，影响着中国文化的现实和命运。他的文化遗产保护行动是从二十世纪九十年代中期的天

1　冯骥才:《冯骥才文化保护话语》，青岛出版社，2017年。

2　转引自 [美] 理查德·沃林:《瓦尔特·本雅明：救赎美学》，吴勇
　　立、张亮译，江苏人民出版社，2008年，第51页。

津老城保护这一文化实践开始的，而 1992 年 3 月的捐修（宁波）"贺秘监祠"[1] 或更早的 1991 年年底的 "为周庄买画"[2] 则被视为冯骥才文化遗产抢救保护行动的发端。但实际上，冯骥才的文化保护行动早在二十世纪六十年代初就开始了，《天津砖刻艺术（手稿珍藏本）》[3]（简称：手稿本）便是当时留下来的 "文化档案"，是冯骥才本人所谓的一本 "童真面目的书"，而此次天津砖刻[4] 的田野调查也堪称冯骥才文化遗产保护事业的文化 "原点"。

一、《天津砖刻艺术（手稿珍藏本）》的框架、内容与文化分析

砖刻（砖雕）就是 "以砖为原料雕琢的建筑构件"[5]。冯骥才的这一次天津砖刻田野调查始于 1963 年，当时二十一岁的他正在天津书画社从事摹古工作。因为对天津地域文化痴迷，未受过人类学、民俗学田野训练和理论熏染的他计划调查八种天津民间美术——年画、泥人、风筝、刻砖、木雕、伊德元剪纸、华锦成灯笼和蜂窝麦秆玩具，预备作为一个系列在天津美术出版社出版，其中最先启动的是砖刻。冯骥才那时常常将一个木凳儿绑在自行车车座后的架子上，以老式的 "127" 相机和记录本为田野调查工具，进行调查、访谈和图文采集。田野调查作业地点主要在天津市内六区，兼及杨柳青、宜兴埠等地；田野调查文本大致在 1964 年 7 月完成，即《天津砖刻艺术（手稿珍

1　浙江省宁波市月湖附近唐代诗人贺知章的祠堂。
2　为保护江苏省昆山市周庄古镇柳亚子等南社成员雅聚的 "迷楼"。
3　冯骥才:《天津砖刻艺术（手稿珍藏本）》,上海书店出版社,2019 年。
4　"砖刻" 为天津方言,一般称为 "砖雕"。
5　毛晓青、王彩霞:《中国传统砖雕》,人民美术出版社,2008 年。

藏本）》的主体部分，主要由四部分组成。

手稿本第一章"天津砖刻的历史沿革"，开篇便定义了砖刻的概念，并从《左传》等文献、考古发现，如四川、河南等地出土的汉画像砖等处入手，简要回顾了中国砖刻的历史，重点记录、分析了天津砖刻的兴衰，肯定了天津砖刻作为北方砖刻的代表之一在中国砖刻史上的重要地位，其间还记录了清乾嘉时期的天津砖刻艺人马士海、宁四爷的盛名与轶事。第二章"黄金时代的天津砖刻"则以民间艺人马顺清、赵连璧的学艺、从艺生涯为线索，梳理、记录了道光前后天津砖刻艺术的主流以及砖刻行业的原生样态。第三章"'刻砖刘'的生涯与艺术"部分以天津砖刻史上最负盛名的砖刻艺人刘凤鸣的生活史为主体，书写了又一位津地"俗世奇人"——"刻砖刘"的肖像，盘点了从光绪年间到二十世纪六十年代初的天津砖刻艺术的兴衰变化，呈现了砖刻艺术的巅峰技艺、技法。最后一章"天津砖刻的内容、风格与制作"总结了天津砖刻的题材内容（十二大类一百多个品种）、载体分布特点、艺术风格、艺术发展脉络、工艺流程等。原手稿不时插入实地照片如天津木商会馆、南开二纬路某建筑、南门内大街章家等建筑的砖刻、影壁，以及实物照片如赵恩祥、马顺清、刘凤鸣、刘书儒、杨壁臣等人的砖刻作品。

值得一提的是，马顺清的砖刻还出现在冯骥才的历史小说中：

> 东城里文庙后有一座两套院的青砖瓦顶房。室内门楣与护墙板一概是楠木的，院内铺着暗红的方砖。外边的门楼、景壁、屋角的柁头、墙的裙肩，以及房顶的烟囱四面都镶着镂刻精工的花砖。据说，这些砖刻出自名工马顺清之手。当时巨贾富绅的宅院都争相以花砖为饰，来夸富斗豪，一块咫尺见方砖刻的工本，抵

得上一个穷苦人家一年活命的花销，这个房主的豪富便可想而知。[1]

上面这段文字出自冯骥才 1977 年出版的小说《义和拳》，描述的是天津海关道台黄花农的宅邸，可见在冯骥才的"文学天津"的建构中，天津砖刻艺术作为一种重要的城市历史和文化史实的支撑，占据着重要的地位。此外，手稿本还难得地保有一帧"刻砖刘"刘凤鸣的真人照片，文末还附有《"影壁"砖刻结构图》《"门楼"砖刻结构图》《"墙饰"砖刻结构图》《天津砖刻分布情况》四幅手绘图，以图示的方式清晰标注了砖刻艺人对建筑构件各部位的称呼、砖刻在建筑构件中的位置分布，以及天津市内砖刻的留存情况。

总体说来，《天津砖刻艺术（手稿珍藏本）》细致记录了二十世纪六十年代天津砖刻遗存的分布情况，为部分砖刻精品建立了较为详细的档案，更重要的是它站在人本的立场，梳理出了天津砖刻艺人的传承谱系，并对中断的传承史做出合理的推理与论证。正是手稿本中的这些基础传承档案，使得天津砖刻史上最负盛名的艺人马士海、宁四爷、马顺清、赵连璧、马少德、马少清、刘凤鸣、赵恩祥、穆成林、何宝田、刘恩甫等人不至于像历史上数不清的能工巧匠那样湮没无闻。《天津砖刻艺术（手稿珍藏本）》一定程度上还显示出冯骥才的文学天分，例如对艺术细节的捕捉与关注，对于人物性格特色的片段式呈现，对天津方言和地域文化的把握等；语言方面在现代白话中融入文言的句式和韵律，语气成熟稳重，行文不徐不疾，兼喜引经据典，虽然受到六十年代文坛向政治意识、社会政治生活经验倾斜的主流文学观念的规约，仍呈现出重视才情、学识与文人传统的一面，较之日后创作的文化、艺术类散文随笔虽嫌稚朴，但文气浑一。必须指出的是，虽然隔了半个多世纪方才面世，《天津砖刻艺术（手稿珍藏本）》

1　冯骥才、李定兴:《义和拳》，人民文学出版社，1977 年，第 281 页。

仍是国内唯一一部关于天津砖刻的专著，其学术价值、史料意义不容忽视。

二、作为类"地方性知识"的天津砖刻

如前所述，在天津六百多年的城市发展史上，一度形成了天津老城、租界、码头等不同的文化空间。以鼓楼为中心的老城俗称"老城厢"，是旧天津原政治中心和居住区。1901 年围墙被八国联军成立的天津都统衙门强行拆除后，老城乃仍以鼓楼为中心，由东西南北四条马路合围而成。老城的原住民多为明禁军后裔，后盐商富贾等云集于此，比如有名的天津"八大家"[1]等，筑屋营室，多所建设，虎坐门楼、墀头、院墙、影壁处多饰以砖雕，客观上刺激了本地砖刻艺术的发展，而天津砖刻行业的兴衰也作为一种前吉尔兹时代的类"地方性"知识，侧面反映出了天津城市发展、变迁的历史，以及不同城市区域的历史文化形态，乃至天津地域文化的局部面相。

手稿本的田野涵盖了天津的中心城区和杨柳青、宜兴埠等四野郊县。调研结果显示，二十世纪六十年代初，老城厢（手稿本称之为"城厢区"，今属南开区）的砖刻以北门里大街和南门里大街最多，西门里大街次之，东门里大街较少；其余街巷大多有砖刻，繁简不

1　约在咸丰初年，天津出现"八大家"之说，即天成号韩家（航运）、益德裕高家（盐业）、长源杨家（盐业）、振德黄家（盐业）、益照临张家（盐业）、正兴德穆家（粮行茶庄）、杨柳青石家（地主）、土城刘家（地主），约同光年间"八大家"有所变动，保留了天成号韩家、正兴德穆家、长源杨家、振德黄家、益照临张家，新增了卞家（经营进口纱布）、益德王家（钱庄）、高台阶华家（盐业油坊茶庄）、冰窖胡同李善人家。（详见何玉新《天津往事》，北方文艺出版社，2015 年）

一；作品年代早至道光年间，晚至民国初期，多半产生于 1900 年后，且砖刻数量居于天津之冠。南开区砖刻数量次于城厢区，但高宅大院较多，砖刻多上乘之作，多半也产生于 1900 年后。红桥区、河北区砖刻数量相对较少，但年代较远，多有百年以上的，其中，河北区也有 1900 年后的新作。而和平区、河西区、河东区则砖刻较少，且工艺粗糙。"古往今来多少座城市又无一不是时间的产儿"[1]。在天津城市历史的整体观照下可知，老城厢及周边的南开区、河北区、红桥区作为天津的传统城区，历史遗存丰富在情理之中，而和平区、河西区等租界地是小洋楼林立的异质文化空间，鲜有三合、四合的中式深宅建筑。此外，手稿本前后数次提出各区砖刻作品多半产生于 1900 年后，这正是无意中的"春秋笔法"，潜在的文本中隐含了 1900 年夏八国联军攻占天津老城后大肆纵火烧杀抢掠，天津建卫五百年来的老宅多半毁于兵火的历史悲剧。

　　土耳其作家奥尔罕·帕慕克（Ferit Orhan Pamuk）坦言，"我接受我出生的城市犹如接受我的身体和性别"[2]。俄罗斯诗人阿赫玛托娃（Anna Akhmatova）在著名的长诗《安魂曲》中写道："有多少城市的轮廓可以唤出我眼中的泪水，可是我知道人间唯一的一座城市，我即使在梦中用手摸也能把它找到……"[3] 正如同伊斯坦布尔之于帕慕克，圣彼得堡（列宁格勒）之于阿赫玛托娃，天津是冯骥才出生、成长和生活的城市。冯骥才的天津砖刻调查源自他本人对天津这座城市的情感。天津既是冯骥才《俗世奇人》等一系列小说的故事发生地，又是

1　[美]刘易斯·芒福德：《城市文化》宋俊岭、李翔宁、周鸣浩译，
　　中国建筑工业出版社，2009 年，第 2 页。

2　[土耳其]奥尔罕·帕慕克：《伊斯坦布尔》，何佩桦译，上海人民出
　　版社，2007 年，第 5—7 页。

3　[俄]安娜·阿赫玛托娃：《安魂曲》，高莽译，北方文艺出版社，
　　2016 年，第 55 页。

他所从事的城市保护的文化实践对象。冯骥才在《漩涡里》曾直抒胸臆："我的大量小说与散文都来自老城，我的人物都是在这块土地上生出来的。作家与他笔下的土地与生命攸关，我怎么能接受自己心爱的老城实实在在的毁灭！"[1] 他也在《天津砖刻艺术（手稿珍藏本）》序言中直言，《天津砖刻艺术（手稿珍藏本）》"带着我年轻时对乡土文化的挚爱。这种深深的由衷的挚爱是我后来投身乡土文化保护的真正的根由，也是我能够写出许多乡土小说根之于心的缘起"[2]。因此，《天津砖刻艺术（手稿珍藏本）》可被视为一部以天性和灵感为推动力的、在冯骥才个人文化原初状态下产生的"田野民俗志"，堪称冯骥才的"文化原点"。天津砖刻这一传统建筑构件也可以被视作一种"地方知识"，一种文献式的文化，一种表意符码，它记录和隐喻了天津城市发展的或隐或显的历史细节，给天津城市的历史、建筑、文化和人带来新的、具体而微的表述和意义阐释。

三、《天津砖刻艺术（手稿珍藏本）》的方法论价值

作为国内唯一一部关于天津砖刻的专著和表现出冯骥才本人"童真面目"的书，《天津砖刻艺术（手稿珍藏本）》具有特殊的方法论价值，解读它不但可以了解和掌握天津砖刻文化本身，更可以透过天津一隅的单项民间美术田野调查，返回冯骥才的文化"原点"，寻找他文化生命中被遮蔽的细节和细微转折。联系他和一代知识分子共同参与的"抢救工程"的缘起、实施、影响等，综合回顾和审视《天津砖刻艺术（手稿珍藏本）》，我们会发现从田野调研、文本处理到文化认

1　冯骥才:《漩涡里》，人民文学出版社，2018 年，第 55–56 页。

2　冯骥才:《天津砖刻艺术（手稿珍藏本）》，上海书店出版社，2019 年。

知、文化视野等诸多方法论意义上的联系与嬗变。

首先，从显在的层面看，手稿本显露了口述史方法运用的雏形，注重以艺人为主体的叙述，发掘"独立的以人为主体的口述内涵"，以文字表述与口述史记叙、对话文体相结合的形式呈现了口述调查的成果。在"抢救工程"的实施阶段，时任中国民间文艺家协会主席的冯骥才带领其学术团队，将这一方法进一步整合、完善，作为田野调查方法和田野文本样式，大量运用于文化调查与文本写作中，以便更充分地进行学术的、文本的呈现与表达。十四卷本的《中国木版年画传承人口述史丛书》与十卷本《天津皇会文化遗产档案丛书》便是口述史方法运用的典型与代表。

其次，"抢救工程"的本质在于"抢救"，这是因为"抢救工程"的发起者冯骥才等专家、学者注意到民间文化的特殊性，即长期处于自生自灭的"自在"状态，缺乏必要的文化记录与整理，很容易在全球化的冲击下和社会的急剧转型中流散、湮灭、化为乌有的特质。2001 年 11 月，冯骥才在北师大"中国民俗学学科建设及人才培养"专题研讨会上做了题为《民间文化工作者的当代使命是抢救》的演讲。他说："我们这一代知识分子和文化学者，我们的学人，就有一个使命，一个义不容辞的使命，这就是抢救！因为我们的民间文化在每一分钟都有一批消失。"[1] 他认为，他们这一代要做的应该是这一代人能做，后人想做却做不了的事，而这一观念早在半个世纪前，在他的天津砖刻田野调查中便已经理下了伏笔。我们有理由推断，"抢救工程"抢救性普查、搜集、摄录、分类、登记、整理、出版和制作中国民间文化档案是基于手稿本经验之上的。

1　冯骥才:《每分钟都有一些民间文化消失》，见《年画行动——2001–2011 木版年画抢救实录》，中华书局，2011 年，第 17 页。

此外，较之文化界之前的"十大集成"的调研，"抢救工程"的文化视野更趋于开阔，不仅关注文艺，而且更关注文化，对民俗文化开展了全面普查，加强对地域文化、传承人、传承群体、历史文化和民族精神等方面的意义挖掘，这在手稿本中亦可窥见端倪。手稿本既关注传承人所属地域的人文历史、时代背景，又关心传承人的家族史、传承谱系、个人生活史；既重视传承人技艺、实物的记录，又专注于对其记忆的挖掘，将历史与现实、个体与群体、有形与无形的文化，以及文字的原生态表述与图像的审美表达等并列呈现，体现了具有相当深度的文化观与人文关怀。

四、《天津砖刻艺术（手稿珍藏本）》的文化先觉意义

就世界范围而言，《天津砖刻艺术（手稿珍藏本）》"成书"的1964 年，走在世界文化遗产保护前列的法国（即法兰西第五共和国）政府在时任文化部部长安德烈·马尔罗（André Malraux）与学者安德烈·夏斯戴尔（André Chastel）的共同倡议下开展了第二次文化遗产大普查，对全法文化遗产（主要是艺术品）进行了号称"从小汤匙到大教堂"[1]的盘清家底式的普查。2001 年，被视为凝结法国文化遗产普查丰富经验的、具有综合指导意义的《法国文化遗产普查的原则、方法和实施》第一版出版，书中这样定义法国文化遗产普查中的"文化遗产"：

> 所有我们承继并且意图向后人传承的事物，不论其具体形式为何，它可以是物质性的，那么我们的工作是保存其形态；也可

---

1 提法来自安德烈·夏斯戴尔，意指普查的总目录应当全面透彻、详尽无遗。

以是非物质性的，则我们的目标是以记录的方式保存其记忆。[1]

上述定义在传统的物质性的文化遗产之外，给出了"非物质性的"提法，但这一提法与当时已经兴起的"非物质文化遗产"概念不同，更多是指向那些"已经消逝的作品"[2]，强调它们作为文化遗产的前提是"有足够的文献资料，尤其是图案、照片资料来支撑其研究"[3]，也就是上面定义中所谓的"以记录的方式保存其记忆"。而《天津砖刻艺术》则挖掘和记录了天津砖刻艺人的作品、记忆与经验，持续关注艺人（现在多称为传承人）的传承、技艺、生命史等，将这些极易流失、消亡的源头性的无形文化信息以有形的文字、图片形式记录下来。可以说，手稿本在某种意义上是将天津砖刻作为一种非物质文化遗产进行记录与保存的，这无疑是具有前瞻意义的文化行为。且如前文所述，《天津砖刻艺术（手稿珍藏本）》在某种意义上堪称"中国民间文化抢救工程"的文化前驱，它其实体现了冯骥才几十年一以贯之的文化先觉意识——"自觉地站在时代的前沿，关切整个文化的现状、问题与走向，敏锐地觉察到社会进程中崭露出来的富于积极和进步意义的文化潮头，或是负面的倾向。当然，不只是发现它、提出它、判定它，还要推动它或纠正它，一句话——承担它，主动而积极地去引领文化的走向"[4]。

---

1 [法]查维耶·德·马萨利、乔治·科斯特：《法国文化遗产普查的原则、方法和实施》，国家文物局第一次全国可移动文物普查工作办公室编译，译林出版社，2013年，第2页。

2 [法]查维耶·德·马萨利、乔治·科斯特：《法国文化遗产普查的原则、方法和实施》，国家文物局第一次全国可移动文物普查工作办公室编译，译林出版社，2013年，第5页。

3 [法]查维耶·德·马萨利、乔治·科斯特：《法国文化遗产普查的原则、方法和实施》，国家文物局第一次全国可移动文物普查工作办公室编译，译林出版社，2013年，第5页。

4 冯骥才：《知识分子与文化先觉》，人民日报，2013年2月25日。

综上所述，《天津砖刻艺术（手稿珍藏本）》作为冯骥才最初的田野调查文本，具有特殊的史料与文化价值，如果没有它，天津乃至中国的文化记忆必然多出一片空白和空茫。黑格尔（Georg Hegel）曾说："苍白的记忆是无法抗衡现在的活力和自由的。"[1] 试想"文化记忆"如果苍白了，"现在的活力和自由"又将如何呢？而《天津砖刻艺术（手稿珍藏本）》作为"中国民间文化抢救工程"的文化前驱，其方法论方面的价值与文化先觉意义尚有待进一步的研究与阐释。

1　转引自 [美] 海登·怀特：《元历史：19 世纪欧洲的历史想象》，陈新译，译林出版社，2013 年，第 126 页。

天津民艺：冯骥才非遗美学思想的摇篮

刘明明

海南大学教师

　　我国的非物质文化遗产保护经历了从遗产抢救、资料整理到深入研究的过程，"非遗美学"成为当下学界研究的重点和热点。非遗美学是对民间文化审美价值的发现[1]。冯骥才是当代非物质文化遗产保护的重要人物，他不仅提出了丰富的非物质文化保护理论，还倡导建立了中国非物质文化遗产学，形成了独特的非遗美学思想。冯骥才的民间审美意识来自哪里？当我们围绕冯骥才的非遗美学思想展开研究的时候，会发现他的民间审美思想正是来自他所植根的天津民间文化的土壤，是天津民间艺术滋养的结果。那么，天津的民间艺术是如何启发了冯骥才的民间审美思想的？文章将分别从杨柳青年画、泥人张泥塑、伊德元剪纸以及砖刻艺术等方面展开论述。

1　高小康：《从记忆到诗意：走向美学的非遗》，《文学评论》，2021 年
　　第 2 期，第 158 页。

一

　　"乡土艺术是一方水土独有的花。它们是从土地深处开出来的，更是从这地方人们的心中开出来的。因此，它们夺目地张扬人们的生活情感与热望，也迷人地表达本地特有的审美气质。"[1]冯骥才在从天津的城市文化保护到全国的民间文化遗产抢救的过程中，形成了他"唯情"的民间审美思想。法国著名学者丹纳在其著作《艺术哲学》中提出艺术受到环境、种族、时代三方面的影响，认为"要了解一件艺术品，一个艺术家，一群艺术家，必须正确地设想他们所属的时代的精神和风俗概况。这是艺术品最后的解释，也是决定一切的基本原因"[2]。冯骥才从小喜好民间艺术，对津门地域的民间文化十分痴迷。天津有什么样迷人的民间文化？天津的民间文化又是如何影响冯骥才的民间审美的？

　　天津是一个拥有着深厚传统文化底蕴的历史名城，"天津文化"是一种多层次的复合文化：军旅文化、商业文化，海河漕运文化，同时，还有平民文化，也就是天津的普通市民文化共同滋养着天津大地。平民文化是生活的文化，直接表现人们对生活的热爱、情感和希望。天津平民文化有自己的独特面貌。"这些东西（民间艺术）非金非银非玉非翡翠非象牙，可在这儿讲究的不是材料，是手艺，不论泥的面的纸的草的布的，到了身怀绝技的手艺人手里一摆弄，就像从天上掉下来的宝贝。"[3]如杨柳青年画、泥人张、伊德元剪纸、砖刻艺术等，这些平民文化与民间的种种风俗联系起来，成为一整套的天津民间美术。天津丰富多元的文化造就了多样、复杂、独特的天津民间艺术。

1　冯骥才：《我生命的根一直在故土里》。

2　丹纳：《艺术哲学》，傅雷译，人民文学出版社，1963年，第7页。

3　冯骥才：《俗世奇人全本》，人民文学出版社，2018年，第147页。

二

　　冯骥才的青年时期是跟天津的民间艺术融合在一起的。二十世纪六十年代，冯骥才在天津工艺美术社从事摹制古代绢本绘画的工作，接触了大量的民间艺术：剪纸、丝印、伊德元剪纸等。那时候的民间美术很精美但是不被爱惜，冯骥才曾计划把整个天津市的民间美术遗存全部查清，记录下天津具有代表性的民间艺术和民间艺人，作为一个《天津民间艺术丛书》系列，在天津美术出版社出版，包括砖刻、杨柳青年画、风筝魏、泥人张、华锦成灯笼、伊德元剪纸、天津地毯、木雕等。为此他对天津民艺下过一番苦功夫进行了一系列的调查、收集、研究工作。1964年11月28日，艺术随笔《精巧的砖刻艺术》刊在《集邮》上，同年冯骥才最早的书《天津砖刻艺术》[1]完成。1973年，冯骥才写了《天津史话》，1974年写了《蔚县剪纸》。1985年1月5日，冯骥才在新时期第一篇与木版年画有关的随笔《年画与民意》刊发于《天津日报》，1992年1月27日至29日，他组织了天津杨柳青国际年画节，举办中国木版年画研讨会，在会上作了题为《一次具有里程碑意义的年画研讨会》的发言。冯骥才青年时期对天津民间艺术的关切，是他民间审美思想的萌芽。

（一）杨柳青年画

　　天津杨柳青木版年画，集中代表了中国北方民间木版年画的鲜明特色，素有"南桃花，北杨柳"的美誉。杨柳青年画始于明代崇祯年间，清代光绪以前是年画发展的鼎盛时期。当时的天津杨柳青镇

1　该书因为随后"文革"到来未及刊行，2019年5月这部田野调研笔记《天津砖刻艺术》在上海书店出版社正式出版发行。

图1 连（莲）年有余　天津杨柳青木版年画

及其附近村庄，"家家会点染、户户善丹青"，住户多以年画作坊生产为业。

　　杨柳青年画取材极其广泛，有历史故事、神话传说、戏曲人物、风俗人情和山水花鸟等，尤其是与百姓生活联系紧密的题材，也有时政新闻性质的题材，既富有艺术欣赏性，又有珍贵的史料价值。杨柳青年画色彩艳丽，表现手法既富于变化，又和谐统一。所表现的仕女，艳丽俊秀，衣着华贵，仪态万方。娃娃们自得其乐，活泼可爱。如图1所示"连（莲）年有余"是杨柳青年画代表作。图中的娃娃手持莲花，怀抱金鱼，憨态可掬，身旁红荷盛开，下有碧叶相托。整幅画面构图饱满，形象生动；有莲有鱼，谐音寓意连年有余，表达了人们对美好的向往和对富贵的期待。此外，该画采用木版套印和人工彩绘相结合的方法制作，先用木板印出线纹，再用彩笔填色，既有线描功力，又不失民族传统画风，使画面层次分明，形成了杨柳青年画特有的格调。

杨柳青年画对冯骥才的影响可谓深远且深刻。冯骥才的童年在天津度过，弗洛伊德曾说："童年或者说少年时代的阅历构成一个人生命情结的本源，构成一个核心的意象，此后的一生中，这个人的精神永远在追寻童年种下的梦幻。"[1] 冯骥才在《逛娘娘宫》里描述过童年时对年画最早的记忆："一年的年根下，大门口贴上一副印着披甲戴盔、横眉立目的古代大将的画纸。妈妈告诉我那是'门神'，有他俩把住大门，大鬼小鬼都进不来。"在逛娘娘宫的时候，他认为"最有趣的是年画店，画儿贴满四壁，标上号码，五彩缤纷，简直看不过来……我爱看的《一百单八将》《百子闹学》《屎壳郎堆粪球》等这里都有"。长大后的冯骥才每年农历腊月必访"画乡"杨柳青"在年集中挤一挤，直到挤出一种年味儿，一种生活热望，一种憨厚的泥土情感，才满足才痛快，好似生命的根须一下子找到了土地"[2]。

改革开放以后，在天后宫前的年货摊上又能见到木版印刷的年画，如《农家忙》《阖家欢乐过新年》《全神图》《五大仙》，色彩鲜艳，形象稚拙，朴拙的版味令冯骥才感觉"既亲切又惊奇"。看到这些年画，冯骥才仿佛一下触摸到昔日民间年画在乡间生气蓬勃的景象，画上的人与物，天真烂漫，傻里傻气，叫冯骥才"仿佛又看到自

1　徐兆寿：《感性风骨，理性激情——谈雷达的文学批判》，《中国现代文学研究丛刊》，2014年，第193页。
2　冯骥才：《年画行动》，中华书局，2011年10月，第20页。

图 2　冯骥才与年画艺人
在杨柳青年画市集

己儿时那个来自乡间的老保姆黑红黑红、眉开眼笑的脸”[1]。

　　冯骥才了解到还有一位年近八十的老头撂地设摊卖画，所卖三种皆古版制品，一是《穆桂英大破天门阵》，一是《收陆文龙》，一是最富年味的《喜迎新年》，这种原汁原味的古版画属罕见之珍，都是最本色的农民贴用的粗路套版年画，冯骥才看见便包买尽净。因为冯骥

1　冯骥才年幼的时候有两个保姆，其中一个是乳母，冯骥才《逛娘娘
　　宫》中的保姆即是以她为原型创作的。心理学研究认为，个体在幼
　　儿阶段，会和其照看者之间形成一种依恋关系。弗洛伊德认为童年
　　时期对一个人的影响是最重要的，每个人在这一时期所摄取的知
　　识，所处的环境，所受到的教育，都会对一个人的一生产生重要的
　　影响。John Bowlby（1973）表示，两个人之间发生的具有亲密感的
　　举动，有着明显的个体差异性，这种差异性并不会只存在于个体的
　　某个阶段中，而是贯穿于其一生。

才知道"这世上，唯有他们这样的老人身上，还遗存着古老的年画那种迷人的精灵啊"[1]。可见冯骥才充分认识到了天津杨柳青年画的人文和艺术价值，正如左汉中说"木版年画遭遇到了冯骥才，于是才有了年画与他的旷世情缘"[2]。

年画里蕴含着冯骥才儿时对美的最原始的印象和对奶妈独特深厚的情感，这对重感情的冯骥才来说是弥足珍贵的。冯骥才后来对年画的一往情深、恋恋不舍乃至发起年画抢救工程都与他儿时对年画的爱恋一线相牵。通过年画亲近民间，从普通年画艺人身上看到了生命的鲜活、做人的尊严和精神的富有，所有这一切在他心中构成了有情有义的生活记忆。

（二）泥人张彩塑

天津"泥人张"彩塑，是一种深受人们喜爱的民间艺术。创办人张长林（1826—1906），出生于浙江绍兴的张长林字明山，随父到天津后，一直从事泥塑创作。当时的天津商业发达，庙会繁荣，市民娱乐活动丰富，戏曲表演、游艺竞技等内容应有尽有，各具特色。张明山经常去看戏，在人物性格的塑造上摸索，塑造出来的人物形神兼备、栩栩如生、身手不凡。冯骥才《俗世奇人》里专门有一篇是写"泥人张"，写的就是泥人张在戏院和饭店观察生活进行艺术创作的情形："他（泥人张）坐在那儿，为了瞧各样的人，也为捏各样的人。去大观楼要看戏台上的各种角色，去天庆馆要看人世间的各种角色。"

张明山的泥塑技艺不断成熟，且身怀绝技。他在为人捏像时，只

1　冯骥才：《年画行动》，中华书局，2011 年 10 月，第 20 页。

2　左汉中：《人生所有的欢乐是创造的欢乐——冯骥才在年画遗产抢救与建立"年画学"所发挥的非凡创造力》，见《为未来记录历史》，文化艺术出版社，2018 年 7 月，第 243 页。

图 3 泥人张彩塑《俗世奇人》

需对面坐谈，顷刻之间即可完成。所塑作品不仅形似，而且以形写神，达到神形兼具的境地。传说他在看戏时，就以台上的角色当模特儿，将泥藏于衣袖中，于人不知不觉中就可将人像捏好。回家后，再上色、配衣冠，即与真人丝毫不差。冯骥才在《泥人张》中详细描写了其创作过程：当"张海五"拿泥人张找乐子的时候，泥人张没有反唇相讥、大动干戈，而是"左手伸到桌子底下，打鞋底下抠下一块泥巴，右手依然端杯饮酒，眼睛也只瞅着桌上的酒菜。这左手便摆弄起这团泥巴来，几个手指飞快捏弄，比变戏法的刘秃子的手还灵巧。张海五那边还在不停地找乐子，泥人张这边肯定把那些话在他手里这团泥上全找回来了"。

泥人张彩塑注重以形写神，传神是其最大特征和艺术理想追求。另外，把表现对象的情感精神巧妙地融入生动的形体之中，充满绘画性特征的大量线条的使用也是泥人张彩塑在造型上的另一大特点。在具备大多数民间泥塑所共有的体积表现的同时，辅以大量极具形式美

413

感和艺术表现力的线条，更加准确生动地塑造出鲜活的艺术形象。在注重绘画的同时，"泥人张"对人物性格的刻画也同样讲究，在刹那间捕捉人物动态，把人物内心的性格刻画出来，然后再进行色彩的渲染，这也是"泥人张"作品显现强烈生命感的一个原因。正如冯骥才在《泥人张》里通过众人的眼睛巧妙地把泥人的精彩呈现出来："吃饭的人伸脖一瞧，这泥人真捏绝了！就赛把张海五的脑袋割下来放在桌上一般。瓢似的脑袋，小鼓眼，一脸狂气，比张海五还像张海五。"

冯骥才的《泥人张》虽是小说传奇，其故事性、趣味性不言而喻，但是通过冯骥才对泥人张的描述，我们不难看出冯骥才对泥人艺术由衷的喜爱，对民间艺人智慧的赞美，泥人艺术也在潜移默化地影响冯骥才的审美。

（三）伊德元剪纸

天津剪纸在艺术风格和制作手法上独具匠心。不同于南方剪纸的纤巧秀丽，也不同于北方其他地区剪纸的粗犷质朴，天津剪纸借鉴和吸收了年画、瓷器、木雕等艺术中的图案设计方法，具有饱满丰富的艺术效果。剪纸题材以传统图案为主，剪纸艺人根据社会时事新闻的内容进行一些艺术创作，如古典小说、戏剧、神话等。它的创作形式有单幅的，也有套式的。花鸟虫兽仕女图案线条流畅、纹理清晰，又不失质朴豪放。剪纸艺人多从四郊邻县乡下来津，但求糊口不留名，"谁家姑娘好，要看针线巧"。妇女们把剪纸绣花当成展示才智和心灵的手段，剪纸也牢牢地融入天津的民俗。

天津卫的剪纸历史悠久。明清时，东门里大街就有进宝斋、立盛永、永盛和等花样店铺，主要工具是剪子，后来弃剪操刀改为制版雕刻。目前，天津剪纸除少数艺人保留传统手工剪纸外，绝大多数的剪纸艺人已从民间通俗剪纸发展成为艺术创作的阶段。而且为满足人们

图 4 进宝斋伊德元剪纸

欣赏和创作的需要，也大多不用剪，而是用刻的方法从事剪纸创作。

"进宝斋"剪纸的强项是专供给妇女衣装鞋履绣花的底样。天津是大都市，服饰图案崇尚雅致，妇女对绣花的花样需要甚巨，千姿百态的花样全靠剪纸艺人不断翻新。伊德元早年入"进宝斋"，风格技艺上师承老店古风，同时也有个人的创造。他天性灵巧，颇多情趣，所剪刻的形象清新灵透，意趣盎然，具有天津大都市的气质，既崇尚丰富又追求雅致，特色十分鲜明。进宝斋的剪纸主要供绣花使用，无论在材料、构图、选材、造型还是在刀法上，都要适合于衣物的装饰与刺绣工艺。

伊德元剪纸尺寸很小，但十分精致，张张都是艺术品。在题材上多是惹人喜爱的花鸟鱼虫和吉祥图案；在构图上有姿有态，疏密有致，近看精美，远看明快。伊德元还善于运用"阳线"，独具匠心地将连接各部分的功能性线条幻化为优美流畅、婉转自如的装饰性曲线，使画面具有一种特殊的生动美感，绣在衣服上便分外优美，他

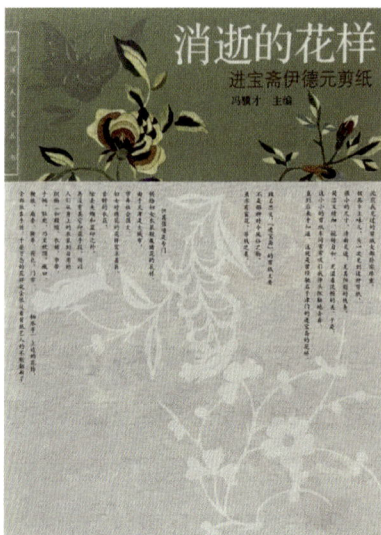

图5《消失的花样——进宝斋伊德元剪纸》

把剪纸赋予了线条流畅自然、纹理清晰别致、刻画精细优美、情景交融的风格，使剪纸具有鲜明的美感，花鸟人物新风貌生动逼真，艺术特色鲜明。市井中人亲切地称之为"伊德元剪纸"。"伊德元剪纸是我国剪纸艺术中一枝独特的花朵。"[1]

二十世纪七十年代初冯骥才在一家工艺厂做美术设计，对其中的"剪纸车间""进宝斋"的花样（一称"伊德元剪纸"）有过这样的描述："这里的剪纸就是一种刻纸，薄薄一叠纸固定在一个小蜡盘上，任由手中细长的尖头小刀转来转去，花儿草儿虫儿人儿随即就神气活现被雕刻出来。"并进一步指出该艺术的特点，"此前我见过的剪纸大都朴实厚重，极具乡土味儿，头一次见到这种剪纸，很小的尺寸，清新灵透；尤其阳刻的线条，简洁又精细，婉转自如，充溢着流畅的美"。后来冯骥才忙于写作没有时间顾及伊德元剪纸，"但伊氏手中种种剪刻的形象与图案，却如同小精灵般留在我的心里"[2]。

由于社会生活方式的改变，家庭化的妇女绣花不见了，作为绣品的伊德元剪纸也不见了踪影。投身非物质文化遗产保护的冯骥才将

1　冯骥才：《"执意的打捞"：为〈消失的花样——进宝斋伊德元剪纸〉而作》，见北洋人文丛书：《消失的花样——进宝斋伊德元剪纸》，中华书局，2009年6月，第2页。

2　冯骥才：《"执意的打捞"：为〈消失的花样——进宝斋伊德元剪纸〉而作》，见北洋人文丛书：《消失的花样——进宝斋伊德元剪纸》，中华书局，2009年6月，第2页。

全国文化遗产保护与家乡紧密联系在一起，经过多方寻找，将收集来的进宝斋图案（伊德元剪纸）选出来，分门别类地进行编辑，于2009年主编出版了《消失的花样——进宝斋伊德元剪纸》，并为之写了《执意的打捞》一文，文中详述了冯骥才与伊德元剪纸的情缘，不仅为伊德元剪纸留下了珍贵的资料，也表达了冯骥才对逝去的民间艺术的珍爱与惋惜。

（四）砖刻艺术

　　天津砖刻艺术植根于津门大地，富于北方淳朴的地方气质，历史悠久，工艺考究，艺术表现形式多样，具有深刻的文化积淀，在我国民间砖刻艺术中独具特色。天津砖刻以天津地区传统青砖建筑为依托，兴起于清道光、同治年间，以雕饰建筑的墙体、门楼、影壁等为载体，以彰显建筑主人的地位和品位，在天津俗称"刻花活儿"。天津的砖刻内容，大都是示意吉祥富贵的花木与鸟兽；体现了人民对美好生活的向往。除此之外，砖刻艺人也会从小说、杂戏乃至现实生活中吸取丰富的题材内容，促使天津砖刻内容形式多样发展。其中"刻砖刘"刘凤鸣的砖雕艺术更是天津刻砖界的集大成者。他尊重前人的成就，但不因袭前人的劳动成果，他的作品多用圆线和曲线，形象饱满生动，善于将装饰性、生动性、丰富性、含蓄性统一起来，形成自己的风格。在制作及造型特征方面，"贴砖法"是"刻砖刘"不同于其他砖刻的最显著特征之一。从艺术风格上看，"刻砖刘"砖雕艺术根据形象的位置，凡最前者都用贴砖，附砖用透雕，原砖用浮雕，层层深入，构图饱满，造型古朴而生动传神，结构严谨含蓄而极富装饰性。现存留于天津大悲院的"九狮图"就充分展现了"刻砖刘"砖雕艺术的高超技艺和艺术风采。

　　二十世纪六十年代，天津老城内外街头房屋建筑上随处可见的精美的砖雕，有的砖刻已经脱落了，冯骥才觉得太可惜了，认为应该把它记录下来。于是他以极大的热情投身于天津砖雕艺术的调查和整理出版。为此他拍了许多照片，画了若干图样，配了很多插图，以真切的文字和鲜活生动的图片，首次记录下散落在天津老城厢的民间砖刻艺术瑰宝，并编撰了他的第一本民间艺术考察专著《天津砖刻艺术》。读《天津砖刻艺

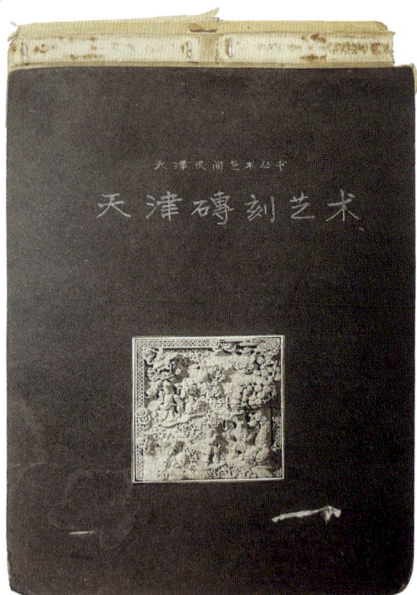

图 6《天津砖刻艺术》，冯骥才著

术》，我们感受到的是年轻的作者倾注于字里行间的对民间艺术美的欣赏，显示了年轻的冯骥才对民间艺术由衷的喜爱和强烈的时代责任感。书中不仅详述了天津砖刻的历史沿革、社会背景、发展脉络，而且详细分析了天津砖刻的内容、风格和制作方法，并记录下历史上及当时优秀的民间艺人，为天津砖刻艺术留下了珍贵的图文资料。书中还解读了砖雕的淳朴的形式美、题材的寓意美以及砖刻的工艺美，体现了年轻的冯骥才对于民间艺术的最初的审美意识。

冯骥才对民间艺术的审美尤其看重其"拙"的意味，比如他在描述马顺清砖刻的艺术特色的时候说"他朴拙凝重的刀法，尤其突出地显示了北方砖刻艺术的优点，如图7《凤戏牡丹》，虽是花鸟，然气魄之大，意趣之深，简直可以和汉画像砖媲美。同时，不少砖刻艺人的作品，也依样是这样雄浑的气势，朴实敦厚的情调"。即便是在后来因为实用要求及技术发展，砖雕艺术由粗放向精细发展，但细看雕

刻的花鸟树石的形态、人物的举止神情"仍旧很朴实。尽管拍节复杂得多了，基调却没有改变"[1]。

"刻砖不是所谓的阳春白雪、孤芳自赏的艺术，它是百姓看着顺眼的艺术。"[2]一语中地点出了民间艺术与精英艺术的区别：民众的吉祥艺术创作呈现的并不是艺术形象本身，而是

图 7《凤戏牡丹》天津砖刻

与人的精神需求和生活理想紧密结合的情感化的艺术形象。在千年的历史沉淀中，吉祥艺术有着强大的生命力，它源源不断地将祥和幸福的精神养分输送给在华夏大地繁衍生息的子子孙孙。冯骥才在对砖刻艺术的调查过程中深刻认识到天津刻砖艺术的发生、发展、变化历程与天津人的生活、迁徙、审美演变密切关联，"在天津刻砖图案中涵盖了人们普遍的心理诉求，故天津砖刻的图案造型也是具有吉祥意味的，比如吉庆有余、五福捧寿、鹤鹿同春、龙凤呈祥等人们耳熟能详的文字背后所蕴含的是一串串浓烈的喜庆和愉悦之情"[3]。除此之外，

1　冯骥才:《天津砖刻艺术手稿珍藏本》，上海书店出版社，2019 年，第 90 页。

2　冯骥才:《天津砖刻艺术手稿珍藏本》，上海书店出版社，2019 年，第 94 页。

3　冯骥才:《天津砖刻艺术手稿珍藏本》，上海书店出版社，2019 年，第 94 页。

冯骥才还在书中详细介绍了天津砖刻的制作过程，比如整料、切边、描稿、雕刻、贴补等。尤其能体现天津雕刻的工艺之美的是天津人独创的"贴砖法"。并为此画了天津城内贴砖的剖面图。[1]

五十多年过去了，在今天的天津——经历过十年"文革"和近三十年天翻地覆的"城市再造"的"现代国际化大都市"里已经找不到几块砖雕了，正为此，尚嫌年轻和青涩的冯骥才的处女作《天津砖刻艺术》成为天津砖刻艺术的绝响而具有了重要的历史存录价值。"这本书是一颗种子，种下了冯骥才抢救民间文化遗产的情结，只要气候土壤合适，这颗种子必定要发芽开花结果。"[2]冯骥才后来的文化遗产保护工作的行与思，与遥远的过去一息相牵，他逐渐完成了自己最初的预设和思想、文化、方法的原创并大面积运用推广之。

三

天津的民间艺术是一个宝库，天津特有的地域特点、风土人情、历史文化造就了特殊的天津民间美术，民间艺人们以儿童般纯真的心灵去撷取本能的最强烈最刺激的色彩，表现出强烈的主观意向性，使得主体赋予色彩的表现力和文化意义都带有天造地设、与生俱来的性格。天津文化成就了以天津泥人张彩塑、杨柳青木版年画和刻砖刘砖雕为代表的民间艺术，也滋养了年轻的冯骥才。青年时代的冯骥才在天津民艺的熏陶下，对民间文化包含情感。这份情感融入了他的血脉之中，他的小说《泥人张》《感谢生活》《雕花烟斗》等，出现过大

---

1 冯骥才：《天津砖刻艺术（手稿珍藏本）》，上海书店出版社，2019年，第94页。

2 向云驹：《非凡的科学性、预见性和方法论意义——跋冯骥才"处女作"〈天津砖刻艺术〉》，《民艺》2019年第5期。

量直接描写民间艺人的人物形象，涉及年画、剪纸、泥塑、雕刻等多种民间艺术样式。

冯骥才认为民间艺术的核心是民间情感，心怀民间情感才能体会到民间的美，冯骥才的民间情感正是来自他的故乡天津。"我的故乡给了我的一切。家乡把它怀抱里的每个人都养育成自己的儿子。它哺育我的不仅是海河蔚蓝色的水和亮晶晶的小站稻米，更是它斑斓又独异的文化，它精神的因子已经注入我的血液中。"[1] 冯骥才在天津长大，在这里娶妻生子、成家立业，天津是他的"家园"。"家园意识"的本源性，具有极为重要的现代意义和价值。海德格尔认为"场所意识"与人的具体生活环境及其感受息息相关，如伯林特所说"场所感不仅使我们感受到城市的一致性，更在于使我们所生活的区域具有了特殊的意味。这是我们熟悉的地方，这是与我们有关的场所，这里的街道和建筑通过习惯性的联想统一起来，它们很容易被识别，能带给人愉悦的体验，人们对它的记忆中充满了情感。如果我们的临近地区获得同一性并让我们感到具有个性的温馨，它就成了我们归属其中的场所，并让我们感到自在和惬意"[2]。

冯骥才对天津充满了情感，对天津的民间文化、民间艺术充满了情感，他对年画、对年俗、对每一处民间艺术美的阐发都包含着深刻的文化精神。"我喜欢搜集民间的东西，因为它们特别淳朴，有民间的情感和美在里面。"[3] 冯骥才从一个美的发现者开始，成为美的守护者、文化的守护者，从杨柳青年画到全国民间文化遗产抢救，从天津老城保护到中国传统村落保护。对记忆、情感和民间美的发掘是冯骥

1　冯骥才：《冯骥才的天津》，生活书店，2014 年，第 2 页。
2　曾繁仁：《当代生态美学观的基本范畴》，《文艺研究》2007 年第 4
　　期，第 20 页。
3　见《民间文化论坛》2018 年第 1 期。

才从民间文化艺术出发的美学阐释和哲学沉思，冯骥才的民间审美思想伴随他的文化保护行动逐步成熟完善，最终形成以年画观为核心的"唯情"的非遗美学思想。对乡土文化的深深的由衷的挚爱是冯骥才投身非物质文化遗产保护的真正的根由。天津的民间文化艺术是冯骥才非遗美学思想的摇篮。

Feng Jicai and Tianjin

International Symposium on Eighty Springs

第二编

文献
与
图说

St.Petersburg University
www.spbu.ru

Знаменитому писателю и художнику, знатоку русской культуры господи...
著名作家和画家、俄罗斯文化知音...

Дорогой господин Фэн Цзицай!
亲爱的冯骥才先生！

В день Вашего восьмидесятилетия китаеведы Санкт-Петербургского унив... почитателями Вашего литературного и художественного таланта и глубоко уважа... общественную позицию и вклад в сохранение и развитие культуры Китая, напра... искренние поздравления с днем рождения!

在您八十岁大寿的这一天，圣彼得堡大学的汉学家们，作为您文艺才... 切尊重您积极的公益立场和对保存和发展中国文化的贡献，向您致以最...

Дружбу с Вами высоко ценили наши выдающиеся предшественники академ... профессор Н.А.Спешнев. Все мы прекрасно помним Ваши визиты в Россию и в... Петербургском университете, а также замечательные конференции, котор... Тяньцзиньском университете. Более сорока Ваших произведений переведены на... уверены, что в ближайшие годы выйдут переводы Ваших новых рассказов и ... литературные связи России и Китая.

我们杰出的前辈李福清院士和司格林教授都特别珍惜与先生的友... 对俄罗斯的访问和在圣彼得堡大学的演讲，以及您在天津大学举行... 议。四十多部大作已被翻译成俄文，但我们相信，在未来几年，您... 罗斯，这将进一步加强俄罗斯和中国之间的文学交流。

Мы желаем Вам крепкого здоровья, неиссякаемой энергии и дости... постижении человеческого духа!

我们祝您身体健康，希望先生用之不竭的能量继续开拓人类精神... Мы горячо любим Вас, дорогой господин Фэн! 我们都热爱您，亲爱的冯先生！

А.А.Родионов
Первый заместитель декана Восточного факультета Санкт-Петербургского...
罗季奥诺夫
圣彼得堡大学东方系常务副系主任
09.02.2022

杨贤金 | 致辞

天津大学党委书记

尊敬的冯先生、王书记，各位领导、嘉宾、老师们、同学们：

大家上午好！

今天，我们相聚在天津大学冯骥才文学艺术研究院，研讨"冯骥才与天津"这一重要命题。我谨代表天津大学，对各位嘉宾的到来表示热烈的欢迎，向长期以来关心和支持天津大学事业发展的朋友们表示衷心的感谢，并借此机会，向敬爱的冯骥才先生献上八十岁寿辰的诚挚祝福！

八十岁是一个人个体生命中的重要节点。冯骥才先生曾把自己的人生比喻为一条江河，并在《冰河》《凌汛》《激流中》《漩涡里》四

▪ 天津大学党委书记杨贤金在开幕式上致辞

427

部作品中，记录了自己五十年的文化人生。在步入人生的第八十个年头，冯先生说自己有了一种"静水流深"的新感觉，冯先生说，"还是在大河中央，但沉下来了。目标依然在前面"。今天，冯先生仍大步流星，拉着文学、绘画、文化遗产保护和教育这"四驾马车"笃定前行。

2001年，冯先生接过我校的聘书，成为天津大学的教授，将天津大学的事当作自己"天大"的事，有力推进了学校文化建设和文科发展。2005年，冯骥才文学艺术研究院正式成立。大楼落成后，冯先生用自己多年珍藏的艺术品、善本书籍，自己的画作、文学创作，把冯研院变成了一座文化与艺术的博物馆，一所既关切社会又充满浪漫情怀的人文学院。2006年，冯先生将意大利文艺复兴时期的原作第一次请进中国大学，达·芬奇、米开朗基罗、拉斐尔等人类绘画巨匠的四十九件原作在我校展出半个月，学生们不出国门，不出校门，就有机会能与人类文化的最经典的艺术零距离的接触，领略艺术的美妙与惊奇。每天平均有五千人次前来观看，更有艺术爱好者专程"打飞的"到天津大学来参观。就在上周六，第四届红叶季如约而至，同学们穿梭在秋色最斑斓的冯研院，捡红叶、写心愿、打卡、拍照，这又是冯先生亲自创造的一个充满诗意的"秋天的名片"，引导、启发天大学子们用文学艺术的形式发现美、创造美、欣赏美。此外，冯先生还主持提倡了北洋艺术节、"丝绸之路"等文化活动，让文化艺术成为校园最美的底色，滋养了万千学生的精神家园。

冯骥才先生全面投身于文化遗产保护工作，从情感上、使命上，把保护民间文化、传统文化作为自己的天职，守护着中华民族精神生生不息的根脉。建院十七年来，冯研院建设了中国木版年画研究中心、中国传统村落保护和发展研究中心、中国传承人口述史研究所等国字号的文化研究机构，为我国民间文化、民族文化及非物质文化遗产的抢救、保护和研究提供了专业有力的学术支撑。2021年10月，经国务院学位委员会批准，全国首个非物质文化遗产学交叉学科硕士学位授权点在天津大学建立，我国非物质文化遗产学人才培养进入了高层次专业化的全新历史阶段。今年，第一批"非遗"学子正式入学，可以预见，在冯先生的培养下，会有更多热爱"非遗"、志在"非遗"的有志青年活跃在祖国的山河大地与田野中，为"非遗"事业的发展贡献智慧和力量。

冯先生出生在天津，成长在天津，喝海河水长大，在天津度过了八十个春天。他的笔尖记录了天津的历史、天津的故事，描画了天津人的集体性格，他的足迹遍及天津的大街小巷，更见证了他为保护和弘扬天津文化所付出的努力和汗水。去年，冯骥才先生编制了《天津文化地图》，在大学生中提倡"热爱我求学的城市"这一文化活动，他用热爱呼唤热爱，让我们记得住天津、记得住乡愁，让我们更加坚定文化自信，不断厚植家国情怀。

今天，各位专家学者齐聚，围绕"冯骥才与天津"这一主题展开研讨，研讨的不仅仅是冯先生八十个春天的个人生命历程，更是通过冯先生与天津的关系，探究作家与城市的相互影响，探究当代知识分子对家乡故土和家乡人民的责任，激发文化创新创造的活力，推进文化自信自强。相信通过研讨会的平台，能让每位专家学者充分进行学术探讨、思想碰撞，启发新的灵感，开拓新的视野。

八十仍青春！衷心祝愿冯先生青春不老，活力永驻，在人生的新阶段取得更辉煌的成就！愿本次研讨会取得圆满成功！

谢谢大家！

朱永新｜致辞

第十四届全国政协副主席、民进中央常务副主席

一个人与一座城，一花一世界，一叶一菩提。世界很大，浩瀚无边，人海茫茫；世界也很小，从一人即可触及众生，从一城即可亲近万物。人和城市也是相辅相成，彼此依存，城市因人而建，因人而兴，人则依城而居，与城共生。大部分人可能生于斯长于斯，在一座城里终老一生，但他们只是这个城市的看客与过客，他们悄悄地来又悄悄地走，有的人自己的一生却能够和一座城的生命同呼吸共命运。

如果一个人能够永远地和一座城市联系在一起，那就说明这个人已经被历史所铭记。如果我们因为一个人想起某一座城市或者提及一座城市，就会想起某一个人，那就说明两者已经互相成为不可分离的文化标识，无论是这个人还是这座城，也就真正地写在了历史上。

在我心中，冯骥才先生与天津就是如此。一个人和一座城真正地建立联系，一个人和一座城的名字能够真正地写在时光里，只有两种可能：一是他为这个城市的建设和发展做出了不可磨灭的贡献，比如伍子胥建姑苏城、梁思成保护北京城等等；二是他为这个城市留下了一些让后人不断阅读传颂的作品，比如崔颢的《黄鹤楼》、张继的《枫桥夜泊》、陆文夫的《美食家》等等。在当代中国能够同时做到这两者的大概也只有冯骥才先生。

冯骥才先生是天津城的守护者，也是天津灵魂的守望者。在那个大拆大建的时代，冯骥才先生自掏腰包，用影像记录下城市的每一栋建筑，他把据此制作的画册送给了政府官员，在扉页上写下了"这是您心爱的城市天津"。当听说要拆掉估衣老街的时候，冯骥才先生发起了保护估衣老街的活动，亲自到街上讲演，他说这其实是要保护一

种精神、一种美；而当有关部门趁他出国期间拆掉老街的时候，他号啕大哭。我曾经亲眼见证了冯骥才先生为筹集文化遗产保护的资金而卖画的场面。据说为了创作那些画，他得了腱鞘炎，手腕上长了一个大包，他是用精卫填海的精神、用西西弗斯推巨石上山顶的意志来守护他心爱的城市。

作为著名作家，冯骥才先生的作品具有明显的天津记忆，从《一百个人的十年》《俗世奇人》到《单筒望远镜》，他的大部分作品都具有浓郁的天津地域风味。在他的小说、散文作品中，天津的特色小吃、手工艺品、租界建筑、风土人情更是随处可见。有人评价说他的小说有着浓郁的津味，他自己却说他写的不是"天津味儿"，而是"天津劲儿"。

是的，冯骥才先生的这些关于天津的作品，描摹的是天津的人、天津的事、天津的物，透出的却是一股"天津的劲儿"，他刻画的是人性自身的爱与怒、喜与哀、纯真与复杂。种种对立而矛盾的一切，被他不动声色地融合在一起，它们来自天津，扎根于天津，却又超越了天津，成为这个世界上独一无二的值得铭记之所。

中国有一个叫"莼鲈之思"的成语，说的是晋代的官员张翰，因见秋风起，乃思吴中菰菜、莼羹、鲈鱼脍的故事。其实冯骥才先生也有类似的故事，他有很多次离开天津到北京当领导的机会，但是他都放弃了，他说自己离不开天津，他对天津的爱已经深入骨髓。

近些年来，冯骥才先生把自己对天津的感情更多地倾注在天津大学。天津是产生中国历史上第一所现代大学的城市。冯骥才先生说，一个国家、一个民族产生的第一所大学是了不起的，是近代或者现代文明走出的重要一步。他在天津大学建立了冯骥才文学艺术研究院，把自己的收藏无偿地捐赠出来，建设了一个大学博物馆；他广邀国内外名家来院讲学，经常举办国际研讨会和各种高品质的活动；他说"天大（天津大学）的事对我是'天大'的事"。为了让大学生了解和热爱天津这座城市，他亲自主持编写了《天津文化地图：热爱我求学的城市》。

天津是冯骥才先生灵魂的巢、文学的根，天津因为有了冯骥才，而增加了文化的温度和知名度。冯骥才正因为有了天津，而有了自己创造的沃土。

据说天津是中国唯一一个拥有具体生日的城市，在很多国外的城市则有专门的文化名人的纪念日。而今天是冯骥才先生八十大寿的生日，我受民进中央蔡达峰主席和刘新成常务副主席的委托，祝贺冯骥才先生八十诞辰。在这个时候我也突然想到，天津是不是应该把每年的 11 月 5 日命名为这个城市的"冯骥才日"呢？我们用这样一个纪念日让一个人与一座城更深地融为一体，这不仅是我们为冯骥才先生庆生的最好的创意，而且能够激励更多的人为自己的城市贡献智慧和力量。就像冯骥才先生一样，我们相信，世界正是因为有了更多大写的人和更多温暖的城，而变得更加美丽。

最后，祝冯骥才先生生日快乐，青春永驻！

潘鲁生 ｜ 致辞

中国文学艺术界联合会副主席、中国民间文艺家协会主席

　　今天是个喜庆的日子，大家欢聚一堂，共同祝福冯骥才主席的第八十个春天。冯主席是我们中国民间文艺界的领路人，在社会快速发展、文化转型变革的大潮之中，他发时代之先声，收传统之文脉，寄深情于民生，引领开拓了新世纪民间文艺的发展道路。冯主席是我国民间文艺的守护者，几十年来，从民间文化遗产抢救工程到传统村落保护，从年画田野调研到理论文献研究，从剪纸等具体的民间美术门类，到文化遗产研究与实践的方法体系，从民协工作团队到大学的研究生培养，冯主席以他的文化情怀、学术思想、实践品格，守护宝贵的文化遗产，守护着知识分子的责任与使命。

　　冯主席是我们民间文艺工作者的学习榜样，他一路带领我们走乡村，访民意，扎根田野，躬行实践，同甘共苦，带给晚辈后学的不仅仅是治学的思路方法和经验，更是一种人格的示范和熏陶。在治学和实践的道路上能够得到冯主席的鼓励和指导，是我们这代人的幸运。在这里我代表民间文艺界的各位同仁，祝福冯主席生日快乐，学术之树长青。

董红梅｜致辞

住房和城乡建设部村镇建设司一级巡视员

尊敬的冯先生，各位领导，各位来宾：

大家好！首先，请允许我对冯先生"八十个春天——冯骥才与天津国际学术研讨会"的召开表示热烈祝贺。

冯先生是我国在文学、绘画、文化遗产保护及教育领域均具有较大影响力的专家学者，也是传统村落保护工作的首倡者和推动者。在习近平总书记系列重要指示精神指引下，从2012年开始，住房和城乡建设部会同相关部门大力实施传统村落保护工程，通过十年努力，我们已经建立起国家、省、市三级保护体系，形成了世界上规模最大、内容和价值最丰富、保护最完整、活态传承的农耕文明遗产保护群。我们把这些优秀历史遗产和现代文明要素结合起来，赋予其新的时代内涵，从中国特色的农事节气，到大道自然、天人合一的生态伦理；从各具特色的宅院村落，到巧夺天工的农业景观；从乡土气息的节庆活动，到丰富多彩的民间艺术；从耕读传家、父慈子孝的祖传家训，到邻里守望、诚信重礼的乡风民俗，都在传统村落里赓续传承，展现出新时代的魅力和风采。这些成绩的取得，离不开大家的关注支持，更离不开冯先生的悉心指导。借此机会，让我们共同致敬冯先生！

在举国上下深入学习贯彻党的二十大精神的日子，我们迎来了今天的研讨会；金秋十月，这个承载着冯先生八十载芳华的日子，注定在一个收获的季节。期望冯先生带领全国首批"非遗"交叉学科的硕士们进一步总结传统村落保护与非物质文化遗产保护之间的关系，探索更具系统性、全面性与整体性的理念，为传统村落保护、发展、传承工作提供更多的理论支撑和宝贵经验。

最后，祝冯先生健康长寿。

谢谢大家。

林志宏｜致辞

法国巴黎高等研究实践学院亚洲文化景观保护讲座教授

联合国教科文组织（巴黎总部）世界遗产中心专员

  很高兴能够为冯先生祝贺八十周岁，同时祝贺"八十个春天"这个重要的国际研讨会在天津大学举行。我们都知道冯先生的"三驾马车"，第一驾马车是文学和绘画，以文学艺术来启发人心；第二驾马车是文化遗产保护，冯先生做大量的田野考察，推动了中国的文化遗产保护工作；第三驾马车是教育，他在天津大学创立了冯骥才文学艺术研究院，其中包括中国传统村落研究中心、中国木版年画研究中心和中国传承人口述史研究所。

  我现在在巴黎联合国教科文组织所在地，这是我长期工作的地方。文化、教育、科学是联合国教科文组织的"三驾马车"。这个组织创立的宗旨就是通过文化、教育、科学促进各国之间的文化交流与世界和平。我觉得能够在天津大学召开"八十个春天"国际研讨会，文化交流的意义非常重要。祝福冯先生八十大寿，祝福研讨会成功！

罗季奥诺夫 | 致辞

俄罗斯圣彼得堡大学东方系常务副系主任、副教授

给中国著名作家和画家、俄罗斯文化知音冯骥才先生:

亲爱的冯骥才先生!

在您八十大寿的这一天,圣彼得堡大学汉学家们,作为您文艺才华的崇拜者,深切尊重您积极的公益立场和对保存和发展中国文化的贡献,向您致以最诚挚的祝贺!

我们杰出的前辈李福清院士和司格林教授都特别珍惜与先生的友谊。我们都记得您对俄罗斯的访问和在圣彼得堡大学的演讲,以及您在天津大学举行的精彩学术交流会议。四十多部大作已被翻译成俄文,但我们相信,在未来几年,您的新小说也会走进俄罗斯,这将进一步加强俄罗斯和中国之间的文学交流。

我们祝您身体健康,希望先生用取之不竭的能量继续开拓人类精神境界。

我们都热爱您,亲爱的冯先生!

圣彼得堡大学汉学家们

学苑出版社｜致辞

孟白
学苑出版社原社长

非常高兴能有机会参加"八十个春天——冯骥才与天津"国际学术研讨会，有机会表达我对冯先生的景仰、感佩等等很多种心情。冯先生是中国非物质文化遗产抢救与保护事业的一面旗帜，回首三十多年前，一方面文化遗产、民间文化不受重视，绝不是现在这样家喻户晓，妇孺皆知。另一方面，恰逢我国城市化建设、乡村建设开始了井喷式的大发展，而在这个过程中，全社会普遍缺乏对历史文化的敬重感，自然也会造成对历史文化遗产的破坏以及令人痛惜的无可挽回的损失。

冯先生敏锐地感觉到这种趋势会给中国文化带来的恶果，不仅奋笔疾书，大声疾呼，四处奔波，全身心忘我投入到传统文化抢救与保护工作，他的强大的感召力和带动力，推动了文化遗产抢救与保护工作在举步维艰时期的开展，而且让越来越多的人意识到了这一工作的意义。我就是受到冯先生的感召而投身其中的一个后进者，从毫无意识到有意识地、积极地跟随冯先生以及其他学界前辈，从出版角度做了一点工作。这在十卷本的《冯骥才文化遗产保护文库》中有全面系统的反映。这些文献不仅是对历史的记录，而且对于今人乃至后人在面对陌生新问题时应当如何探索，寻找到解决的途径，必将有巨大的启迪作用。

十多年来，在习近平总书记的关心和指导下，保护文化遗产，重现历史文化，正逐渐成为全民的共识。许多早年间城乡建设中令人痛惜的败笔，也成为今后城乡建设要引以为戒的教训。当时冯先生的大声疾呼、据理力争，今天看来更加令人感慨。因此《冯骥才文化遗产

438

保护文库》的意义，不仅仅是积累了冯先生几十年的思辨、实践，而且是整个中国文化遗产保护的真实记录。

今年是冯先生八十寿诞，如果不是"八十个春天"这次活动，我根本想不到至今充满生机勃勃创造力，一直不断带给我们惊喜成就的冯先生，已然八十高龄。衷心祝愿冯先生永葆青春，带给我们九十个春天、一百个春天。

洪文雄

学苑出版社社长

尊敬的冯骥才先生，各位领导，各位专家学者，你们好！在这秋高气爽，硕果飘香的金秋时节，非常荣幸参加"八十个春天——冯骥才与天津"国际学术研讨会，并祝贺《冯骥才文化遗产保护文库》顺利出版。

多年来，冯先生一直奔走在文化保护的前沿，他生于街巷，关注城市文化遗产保护；他步入民间，抢救民间文化遗产，主持中国民间文化遗产抢救工程，抢救了木板年画、剪纸、唐卡、节日文化等文化遗产；他进了乡村，倡议保护古村落。行走间他留下了浩繁的文字，包括思想、理论、随笔、散文、纪实、研究、讲话、谈话录等等，体现了高度的文化自觉和文化责任感。冯先生对文化遗产保护工作的高度责任感和文化使命感，也激励着我们出版人对各种文化遗产保护工作的记录、研究和传播。

三十年来学苑出版社先后出版了"故园画忆""唐卡传承人口述史""北京旧闻故影书系"等文化遗产保护图书两千余种，无不是冯先生等文化学者前辈的民族文化自觉意识对我们影响的结果。在此我要衷心地感谢冯先生对学苑出版社的信任，把《冯骥才文化遗产保护文库》交给我们来编辑出版。

习近平总书记指出，中华优秀传统文化是中华民族的突出优势，是我们最深厚的文化软实力。党的十九大报告明确提出，要推动中华优秀传统文化创造性转化、创新性发展。我们要讲清楚中华优秀传统文化的历史渊源、发展脉络、基本走向，讲清楚中华文化的独特创造、价值理念、鲜明特色，增强文化自信和价值观自信。

《冯骥才文化遗产保护文库》是冯先生在文化遗产保护工作实践

和学术思考上最详尽、最全面的一次梳理和总结。全书十卷，包括思想卷、行动卷、文化散文卷、敦煌卷、言论卷、序文卷和对话卷，这些文字具有重要的历史文化价值和学术价值，同时也给社会各界深入研究和阐释中华文化的发展脉络、文化精神和保护开发提供了重要启迪，对推动中华优秀传统文化创造性转化、创新性发展提供有效的思路和实践指导。

在此对冯先生表示由衷的钦佩和感谢。

冯先生八十寿辰之际，富有生机的"八十个春天"活动，传递更强的文化创造力，结出更丰硕的成果。预祝此次国际学术研讨会取得圆满成功，谢谢。

人民文学出版社 | 致辞

臧永清
人民文学出版社社长

尊敬的冯先生、各位领导、各位嘉宾：

大家上午好。首先祝贺"八十个春天——冯骥才与天津"国际学术研讨会隆重召开。在这里，我首先代表人民文学出版社，向冯先生表示诚挚的祝贺与祝福。

因为疫情，今天只能在线上参加，但不论是哪种形式，我们内心都是满怀敬意的。冯骥才先生在中国当代文学史、文化史上，有着重要的地位，同时，他在绘画、文化遗产保护、教育领域，也有卓越的贡献。他是新时期文学最有影响力和创新意义的作家之一，也是人民文学出版社最重要的作家之一。

我们很荣幸，冯先生所经历的八十个春天，有一多半是有人文社参与、陪伴的。四十五年前，冯先生来到人文社进行"借调式写作"，在那个"解冻"的年代，在人文社这块文化阵地里写作、生活了两年时间。在此期间，他和社里的多位老前辈，比如严文井、韦君宜、李景峰等先生都结下了深厚友谊。冯先生第一部长篇小说《义和拳》，第一部中篇小说《铺花的歧路》，以及第一部短篇小说《雕花烟斗》都是在人文社完成的。最近十多年来，冯先生有了更多时间进行文学创作，又在我们社出版了《俗世奇人全本》"记述文化五十年"系列、《单筒望远镜》《艺术家们》等一系列重要作品。他的创作功力之深厚，文化底蕴之渊博，思想情怀之宽广，在小说、散文、纪实作品中都有着直观的呈现。在此，我要感谢冯先生对人文社的信任和支持。我们特别珍视这段漫长而真挚的情谊，并希望可以一直陪冯先生走下去，见证无数个明媚的春天。

借此盛会，我们也要隆重发布冯先生在我社新出版的一部重磅作品——《俗世奇人：手绘珍藏本》。《俗世奇人》系列，是中国当代文坛的一大收获。该系列出版二十多年来，一直备受读者喜爱，也荣获了鲁迅文学奖，迄今销量已达一千万册。一千万这个数字，在当代出版领域里，确实令人震惊。我想，它不仅是一个市场行为，更是一个文化标志，其意义已不需多言。

今年春天，冯骥才先生将《俗世奇人》多年来的草稿、画稿认真整理后，交给了我们。经过精心编校，《俗世奇人：手绘珍藏本》终于在金秋时节隆重面世。这本书是冯先生数十年"俗世奇人"创作灵感的记录，具有很强的审美与收藏价值，静心翻阅，艺术享受与思维妙趣跃然纸上。这是一部非常值得文学界和广大读者期待的好作品。

因为今天无法现场参会，我们特意邀请到著名作家、天津市作协主席，同时也是我们人文社的作者尹学芸女士代表我们社，与冯先生共同揭幕《俗世奇人：手绘珍藏本》。在此，我也要感谢尹老师。

在参会之前，我们还请剪贴画艺人制作了一组"俗世奇人"人物剪贴画，一共十幅，还有一幅寄托美好寓意的《骥行万里》，敬赠给冯先生，算是我们人民文学出版社的一份心意。

祝冯先生永葆创作青春，创作出更多优秀作品！

谢谢大家。

文艺界老朋友视频贺词

王蒙（著名作家、文化部原部长）

祝贺"八十个春天"这样一个活动在天津举行。冯骥才老弟也马上就八十岁了。

"八十个春天"这个名称非常的好，可是我觉得对冯骥才来说，他的八十个春天可不只是八十个春天，我觉得他起码是八百个春天。因为他的创作像春花一样不断地开放，他的绘画像春天的风景一样不断地展现，他的文物保护、乡村保护各个方面的活动，也一再地取胜。我认为骥才的八十个春天，就是八百个春天，在他的面前还有八百个春天等着他去缔造，等着他去美化，祝他身体健康快乐啊！

韩美林（著名艺术家、清华大学教授）

大冯你这过八十岁生日啊，我是已经过了的，我感到我有一个伴了，就是说八十岁的伴。你说你八十以后进入了"八零后"队伍，我就是"八零后"队伍的一个，咱们"八零后"队伍里还好几个呢。今天学校里给你举行这样一个活动，我感到非常高兴，我在远远的杭州也过不去，反正不管怎么样，我给你画了八十匹马，八十匹马就代表我的八十颗心吧。学校里对你这么重视，我也感谢学校，这么隆重地给你举行这样一个活动。不管怎么样吧，最后祝你长寿，连续不断地再写下去，你不说咱两个还有精力吗？

不管怎么样吧，你妈妈活到188.88岁，你也跟着活188.88岁，连顾老师在一起。那个时候你讲话了，我们一百年的时候再拿着作品，相互看咱们两个到底为这个民族做了多少贡献。但是我感觉我们很快活，这是我们自己选的，自找的，不管怎么样，我不后悔，我也替你不后悔，咱们这一辈子，一个字——值！

莫言（诺贝尔文学奖得主、中国作家协会副主席）

冯大哥好，各位朋友好，我是莫言。现在是2022年，想起四十多年前改革开放初期，冯大哥和王蒙先生、刘心武先生他们发动了一场中国小说的革命，他们对西方现代派小说的讨论，以及对中国传统小说的研究，给我们这些当时的年轻人以很大的启发和鼓励。

所以我们后来在创作的过程当中，经常回忆起那一段时间，也经常感受到那一段时间冯大哥他们这些老一代作家的努力，带给我们的持续不断的力量。

我的心目当中，几十年前的大冯跟现在的冯大哥没有什么变化，也没有想到他竟然也到了八十岁，我一直感觉他就是四十多岁的样子，当然我也忘记了我自己也快七十岁了。

我想冯大哥他不仅是一个优秀的、杰出的作家，是一个创作力丰沛的作家，而且还是一个非常有个性的画家、书法家。更让我感觉到欣赏和感动的，是他对中国的传统文化，对我们的乡村文明、乡村文化的这种热爱和保护。

他最近几十年为了中国乡村古村落传统文化的保存，费尽了心力，磨薄了脚板，磨破了不知道多少双鞋子。为了游说各级政府的管事人，也磨薄了他的嘴皮子。

总之，我想他做这些事情完全是出自对我们传统文化的一种热爱，完全是一个知识分子的责任心。在这一点上他为我们树立了榜样。我听说他的最近的小说非常的畅销，获得了普遍的赞誉，我想这是一个老作家的充沛的创作力的表现。我衷心地祝贺他，祝贺冯大哥再写三十年，祝贺冯大哥在小说创作、美术创作、文化保护方面做出更大的成绩。谢谢。

王立平（著名作曲家）

冯骥才先生八十岁了，大冯是一棵大树，是我们的朋友，是我们的英雄，祝他生日快乐！

刘诗昆（国际著名钢琴家）

值此冯骥才大师八十寿辰之际，我向他表示最热烈最诚挚的祝贺。冯大师是我们中国的国宝，他的八十大寿值得我们大家共同为他庆贺。我人在香港，因疫情关系，不能亲往天津为他祝寿，仅遥祝冯大师事业继续兴旺发达，身体健康长寿！

余秋雨（著名文化学者、作家）

好，现在轮到我了，我余秋雨因为离得远，所以多讲几句。"八十个春天——冯骥才和天津"，这个生日标语非常有气派。我和骥才的交往，我的记忆当中是一个非常遥远的三十几年前的春天，那是个真正的春天，大家都在独立思考，全新创造，而且只要有像样的作品，几乎全国读者都会在最早的时间知道。那个时候我就知道了他，他也知道了我，在我自己的文化地图里边，天津就是微笑了。这一切现在都已经过去了，成了记忆。记忆春天那是秋天的权利，这正好和我的名字有关。骥才，让我们都保持住深深的共同记忆，生日快乐！

陈建功（著名作家）

我在广西北海向我的老朋友冯骥才八十诞辰表示热烈祝贺，

我为他丰厚的文化艺术成就而自豪，为他对民族文化，特别是民间文化的保护和传承所做的贡献而自豪，为他永远蓬勃的生命力而自豪！

梁晓声（著名作家）

骥才兄好，按照民间的说法，从三十晚上到正月十五这中间的每天依然都是在春节里。依照这样的一个逻辑，我觉得你虽然已经过了八十岁生日，但是在八十一岁生日来临之前，这之间的每一个日子依然都是你的生日，所以我首先还是要祝你生日愉快，同时要祝贺我们的文坛有你这样一株枝繁叶茂的常青树，祝你的学校为你即将举办的"冯骥才与天津"国际学术研讨会圆满成功。等疫情稍微好一些，我抽时间到天津专程去看望你，那时我们再长聊，谢谢大兄。

李敬泽（著名评论家、中国作家协会副主席）

冯骥才先生八十寿辰，我谨向先生致以崇高的敬意和深长的祝福。冯先生不仅很高，而且很大，他是宽阔的大河。他的艺术创作，他对民间文化的执着的守护，寄托着他对情深意长、丰富多彩的人间的爱，体现着他高远宏阔的人文理想。祝先生永葆活力，健康快乐！

吴义勤（中国作家协会副主席、书记处书记）

冯骥才先生是中国当代令人尊敬的杰出作家、画家和文化学者，多年来为广大读者奉献了许多脍炙人口的精品力作。近年来，在全身心投入非物质文化遗产保护的同时，他的文学创作的活力再次迸发，又进入了一个新的文学的黄金时代。今年是冯先生八十大寿，在此我要祝冯先生八十岁生日快乐，健康长寿，文学之树常青。

张抗抗（著名作家）

亲爱的大冯兄，八十寿辰生日快乐。你是一个温暖的人，我作为你四十年的老朋友，也为你送上温暖的问候与祝福。正是金秋时节，但我希望你是一棵不落叶的树，每年都能结出美好的果实，写更好的作品。

张炜（著名作家、中国作家协会副主席）

冯骥才先生即将度过他的八十大寿，在这里请接受我深深的祝福。冯先生是一位杰出的作家，他的创作活动贯穿整个新时期的文学史，他的不朽的作品将永远记录在文学史中。

除了丰富的文学创作成果，冯先生在民族文化遗产的保护方面，在文学艺术的组织领导工作方面，也做出了巨大的贡献。在未来的岁月中，我衷心地祝福冯先生身体好，保持以往的那么旺盛的创造力，取得更大的成就，走向更大的辉煌。衷心地祝贺、祝福冯骥才文学老兄，祝福您！

吉狄马加（著名诗人、第十三届全国人大常委会委员）
钱英（作家出版社资深编辑）

吉狄马加：今年是冯骥才——我们亲爱的朋友进入八十岁的一个特殊的年份，在这里，我们首先要向我们的朋友冯骥才先生致以最美好的祝愿。从现在开始，他就是真正的"八零后"，我们相信他的创作会焕发出更大的活力，有很多优秀的作品会不断地涌现。

钱英：借此机会，作为冯先生作品的责任编辑，祝愿冯先生在未来的日子里写出更多的经典之作，同时祝愿冯先生身体健康，文思泉涌，快乐满满！

吉狄马加：再一次地祝愿，冯骥才先生，生日快乐！

迟子建（著名作家、中国作家协会副主席）

大家好，我是迟子建，我认识大冯的那时候，他还不到六十岁，所以二十多年过去，说他有八十了，我还觉得有些不信，因为大冯的艺术创作依然处于井喷状态，我感觉他一直是激情四射的。他是一个有责任感的文化人，也是一个有情怀的艺术家，他的身高本身就使自己成为一座高峰，祝福他还是慢慢地攀登自己的这座高峰，成就一个更辉煌的自己。

记得啊，等你九十岁的时候，我还给你拜寿，祝福你生日快乐！

何向阳（著名诗人、文学批评家）

祝贺冯先生八十大寿，冯先生在我心目中是最接近文艺复兴时期巨匠的一位艺术家，他在多个领域都取得了重要的成就。首先他是一位非常优秀的画家，我还记得数年前去看他的展览就非常震撼，他的画绝不仅是文人画所能概括的，他既有答问自然的高迈，又有呼应时代的激情。同时冯先生还是一位杰出的文学家，新时代、新时期以来始终地笔耕不辍，佳作迭出，从中国近代史到改革开放史，他在写作中均有涉猎。最让人敬佩的是，他的创作中既有对俗世奇人的关注，又有对艺术家们的探索。

前者让人看到巴尔扎克、鲁迅、老舍的延续，后者又令人想到雨果、茅盾、巴金的传承。

冯先生还是一位自觉肩负历史使命的文化学者，无论是城市文化的留存，还是"非遗"文化的研究，他都身体力行。中华优秀文化流经他的血脉，而他本人又是一个中国式现代化的文化输血者。历史会记住他的工作，会记住他的文学。祝冯先生，生日快乐，健康长寿！

刘恒（著名作家、编剧）

首先祝我们的冯骥才老兄八十岁生日快乐。冯先生是1942年的马，我是1954年的马，他正好比我大一轮。我记得八十年代初，他也记得，我抱着个西瓜过去看他的时候，他大约是四十岁的样子。当时他身体不太好，我问他怎么了，他说他上午写短篇，下午写中篇，晚上写长篇，写得累倒了。

我当时非常吃惊，我觉得一个人怎么会有这么旺盛的精力，现在想起来，因为他是一匹骏马，在草原上奔驰，忘乎所以。

我觉得冯先生是一个高大的人，不仅是他的身体高大，不仅是他的肉身高大，他的精神境界也非常高大。他做的那些事，他发表的那些言论，他写的那些著作，都证明了这一点——一个精神上高大的人。我觉得当他走过了八十年的生命历程之后，是值得骄傲的。

再有就是骥才先生是一个开朗的人，他的开朗不仅是生活观的开朗，不仅是性格的开朗，也是政治的、社会的、整个思想境界的一种开朗、一种开放、一种开明。他的视野的广阔，他的目光的深邃，以及他内心所饱含的那种温暖，都是这种开朗的见证。

另外不得不说，骥才先生是一个拼命的人，是一个愿意耗尽自己的生命去从事自己所喜好的事业的人。在早年的时候搞体育、搞绘画、搞写作、搞民俗，参加各种政治活动、社会活动，不知疲倦，马不停蹄，是一个拼命三郎。这个拼命三郎奔跑了八十年了，仍然精力旺盛，我感到非常非常的钦佩。

我这个六十八岁的马向八十岁的马致敬，并且向他学习，努力地跟在他后面奔跑。希望骥才先生身体健康，一切顺遂。你一百岁的时候我们再来给你庆贺，祝福你。

邱华栋（著名作家、中国作家协会书记处书记）

我是作家邱华栋，在此我想热烈地祝贺冯骥才先生八十大寿，祝大冯老师生日快乐。八十大寿听上去好像是八十年，但实际上我觉得大冯老师在我心目中一直是一个"八零后"的青年，他总是那样创造力勃发，视野开阔，是我们作家心目中的楷模，是温暖的前辈。

他几十年的创作历程，他在非遗保护、民间文化传承方面的巨大的保护性成就，在学科建设方面，我觉得都是引领性的。

所以我觉得大冯老师八十大寿的时候恰恰宛如一个少年，宛如一个青春勃发的永远的少年。我在这里，祝愿大冯老师八十大寿快乐，而且长命百岁，继续引领我们中国当代作家前进，写出更好的作品。

王旭东（故宫博物院院长）

我在故宫，向心系敦煌、心系故宫、心系中华文化遗产保护传承的冯骥才先生八十华诞，致以衷心的祝福。祝冯先生健康快乐，阖家幸福！

吴为山（中国美术馆馆长）

大先生冯骥才高士雅鉴：

我谨以崇敬之情表达对您八十华诞之祝贺！

您在丰富而光华的文学艺术人生中笔耕千野、踏遍乡村、进言协政、杏坛传道、慧泽后生，功莫大焉！

躬逢盛世，新时代、新征程，良骥千里，天佑大才矣！

八十乃"八零后"也，朝阳满天，春风伴蹄，健康长寿！

吴为山于中国美术馆

张子恩（著名导演）

我是导演张子恩，三十六年前因拍摄电影《神鞭》而和冯先生相识，他的文学艺术作品和创作思想给了我很多启示和支持，受益匪浅。我祝贺他的八十岁生辰，祝贺此次研讨会成功举办。借此赠送天大冯研院大树书屋我的画作《大树歌》组画，并随诗一首：

巍巍大树扎根深，伸展枝叶护后生；治学育人经风雨，默默挺立为世人。春到大地花似锦，酷夏遮阴驱暑闷；秋红金甲染墙院，傲雪更显精气神。造像大树敬自然，十曲颂赞木林森。

在伟大祖国的新征程中，让大树再唱响生命之歌，谢谢大家。

姜昆（著名相声表演艺术家、中国曲艺家协会原主席）

朋友们大家好，我是大家的老朋友姜昆。今年年初的时候拿这个单筒望远镜往天津一望，我们冯骥才老师八十大寿马上就要举行，结果疫情这一闹腾到现在，咱们开始给我们的老人家祝寿了。说老，谁老啊？才不老呢，看了看相片，年轻；看了看作品，这作品更年轻；再一看这活动，连年轻人都跟不上冯骥才老师的步伐。所以今天在这里给老师要庆祝一下生日，祝贺一下。俗人，我是个俗人吧，但是没什么奇事，是吧？我也没有雕花烟斗，更找不到三寸金莲，得了，我就向我们的冯先生恭祝安康，祝您宝刀不老，青春永在，福寿康宁！

濮存昕（著名戏剧表演艺术家、中国戏剧家协会主席）

高人高寿，高瞻远瞩，常有高见；抢非遗，保村落，为民俗民间华夏文明做贡献。冯骥才先生、大冯老师，生日快乐！

陈宝国（著名影视演员、中国电影表演艺术学会会长）

冯老师您好，今儿是您的八十大寿，宝国在北京给您拜寿了，祝您福如东海，寿比南山！

滕矢初（著名指挥家、钢琴家）

今天是我最可亲的兄长，极具人格魅力的大冯老师八十寿辰的日子，在此矢初祝您健康长寿，阖家幸福！

郁钧剑（著名歌唱家）

祝八十大寿的大冯大哥，就像泰山顶上一青松，年年郁郁葱葱！

戴玉强（著名歌唱家）

"树根在地下一切的努力都是为了树冠的辉煌""灵魂不能下跪"，是我从文做事的座右铭。太棒了。

从小就读冯骥才先生的书，冯先生也是我最崇敬的人，影响了我的一生。在这里，祝冯先生八十岁生日快乐，永远健康！同时也祝"冯骥才与天津国际研讨会"圆满成功！

谭利华（著名指挥家）

亲爱的大冯，因为疫情的原因，我们已经很久没见面了，非常非常的想念。记得咱们在一起的时候，您曾经不止一次地说过，在您人生最艰难的时刻，是贝多芬《第九交响曲》给了您顽强生存下去的信心和力量。今天在您八十岁生日到来之际，利华以一曲贝多芬《第九交响曲》的《欢乐颂》献给您，祝您健康快乐，永远年轻！

白岩松（中央广播电视总台新闻评论员）

写过《俗世奇人》的冯骥才，更是一位俗世的传奇，他是我心目当中永远的大冯，这个大与他的身高无关。祝大冯走进"八零后"的生日快乐！

孙小梅（中央广播电视总台节目主持人）

祝冯骥才先生八十岁生日快乐，有八十岁了吗？在我的印象当中，冯先生永远是一位快乐潇洒的年轻人，期待您新的作品，也期待在下一个美丽的金秋能够来到天津，聆听先生的教诲，红叶满天，诗情画意。

朱迅（中央广播电视总台节目主持人）

《乐神的摇篮》依然是我的枕边书，萨尔茨堡的绳子雨还在心里下着。何止八十个春天，有您的作品相伴，每一个季节都是春天。亲爱的冯先生，上次遇见您的时候，您的墙上也挂满了这样火红的枫叶，您的理想也成为我心中的目标，让美在任何时候都成为胜利者！

王志（中国传媒大学教授、博士生导师）

我对冯先生的认知始于文学，接续于文化和艺术，在我的心目中，先生的作品和人品都具有不可替代的特殊的位置。八十个春天，我喜欢这个题目，因为先生是在春天来到这个世界上的，他对人像春风一样温暖，充满力量、美好和希望。伴随八十个春天过去的，还有八十个夏天、八十个秋天和八十个冬天，但我衷心祝愿先生永远生活在春天里，永远生机勃发，永远生趣盎然！

赵普（文化学者、中国匠人大会创建人）

现在是秋天，接下来是寒冬，但因为有先生的春天在，我们每个人都觉得暖，祝福我深爱的先生冯骥才，祝福对春天充满向往的人，祝福相信阳光的人。

成龙（著名影视演员）

冯先生、冯老师、冯委员，首先谢谢您在政协会议期间教会了我很多东西。政协一别我们真的好久不见，今年是您的八十岁，是人生的新的开始，更加自在，更加自由，更加能够享受创作，享受人生。在这里我祝您健康、开心每一天，祝您生日快乐！

受感动的答谢

——在"八十个春天·冯骥才与天津国际学术研讨会"开幕式上的答谢辞

冯骥才

天津大学冯骥才文学艺术研究院院长

今天的活动让我内心满满，满满的感动，满满的感想和感怀。写作的人服从于他的感受，我想先谈谈今天的一些感受，并且用这些真切的感受作为答谢。

最先的两个字就是"温暖"。

温暖来自我的学生们，我身边的这些年轻的我所喜欢的才男才女们。老师对学生的爱是别的爱不能相比的，我一看到他们文字里的灵气就特别高兴。

温暖还来自我们为之骄傲的、闻名全国的天津大学北洋合唱团。我们学院每有一个重要的活动，都请他们来，他们一来，我们的活动就有了歌声的美妙的翅膀。今天合唱团送给我两首歌，歌是为我作的，深情的歌，我用心听了，用心记下来了，心中充满感动。

我还很感动于天津人艺。由他们改编的话剧《俗世奇人》，今年夏天作为"老舍戏剧节"的开幕大戏在京首演，这是天津艺术界的一件重要的事儿，本来我应该去保利剧院出席，因为疫情没法去成。但是他们对我一往情深，把戏搬到这儿来了，表演了其中一个片段，十分精彩。我边看边想：话剧跟小说的区别究竟在哪儿？不一样才需要

▪ 冯骥才先生在开幕式上致答谢词

改编。于是从戏里看到了小说里没有的东西。这样东西频频给我启发。我后悔我的小说写早了，应该晚点写，先有话剧后有小说，我的小说会更多些奇妙的东西。

当然，温暖还来自天津大学。只要刚才大家听了杨贤金书记的讲话，就知道我在天大这些年为什么做了这么多的事了，而且这些事，说句实话，在全国都有挺大影响。比如"非遗"学科的设立。为什么能做到这一点？自然离不开天大给我的支持。如果深究一下就会知道，支持不是轻易就能做到的，支持的后面是理解。精神上、思想上、理论上，只有他真正理解你要做什么、为什么，理解你做这件事情的必要性、重要性、深刻性，他的支持才是真正到位的强有力的支持，并使一件件事开花结果。所以说，理解是一种温暖。

温暖还来自我文艺界的朋友们。三十多位文艺界的好朋友们发来祝福的视频。我跟他们可不是普普通通的名流交往，他们都是我几十年的老朋友。我认识王蒙的时候，我第一篇小说还没发表。我认识王立平的时候，他的《红楼梦》歌曲还没有写。那时是二十世纪八十年代吧，我们俩都四十多岁，他是全国人大代表，我是全国政协委员。开会时，他经常穿着衬衫，戴着领带，开着一辆旧车，从人大驻地开到政协驻地来找我聊天。他曾经打电话来，把他写的《红楼梦》歌曲唱给我，听我的意见，当然他也向我炫耀他心中的得意。现在这部《红楼梦》乐曲毫无疑问要和《红楼梦》小说一样留在历史上了。比如我和韩美林，我跟他之间的故事够写一本书，内容足够感人的一本书。我写他的一本口述史《炼狱·天堂》的英文版下个月在伦敦出版。因为这些朋友是真心的，所以谭利华才知道此时八十岁的冯骥才需要什么——需要博爱，需要一种博大的悲悯，需要力量，需要辽阔的视野，需要激情。所以他让我再听一次贝多芬的《第九交响曲》。今天，我仍然听得热血贲张、激情满怀。这才是朋友。"俞伯牙摔琴谢知音"的故事不是说了吗，朋友是超过知己和知彼的，最高境界的朋友是知音。

当然温暖也来自我的家庭。八十年来我做的很多事，在一般的家庭可能不那么容易去做。比如说我把自己的画一批批卖掉换钱来支持民间文化遗产的抢救。一般人这样坐在家里能听不到一句异议吗？我从来没有听到过，不但没听到，我的妻子、我的孩子还支持我，帮助我。这也是一种温暖。人的温暖主要来自家庭和社会。对于我，温暖是双倍地来自社会和家庭，并一直延续到今天的会场上。

第二个词就是"充实"，一种收获的充实。这个充实直接与今天发布的两部新书有关。其中一部书就是十卷本的《冯骥才文化遗产保护文库》，二百六十万字，大概得有一二十斤重，我现在这个岁数搬起来都有点吃力了。这部书里面没有我的小说，都是文化遗产抢救的文字，里头却放着我二十多年的光阴，而且是我人生中最好的长长的二十多年的时光。前不久一个记者问我，如果你重来一次的话，你会不会把这二十年时光还给这些在大江南北来回奔波、充满艰辛又没有钱的事儿？你是不是还会一厢情愿地做这种事？二十年的时间你至少可以写十到二十部长篇小说吧。我说，你把我们中华民族多元灿烂的，同时又是在商业化、娱乐化的时代里受到各种威胁、渐渐消亡的文化，和我自己的个人作品放在一起，比较一下哪个更重要？你一定会认为中华民族五千年的文化更重要。那么，如果再给我二十年，我仍然会把这些时光放进去。所以我钦佩学苑出版社有这样的眼光，知道这部书的意义，知道这部书留下的不只是我个人，而是我们这一代人的足迹，我们的思考，我们的先觉，我们的困难，我们的追求，我们的价值观。所以他们帮助我出版了这部书，并赶在今天送给我。我深深感谢他们。

我还要特别钦佩人民文学出版社的眼光。

刚才臧社长说我跟人文社几代编辑有四十五年的交情，这些交情够写一本书。我曾写了一本书叫作《凌汛：朝内大街166号》，记录了1978年我在人文社的那些日子，记录了过往的我和人文社，许多不能忘怀的人物，以及那个非凡时代的社会景象和文化景象。由于人文社与我这种深远与密切的关系，他们比我更懂得我的文学、我的写作。比如今天发布的《俗世奇人：手绘珍藏本》这部书，就是我一种独特的写作。由于我画画，写作时随时会把脑子里冒出的人物在手稿本里勾画出来。这种即兴画出的人物有灵感，有快感，而且有助于我文学（文字）形象的完成。没想到它渐渐形成了我的一种独有的创作方式。没想到，人文社看出这是一种非常独特的写作，一种很少被人采用的写作，于是他们向我约稿，将我这些文稿画稿编辑出版，向读者展现出一种从未有过的崭新的文本、图本、版本。它显示出出版家的眼光和发现力，我很佩服他们。这部书也是人文社帮助我馈赠给读者的一个特殊的礼物。

今天这样两部书同时拿出来，我感到多么充实呀！

第三个词就是"深切"。这两个字与这两天将举办的"冯骥才与天津"国际学术研讨会密切相关。这里边有一个"深切"的原因，是我的一生都在天津。我从未离开过天津，天津对于我绝非仅仅是出生地和居住地。天津给了我生命的一切，人生的一切；我不会只是使用它，做它的过客。几十年里我为我的城市做了什么？比方写作，我的四部长篇写的都是天津，我一百多部中篇和短篇写的也是天津，还有大量散文、随笔、电视文学剧本。我的文化遗产保护从天津开始，我保护了天津很多的历史建筑、历史街区，无论是五大道民园体育场、老城中心的鼓楼十字街，还是估衣街，太多了。我带着我的团队，给天津众多的"非遗"做档案，给传承人做口述史，把一件一件的"非遗"送到了国家名录。

我一生中做过两件比较长的工作。一个是在天津文联，我干了二十六年。一个是在天大，应该说在天大已有二十年了。我来这两个地方都有一个特点，都是先盖了一座楼，再进去干事。天津文联的工作关系到一个城市文化的传承、发展、提高。天津大学是中国历史上第一所现代大学。能为这个城市的文化工作是幸福的。

我和天津的关系太深切，究竟怎样深切？有一次我跟一些天津文化人在鼓楼那边相聚，热烘烘讨论应该为天津做点什么。聊完天，有人拿来一个大宣纸本子让我写几个字，我乘兴写了一首《沽上歌》，算不上诗，就是四句动情的话："生我养我地，未了不了情；世上千般好，最美是天津。"

只要你热爱自己的城市，不需要别人去告诉你怎么做，你自然想要为它做些什么。但这里边有些有滋味、有意味的话题，比如一个知识分子跟自己土地的关系，还有跟土地、故土、故人、家园之间的一种情怀、生活、责任等等，我觉得这些东西是一个很大很深刻的话题。故而，在我生日之日，不希望简单过一个八十岁生日，穿着唐装等着大伙儿都来拜寿。我希望这一天是一种研讨，是一次思考，希望大家借我这个生日的平台，思考一下我们每一个人和我们的城市的关系，想一想我们应该为它再做点什么。我想给参加研讨的学者们以启发，当然也很想学者们能给我以启发。最好的思想都是被启发出来的。

最后想说，这两天很多记者问我，冯骥才你八十岁有什么特别的感受？我说，我八十岁最大的感受就是没有年龄感。我真是没有年龄感，我不觉得自己八十岁，我不知道我怎么会八十岁。就跟刚才莫言说的一样，大冯怎么一下子就八十岁了？后来他一想他也快七十岁了。时间过得太快。虽然我没有年龄感，但是紧迫感已经有了。那么我现在最重要的事，就是选择我今后要做什么。有两件事情我是必须要做的。一个就是继续美的创造，无论是文学还是绘画，因为这是我的天职，也是我的天性。我说过，保存葡萄最好的办法是把葡萄酿成酒；保存时间最好的办法是把时间变为永存的诗篇。还有一个就是遗产学的学理的研究。为了让中华民族的文化能够永久地、完好地保存下去，我们要替国家、替社会、替文化本身想各种办法。

我会努力，也希望大家一如既往并像今天一样支持我，理解我，给我以温暖。

我八十岁，你们都来了。但愿你们过八十岁生日的时候，我还能参加。谢谢。

2022 年 11 月 5 日

461

人间事 B1

北京青年报　BEIJING YOUTH DAILY
与我们一起实现人生传奇
2022年12月26日 星期一

天/副/刊

写《俗世奇人》上瘾

一个人与一座城 探究知识分子对故土的责任

深深感受到来自朋友、学生和家...

没有年龄感 但有紧迫感 "80后"冯骥才：

如果再给我20年 仍然会做文化遗产保护工作

现在有两件...

▪ 贝多芬小提琴与钢琴奏鸣曲《春天》奏响了开幕式的
序曲

▪ 北洋合唱团专门为庆贺冯骥才先生八十寿诞作词谱曲
并演唱《大树无言》与《春天的颜色》

▪ 天津图书馆历史文献部原主任李国庆代表学苑出版社，与冯先生一同为新书《冯骥才文化遗产保护文库》（十卷本）揭幕

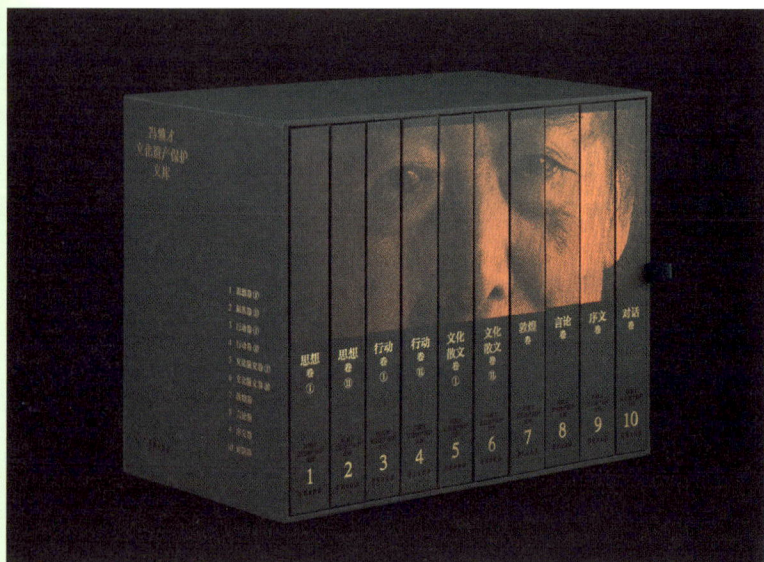

▪ 《冯骥才文化遗产保护文库》（十卷本）

464

▪ 天津作协主席尹学芸代表人民文学
　出版社、与冯先生一同为新书《俗
　世奇人：手绘珍藏本》揭幕

▪《俗世奇人：手绘珍藏本》

▪ 人民文学出版社邀请艺人姜仕侬女士专门创作《俗世奇人》十幅人物剪贴画和一幅生肖马剪贴画，表达对冯先生八十寿诞的祝贺

▪ 天津人民艺术剧院话剧演出《俗世奇人》之《白四爷
说小说》

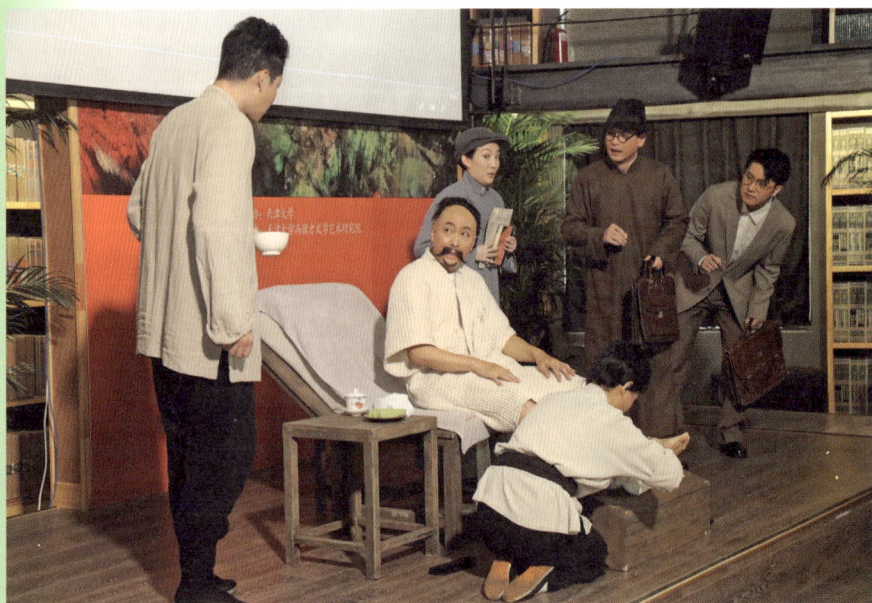

▪ 天津人民艺术剧院话剧演职人员与冯骥才先生合影

■ 天津大学冯骥才文学艺术研究院教研部全体师生
为冯骥才先生送上文化寿联

▪ 开幕式现场

▪ 开幕式与会嘉宾大合影

▪ 研讨会现场（线上与线下相结合）

▪ 线上学者发言

▪ 线下学者发言

▪ 主持人和评议人

▪ 冯骥才先生做闭幕式发言

▪天津本地学者与冯研院师生合影

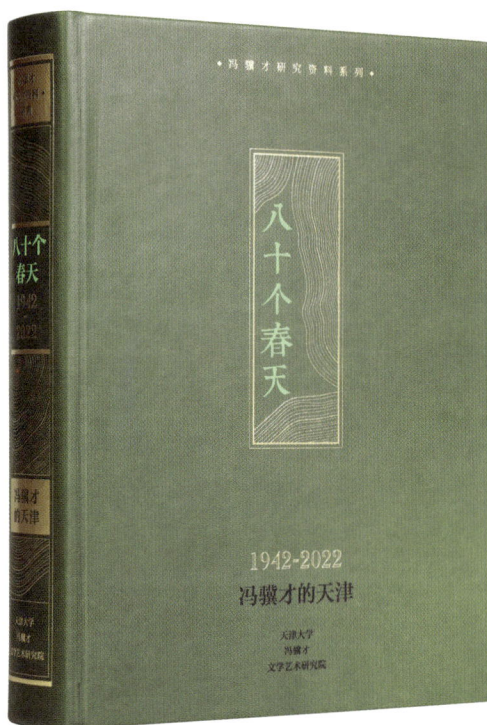

▪《八十个春天——冯骥才的天津（1942–2022）》

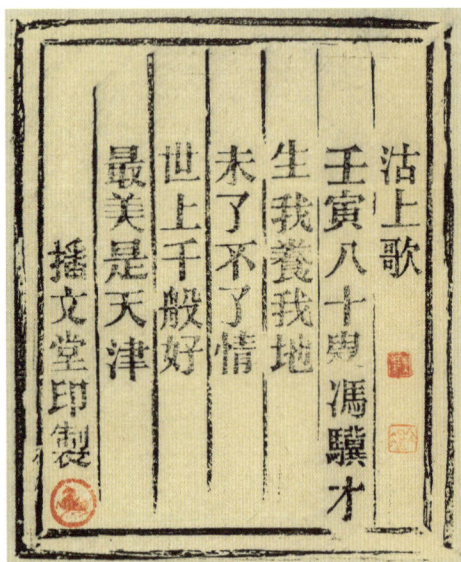

▪《沽上歌》

■ 会议请柬

开幕式活动议程

八十個春天

八十个春天
冯骥才与天津国际学术研讨会
开幕式活动议程

演出曲目

《春天的颜色》

演出曲目

《大树无言》

话剧《俗世奇人》之
《白四爷说小说》

▪ 会议秩序册

▪ 会议标识

▪ 会议背景板

八十個春天
——馮驥才與天津國際學術研討會
Eighty Springs—International Symposium
on Feng Jicai and Tianjin

主辦：天津大學
承辦：天津大學馮驥才文學藝術研究院

■ 媒体报道

文娱
荧屏早知道
从文学创作和遗产保护两方面共同研讨
中外学者共话“冯骥才与天津”
文艺界名家纷纷线上发来祝愿
期盼冯骥才续写更美“春天”
《信仰》鼓舞全国人民勇毅前行
综合新闻
扎根津门故土
“80后”冯骥才大树发华滋
——天津大学“八十个春天——冯骥才与天津”国际学术研讨会侧记
校企深度合作 推进实习就业
做好火灾防控 确保校园安全
语文教学宜放眼 课程思政铸精魂
“众筹”家长智慧 玩转云端课堂
认真听故事 巧手塑英雄
阅读传承文化 “剧”香浸润人生
《壮丽征程》唱出磅礴力量
“云·舞台”推出“威尔第之夜”
“冯骥才与天津”国际学术研讨会在津举办
八十个春天 大树开新花
Sunday Essays
星期天夜光杯
新民晚报
人生八秩，冯骥才先生的生命力与创作力依然旺盛。11月5日，两部新书《冯骥才文化遗产保护文库》（十卷本）和《俗世奇人：手绘珍藏本》与读者见面。而他借八十岁由头的两个年度“小目标”业已实现：“八十个春天——冯骥才天津国际研讨会”6日结束；我国非遗学一级交叉学科“山门”开启，首届硕士新生9月入学。
春天，是生命的隐喻。生于春天，80年来冯骥才一直生活在生命力旺盛和创造力蓬勃的春天里。秋天，是收获的代言，是生命深入另一个阶段的开始。80后冯骥才，春光付秋时，大树发华滋。
“80后”冯骥才 大树发华滋
1 说友谊：几十年老友知道此时的我想什么，需要什么
2 说新作：20多年最好的光阴在里边
3 说情感：清清的温暖与感动
4 说年龄：没有年龄感，测核酸排队时礼让白发小弟
5 说选择：要创造美与“三替”

附录：媒体相关报道一览表

序号	媒体报道	检索信息
1	"冯骥才与天津"国际学术研讨会在津举办 八十个春天 大树开新花	高丽，《今晚报》 2022 年 11 月 5 日
2	文艺界名家纷纷线上发来祝愿 期盼冯骥才续写更美"春天"	高丽，《今晚报》 2022 年 11 月 6 日
3	从文学创作和遗产保护两方面共同研讨 中外学者共话"冯骥才与天津"	高丽，《今晚报》 2022 年 11 月 6 日
4	"八十个春天——冯骥才与天津"国际学术研讨会开幕 "世上千般好，最美是天津"	仇宇浩，《天津日报》 2022 年 11 月 6 日
5	刘恒岳：与"大冯"的三件小事	刘恒岳，津沽文化（公众号） 2022 年 11 月 6 日
6	80 岁冯骥才：探究知识分子对故土的责任	秦金月，中国网 2022 年 11 月 7 日
7	扎根津门故土 "80 后"冯骥才大树发华滋	胡春艳，《中国青年报》客户端 2022 年 11 月 7 日
8	仗朝之年 冯骥才大树新枝更发华滋	孙玲玲，中国新闻网 2022 年 11 月 7 日
9	"八十个春天——冯骥才与天津"国际学术研讨会举行 80 岁冯骥才延续天津不了情	王轶斐，《每日新报》 2022 年 11 月 7 日
10	真·俗世奇人——冯骥才的八十个春天	巨龙世纪演艺（公众号） 2022 年 11 月 7 日
11	"80 后"冯骥才：没有年龄感，但有紧迫感	胡春艳，《中国青年报》 2022 年 11 月 8 日
12	春光付秋时 大树开新花——步入冯骥才先生的"八十个春天"	《小说月报》（公众号） 2022 年 11 月 9 日
13	"冯骥才与天津"国际学术研讨会举行	李小茜，光明网 2022 年 11 月 9 日
14	"八十个春天——冯骥才与天津"国际学术研讨会举办	闻津，《中国艺术报》 2022 年 11 月 11 日

15	扎根津门故土 "80后" 冯骥才大树发华滋——天津大学 "八十个春天——冯骥才与天津" 国际学术研讨会侧记	彭未风、杨扬,《天津教育报》 2022年11月11日
16	"八十个春天——冯骥才与天津" 国际学术研讨会举行 耄耋老人冯骥才两本新书面世	韩萌萌,《中国新闻出版广电报》 2022年11月11日
17	八十个春天——冯骥才与天津	《中国艺术报》(公众号) 2022年11月12日
18	春光付秋实 大树开新花——步入冯骥才先生的 "八十个春天"	百花文艺(公众号) 2022年11月12日
19	"80后" 冯骥才大树发华滋	郭影,《新民晚报》 2022年11月13日
20	"八十个春天——冯骥才与天津" 国际学术研讨会圆满举行 "80后" 冯骥才大树发华滋	杨雪,《人民政协报》 2022年11月14日
21	与天津有关的 "八十个春天"	李小茜,《天津日报》 2022年11月18日

(冯骥才工作室杨扬整理)